D1142589

β   88

Les lumières d'Atlanta

Données de catalogage avant publication (Canada)

Siddons, Anne Rivers

   Les lumières d'Atlanta

   Traduction de: Downtown.

   ISBN 2-7640-0184-3

   I. Berdou, Danièle. II. Titre.

PS3569.I28D6914 1997   813'.54   C97-940590-4

Titre original: *Downtown*
traduit par Danièle Berdou

© 1994, Anne Rivers Siddons
Publié avec l'accord de Harper Collins Publishers Inc.
© 1996, Presses de la Cité, pour la traduction française
© 1997, Les Éditions Quebecor

Bibliothèque nationale du Québec
Bibliothèque nationale du Canada
ISBN: 2-7640-0184-3

LES ÉDITIONS QUEBECOR
7, chemin Bates
Bureau 100
Outremont (Québec)
H2V 1A6
Téléphone: (514) 270-1746

Éditeur: Jacques Simard
Coordonnatrice à la production: Dianne Rioux
Conception de la page couverture: Bernard Langlois
Photo de la page couverture: Masterfile
Impression: Imprimerie L'Éclaireur

Tous droits réservés. Aucune partie de ce livre ne peut être reproduite ou transmise sous aucune forme ou par quelque moyen électronique ou mécanique que ce soit, par photocopie, enregistrement ou par quelque forme d'entreposage d'information ou système de recouvrement, sans la permission écrite de l'éditeur.

DANGER

LE PHOTOCOPILLAGE TUE LE LIVRE

GRAND ROMAN

Les lumières d'Atlanta

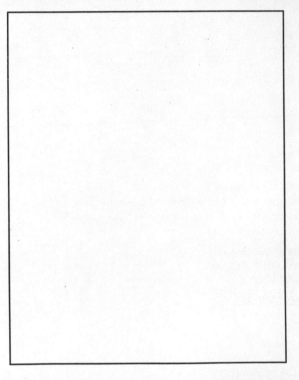

ANNE RIVERS SIDDONS

LES ÉDITIONS
Quebecor

Prologue

Cet automne-là, tout Atlanta résonnait du cliquetis des talons aiguilles des jeunes filles sanglées dans leurs mini-jupes qui, à peine rentrées du travail, ouvraient leurs fenêtres sur les rues chargées des senteurs du soir, prenaient des glaçons dans le réfrigérateur, puis mettaient le disque de Petula Clark, *Downtown*, et attendaient... Les jeunes gens ne tardaient pas à sortir de leurs chambres de célibataires pour flâner, en bermudas et tee-shirts, une bière ou un gin à la main, en quête d'une nouvelle boisson fraîche ou d'un rendez-vous, courant parfois honorer une de ces promesses promptes à éclore dans la tiédeur de l'air automnal.

Atlanta, à l'automne 1966, sortait à peine de terre. Une immense onde de choc souterraine venue du sud faisait trembler la ville. Les plus sensibles à l'appel de la modernité, c'est-à-dire les jeunes, affluaient des horizons les plus divers : des petites villes léthargiques comme des universités en effervescence, des fermes et des faubourgs industriels ou des endroits les plus reculés du pays, que la lutte pour la défense des Droits civiques n'avait pas encore effleurés.

C'était une époque propice à la jeunesse. Un nouveau président, jeune lui aussi, avait fait appel aux forces vives du pays et les jeunes avaient répondu avec la ferveur de leur âge et la conviction de leur invulnérabilité, comme de la sienne. Son assassinat, dans une autre petite cité endormie du Sud, qui l'avait élevé au rang de martyr, n'avait pas pour autant endigué la marée montante des jeunes vers la ville nouvelle. Au contraire, leur enthousiasme se trouva galvanisé par la révélation des spasmes du monde : ce n'était pas une mince affaire d'avoir un héros tout neuf rien qu'à soi. Fortifiés par le sang du sacrifice, les jeunes s'élançaient vers le soleil et accouraient en foule... pour construire Atlanta.

La ville regorgeait soudain de jolies filles venues de Carnaby Street qui s'engouffraient au cœur de la ville vers leurs postes de secrétaires, de jeunes gens en costumes sombres, cravates minces et Cordovan vernis, le visage fièrement encadré de favoris naissants, qui se hâtaient vers les banques, les cabinets d'avocats et toutes les comètes qu'ils rêvaient d'enfourcher pour approcher la flamboyance de l'astre solaire.

Bien entendu, il y avait des rencontres, des couples se formaient puis se dissociaient, changeants comme les figures d'un kaléidoscope. On disait couramment que si une fille n'était pas capable de se trouver un homme à Atlanta, elle n'avait plus qu'à entrer au couvent. D'un homme, on affirmait qu'il ne lui restait plus qu'à retourner à Birmingham ! Et c'était la vérité.

Un homme, une femme, l'aventure d'une vie... Tout était là, à portée de main. Je me rappelle ces journées d'automne vibrantes d'espoir et de vie, baignées d'un soleil jaune pâle, ces nuits fraîches où les lumières de la ville jouaient de la transparence des feuilles roussies, où l'impatience gonflait mon cœur à le faire éclater.

Patience, patience... soufflait une petite voix.

1

La première chose que j'aperçus fut une femme à demi nue qui dansait dans une cage à Peachtree Street.

Vêtue d'une mini-jupe pailletée et de cuissardes blanches, elle se trémoussait dans une sorte de cage en Plexiglas et acier violemment éclairée suspendue à la fenêtre du deuxième étage. Les yeux fermés, elle marquait en claquant des doigts le rythme d'une musique inaudible de la rue. La nuit tombait, c'était le samedi de Thanksgiving 1966. Nous venions d'atteindre Five Points, au centre d'Atlanta. Une bande lumineuse sur la façade de la banque d'en face affichait dix-huit heures douze et une température de six degrés. A la base de la cage s'enroulait une enseigne au néon annonçant « Peach-a-Go-Go ».

– Sainte Mère de Dieu, tu as vu ça ! s'exclama mon père en faisant crisser les pneus de l'Oldsmobile Vista Cruiser qu'il chérissait à peine moins que ma mère. Je crois même qu'à cette époque il l'aimait plus...

Je crus qu'il faisait allusion à la danseuse et m'apprêtai à émettre toutes sortes d'onomatopées désapprobatrices pour le rassurer, mais il n'avait pas levé les yeux. Ce qui avait attiré son attention, c'était une file mouvante de jeunes gens et de jeunes filles noirs qui s'allongeait devant ce que je supposai être un delicatessen. Un énorme cornichon en néon d'un vert vénéneux clignotait au-dessus de la porte, une pluie fine en noyait les contours et faisait baver les lumières, donnant à la scène un aspect irréel, subaquatique. Les marcheurs semblaient en suspension dans la lourdeur de l'air.

Ils portaient des pancartes de carton avec des inscriptions délavées proclamant : « Liberté maintenant » et « Nous vaincrons ». Mon cœur bondit en reconnaissant les défenseurs des Droits civiques. A l'intérieur, une manifestation se préparait peut-être. Après avoir couvé pendant toutes ces années à Savannah dans l'Irish Channel, étouffé sous les ombres jumelles du Sud créole et de notre Sainte Mère l'Église, le mouvement allait-il enfin éclater ?

Ici, c'était la Vie qui bruissait...

A ma plus grande joie, nous étions prisonniers d'un embouteillage monstre... mon père détourna les yeux des manifestants comme d'un spectacle obscène et c'est alors qu'il découvrit la danseuse dans sa cage. Il lâcha la pédale d'embrayage et la Vista Cruiser hoqueta.

— Jésus Marie Joseph ! hurla-t-il. Je fais demi-tour immédiatement et je te ramène à la maison ! C'est Sodome et Gomorrhe ici ! Ça n'est pas un endroit convenable pour une jeune fille ; non mais tu as vu cette effrontée qui montre son derrière à tout le monde ! Et ces guignols qui veulent absolument rentrer dans un lieu qui leur est interdit ! Nous n'avons même pas vu une église : pour cause, il n'y a que des protestants ici ! Je l'avais bien dit à ta mère ! Je te ramène à la maison et tu iras travailler dans cette compagnie d'assurances qui tient tellement à toi : ils voulaient que tu sois responsable de leur journal, n'est-ce pas ?

Un coup de klaxon retentit derrière nous, bientôt suivi d'un second.

— Écoute, papa, je n'aurai rien à faire par ici, mon bureau est sûrement plus loin. D'après Hank, il se trouve en face d'un musée et je ne vois rien qui ressemble à un musée ici ; je crois que nous sommes dans un quartier pour touristes... J'irai à la messe tous les dimanches, et les vendredis aussi, si j'ai le temps. Et puis je loge au foyer de jeunes filles Notre-Dame, qu'est-ce que tu veux qu'il m'arrive là-bas ?

— Je ne sais rien de ces catholiques d'Atlanta, dit mon père d'un air sombre.

— Les catholiques sont les catholiques, quand tu en as vu un, tu les as tous vus...

Nous étions à présent au niveau de la danseuse dans sa cage et des jeunes manifestants noirs.

— J'ai entendu dire que certains d'entre eux étaient pour la pilule contraceptive...

10

– Certainement pas, m'exclamai-je, sincèrement choquée. Tu dis ça mais tu n'en sais rien du tout!

– Hum... Ça ne m'étonnerait pas, dit-il, rassuré par ma réaction.

Il me fit un clin d'œil de son regard bleu pâle et je lui pressai le bras. A l'époque, mon père allait sur ses soixante-dix ans. J'étais née sur le tard, dernière d'une lignée de six rejetons alors qu'il croyait que ses cinq fils, rouquins et trapus – son portrait craché –, seraient sa seule descendance. Il n'était plus qu'une triste caricature de l'homme au tempérament de feu et aux jambes arquées qui me portait sur ses larges épaules lorsque j'étais petite, mais son clin d'œil me fit sourire, il avait encore le pouvoir de réveiller en moi un peu de l'adoration que je lui portais autrefois et que son caractère, rendu irascible par l'âge, avait peu à peu étouffée. Je n'aimais déjà plus mon père à cette époque mais là, dans la chaleur de la voiture, environnée par l'obscurité scintillante de ma nouvelle ville, je me souvins à quel point je l'avais adoré.

– Tu n'as pas de soucis à te faire. Je suis la fille de Liam O'Donnell, tu sais.

A l'école religieuse de Savannah, Sainte-Zita, où j'avais passé douze interminables années de mon enfance, on était très porté sur les fêtes. Les bonnes sœurs les aimaient tout particulièrement car c'était la seule bouffée d'oxygène dans leur univers confiné. Je connaissais toutes les fêtes religieuses qui existent depuis que le monde est monde, mais aucune ne me séduisait en particulier. Elles me paraissaient bruyantes et vulgaires et lorsque sœur Mary Gregory en ajoutait une nouvelle à la panoplie, pour parfaire notre éducation, Meg Conlon, ma meilleure amie, et moi ricanions de concert.

– Une de plus, lui chuchotais-je à l'oreille.

Mais ce soir-là j'étais vraiment à la fête. Assise dans la douce obscurité de la voiture paternelle comme dans une bulle tiède à l'abri du monde, je me dis que j'étais la fille de Liam O'Donnell, et rien d'autre : Maureen Aesling O'Donnell, dite Smoky à cause de mes cils bruns, de mes sourcils noirs et touffus et de mes cheveux d'un noir de jais qui contrastaient tellement avec les tignasses flamboyantes de mes frères. J'avais vingt-six ans et jusqu'à présent mon univers avait tenu tout entier entre les quatorze pâtés d'immeubles proches des quais de Savannah, le quartier de Corkie, ainsi nommé car la plupart de ses habitants étaient des Irlandais du comté de Cork. Si j'étais indubitablement la sœur de John, James, Patrick, Sean et Terry et la fille de Maureen, j'étais viscéralement celle de Liam O'Donnell.

Cette réflexion me coupa le souffle et je restai paralysée de terreur.

Flatté, mon père me tapota la cuisse en riant.

– Il n'y a aucun doute là-dessus, tu es bien ma fille! Tâche de ne pas l'oublier.

Nous poursuivions notre route dans Atlanta, vers le foyer de jeunes filles Notre-Dame qui allait me prendre dans ses bras tentaculaires.

Mon père avait été beau autrefois, je l'avais constaté sur les photos jaunies à bord dentelé des albums de famille. Il n'était certes pas grand mais son torse et ses bras étaient puissants à force d'avoir trimballé des rames et des rames de papier sur les docks de Savannah. Il était brun lui aussi mais son épaisse chevelure cuivrée par le soleil apparaissait pourtant sur les vieilles photos comme une crinière de feu. Ses yeux, toujours plissés par le rire, étaient d'un bleu éclatant. Il me semblait qu'il riait sans arrêt dans sa jeunesse. Qu'il riait, chantait, jurait et flirtait : dès mon plus jeune âge, j'avais entendu parler de son charme légendaire et je me souvenais de certaines histoires. Il était encore dans toute la force de la séduction lorsque j'étais enfant.

Je me revois courant à sa rencontre à l'entrée des docks quand il avait fini sa journée. Je n'avais pas le droit de franchir le seuil de cet antre retentissant de jurons et bruissant de sous-entendus et je l'attendais, avec un ou plusieurs de mes frères. Les railleries à propos de ses performances sexuelles et les rires fusant du petit groupe d'hommes qui l'entouraient en permanence cessaient à notre approche. Ils me dispensaient ces caresses distraites que les Irlandais réservent aux petites filles et gratifiaient mes frères de quelques plaisanteries bourrues. Mais nous n'étions pas dupes. Comme tous les gamins de Cork, nous étions déjà affranchis. Il était impossible, en ayant grandi dans le dédale de ruelles et de petites maisons en bordure des docks derrière

Gwinnett Street, d'être ignorant des choses du sexe, à moins d'être sourd et aveugle. Même si la chape de plomb de la religion avait censuré nos actes, l'ombre du grand saint Jean-Baptiste n'avait pas réussi à étouffer nos pensées ni les désirs qui palpitaient au creux de nos reins. Je n'ai jamais vu une telle concentration de gens autant préoccupés par le sexe et qui le pratiquaient aussi peu que les jeunes gens de Corkie, deux décennies avant l'apparition de la pilule.

J'ai toujours eu la sensation que mon père avait une double personnalité : d'un côté, il y avait le père qui dirigeait sa tapageuse maisonnée d'une poigne de fer, l'Irlandais sentimental et traditionaliste vantant les vertus de la famille ; de l'autre, Liam O'Donnell, le mâle rieur et espiègle, au coup de poing facile, dont le regard s'attardait sur tout ce qui portait jupon. J'ai longtemps aimé le premier et voué au second une crainte mêlée de respect – même si je feignais de tout ignorer de lui. Faire semblant de ne rien voir a toujours été comme une seconde nature chez les femmes de Corkie.

De ma mère je n'ai qu'un souvenir vague. Je l'ai toujours connue grise de cheveux et de visage, s'affairant dans sa cuisine avec l'habileté d'un robot, sévère et silencieuse, le pas lourd et les mains rougies par les lessives et les vaisselles quotidiennes. Quand mon père acheta une machine à laver et à sécher le linge, elle pleura, mais pas de joie. Elle disait que nulle part dans les Écritures il n'était dit qu'une femme vertueuse dût posséder de telles machines. Elle avait beau être la petite Maureen Downy O'Donnell de Priktin Street, elle avait la maison la mieux tenue du quartier et aucune femme n'était aussi dévouée à sa famille, le père Terry lui-même l'avait dit. Elle accepta la modernisation de son foyer comme un acte de contrition.

Le souvenir le plus marquant que j'ai de ma mère, c'est celui de cette foi aveugle et sans gaieté qui me mettait hors de moi. Lorsque je compris qu'elle lui avait tenu lieu d'amour, de joie de vivre et d'accomplissement de soi, elle nous avait quittés. De tous les regrets qui m'ont assaillie par la suite, celui de ne lui avoir jamais dit, même au prix d'un pieux mensonge, que je la comprenais est le plus vif. Mais à cette époque je manquais de maturité d'esprit et davantage encore d'amabilité. Lorsque James et John, mes frères aînés, parlaient des jeunes filles sveltes aux cheveux bouclés qui riaient sous les porches par les chaudes soirées d'été tandis que les enfants jouaient sur les perrons de marbre, je me sentais exclue. Pour moi c'était comme s'ils parlaient des vedettes de cinéma qu'ils voyaient au Bijou les samedis après-midi.

Je ressemble à ma mère lorsqu'elle était jeune, les vieilles photos en témoignent. Comme elle, j'ai le teint pâle, des yeux gris délavé frangés de cils foncés et une crinière de boucles noires indisciplinées. J'ai la même poitrine opulente, la même taille fine et les mêmes hanches rondes que je cherchais à dissimuler, adolescente, sous d'horribles ceintures. Aujourd'hui, je ne m'en soucie plus, même si un jour, peut-être, je serai aussi molle qu'un pudding, comme ma mère. J'ai le même visage, trompeusement doux, et je parais plus jeune que mon âge, ce qui m'exaspérait il y a quelques années et que je commence à apprécier à présent. On me dit parfois que j'ai l'air ravi (ce qui n'est pas un compliment – et que je ne prends d'ailleurs pas pour tel), avec un regard béat comme sur les images pieuses ; c'est en général quand je suis perdue dans mes pensées ou ivre de fatigue. En réalité, je n'ai rien d'une sainte. J'ai hérité de mon père, outre la petite taille, un tempérament ardent et obstiné doublé d'un penchant sentimental pour les causes perdues, que les religieuses et ma mère m'ont obligée à faire taire dès le plus jeune âge. A quatre ou cinq ans j'étais capable de me défendre toute seule dans les bagarres avec mes frères et je fus bien vite consciente du mal que je pouvais leur faire en paroles. Mais presque simultanément, je connus les affres de la culpabilité lorsque je me conduisais de la sorte. Je crois que si j'étais restée à Corkie, j'aurais purement et simplement explosé sous la pression de ces pulsions contradictoires et de ces sentiments refoulés. C'est ce qui est arrivé à plusieurs femmes de Corkie. D'autres, comme ma mère, se sont progressivement changées en pierre.

Au cours de notre dernière et violente discussion, mon frère John m'avait dit que notre mère avait changé après ma naissance, mais je savais que c'était uniquement pour me blesser qu'il disait cela. A ses yeux, j'étais la honte de la famille et il utilisait les seules armes en son pouvoir, mais je savais que ce n'était pas vrai. Notre mère avait changé petit à petit. J'étais trop jeune à l'époque pour m'en rendre compte. Elle n'était plus la même depuis que mon père s'était mis à boire et à sortir avec des femmes. Les rires et les danses improvisées dans la cuisine désertèrent notre foyer pour de bon quand mon père, comme tant d'autres hommes de Corkie, fut renvoyé de la Monarch pour avoir voulu fonder un syndicat.

Jusque-là, mon père avait été un farouche défenseur du modèle américain et il méprisait ouvertement les partisans du Vieux Monde. La Monarch lui avait permis de bien vivre et d'élever sa famille. Le rêve américain n'était pas pour lui qu'un slogan publicitaire, c'était le principe fondateur de sa vie.

Mais le sang irlandais coulait toujours dans ses veines, et la vieille révolte contre l'injustice, réelle ou imaginaire, chevillée au corps de Liam O'Donnell refit surface. Lorsque les Noirs – que mon père et les hommes de Corkie continuaient de traiter de nègres bien qu'ils aient longtemps dirigé des équipes de Noirs sur les docks, riant et mangeant avec eux – commencèrent à vouloir des postes mieux payés et des responsabilités plus grandes à la Monarch, Liam O'Donnell et tous les hommes de sa génération s'organisèrent pour créer un syndicat. La Géorgie était un État peuplé de travailleurs dociles, et les compagnies comme la Monarch entendaient qu'elle le reste. Il aurait suffi d'un peu de bon sens pour comprendre que c'était une cause perdue d'avance mais mon père, aveuglé par la colère, se répandait en discours au coin des rues et dans les pubs et finit par rassembler une quantité non négligeable d'Irlandais belliqueux que la Monarch ne tarda pas à licencier. Ce fut un choc terrible pour lui. Je crois sincèrement qu'il ne s'en remit jamais.

J'avais environ neuf ans à cette époque et je me souviens de ce jour-là comme si c'était hier. Lorsqu'il rentra à la maison après son dernier jour de travail, je ne reconnus pas l'homme qui venait de s'asseoir devant le nouveau poste de télévision, un Dumont. Il cessa de rire, de faire des plaisanteries acerbes comme à son habitude et ne nous emmena plus manger des glaces ni jouer au bingo. Il n'alla plus à la messe que les jours de fête et plus jamais il ne me jucha sur

15

ses épaules les chauds crépuscules d'été. Il restait silencieux devant l'écran qui inondait le salon d'un rayonnement scintillant noir et blanc tandis qu'autour de lui la vie de la famille s'organisait tant bien que mal en attendant cinq heures... Il allait alors se réfugier au pub, chez Perkins, sur les quais, à l'ombre de la haute falaise qui surplombe la rivière, où il avait l'habitude de s'arrêter avec ses compagnons trois ou quatre fois par semaine en sortant du travail. A présent, ils se retrouvaient là pour boire, lentement, en regardant passer la relève des équipes, une foule d'ouvriers émaillée d'un nombre grandissant de visages noirs qui montait et descendait le long des docks comme une marée, et ils ressassaient leur spleen. Et dans les demi-teintes de ces interminables soirées, leur tristesse avait nom Irlande.

C'est à cette époque, lorsqu'il rentrait à la maison en titubant, soutenu par ses copains ou par l'un de mes frères envoyé à la rescousse, que je l'entendis pour la première fois raconter de vieilles légendes irlandaises, des histoires de valeureux soldats et de poètes inspirés, de jeunes filles vertueuses et de rois magnanimes, de héros glorieux et de batailles sanglantes. A ma grande surprise, il connaissait également des chansons, resurgies d'un pan oublié de sa mémoire. Mon père, qui avait été beau, insolent et rieur, devint l'un de ces Irlandais pathétiques qui versent des larmes d'ivrogne dans les pubs de la côte Est, de Boston à Savannah, étapes d'un calvaire sans rédemption. L'Irlande était le leitmotiv de leurs litanies et qui n'était pas irlandais ne valait pas la corde pour se pendre.

C'est aussi à cette époque qu'il se mit à m'appeler Smoky. Jusqu'ici, je répondais au diminutif de Reenie, comme ma mère. Parfois, lorsqu'il était en colère après moi, il m'appelait Maureen. J'avais pratiquement oublié mon prénom gaélique, Aesling, qui signifie littéralement « Beau rêve ». On m'avait donné ce second prénom pour faire plaisir à la grand-mère de mon père, laquelle était morte alors que je n'avais pas deux ans. Il paraît que pendant la domination anglaise, alors que la littérature irlandaise était condamnée par les autorités, les poètes appelaient l'Irlande « Aesling ». Tout cela revint subitement à la mémoire de mon père, comme s'il voyait enfin la lumière au bout du tunnel, un soir où James et John le ramenèrent à la maison avec une bonne cuite.

16

– Beau rêve... susurrait-il, la voix cassée par le Jameson et les larmes. Beau rêve... à partir de maintenant, ma chérie, tu t'appelleras Aesling, je ne veux pas entendre d'autre nom sous ce toit.

Il parlait souvent comme Barry Fitzgerald après un séjour chez Perkins. Je ne sais si c'est parce que les rêves sont voués à partir en fumée, mais au cours d'une chamaillerie avec mes frères, l'un d'eux m'appela Smoky pour me taquiner et j'allai plaider ma cause auprès de mon père. J'ignore si ce jour-là un petit démon était juché sur son épaule ou ce qui lui plut dans ce sobriquet impertinent, toujours est-il qu'il se mit à rire à gorge déployée, bientôt imité par mes frères, et jusqu'à ma mère qui sourit. Je suis donc restée Smoky jusqu'à aujourd'hui, malgré quelques tentatives infructueuses de rétablir Aesling, Maureen ou Reenie auprès de mes camarades de classe quand j'étais adolescente. Ce surnom avait indéniablement du charme, bien que je le trouve inconsistant et vulgaire. Un garçon dont j'avais été amoureuse m'avait même dit que c'était un nom de strip-teaseuse ou de patineuse. Smoky O'Donnell, la reine du patin à roulettes ! Si jamais je remporte un jour le prix Pulitzer, il ne sera pas attribué à Aesling ni à Maureen mais à Smoky. Ce sobriquet me colle à la peau depuis l'enfance et il y a des chances qu'il me survive. C'est sans doute pourquoi ce premier soir à Atlanta, je me sentais surtout « la fille de Liam O'Donnell ».

Nous progressions lentement dans les embouteillages du samedi soir, les grands magasins étaient illuminés à l'approche de Noël et de nouveaux hôtels avaient surgi de terre comme d'immenses champignons... l'un d'eux possédait, paraît-il, un bar sur le toit, d'où l'on jouissait d'une vue panoramique sur toute la ville. La foule des passants, la tête dans les épaules à cause de la bruine, se hâtait le long des trottoirs ; certains portaient des paquets aux noms mythiques pour moi : Rich's, Davidson-Paxon, J.P. Allen, Muse's ; d'autres, en couple, se dirigeaient vers les cinémas ou les restaurants. D'autres encore, bras dessus, bras dessous, marchaient d'un pas allègre et j'avais l'impression que tous avaient le sourire aux lèvres. Un halo opalescent nimbait les lampadaires, les enseignes au néon clignotaient, les automobiles aux phares brillants laissaient sur la chaussée noire des traînées luisantes comme celles que font les escargots. Même confinée dans l'habitacle surchauffé de la Vista Cruiser, j'entendais la symphonie de la ville : les coups de klaxon, le chuintement des pneus sur la route humide, le crissement des freins, les sirènes, les rires et les interjections aux carrefours et au loin le lourd tempo d'un rock and roll. C'était samedi soir au centre de la ville d'Atlanta.

Je ne savais pas où donner de la tête et mon cœur battait à tout rompre, mais j'essayais de retenir mon souffle pour ne pas inquiéter mon père qui me voyait déjà la proie de ces Sodome et Gomorrhe modernes. J'étais au bord des larmes, dans un état proche de l'extase mystique telle que sœur Dinitia nous l'avait décrite. Nous avions été gavées de latin par sœur Mary Gregory, en qui le monde avait perdu un grand professeur de lettres classiques lorsqu'elle avait décidé d'entrer au couvent. Une phrase de Cicéron me revint à l'esprit : « Cités, cités, c'est vivre dans l'obscurité que vivre loin de vous. »

Une fois hors du canyon des gratte-ciel, nous abordâmes une partie de la ville qui semblait à des années-lumière de la ville aux airs romantiques de superproduction hollywoodienne. L'autre côté de Peachtree Street était bordé d'immeubles modestes à deux ou trois étages, abritant des commerces ou des bureaux obscurs, coiffés d'un enchevêtrement de fils électriques. La rue n'avait pas grand intérêt mais les gens y étaient fascinants : une foule impressionnante sur les trottoirs, compacte et mouvante comme une marée, indifférente aux visages goguenards dans les voitures bloquées par les embouteillages.

— Regarde-moi tous ces hippies! éructa mon père, ils ne sont pas beaux à voir! Mon Dieu! Ils sont au moins cinq mille!

Il n'avait pas tout à fait tort, même s'il exagérait. Il y avait là des quantités de jeunes, sous l'influence de toutes sortes de drogues, qui semblaient sur une autre planète. Une faune bizarre peuplait les rues : des créatures à l'accoutrement étrange dont la tenue dépenaillée témoignait plus du manque d'argent que de la volonté de manifester en faveur du « pouvoir des fleurs », des corps allongés, inertes, assommés par des drogues diverses, des jeunes filles qui, même à

18

mes yeux inexpérimentés, ne pouvaient être que des prostituées, et des jeunes Noirs, à l'évidence des souteneurs, qui se pavanaient dans des vêtements voyants. La fumée planait au-dessus des trottoirs en lourdes strates, et l'odeur âcre des « plantations maison » pénétrait jusque dans la voiture. Les radios et les guitares déversaient des musiques stridentes, les vestes en loques aux revers garnis de clochettes ou de perles, les pieds nus et le blue-jean délavé faisaient un mélange chamarré défiant la grisaille et le brouillard. Tous marchaient au ralenti, comme en état d'hypnose, et il n'y avait rien d'agressif ni d'inquiétant chez ces jeunes à l'allure baroque, si ce n'est leur nombre impressionnant et leur excentricité affectée. Autour de nous, les automobilistes remontaient précipitamment leurs vitres, et mon père s'empressa de verrouiller les portières de la voiture.

— Nous rentrons immédiatement à la maison... Et pas de protestation, s'il te plaît !

— Mais, p'pa...

— Silence ! Je ne te laisserai pas dans ce repaire de hippies et de drogués qui forniquent dans les caniveaux ! Ce n'est pas un spectacle pour une jeune fille catholique. Je ne veux pas que tu traverses ce quartier de prostituées et de maquereaux pour aller à ton travail, tu entends !

Je me tus. Je bouillais intérieurement de rage. Quelque chose chez mon père me le fit détester à partir de ce moment-là. La malchance avait voulu que nous aboutissions en plein milieu de ce quartier malfamé, Tight Squeeze, dont nous avions entendu parler même dans notre milieu fermé de Corkie. Cependant, la réaction de mon père ne me surprit guère. De toute façon, il aurait trouvé un autre prétexte. Je détournai la tête, me demandant si j'aurais le courage d'attraper ma valise et de descendre de voiture pour rejoindre le foyer de jeunes filles à pied. Ce n'était pas tant ces adolescents jouant aux hippies qui effrayaient mon père que la liberté sexuelle inhérente à leur mode de vie.

Je m'en souviens bien...

Dès l'âge de la puberté, nos mères, les religieuses chargées de notre éducation et l'Église en général nous enseignaient que la chasteté était le seul état désirable pour une jeune fille avant le mariage et que l'idée même du « péché de chair » était le premier pas vers le déshonneur et la ruine : la grossesse, la honte, et l'enfer assuré. Je ne sais pas exactement ce qu'on inculquait aux garçons, mais on devait leur tenir un discours similaire sur la souillure, la culpabilité et la souffrance de leurs mères. Il résultait d'une telle éducation que nous étions tous obsédés par ce que nous n'osions nommer autrement que « la chose répugnante, l'acte honteux » que plus d'un d'entre nous avait accompli, quitte, ensuite, à pleurer, à mourir de honte et à se ronger de remords.

Pour ma part, je n'avais pas succombé. Sur ce plan, j'étais en retard pour mon âge et à seize ans je n'étais pas encore sortie avec un garçon. Ma meilleure amie, Meg Conlon, était passée à l'acte. Elle fréquentait Frank Callahan depuis l'âge de treize ans et vers seize ans, ils cédèrent à l'appel de leur amour et de leurs sens, sur la banquette arrière de la voiture du père de Frank après une soirée dansante. Ils recommencèrent plusieurs fois, si bien que Meg se trouva enceinte au mois de février, juste avant son dix-septième anniversaire. Pourtant Frank utilisait des préservatifs que son grand frère allait lui acheter à la pharmacie. Les sœurs avaient peut-être raison, la contraception était un péché dont il fallait payer le prix.

Je ne sus rien de la grossesse de Meg, pas plus que les autres. Frank non plus, sans doute. Meg essaya d'avorter toute seule avec un cintre et échoua à l'hôpital des Sœurs de la Charité avec une grave infection. Elle resta plusieurs jours entre la vie et la mort et perdit tout espoir d'avoir un jour un enfant. Je voulus aller lui rendre visite mais mon père me l'interdit et lorsqu'elle fut rétablie, au lieu de rentrer à la maison, elle alla chez sa grand-mère à Jacksonville, officiellement pour s'occuper de cette vieille sorcière qui souffrait d'une longue maladie. Elle ne revint jamais. Frank quitta Corkie tout de suite après avoir obtenu son diplôme de fin d'études et personne ne le revit. Mon père me défendit de faire allusion à l'un comme à l'autre.

— C'était une putain, dit-il le jour où il me trouva en pleurs après avoir appris la vérité à propos de Meg. Et elle n'a eu que ce qu'elle méritait.

Je le dévisageai d'un air incrédule. Si j'avais été moins

ulcérée, peut-être aurais-je décelé la peur qui dansait dans son regard bleu frangé de cils blancs, mais je ne vis que son visage cramoisi et convulsé de colère.

— Pourquoi serait-elle une putain parce qu'elle a couché avec un garçon? hurlai-je. Et toi, qui couches avec la moitié de Corkie, qu'est-ce que tu es?

La gifle ne se fit pas attendre. Avant, j'aimais mon père à ma manière, du moins je faisais de mon mieux. Après cet incident, ce fut terminé.

Ses paroles ainsi que la gifle avaient, d'une certaine façon, parachevé le travail amorcé par l'Église. A partir de là, je me conduisis en fervente catholique, un modèle du genre, l'orgueil de ma famille, une brave fille de saint Jean-Baptiste et de Corkie. Je donnais des rendez-vous convenables à des garçons bien sous tous rapports, bons catholiques, et dès que ces rencontres prenaient un tour trop sérieux, je m'enfuyais. Je ne sais toujours pas à l'heure qu'il est si c'était la colère ou la peur qui me poussa à rester, selon l'Église, pure.

Mes études à Armstrong College, dans le pittoresque vieux quartier de Savannah, ne me laissaient guère le temps de nouer des relations durables. J'étudiais sans relâche pour ne pas perdre ma bourse et travaillais à la bibliothèque après les cours pour couvrir mes dépenses. Il y avait là un jeune Polonais de Pittsburgh du nom de Joe Menkiewicz, sombre, silencieux et étrangement doué, qui dirigeait la revue de l'université dans laquelle j'écrivais une rubrique et pour qui j'aurais bien jeté toute prudence aux orties, mais il fut transféré à l'Université de Columbia avant qu'un coup de foudre éclate entre nous et personne d'autre ne capta mon attention. Je cultivai de mon mieux mon talent pour le journalisme et l'écriture et obtins mon diplôme avec mention, tout en travaillant comme rédactrice en chef de *Armstrong Argonaut*. Je trouvai rapidement un emploi dans les bureaux d'une grande compagnie d'assurances maritimes de Bay Street, qui surplombe les quais où mon père avait si longtemps travaillé. Je vivais chez mes parents, à qui je payais une pension, et progressais rapidement dans mon travail. Je sortais régulièrement avec des jeunes catholiques du voisinage, bien élevés, stagiaires dans des compagnies d'assurances comme la mienne, des banques ou des agences immobilières, ou fils de prospères commerçants irlandais. Quelques-uns s'intéressaient à moi, avec les mêmes desseins pour mon avenir que mes parents : une vie au service de la religion, entre le mariage et les enfants, une maison bien tenue, dans un quartier bien propre de la vieille ville, un peu plus cossue que celle de nos parents – mais pas trop quand même –, une maturité opulente, une vieillesse entourée de petits-enfants attentionnés, une mort respectable et un enterrement grandiose à l'église Saint-John. Si je ne savais pas ce que je voulais, je savais exactement ce que je ne voulais pas. Tout comme Scarlett O'Hara, je décidai de faire confiance au lendemain. Je me consacrais uniquement à mon travail et lorsque je pris enfin le temps de respirer un peu, j'avais déjà vingt-six ans. J'étais en pleine ascension professionnelle, presque fiancée à un beau jeune homme du contentieux promis à un brillant avenir, et vierge.

J'étais toujours aussi indécise quant à mon avenir, jusqu'au jour où Hank Cantwell, mon meilleur ami du temps d'Armstrong College, directeur artistique d'*Argonaut* et de l'almanach de l'université, m'appela d'Atlanta.

– Tu te souviens des reportages photos que nous avions faits sur la vieille ville? Et des légendes que tu avais écrites pour mes photos du paysage urbain? Eh bien, je les ai montrés à quelqu'un qui veut te parler.

Une voix suave comme le miel se déversa dans l'écouteur.

– Bonjour, ma chère. Je suis Matt Comfort, directeur de publication de la revue *Downtown* et je veux que vous veniez travailler avec moi.

Je restai sans voix : toute ma vie se mit à défiler devant mes yeux et à cet instant je sus que je partirais, avant même de savoir qui était cet homme et quel genre de magazine il dirigeait. Je partirais même si je devais aller à pied jusqu'à Atlanta et après plus rien ne serait jamais pareil. Tout était là, dans cette voix extraordinaire.

Avant que j'aie pu articuler un mot, Matt Comfort reprit :

– Hank m'a parlé de votre papa. S'il est auprès de vous, pouvez-vous me le passer, s'il vous plaît?

Je regardai mon père, comme à son habitude devant la

22

télévision en train de siroter du John Jameson. Cette année-là, nous avions un RCA. Je traversai la pièce, lui tendis le combiné sans un mot et m'assis en attendant.

La conversation ne fut pas très longue.

— Hum, oui oui... Je vais réfléchir. Je vous rappellerai, monsieur Comfort... Matt, si vous voulez... Oui, le matin... Merci, vous aussi... Au revoir.

Il raccrocha et m'examina en silence. Ma mère était sortie de la cuisine et nous nous tenions toutes deux debout, attendant sa réponse.

— Ce M. Comfort semble avoir une haute opinion de ton travail, Smoky, dit mon père, comme s'il découvrait que je pouvais avoir une quelconque compétence. Il va fonder un nouveau journal pour la chambre de commerce là-bas et il dit que ce sera le meilleur dans le genre.

Je hochai la tête. Mon père regarda ma mère.

— Il veut que Smoky aille travailler pour lui. Ce Cantwell, tu te rappelles... celui avec des lunettes et un gros derrière, que Smoky nous avait amené un jour... il a montré son travail à ce gars-là et il veut qu'elle vienne tout de suite. Qu'est-ce que tu en dis, maman?

Ma mère se mit à secouer la tête en signe de dénégation mais un geste de mon père l'arrêta.

— Ce type dit qu'il comprend ce que nous ressentons à l'idée de laisser partir notre fille toute seule là-bas, mais il dit qu'il est catholique lui aussi, qu'il appartient au conseil d'administration, ou quelque chose comme ça, d'un foyer de jeunes filles catholiques près du siège du journal où sont déjà logées deux jeunes filles qui travaillent pour lui. Il dit qu'il veillera personnellement à ce qu'elle ait une belle chambre là-bas, qu'elle pourra se faire des amies, et qu'il se chargera de l'emmener lui-même à la messe le dimanche, à Saint-Matthew. C'est une grande église, paraît-il. Il dit qu'il ne pourra pas payer beaucoup Smoky mais il veillera à ce qu'elle ne manque de rien, un talent comme le sien mérite qu'on lui donne sa chance...

— Il est marié? Il a des enfants? demanda ma mère.

— Oui, bien sûr. Enfin, il ne m'en a pas parlé... mais aucune chambre de commerce ne donnerait la responsabilité d'un nouveau journal à un débutant célibataire, tu ne crois pas?

Ma mère ne répondit pas.

— Alors, Smoky, qu'est-ce que tu en dis, ma fille ?

— Papa... mon Dieu...

Je reprenais péniblement mon souffle.

— Ne blasphème pas, fit machinalement ma mère.

J'avais enfin trouvé ma voie.

Ce fut le premier des nombreux miracles accomplis par Matt Comfort dont je fus témoin : il avait mis à bas toutes les défenses de mon père sans coup férir. J'eus la sensation vertigineuse que dans cette cité en ébullition, les miracles étaient à portée de main, en tout cas pour Matt Comfort.

S'il pouvait en faire à cet instant même... pensais-je, coincée dans la Vista Cruiser au milieu des embouteillages de Tight Squeeze, observant du coin de l'œil le visage de mon père, durci dans sa détermination à me ramener à Corkie. Mon Dieu, Sainte Vierge, Matt, je vous en prie, faites un miracle sinon ma belle aventure va s'arrêter avant d'avoir commencé !

Et le miracle se produisit, avec l'apparition au coin de la rue, dans la lumière d'un réverbère, de trois jeunes religieuses accompagnées d'un prêtre.

— Regarde, papa ! m'exclamai-je avec un rire incrédule en lui désignant du doigt cette scène incroyable : au milieu d'une marée de jeunes gens dépenaillés hurlant et riant comme de beaux diables au son des guitares déchaînées, le prêtre en jean et sweater par-dessus son faux col blanc et les nonnes en habit étaient aussi décontractés que s'ils assistaient à un pique-nique dominical. Par-delà le silence éloquent de mon père, je perçus faiblement le son de leurs cantiques...

Mon père ne desserra plus les dents jusqu'au foyer de jeunes filles, à l'angle de la Quatorzième Rue, loin des lumières glauques de Tight Squeeze.

— Je suis persuadé de commettre une erreur en te laissant ici, Maureen Aesling. Je contacterai ce Matt Comfort au moins une fois par semaine et à la moindre anicroche, je viens te chercher avant qu'il ait eu le temps de raccrocher le téléphone. Tiens-le-toi pour dit.

— Oui, papa, dis-je d'un air soumis.

Lorsque nous atteignîmes l'austère bâtiment de brique

sombre, mon père, repris par sa méfiance instinctive à l'égard de tout ce qui est loin de Corkie, ne voulut pas entrer avec moi. Ce n'était pas la première fois que j'observais ce genre de réaction chez lui. Il avait projeté, après m'avoir déposée en toute sécurité dans les bras de notre Sainte Mère l'Église, de passer la nuit dans un petit motel bon marché et de reprendre la route tôt le matin. Mais je savais qu'il partirait sans attendre, bien à l'abri dans son énorme voiture, chantant en même temps que la radio tout au long du trajet, les stations diffusant ses romances favorites s'évanouissant à mesure que l'on s'approche de Savannah et Corkie pour faire place au son guttural des gospels et de la musique de la côte. Il retrouverait alors toute sa vigueur et son assurance, comme un négatif de photo que l'on plonge dans le révélateur.

Il déposa mes bagages à l'entrée et actionna la cloche puis, dès qu'un pas lourd se fit entendre, il me serra gauchement contre lui, ébouriffant ma nouvelle coupe de cheveux de chez Sassoon, et m'embrassa sur la joue.

— N'oublie pas de qui tu es la fille, dit-il en se retournant.

— Je suis la fille de Liam O'Donnell, fis-je docilement, je m'en souviendrai.

Je mentais car à cet instant même je commençais déjà à l'oublier.

— A nous deux, Atlanta ! murmurai-je au moment où le verrou s'ouvrait avec un bruit sinistre. Gare à toi *Downtown Magazine* ! Et toi, Matt Comfort, tu n'as qu'à bien te tenir, je m'appelle Maureen Aesling O'Donnell.

2

Je ne connaissais pas New York, mais une de mes camarades de classe de Sainte-Zita, Carolyn Renfrow, y était allée rendre visite à sa sœur aînée, Dierdre, Dierdre fréquentait Jerry Sullivan, un garçon de Corkie qui, de retour de Corée, s'était établi à son compte comme taxi à Levittown, où il avait fait venir Dierdre, et les jeunes gens s'étaient mariés. Dierdre occupait un emploi à l'hôtel des Impôts de la ville, jusqu'à la naissance de ses enfants. Avant son mariage, elle avait séjourné un moment à l'hôtel Barbizon à New York, une résidence pour femmes où Carolyn était allée la voir. Pour moi la vie de Dierdre à New York était une aventure fascinante.

Je ne sais pourquoi je m'imaginais que la vie au foyer Notre-Dame serait tout aussi palpitante.

Je m'étais représenté, avant même d'avoir pris le chemin d'Atlanta, les moindres détails de ma future existence. Il y aurait de jeunes employées des bureaux du centre-ville spontanées et espiègles, sveltes et vêtues au dernier cri par Mary Quant, arborant des coupes au carré de Sassoon, leurs longues jambes gainées de collants résille blancs, au courant des endroits à la mode où dîner, faire des emplettes ou boire un verre. Bien sûr ce ne seraient pas des citadines, il leur resterait un soupçon de gaucherie provinciale tout à fait touchant et je ne me sentirais pas déplacée parmi elles. Nous passerions des soirées assises sur nos lits en nuisette et bigoudis, à boire du Coca-Cola, à fumer et à rire en nous confiant nos histoires de cœur, nous échangerions nos vêtements et peut-être ferions-nous des essais de peinture sur le corps. Nous ferions la connaissance de jeunes gens très courtois, nous aurions des petits amis et irions en bande au cinéma, au restaurant ou au concert. La maîtresse de maison serait une vieille femme excentrique pleine de bon sens revivant à travers nous les rêves et les débordements de sa jeunesse. Elle sourirait à nos petits écarts de conduite et panserait nos blessures de cœur entre deux petits amis. Elle se nommerait Muggsy, Gertie ou quelque chose comme ça et nous appellerait « mes enfants ». Pour Noël, nous nous cotiserions pour lui offrir un négligé en satin qui lui inspirerait quelques plaisanteries d'un goût douteux, mais elle aurait les yeux brillants de larmes.

Un soir, dans le salon douillet et désordonné fleurant bon Miss Dior, mon regard croiserait celui d'un bel inconnu et se figerait dans la magie de l'instant...

En réalité ma vision était plus proche de *Pension d'artistes*, programmé peu de temps auparavant au Bijou à Corkie, que du séjour de Dierdre Renfrow à l'hôtel Barbizon, à l'angle de Madison et de la Soixante-Quatrième à Manhattan. Quant au foyer de jeunes filles d'Atlanta, c'était une autre histoire... Le foyer Notre-Dame était encore ancré dans l'obscurantisme du début du siècle et, avec le recul, j'ai peine à croire aujourd'hui qu'à vingt-six ans je rêvais encore de *Pension d'artistes* et de peinture sur le corps. Le pouvoir du Vatican, mêlé à l'influence de la province, était considérable dans les années cinquante, et la distance séparant Corkie d'Atlanta n'était pas mesurable en miles.

Bien qu'il fût à peine un peu plus de neuf heures lorsque mon père me déposa, tout semblait endormi au foyer Notre-Dame. Hormis une lueur grisâtre filtrant à travers les vitraux crasseux de chaque côté de la porte d'entrée et un faible rai de lumière tamisée au deuxième étage, l'antique et disgracieuse bâtisse ainsi que les maisons alentour étaient plongées dans une nuit d'encre. Les maisons voisines, résidences autrefois cossues, paraissaient inhabitées. J'étais sûre, même sans les avoir visitées, qu'elles abritaient à présent des bureaux comme ceux de l'Automobile Club ou arboraient des plaques portant des inscriptions comme « Dr. A.E. Moorvakian, chiropracteur » ou « Mme Rhonda, psychologue » et à part la brume glaciale et le grondement lointain de la circulation dans Peachtree Street, rien n'était tellement différent de Corkie. Cet endroit avait les mêmes relents aigres que ma ville natale et suintait, tout comme les quais de Corkie, l'échec, l'abandon et la décadence. Cette odeur-là, je l'aurais sentie à l'autre bout du monde.

La porte s'ouvrit enfin. Je ne distinguai pas le visage de la femme, je vis seulement le blanc d'une guimpe qui tranchait sur une longue robe sombre, et mon cœur chavira. J'ignore pour quelle raison j'avais imaginé quelqu'un d'autre que des religieuses pour veiller sur des jeunes filles catholiques dans une ville hostile, mais toujours est-il que ma vision romanesque d'une Muggsy émue aux larmes dans son négligé de satin s'évanouit sur-le-champ.

— Maureen O'Donnell? dit la sœur dont la voix rauque semblait se détacher de la nuit comme une pièce de puzzle, et dans laquelle traînait un accent irlandais que j'aurais aimé bannir de ma mémoire à tout jamais.

— Oui... c'est-à-dire... mon prénom est Maureen Aesling, mais tout le monde m'appelle Smoky...

La sœur se tenait dans l'ombre et j'avais la désagréable impression de parler à une statue.

— Je vous appellerai Maureen, c'est ainsi que M. Comfort vous a présentée dans sa lettre et vous êtes enregistrée sous ce nom. Je suis sœur Mary James.

Elle fit demi-tour et je la suivis avec mes bagages. Une lumière d'un jaune pisseux, à peine plus forte que celle du dehors, éclairait l'intérieur de la maison. Pour ce que j'en vis, sœur Mary James était lourde, avec un visage sans grâce à la peau tendue et luisante et des lunettes à monture de plastique beige rosé : elle avait plus de trente ans mais il était difficile de lui donner un âge précis. Toutes les portes du foyer, en chêne foncé, étaient fermées, et les murs étaient badigeonnés de la même peinture verte qu'à Sainte-Zita. Je me dis qu'il existait sans doute une entreprise possédant le monopole du vert pour institutions catholiques.

Sœur Mary James gravit avec lenteur un escalier en chêne recouvert d'un tapis de couleur indéfinie qui étouffait le bruit des pas. En haut des marches, un crucifix trônait au-dessus d'une table de chêne, où étaient alignées une douzaine de boîtes à chaussures dans le couvercle desquelles on avait pratiqué une fente. Chacune portait un nom griffonné au crayon.

— Voici les boîtes aux lettres, dit laconiquement la religieuse en poursuivant son chemin vers un couloir aux portes closes. Il y a une distribution par jour, dans l'après-midi.

Des cartons avec des noms étaient épinglés sur certaines portes mais je ne pus en distinguer aucun. La seule source de lumière provenait d'une veilleuse à l'étage et d'une enseigne de néon vert et rose dans la rue qui clignotait : « La vie de la Géorgie »...

Je faillis être gagnée par le fou rire à l'idée que la veilleuse serait peut-être un jésus en plastique mais ce n'était qu'une applique en forme de coquillage – en plastique, toutefois.

Arrivée au bout du corridor, sœur Mary James ouvrit une porte à l'aide d'une petite clé qu'elle portait au cou et me fit signe de la suivre. L'inscription sur la porte mentionnait Callahan A. et O'Donnell M. Même si j'avais toujours rêvé d'avoir une compagne de chambre, je me sentis gênée de faire ainsi irruption au risque de réveiller cette Callahan A.

Mais la pièce était vide. Un plafonnier éclairait chichement deux petits lits faits au carré, avec une couverture grise méticuleusement pliée au pied. Je connaissais bien ces couvertures, c'étaient les mêmes qu'à Sainte-Zita, à l'infirmerie. Peut-être y avait-il aussi un fournisseur attitré pour les couvertures... ou une gigantesque centrale d'achats catholique...

Sur un des lits se trouvaient un drôle de singe en peluche et un coussin rose à volants. L'autre était nu, à l'exception d'un mince oreiller qui faisait une légère boursouflure, à peine perceptible sous le couvre-pied en coton. Entre les deux lits, une lampe verte à pied flexible trônait sur un bureau métallique et deux énormes armoires couleur chêne complétaient l'ameublement de cette chambre spartiate qui ressemblait à une cellule de couvent. Seul un vieux tapis rond crocheté aux coloris passés, posé au milieu du lino, donnait une note un peu chaleureuse à l'ensemble. Un radiateur gargouillait dans un angle.

J'étais au bord de la nausée et seule la fenêtre me mit un peu de baume au cœur : située entre les deux lits, elle était plus grande que celles que j'avais aperçues jusqu'ici dans l'établissement et, en l'absence de rideaux, brillait comme une échappée sur le paradis.

Je pris une légère inspiration. Par je ne sais quel mystère de la géographie, de la fenêtre de ma chambre, je distinguais, par-dessus la cime des arbres de la Quatorzième Rue, le fleuve de lumière de Tight Squeeze. Je voyais les hordes de jeunes hippies aux tenues extravagantes dont la vue avait mis mon père dans tous ses états, les feux rouges des voitures sur Peachtree Street qui faisaient comme une coulée de lave incandescente et les tours du centre-ville scintillant dans la brume.

— Oh là là... dis-je à haute voix sans m'en rendre compte.

Sœur Mary James hocha la tête d'un air contrit et tira vivement les stores.

— Je sais... C'est une terrible nuisance... tous ces jeunes sauvages, ces dévergondés... mais c'était notre seule chambre libre et M. Comfort ne nous a guère laissé le temps... Essayez simplement d'ignorer ce triste spectacle. Nous avons envoyé pétition sur pétition au diocèse pour qu'ils nous mettent au moins des volets mais sans résultat... Ansonia laisse le store baissé en permanence mais il y a la lumière... et en été un bruit infernal...

— Ça ira, ne vous inquiétez pas...

J'étais impatiente qu'elle s'en aille, pour remonter le store en piteux état. Tant pis pour Ansonia, il faudrait qu'elle s'habitue à la lumière de la rue, sinon je lui offrirais un de ces masques si chic en satin noir que les stars de cinéma mettent pour dormir, comme Audrey Hepburn dans *Diamants sur canapé*.

— J'espère que M. Comfort sera satisfait de votre installation. D'habitude nous ne prenons personne sur une référence aussi succincte mais M. Comfort m'a affirmé que le prêtre de votre paroisse, le père Terrence Moore, nous ferait parvenir une recommandation écrite d'ici un ou deux jours. M. Comfort a financé notre bus, alors bien sûr nous avons fait notre possible. Je suis certaine que vous vous sentirez bien ici et qu'il aura toute raison d'être fier de vous. Nos règles ne sont pas très strictes, nous n'avons que des jeunes filles qui travaillent et nous ne les traitons pas comme des enfants. Vous trouverez un exemplaire du règlement dans votre boîte aux lettres. Si vous avez besoin de quelque chose, demandez-le-moi, ou à sœur Clementia le matin. Le petit déjeuner est à huit heures, vous pouvez le prendre après la messe du matin ou avant celle de neuf heures. L'église Saint-Joseph est à deux pas d'ici. Presque toutes nos pensionnaires sont parties dans leurs familles pour Thanksgiving mais elles reviendront demain. Ansonia est allée voir ses parents en Caroline du Sud, je crois qu'elle rentrera vers quatre heures. Rachel Vaughn est là, sa chambre est au rez-de-chaussée et elle sera sans doute heureuse de vous accompagner à la messe demain. Elle va à celle de onze heures. Vous pouvez recevoir des visites au parloir le dimanche de une heure à neuf heures, si vous avez des amis ici.

Le regard qu'elle me jeta derrière ses verres cerclés de plastique rosâtre disait clairement qu'elle ne croyait pas que j'eusse des amis à Atlanta.

— Je ne connais personne ici... je pense que j'irai faire un tour en ville, dis-je faiblement.

— C'est très calme le dimanche après-midi.

Elle fit mine de sortir mais se ravisa sur le pas de la porte.

— Nous pensions faire la connaissance de votre papa. Sœur Clementia a fait un gâteau et vous attendait, je crois...

— Je suis désolée, il a dû partir... Maman n'est pas très bien.

Le mensonge était sorti tout naturellement.

— Je penserai à elle dans mes prières, dit sœur Mary James en me faisant un petit signe de tête.

Elle sortit enfin et referma la porte derrière elle. Je n'entendis aucun bruit de pas décroître dans le couloir, si bien que j'eus l'idée absurde qu'elle écoutait derrière la porte.

Je restai un long moment assise sur le rebord du lit avant de me décider à relever le store. Un flot de lumière inonda la pièce. Sortant de ma torpeur, j'ôtai mes chaussures et me mis à ranger mes affaires dans l'armoire sans parvenir à détacher mon regard du flamboiement de la vie à l'extérieur.

En robe de chambre et chaussons, je me risquai dans le couloir sur la pointe des pieds, jusqu'à ce que je trouve la porte étiquetée « Salle de bains ». A la lueur verdâtre d'antiques appliques au verre dépoli, je découvris dans le miroir piqueté de taches le visage d'une noyée que je ne reconnus pas : je me mordis les lèvres et frottai mes joues pour retrouver mes couleurs, mais le reflet était toujours là... Je regagnai ma chambre en silence... Je crus que je ne pourrais jamais trouver le sommeil.

Pourtant, malgré la laideur de la pièce, le glouglou du radiateur, les rafales du vent dans les branches et la froide clarté des lumières de la ville qui se déversait sur le lit étroit, je dormis à poings fermés jusqu'au matin.

Le lendemain après-midi je partis à la découverte d'Atlanta : je ne trouvai qu'une ville morte, si bien que le soir même j'étais prête à téléphoner à mon père pour qu'il vienne me chercher et à la compagnie d'assurances pour dire que j'étais d'accord pour diriger le journal interne. Seule l'interdiction d'utiliser le téléphone de l'étage après dix heures m'en empêcha et je me demande ce qu'il serait advenu de moi si je l'avais fait.

Ce premier matin, je me levai tard. Le brouillard de la veille s'était transformé en pluie battante et il m'était difficile d'évaluer l'heure, ma montre s'étant arrêtée vers minuit. J'avais la sensation qu'il était tard et je ne me sentais pas à ma place dans cette chambre sans âme. Encore en robe de chambre, je descendis pour prendre le petit déjeuner et croisai sœur Mary James qui m'avisa qu'il fallait être habillée pour le petit déjeuner. J'allai donc passer mon tailleur bleu et mes hauts talons, de façon à être prête pour la messe si je rencontrais Rachel Vaughn, apparemment elle aussi une lève-tard.

Le petit déjeuner était servi dans une vaste salle, derrière la cuisine, meublée d'une grande table ronde en chêne, d'un buffet et d'un piano droit qui avait vécu. Il n'y avait là qu'une mince jeune fille dont les cheveux roux étaient retenus par une queue de cheval si serrée qu'elle donnait un air asiatique à son fin visage aux yeux en amande. Elle était en chaussettes, affalée sur une chaise, plongée dans les bandes dessinées du journal du dimanche, tout en buvant son café. Elle portait un imperméable anglais kaki boutonné jusqu'au menton, en tout point semblable au mien, qui provenait des surplus de la marine. Elle avait un petit visage de renard couvert d'une épaisse couche de fond de teint, des faux cils dont l'un, légèrement décollé, dessinait une petite virgule en l'air, des paupières lourdes de fard et une jolie bouche ronde maquillée de rose nacré. Sous la table traînait une paire d'invraisemblables sandales en lanières à talons hauts. Je me dis qu'elle allait peut-être à une surprise-partie après la messe, même si, un dimanche après-midi à Atlanta, je me demandais où ce genre de tenue pouvait être de rigueur... Elle fumait des Salem, un paquet était posé à côté de son assiette. Il y avait des cendriers partout – l'Église, prodigue en interdits, sait être pragmatique, elle a tout à y gagner, pensai-je –, pourtant, en me voyant arriver, elle écrasa sa cigarette dans son bol de céréales à moitié plein, ce qui fit un drôle de petit grésillement.

– Bonjour, vous êtes Maureen O'Donnell, je suppose. Je me présente : Rachel Vaughn. Quel temps sinistre! La sœur m'a dit que vous vouliez aller à la messe de onze heures, alors je vous attendais. (Rachel jeta un regard entendu en direction de la cuisine et poursuivit en baissant le ton :) Ne dites pas le contraire, mais on peut très bien faire autre chose.

– Merci, répondis-je à voix haute en souriant, c'est très gentil à vous, je suis ravie de faire votre connaissance.

Elle leva les bras en l'air dans un geste de triomphe et se mit à bavarder sans répit pendant que je prenais mon petit déjeuner. Elle me parla des autres pensionnaires, me raconta son histoire : elle avait presque fini son apprentissage d'esthéticienne et allait être employée à plein temps chez Antoine. Elle me posa toutes sortes de questions sur *Downtown*. Tu vas être secrétaire? Non, rédactrice! C'est formidable! Son petit ami, Carl, travaillait à l'Automobile Club, à deux pas, et elle me présenterait à Lee, l'ami de Carl, qui serait fou de moi, c'était sûr. Elle était fan des Beatles qui devaient faire une tournée en Amérique et passeraient sûrement à Atlanta, elle me fit la critique de tous les nouveaux films, voulut savoir mon âge, vingt-six ans, non c'est pas possible! Tu ne les fais vraiment pas, je t'en donnais dix-huit, pas plus! S'étonna que je n'aie pas de fiancé... Ne te fais pas de souci, les célibataires ça court les rues ici! Si tu veux, je t'aiderai à te faire une beauté... ce ne sera pas difficile, jolie comme tu es...

Je lui demandai si les sœurs étaient nombreuses dans l'établissement.

– Deux. Pas toujours les mêmes, mais toujours deux, dit-elle d'un ton sec en mimant le suicide, ses ongles laqués de blanc autour de son cou, la tête comiquement abandonnée sur le côté, tirant une petite langue rose et louchant irrésistiblement.

Je ne pus retenir un gloussement, qui se mua en éternuement.

– Partons avant que le ciel nous tombe sur la tête, fit-elle à voix haute, à l'intention des sœurs qui s'affairaient dans la cuisine. J'ai un parapluie. Au revoir, mes sœurs, à ce soir !

Les sœurs marmottèrent quelque chose et nous sortîmes dans la Quatorzième Rue, épaule contre épaule sous le parapluie comme deux vieilles amies.

– Tu n'avais pas vraiment l'intention d'aller à la messe ?

– Hum... Pas vraiment... Je me dis que je pourrais toujours aller à celle de l'après-midi ou du soir... Alors, où allons-nous ?

– Chez le roi du pancake, prendre un café et des galettes de pommes de terre avec de la crème. C'est moi qui t'invite, d'abord tu es nouvelle et puis j'ai eu un pourboire royal hier. Après, nous verrons bien... J'espère que tu es partante... tu sais, tu es la première ici à ne pas ressembler à sœur Mary James en plus jeune. Ne me dis pas que tu as fait don de tous tes biens aux pauvres avant de venir à Atlanta convertir les jeunes dépravés. C'est leur grand truc ici...

– D'abord, je n'ai aucune fortune.

– Tu es d'où, au fait ?

– De Savannah.

Nous arrivâmes à l'angle de la Quatorzième Rue sous une pluie cinglante.

Je suis dans Peachtree Street, me répétais-je sans y croire tout à fait, je foule le même trottoir que Scarlett O'Hara et Margaret Mitchell... et où elle fut mortellement blessée. Mais ça, je l'ignorais encore.

Je m'attendais à ce qu'un frisson d'extase me prenne au creux de l'estomac mais rien ne se produisit. Il n'y avait pas l'ombre d'un piéton dans la rue luisante de pluie et de rares automobiles glissaient furtivement en soulevant des gerbes de gouttelettes dans l'air opaque ; le sommet des tours était noyé dans la brume et je ne voyais pas plus loin que le pâté de maisons suivant. Les immeubles tapis le long de la rue, de couleur moutarde ou rouge sombre, zébrés de coulures de suie, n'avaient pas plus de cinq ou six étages. Tout, jusqu'à l'affiche d'un cinéma désert qui annonçait *L'Heure du loup*, d'Ingmar Bergman, était parfaitement lugubre. Dans le drugstore d'en face, pourtant bien éclairé, les clients ne se bousculaient pas entre les rayons de bimbeloterie; on distinguait à peine, noyée dans le brouillard, une enseigne Texaco qui clignotait au coin de la rue et, dans le lointain, un bâtiment anonyme diffusait une lueur glauque; tout était terne et sale, comme enseveli sous un tulle défraîchi. Une quantité incroyable d'ordures jonchait le sol et Rachel glissa sur une crotte de chien.

– Beurk! Il faut vraiment faire attention où on met les pieds!

Nous pressâmes le pas, serrées l'une contre l'autre sous le parapluie, la tête dans les épaules, l'œil rivé au sol. Un air vif, auquel le climat de Savannah ne m'avait pas habituée, s'insinuait dans mon cou et me piquait les jambes.

Savannah... je fus assaillie soudain par les souvenirs et revis, sous le dôme du grand parapluie noir, les voûtes de feuillage brillant des grands chênes, les plates-bandes débordant d'azalées et de camélias, la douceur du printemps sur les petites places, les draperies de mousse arachnéenne, le galbe féminin des balcons de fer forgé et des rampes d'escalier, les maisons au charme suranné qui bordent les rues pavées et bruyantes de Corkie. Je crus entendre les sirènes des grands navires roulés par la houle et le pépiement perlé des merles dans les buissons de myrte. Le parfum ineffable des jasmins le long du fleuve au cours paresseux, les soirs d'été, mêlé à l'odeur forte de l'eau, les relents de sueur et d'huile de lin, les fragrances des épices venues des quatre coins du monde, toute l'haleine des quais me remontait aux narines avec une acuité insoupçonnée. Je sentais sur mes lèvres le sel marin et dans ma gorge l'arrière-goût fétide de l'eau sulfureuse, le miel des pêches mûres que l'on achetait sur le bord de la route de Tybee Island. Je sentais courir dans mes veines l'eau sombre et chaude des hauts fonds de l'océan au mois d'août, j'avais, sous le picotement glacial de la pluie d'Atlanta, la nostalgie de la tiédeur des averses estivales et de l'étrange lumière argentée qui émane des marécages reverdissant au printemps.

Savannah...

— Regarde ! cria Rachel en faisant un petit saut.

Je baissai les yeux et vis, juste entre mes chaussures bleues, un préservatif usagé qui se dressait contre ma semelle comme un petit lapin effrayé. Je fis un pas de côté et éclaboussai mes bas clairs tout neufs.

— Il y en a qui ont pris du bon temps la nuit dernière, on dirait ! dit-elle en riant.

Je me mis à rougir et ma voix s'étrangla dans ma gorge. Je n'avais jamais vu de préservatif auparavant, usagé ou non ; mes frères et mon père conspiraient pour me laisser dans une douce ignorance des choses du sexe. Pourtant je compris tout de suite de quoi il s'agissait.

Nous arrivâmes devant un petit bâtiment de pierre illuminé aux vitres embuées et plein à craquer.

— C'est là, dit Rachel. Ça te plaît, ou tu veux aller ailleurs ?

— J'aimerais voir Tight Squeeze. Nous y sommes passés hier soir et je l'aperçois de la fenêtre de ma chambre. Ça m'a paru... très intéressant.

— Nous venons juste de traverser Tight Squeeze, figuretoi. Il vaut mieux voir ça un soir d'été ou un jour de soleil, c'est vraiment nul le dimanche quand il fait un sale temps.

J'étais comme un enfant qui vient d'apprendre que le Père Noël n'existe pas et je suivis Rachel sans mot dire dans le temple des pancakes. Il m'arrive encore de fréquenter ces établissements, lorsque l'occasion se présente. Ils font toujours les meilleures galettes de pommes de terre à la crème que j'aie jamais mangées depuis ce premier jour à Atlanta. J'en ai pourtant essayé un certain nombre, depuis le Russian Tearoom jusqu'aux épiceries fines d'une demidouzaine de pays.

Une foule bigarrée et composite, des jeunes pour la plupart, disparaissait dans la fumée de cigarettes plus ou moins douteuses et les vapeurs du café. Ils portaient des perles, des plumes, des bottes, des lunettes de soleil et des vêtements en plastique laissant voir la peau nue. Les hommes avaient les cheveux souvent plus longs et mieux coiffés que ceux de leurs compagnes aux lèvres généreusement fardées

36

de Max Factor nacré. Les regards étaient alourdis par des faux cils recourbés comme ceux de Rachel et tous étaient chaussés de bottes à bout carré, comme une armée de conquérants. Rachel jeta son manteau sur le dossier de son siège. Elle portait une robe trapèze en vinyle blanc qui découvrait largement ses seins constellés de taches de rousseur et une découpe laissait son nombril à l'air. Lorsqu'elle s'assit, la robe remonta si haut sur ses cuisses gainées d'un collant résille que je détournai instinctivement les yeux. Je maudis l'émotivité, héritage de ma mère, qui me fit monter le rouge aux joues et qui, aujourd'hui encore, alors que peu de choses me choquent, m'envahit parfois de la poitrine jusqu'à la racine des cheveux.

— Alors, qu'est-ce que tu dis de ma nouvelle robe? fit Rachel avec un sourire radieux tout en allumant une Salem et en glissant des regards en coin pour juger de l'effet produit.

C'était réussi, elle était le point de mire de toute la salle.

— Étonnante. C'est du Courrèges?

— Non, mais je l'ai piquée! Si tu veux je te montrerai les bonnes occasions... Tu rougis, tu sais...

Je renonçai à prétendre qu'il n'y avait pas assez de choix chez Courrèges et Mary Quant et me tus.

Je me dis que derrière ses faux cils elle portait sur le monde un regard aigu et que son esprit était sans doute affûté mais mesquin et banal. J'étais de six ans son aînée et pourtant je me sentais bien plus jeune qu'elle, une petite provinciale mal dégrossie. Et je m'en voulais d'avoir honte. Ces jeunes gens avaient beau être sophistiqués et outrageusement dans le vent, moi j'étais la nouvelle rédactrice du journal de la ville. J'aurais mis ma main au feu qu'il n'y avait pas un seul diplômé d'université dans toute cette assemblée...

— Tu sais, je n'ai même pas une mini-jupe dans ma garde-robe. Dans mon école, les sœurs nous faisaient agenouiller et si notre jupe ne touchait pas le sol, elles nous renvoyaient nous changer. Les mini-jupes sont interdites dans la cité du Vatican et à Corkie, on n'en voit qu'à la télé. Pour moi de toute façon ce n'est pas une grosse perte, il faut être grande et maigre comme un mannequin pour s'habiller comme ça. Mes frères m'ont toujours dit que j'aurais l'air d'un ballon de plage si je mettais une mini-jupe.

– Tes frères sont des crétins. Tu es super bien roulée, même si la mini-jupe n'est pas ce qui te va le mieux. Tu sais, j'en ai plein mon placard à Notre-Dame des Pucelles mais je le ferme à clé et le matin quand je pars travailler je mets mon imper. L'imper, c'est génial pour ça, garde le tien et ferme ton armoire à clé. Sœur Mary James et sœur Clementia fourrent leur nez partout.

– Et alors? Elles ne peuvent pas nous renvoyer à cause de notre tenue vestimentaire, nous ne sommes plus à l'école et il n'est pas fait allusion aux vêtements dans le règlement. Nous sommes des adultes, maintenant.

– A leurs yeux, nous sommes toujours des brebis égarées, bien sûr elles ne peuvent pas te renvoyer à cause de ce que tu portes mais elles pourraient bien te chercher des noises. C'est déjà arrivé à plusieurs filles. Je suis impatiente d'avoir mon propre appartement.

– Pourquoi restes-tu ici?

– Parce que c'est l'endroit le moins cher de toute la ville, tiens! Pourquoi crois-tu que toutes ces filles sont là? Dès que j'aurai assez d'argent, je prendrai un appartement à Colonial Homes.

– Où est-ce?

– Vers Buckhead. C'est le quartier qui monte, il y a des avocats, des banquiers, des agents de change et tout et tout. Mon amie Joyce qui habite là-bas m'a raconté qu'il y a une voiture de sport dans chaque garage et des fêtes tous les soirs. Il y a une piscine et le soir après le travail et les week-ends les garçons font du porte à porte avec des boissons pour en offrir aux nouvelles venues...

– Qu'est-ce que c'est que ce Buckhead?

– Il faut vraiment tout te dire! C'est le quartier le plus riche de la ville, dit Rachel en jetant autour d'elle des regards avides. Tu verrais ces maisons, gigantesques! Très vieilles aussi. Il y en a une de presque cent ans qui a été transformée en country-club. C'est là que Joyce travaille, elle est serveuse, elle prépare les cocktails mais elle est aussi danseuse, elle a mis sur pied une sorte de night-club là-bas. Il paraît qu'il y a des robinets en or dans les toilettes. Lorsque j'habiterai à Colonial Homes je ne sortirai qu'avec des gars de ce club, tu peux me croire... Il faut absolument que tu voies Buckhead, si tu veux on peut y aller dimanche prochain, il y a un bus direct, le 23.

Ancien, à peine cent ans ? Je pensai à Savannah, aux couleurs pastel de ses maisons de stuc patinées par les siècles, à ses grandes bâtisses blanches au bord du fleuve, largement centenaires.

Contrairement à la plupart des habitants de Savannah, je n'avais pas de penchant pour la nostalgie, bien au contraire, mais à cet instant, à des kilomètres de ma cité natale, je sentis combien une ville peut résonner des mille échos du passé. Là-bas, on est aspiré par le vertige infini des siècles écoulés, il y a sous l'écume des jours des sédiments solides comme de l'argile rouge et si je n'avais guère d'attirance pour le vertige, je sentais l'argile à fleur de conscience.

— Je crois que c'est le 23 que je dois prendre pour aller travailler, il faudra que je vérifie, j'ai noté ça quelque part... Tu ne m'as pas dit que tu as déjà un petit ami ?...

— Tant que je suis au foyer, Carl fait l'affaire, mais il faut bien s'amuser dans la vie ! Quand j'habiterai à Colonial Homes, adieu Carl, bonjour Buckhead ! A moi le bon temps !

— J'espère que tu ne lui as pas dit ça !

— Pas folle, la guêpe ! Je le laisse croire qu'il est Superman mais c'est un jeu, il le sait. Et il n'hésiterait pas à me jeter comme une vieille chaussette s'il trouvait mieux... C'est comme ça ici, ça bouge à toute allure et il faut pas se poser trop de questions.

Je ne répondis pas. Si c'était ça la règle du jeu à Atlanta, je me dis que je ne m'y ferais jamais. J'avais tout faux, mes vêtements étaient ringards, mes espérances sans fondement et mes expériences passées trop différentes.

Mais c'était parce que j'avais envie de changer que j'étais venue, alors... J'apprendrais... Si cette gamine écervelée réussissait, pourquoi pas moi ? Et lorsqu'elle me proposa d'aller draguer dans la salle, j'acceptai.

Je pris ma respiration, bombai le torse sous mon manteau bleu marine et lui emboîtai le pas dans la foule.

J'ai rarement vécu instants plus désagréables que ceux-ci. Rachel semblait à tu et à toi avec tous ces jeunes gens emplumés, posant sa main sur une épaule par-ci par-là, rejetant avec de fiers mouvements de tête ses cheveux roux, dénoués à présent, qui tombaient en cascade sur ses épaules. Elle riait en esquivant une caresse, exhalait la fumée avec impertinence tout en ondulant dans la foule. Je la suivais péniblement, un sourire plaqué sur le visage, engoncée dans mes vêtements démodés, sous les regards condescendants, des rires à peine étouffés fusant dans mon dos. Lorsque Rachel s'arrêta enfin devant deux jeunes gens efflanqués, regard vorace et teint terreux, cheveux balayant le col et bottes à revers, affalés devant une table surchargée de cendriers pleins, je prétextai un besoin pressant et m'éclipsai vers les toilettes. L'endroit était peu ragoûtant mais heureusement désert. Je vomis dans le lavabo et aspergeai d'eau fraîche ma figure brûlante.

Quelques minutes plus tard, Rachel, toute rouge et les yeux brillants, me rejoignit. Elle fourragea dans son sac à la recherche de son maquillage puis étala un blush rouge brique sur ses pommettes et une couche de blanc crayeux sur ses lèvres. Dans son excitation, elle dégageait une odeur de musc qui se mêlait à son parfum doux-amer.

— On a tiré le gros lot! s'exclama-t-elle. Les garçons m'ont dit qu'il y a une fête monstre vers Lindbergh, et ils veulent nous inviter. Il y a des appartements super là-bas... Ils sont en voiture, ils viendront nous chercher. Tu as tapé dans l'œil du brun, il s'appelle Earl et il te donne rendez-vous.

— Écoute, Rachel, je n'ai vraiment pas envie...

— Allez, tu n'as rien à craindre, il est plus vieux qu'il ne le paraît, il a un bon boulot chez Lockheed. Et puis tu ne vas pas rester chez les sœurs à faire ta petite lessive, il n'y a rien à faire ici le dimanche soir, c'est mortel! C'est l'occasion pour toi de faire connaissance avec des gens dans le coup et de voir à quoi ressemble une party! Je vais te mettre un peu de blush et te donner de quoi te faire les yeux...

En fouillant, elle répandit le contenu de son sac, et une plaquette de pilule à demi entamée roula sur le sol. Je restai pétrifiée, comme si j'avais vu un serpent sortir du sac de Rachel. Je ne savais pas comment se présentaient les pilules contraceptives mais je n'eus pas le moindre doute, comme tout à l'heure pour le préservatif. Je me sentis rougir et me concentrai sur mon image dans le miroir, m'affairant à ma coiffure. J'aurais aimé faire preuve de désinvolture, dire quelque chose de drôle, mais la gêne me nouait la gorge.

Rachel se tut pendant un long moment. Puis elle remit prestement les pilules dans son sac et fit claquer le fermoir. Je m'attendais à quelque plaisanterie mais elle dit d'un ton grave :

— Tu penses que je vais aller tout droit en enfer, c'est ça ?

— Mais non...

— De toute façon, j'en ai rien à fiche de ce qu'on pense de moi. J'ai envie de m'amuser et de profiter de la vie avant d'être vieille et moche ou coincée à la maison avec des mioches braillards, et personne, surtout pas l'Église, ne va me dire ce que je dois faire de ma vie. Tu viens ou tu viens pas, je m'en moque, mais ne te mêle pas de mes affaires.

Je ne répondis rien. En sortant, elle se retourna :

— Tu viens ?

Je fis signe que non.

— J'ai vraiment cru que tu n'étais pas comme les autres...

Puis elle referma la porte derrière elle et me lança :

— Tu peux encore aller à la dernière messe à Saint-Joseph si tu te dépêches...

Je restai un instant immobile, à me regarder dans la glace, et les battements de mon cœur se calmèrent un peu. Puis je remis mon imperméable et me frayai un chemin vers la sortie. Dans Peachtree Street j'aperçus Rachel avec les deux jeunes gens ; la pluie avait cessé et le même brouillard pesant enveloppait la ville. Je parcourus le chemin en sens inverse en zigzaguant entre les flaques et les ordures, la morsure du froid se faisant plus vive que jamais à travers mon mince manteau. Je me sentais vieux jeu, humiliée par la réaction méprisante de Rachel. J'étais au bord des larmes et je me sentais seule comme jamais encore. A Corkie, la solitude n'existait pas, on vivait les uns sur les autres et cette sensation de vide m'était inconnue jusqu'à présent.

J'avais l'intention d'aller à Saint-Joseph mais à la pénombre et à la froide odeur d'encens je préférai soudain un endroit éclairé et vivant, sentant le pop-corn grillé, et entrai dans le petit cinéma où se jouait le film de Bergman. J'en ressortis, deux heures plus tard, comme un plongeur qui remonte à la surface d'une eau noire, encore abasourdie par les images funestes du cinéaste suédois. Je n'aurais pu choisir pire et, par ce sombre dimanche, je découvris Atlanta sous son plus mauvais jour.

En poursuivant mon chemin dans les rues désertes, noyées de brume, où seules émergeaient du néant les pâles flaques de lumière des réverbères, je me sentis accablée par le poids de mon erreur. Que pouvais-je attendre en effet d'une ville du Nord peuplée de jeunes parvenus et pourquoi étais-je si sûre de trouver l'Eldorado? Je ne m'en souviens plus. Je n'étais venue que deux fois auparavant à Atlanta, la première avec l'école Sainte-Zita pour une rencontre de clubs de jeunes, où j'avais dormi dans la même chambre qu'une camarade et la sœur chargée de nous chaperonner, la seconde pour rendre visite au frère cadet de mon père, Gérald, qui habitait une petite maison à Kirkwood. Je devais avoir neuf ans à l'époque et nous n'étions pas là depuis deux jours que mon père et mon oncle s'empoignaient à propos de je ne sais quel affront imaginaire fait à l'Irlande, et nous repartîmes à Savannah. J'imaginais Atlanta plutôt comme Corkie mais avec des jardins autour des maisons et sans les odeurs de poisson du port.

Pourtant je savais, depuis toujours, qu'Atlanta était une ville fascinante et prestigieuse où vivaient les stars de cinéma. Si seulement je trouvais la clé...

Par ce froid crépuscule, je doutai pour la première fois de la trouver un jour...

De retour au foyer Notre-Dame, je me dirigeai vers la salle à manger, ayant réalisé que la grande sensation de vide que j'éprouvais était peut-être en partie due à la faim. La salle à manger était sombre et déserte. Sœur Mary James, émergeant de la cuisine, me dit qu'il n'y avait pas de service le dimanche soir, la plupart des pensionnaires ayant fait un plantureux repas à midi dans leurs familles.

– Je pensais que vous l'auriez lu, c'est inscrit dans le règlement, poursuivit la sœur. En tout cas je supposais que vous auriez mangé quelque part en ville avec Rachel, elle sort souvent le dimanche soir.

– Je n'ai pas très faim de toute façon.

– Comment avez-vous trouvé la messe? Je crois que c'est le père Diehl qui dit celle de onze heures.

42

– C'était très intéressant. Bon, eh bien, je vais écrire quelques lettres et faire la connaissance des autres jeunes filles...

– Elles sont couchées, je crois. J'étais là-haut il y a quelques minutes et toutes les portes étaient fermées. Vous serez seule cette nuit encore, la mère d'Ansonia vient d'appeler pour dire qu'elle ne rentrerait qu'après-demain matin. La pauvre enfant a une sinusite et elle souffre beaucoup par des temps pareils. N'oubliez pas que le petit déjeuner est à six heures, au cas où vous voudriez assister à la première messe. Vous entendrez la cloche.

– Merci, ma sœur, bonne nuit.

La sœur avait raison, toutes les portes étaient closes. Bien plus tard, après avoir écrit une carte chaleureuse et optimiste à la maison, pris une douche rapide dans l'immense salle de bains glaciale puis préparé mes vêtements pour le lendemain, je me glissai sous les draps et éteignis la lumière. Cette fois-ci, je ne relevai pas le rideau baissé par les bons soins de sœur Mary James. Là, dans l'obscurité étouffante et le silence troué par les gargouillis du radiateur, je me dis que j'allais téléphoner au journal pour leur dire que j'avais changé d'avis et que je rentrais chez moi. Il n'y avait pas de honte à ça. J'aurais au moins vu Atlanta et je saurais me débrouiller quand j'y reviendrais. Un jour je serais quelqu'un d'important ici, une sorte de reine, j'en étais sûre, mais mon heure n'était pas encore venue...

Puis je me dis que ce n'était pas le bon choix ; quoi qu'il m'arrive, même si c'était la pire erreur de ma vie, il fallait que je reste.

Je m'aperçus que, pour la première fois de mon existence, je n'avais pas récité mes prières. Je sortis du lit pour m'agenouiller sur le plancher mais me ravisai. J'eus la sensation absurde d'être en danger. Je fermai les yeux. Sainte Marie, Mère de Dieu... Impossible de continuer, les mots rebondissaient au plafond et retombaient sur moi... J'essayai à nouveau, Sainte Marie, Mère de Dieu... en vain. Apparemment, la Sainte Vierge s'était détournée de moi... Ce fut ma dernière tentative.

Je perçus, loin à l'autre bout du couloir, assourdis par les lourdes portes de chêne, étouffés sous les draps, des bruits de pleurs. C'est un son que je reconnais entre mille, pour l'avoir si souvent entendu à Corkie, dans notre maison aux murs épais comme du papier à cigarettes. J'hésitai à me lever pour identifier l'endroit d'où cela venait, mais des pas pesants se firent entendre dans l'escalier, s'arrêtèrent devant une porte, qui s'ouvrit, puis se referma. Les pleurs cessèrent et je trouvai enfin le sommeil.

3

Cette nuit-là, je rêvai que j'étais à la maison et lorsque je sentis l'odeur des pancakes et du café chaud, j'essayai de l'intégrer dans mon rêve, comme pour différer l'instant douloureux du réveil.

Bientôt la lumière du jour inonda la pièce et j'entendis une voix rieuse :

— Debout, mademoiselle l'endormie ! Je crois que vous avez un rendez-vous en ville ce matin !

Tout engourdie de sommeil, je redressai la tête et vis une jeune religieuse qui posait un plateau sur le bureau. Elle s'assit sur le bord de mon lit et me tendit une tasse de café. Son visage semblait éclairé de l'intérieur.

— Buvez, dit-elle d'une voix fraîche et acidulée comme un bonbon. (Son accent n'était ni irlandais, ni du Sud.) Sœur Mary James m'a dit que vous n'aviez pas dîné hier soir, alors je me suis dit que, pour votre premier jour de travail, vous méritiez bien une petite faveur, mais n'allez pas croire qu'on sert le petit déjeuner au lit tous les matins !

— Merci, ma sœur, dis-je machinalement en clignant des yeux.

La pièce tout entière semblait transfigurée par sa présence et vibrait au son de sa voix. Après la grisaille de la veille, cela me parut miraculeux.

— Êtes-vous sœur Clementia ? demandai-je d'un ton incrédule.

Je l'imaginais mal faire équipe avec l'austère sœur Mary James.

– Non, et elle ne serait pas flattée si elle vous entendait ! dit la jeune religieuse en éclatant de rire. Je suis sœur Joan, je suis de service les jours de semaine, en tandem avec une autre sœur. Sœur Clementia et sœur Mary James assurent le week-end. Elles m'ont dit ce matin que vous aviez passé la journée avec Rachel et raté l'heure du dîner ; je sais que ni l'une ni l'autre ne vous auraient proposé une collation... Rachel, c'est leur calvaire ici-bas. Vous devez être impatiente de travailler... C'est formidable ! Vous savez que *Downtown* a reçu une récompense comme meilleur magazine de la ville ? Tout le monde en parle et on ne tarit pas d'éloges sur M. Comfort. Je peux vous dire que notre magazine n'a rien à envier à la presse nationale.

– Vous lisez *Downtown* ?

Mon air ahuri provoqua un nouvel éclat de rire chez la jeune nonne. Elle avait des yeux bruns chaleureux et son nez était parsemé de taches de rousseur. Elle n'était guère plus âgée que moi.

– Je suis diplômée de l'Art Institute de Chicago et je sais reconnaître un bon journal. M. Comfort m'a dit qu'il vous engageait comme rédactrice, vous devez être très douée !

– Vous connaissez M. Comfort ?

– Tout le monde le connaît, il fait partie de notre conseil d'administration et il a créé, avec d'autres notables de la ville, une commission informelle dans laquelle je travaille, une sorte de concile œcuménique sur le thème racial. Des représentants de toutes les confessions y participent, aussi bien noirs que blancs, entre autres le rabbin Jacob Rothschild et monseigneur Hallinan, notre archevêque. Je crois qu'il en sortira de très bonnes choses... En tout cas, M. Comfort m'a recommandé de veiller sur vous et – ses yeux brillèrent de malice – de ne pas vous laisser impressionner par les sœurs du week-end... elles sont parmi les plus dévouées de nos sœurs mais elles ont du mal à s'adapter à la vie moderne et le concile Vatican II a été un grand choc pour elles. Atlanta n'est pas une ville pour les traditionalistes.

En la regardant, j'eus soudain comme un déclic.

– Sœur Joan, vous... est-ce vous que j'ai aperçue en train de jouer de la guitare samedi soir sur Tight Squeeze ? Je passais avec mon père et...

46

— ... et vous avez vu deux religieuses et un prêtre parjures chanter au milieu des hippies et votre pauvre papa a eu une montée d'adrénaline, c'est ça? C'était moi en effet, je le confesse, avec sœur Catherine et le père Mark, de Saint-Stephen. Nous appelons ça « mission de rue » et je vous avoue que j'adore ça. Je sais que l'action que nous menons ici peut surprendre, et certains de nos membres plus âgés la comprennent difficilement. Mais nous pensons... Monseigneur l'archevêque pense... que ces missions sont très utiles. Atlanta est une ville faite pour les jeunes. J'espère que votre papa n'a pas été trop choqué?

— En réalité, en voyant ce lieu de perdition, il était sur le point de me ramener à la maison, mais il vous a vus et le miracle s'est produit!

Je ressentis un immense élan d'affection pour cette jeune religieuse espiègle au visage constellé d'éphélides qui se tordait de rire au pied de mon lit. Je n'avais jamais connu de sœur comme elle auparavant...

— Bon, je descends, je vous laisse vous préparer. Je voulais juste vous souhaiter la bienvenue. Ah... sauriez-vous où est Rachel? Elle ne s'est pas montrée au petit déjeuner et son lit n'était pas défait. Nous sommes un peu inquiètes.

Un frisson glacé me parcourut l'échine.

— Elle est allée à une fête avec des garçons que nous avons rencontrés... Elle a dit que c'était dans un quartier très connu mais je ne me souviens plus du nom. Les garçons avaient l'air très bien...

— Ils l'étaient, je n'en doute pas. Ne vous inquiétez pas, ce n'est pas la première fois qu'elle ne rentre pas, je vous posais juste la question car les autres sœurs sont dans tous leurs états...

— J'espère qu'elle ne risque pas... d'être mise à la porte ou quelque chose comme ça...

— Bien sûr que non. Nous ne sommes pas ses tutrices, et du moment qu'elle paie son loyer... mais je pense souvent à elle, et parfois, Dieu me pardonne, je crois que c'est une brebis égarée...

Je fus touchée par le ton grave de sœur Joan : elle me parlait d'égale à égale, ce n'était plus une conversation entre un professeur et une élève ou une religieuse et une de ses ouailles mais un véritable échange entre femmes. Je repensai à la plaquette de pilule qui avait glissé du sac de Rachel et j'aurais mis ma main au feu que sœur Joan était au courant.

— Merci pour le petit déjeuner et pour tout, ma sœur.

— Ne me remerciez pas, c'est tout naturel. J'attends avec impatience le récit de votre première journée de travail. Au fait, votre prénom est bien Maureen, n'est-ce pas ?

— Parfois on m'appelle Aesling, répondis-je, pensant que j'avais encore une chance d'échapper à Smoky.

Mais sans doute avais-je parlé sans conviction, car sœur Joan entendit autre chose.

— Ashley... Ashley O'Donnell. C'est très joli. Un vrai nom de journaliste. Très actuel. Bienvenue, Ashley O'Donnell.

Et elle disparut dans un tourbillon de jupes.

Je demeurai pensive un moment... Ashley O'Donnell... ça ne me déplaisait pas, ça ne faisait ni irlandais ni catholique, mais plutôt jeune et prestigieux : Ashley O'Donnell, responsable d'une chronique au magazine *Downtown*, Atlanta, Géorgie.

Avant d'affronter le froid piquant de ce clair matin, je roulai la ceinture de ma jupe bleue de façon à découvrir mes genoux et brossai mes cheveux en laissant une cascade de boucles folles masquer l'un de mes yeux. Puis je me mordillai les lèvres, frottai mes pommettes et sortis. Si Aesling O'Donnell de Corkie n'était pas dans le vent, Ashley d'Atlanta mettrait des mini-jupes et se ferait coiffer par Sassoon.

Malgré l'heure matinale, toute la ville était déjà vibrante d'activité et les trottoirs noirs de monde semblaient danser sous les pas des jeunes gens et jeunes filles qui se hâtaient vers leur travail. Le bus 23 bringuebalait au milieu d'une circulation dense et joyeuse, de jeunes et élégants conducteurs pilotaient des voitures rutilantes et les devantures des magasins brillaient de tous leurs feux. Une joie irrésistible monta en moi, comme les bulles d'une boisson pétillante, et je dus me mordre les lèvres pour ne pas rire tout haut. J'étais l'heureuse élue : parmi tous ces jeunes gens bien mis, j'avais été, moi, choisie par Matt Comfort pour occuper une fonction importante au sein du prestigieux magazine *Down-*

48

town. Je m'enfonçai au cœur de la cité ruisselante de lumière, entre les tours de bronze et d'argent, et murmurai : « Maintenant, à toi de jouer, ma fille »...

Avec le recul, je me rends compte à quel point cette époque était passionnante et pleine de contradictions. Nous étions à un point culminant de notre évolution, à peine un an avant que l'amour ne se change en colère. Nous vivions sur la lancée d'un passé radieux et les événements à venir étaient encore imprévisibles. A un meeting en Californie, de drôles d'énergumènes avaient proclamé que pour la première fois dans l'histoire de l'humanité, le nombre des vivants égalait celui des morts. Les incantations des yogis et les complaintes de Janis Joplin et de Jimi Hendrix commençaient à gagner la côte Est et les Beatles étaient adulés d'un bout à l'autre du pays. Le mannequin filiforme Twiggy aussi bien que les «go-go dancers» œuvraient pour la conscience nationale au même titre que Timothy Leary, le pape du LSD, Ken Kesey et son *Vol au-dessus d'un nid de coucou*, et Hugh Hefner avec la revue *Playboy*. Martin Luther King junior, inspiré par Stokely Carmichael et Eldridge Cleaver [1], alors à l'aube de leur gloire, prêchait la non-violence. Au Vietnam le conflit n'était pas encore une guerre ; les grands mouvements, comme les Black Panthers, la libération sexuelle et le féminisme, étaient encore en gestation.

Fin 1966, on parlait de « baiser » sans arrêt mais l'usage de la pilule n'était pas encore passé dans les mœurs et personne n'avait osé poser une bombe contre le siège d'une industrie pharmaceutique. Cette année-là, on appelait encore les femmes « ma poulette » même dans les milieux les plus révolutionnaires et être serveuse ne paraissait pas le comble de l'aliénation. NOW, l'organisation féministe de Betty Friedman, en était à ses balbutiements et les coqueluches de l'époque s'appelaient Twiggy et Doris Day. Woodstock et ses débordements amoureux n'auraient lieu que dans deux ans... L'assassinat du président Kennedy, qui remontait à trois ans, était toujours perçu ici comme une aberration de l'Histoire. Dans cet autobus bondé, dans le soleil levant de ma nouvelle existence, je marchais sans le

1. Leaders des mouvements en faveur des Droits civiques pour les Noirs. *(N.d.T.)*

savoir au bord d'une faille qui allait déchirer l'Amérique quelques années plus tard.

En descendant de l'autobus, à Five Points, j'inspirai une goulée d'air froid et en levant la tête j'aperçus la cage de la danseuse, vide à présent. Un peu plus haut, au quatrième étage de l'immeuble de pierre, une pancarte suspendue à la fenêtre indiquait : « Musée du grand Sud : objets manufacturés. Visite sur rendez-vous » et une autre, plus petite, exhortait le visiteur à ne pas rater le « Grand Serpent ».

Je ne pus m'empêcher de rire en pensant à mon père. Le pauvre homme ! Sa bonne petite catholique de fille livrée aux griffes du monstre par le bus 23 ! Au quinzième étage du Commerce Building, en sortant de l'ascenseur où se mêlaient des effluves de Miss Dior et des odeurs de tabac et de laine, je souriais encore.

Devant la porte laquée rouge portant l'inscription *DOWNTOWN* en lettres capitales, je lissai mes cheveux, toujours tout sourire, puis je respirai un grand coup et tournai la poignée. Je sentais mon sang battre à mes tempes et mon cœur prêt à exploser dans ma poitrine.

Le petit vestibule était vide mais j'entendis, derrière une porte fermée, des rires, et même, me sembla-t-il, un chant. Un désordre indescriptible régnait dans la petite entrée : des manteaux, des cartons et des magazines sur papier glacé s'empilaient sur un canapé bleu et sur des chaises tubulaires rouges, débordant jusque sur le tapis. Sur une table basse trônait un loup ou un coyote empaillé rongé aux mites, coiffé d'un sombrero. Au fond de la pièce, trois bureaux en métal encombrés de papiers supportaient des machines à écrire. Sur chacun, il y avait un chevalet porte-nom avec un nom féminin. Deux hautes fenêtres donnaient sur la cascade de toits ruisselants de lumière. Les portes des bureaux portaient elles aussi des noms que je ne parvins pas à déchiffrer. Au plafond pendait une enseigne miniature de Southern Comfort.

Je restai là, me demandant que faire, lorsqu'une main mimant un bec, bientôt suivie d'un bras, émergea d'un rideau. Les doigts s'ouvraient et se refermaient comme des pattes d'araignée et le propriétaire du bras apparut soudain : c'était un grand jeune homme au teint basané, une épaisse chevelure brune retombait sur ses yeux marron aux paupières lourdes ; il avait un visage de faucon et le corps le plus élégant que j'aie jamais vu : de larges épaules, des hanches étroites et de longues jambes. Il portait un très beau manteau de tweed gris avec un pantalon de flanelle d'un gris plus clair. Sa cravate était de guingois sur sa chemise blanche à col boutonné.

— Que désirez-vous ? s'enquit-il d'un ton solennel.

Sa voix était douce et profonde.

— J'ai rendez-vous avec M. Comfort.

Mon accent irlandais, que j'avais pourtant réussi à estomper, ressortit sous l'effet de l'émotion, au point de rendre ma réponse quasi inintelligible.

Un sourire d'une blancheur éclatante fendit le visage de mon interlocuteur.

— Qui êtes-vous donc, ma chère ? Vous ne portez pas le trèfle d'Irlande à la boutonnière mais on ne me la fait pas ! s'exclama le jeune homme avec un accent de Corkie plus vrai que nature.

Les gens que j'avais entendus rire derrière une porte sortirent du bureau à la queue leu leu pour me voir. Je rougis comme une pivoine.

— Je suis Ashley O'Donnell, je vais travailler ici, soufflai-je dans un murmure.

Mon nom me parut subitement puéril et fabriqué et je me fis l'effet d'un personnage de roman pour jeunes filles en fleur : mon front et mes joues étaient en feu. Soudain, Hank Cantwell se détacha du petit groupe, me prit dans ses bras et me fit tournoyer en l'air, mes talons battant ses tibias.

— Cette bonne vieille Smoky ! hurla-t-il en me posant à terre.

Tous se pressèrent autour de moi pour me saluer et j'entendis alors pour la deuxième fois, à travers le brouhaha des paroles de bienvenue, le timbre éclatant de la voix de Matt Comfort :

— Voici donc cette Smoky O'Donnell, promise à un brillant avenir ! Amenez-la-moi, que je la voie !

— Je vous présente votre nouvelle rédactrice en chef, Smoky O'Donnell, dit Hank à l'équipe, puis il me prit par la main et m'entraîna jusqu'au bureau du fond sous les félicitations et les paroles de bienvenue.

C'est ainsi que commença ma collaboration avec Matt Comfort.

Lorsque je le connus mieux, je me dis qu'il n'aurait pas pu avoir un autre bureau que celui-ci : c'était un bureau d'angle, deux fois plus vaste que ceux de ses collaborateurs, élégant, original et chaleureux, le creuset de la création du magazine. Une épaisse moquette grise étouffait le bruit des pas. Il y avait un canapé recouvert de tweed gris, des divans et deux magnifiques fauteuils signés Eames. Une étagère en verre et chrome garnissait le panneau entre les fenêtres et des tables basses, elles aussi en verre et chrome, étaient disposées près des divans. Un tapis d'Orient aux couleurs chatoyantes brillait comme un joyau sur la moquette grise et des haut-parleurs dissimulés dans les murs diffusaient « England swings like a pendulum do ». Il n'y avait pas un centimètre carré d'espace vide dans toute la pièce.

Les collaborateurs affalés sur les chaises et les canapés, assis sur le tapis d'Orient, fumaient des cigarettes et buvaient du café. Des livres, des journaux et des disques s'entassaient jusque sur le sol. Des planches-contacts, du courrier, décacheté ou non, des maquettes du magazine, des loupes et des appareils photo, des pots remplis de crayons, de la colle, des cendriers débordant de mégots étaient éparpillés un peu partout. Dans un coin, sur un magnifique plateau d'argent terni, il y avait une bouteille de liqueur avec des verres en cristal. Aux murs étaient affichés les unes du magazine et différentes récompenses, des photos de personnages plus ou moins célèbres, toutes dédicacées, ainsi qu'un grand calendrier du mois de décembre 1966, crayonné et raturé de toutes parts. La pièce semblait tourner autour de moi et je ne vis pas tout de suite l'homme assis derrière le grand bureau en bois de rose.

Puis il se leva et vint à ma rencontre. Il me donna une rapide accolade et me plaqua un baiser sur la joue.

— Bienvenue dans la galère, ma chère. Je me présente, Matt Comfort.

— Ça me paraît évident, dis-je en riant, aussitôt imitée par tous.

Il était exactement à l'image de son bureau, élégant, excentrique, habillé avec raffinement mais toujours avec un

détail qui clochait. Le grand Harold Ross, du *New Yorker* –
à qui il vouait une admiration sans bornes –, disait de lui
qu'il ressemblait à un lit défait, même si c'était un lit avec
des draps de chez Porthault.

C'était un homme de petite taille. Je ne l'avais pas imaginé ainsi et, même après de nombreuses années à ses côtés,
je ne pense toujours pas à lui comme à quelqu'un de petit.
Pourtant il mesurait à peine un mètre soixante-dix et confi-
nait à la maigreur. On aurait dit qu'il était fait de minces
copeaux de cuivre. Sa silhouette était presque caricaturale :
légèrement voûté, les épaules un peu affaissées, une tête
volumineuse et des traits burinés qui lui donnaient tantôt
de faux airs du président Lincoln, tantôt l'expression cha-
fouine d'un renard. Il ne tenait pas en place et autour de lui
l'air semblait vibrer comme sous l'effet d'une percussion
silencieuse. Seule sa magnifique chevelure, une opulente
cascade d'un brun clair qui retombait sur ses yeux verts en
amande, rachetait l'ensemble. A cette époque où les
hommes arboraient des barbes hirsutes et de maigres favoris
aussi bien que des coupes en brosse, réminiscences de John
Wayne, Matt Comfort avait la crinière solaire de Kennedy
jeune – et cela lui allait à merveille. Il portait des lunettes
rondes cerclées de fer, rafistolées avec du sparadrap, son
visage et ses avant-bras étaient toujours maculés de taches
d'encre et ses beaux costumes de flanelle chiffonnés, et il
manquait invariablement un bouton à ses chemises. Même
les rares fois où je le vis en négligé ou en maillot de bain, je
trouvais qu'il avait cent fois plus de classe que quiconque.
Dans le Sud avide de héros de cette époque, il incarnait
Merlin l'Enchanteur, Huckleberry Finn et Casanova tout à
la fois et jamais il ne donna à un interlocuteur l'impression
qu'il était petit.

Il me prit par le bras et m'entraîna vers le canapé.

– Bon sang, lève-toi de là, Gordon, dit-il en fronçant les
sourcils. Toi aussi, Stubbs. Alicia, ma chérie, va nous faire
du café, s'il te plaît. Vous autres, au travail, si vous ne voulez pas que Patterson vous fiche à la porte ! Je ne suis pas
votre maman !

Le long jeune homme au visage de faucon se déplia du
canapé en souriant, aussitôt suivi par un garçon barbu et
courtaud qui portait des lunettes de soleil. Une étonnante

jeune femme en mini-jupe de laine écossaise et collant rouge sur des jambes interminables s'extirpa d'un des fauteuils signés Eames et se glissa hors du bureau dans un sillage de cheveux blond cendré et de Joy, non sans nous avoir gratifiés, Matt et moi, d'un regard parfaitement indéchiffrable. A part Hank et une jeune fille boulotte au nez retroussé, en robe trapèze bleu marine et col roulé blanc, tous s'exécutèrent de bonne grâce. Hank tapota le canapé pour m'inviter à m'asseoir. Je me posai sur le bord du siège, qui était très bas, pour ne pas risquer que ma jupe se retrousse de façon indécente. En me voyant serrer convulsivement mon sac sur mes genoux, Matt se mit à rire et me tendit le plaid jeté sur l'accoudoir.

— Bénies soient les mini-jupes ! dit-il en riant. J'ai fait raccourcir les pieds du canapé quand j'ai compris que cette mode ne serait pas un feu de paille ! Voyons un peu, que je vous mette au parfum : le sale paresseux à votre gauche, c'est Tom Gordon, notre directeur artistique. Derrière ses lunettes, c'est Charlie Stubbs, notre autre chroniqueur. Il revient tout juste de sa lune de miel mais comme il s'obstine à garder ses carreaux, impossible de savoir comment ça s'est passé. Cette charmante personne est Teddy Fairchild, responsable de la production, une vraie terreur.

La jeune fille replète me lança un « hello » accompagné d'un joli sourire. Elle était peu maquillée, ses cheveux étaient retenus par un bandeau et quand elle souriait, son nez se plissait et ses yeux bruns pétillaient. Je lui rendis son sourire. La jeune fille blonde revint avec un plateau chargé de tasses de café qu'elle déposa sur la table basse puis, d'un mouvement ondulant, se laissa glisser sur le tapis au pied de la chaise de Matt. D'une main fine, elle dégagea les cheveux de son front et agita les doigts en direction du paquet de Viceroy de Tom Gordon qui lui tendit une cigarette et lui donna du feu.

— Voici Alicia Crowley, dit Matt, également connue sous le nom de Tondelayo. C'est une redoutable secrétaire. Au rez-de-chaussée ils veulent tous lui sauter dessus, alors nous la gardons ici pour la protéger !

— Ce qui n'est pas pour te déplaire, dit-elle d'une voix légère comme celle de Jackie Kennedy.

Dès cet instant, bien qu'incapable d'expliquer pourquoi,

je fus certaine de deux choses : la première, c'était qu'elle ne serait jamais de mon côté, la seconde, qu'elle couchait avec Matt.

— Eh bien, vous connaissez tout le monde, dit Matt Comfort, à part la secrétaire de rédaction, le publiciste et notre contrôleur qui doit être quelque part en train d'exercer sa redoutable activité. La plupart du temps, nous faisons appel à du personnel extérieur pour le graphisme et une partie de la rédaction, comme ceux qui viennent juste de sortir d'ici. Ce sont d'excellents reporters, qui écrivent généralement bien. Ils traînent souvent dans mon bureau parce que Gene Patterson ne les laisse pas boire un café tranquilles. Je les soupçonne aussi de vouloir sauter sur Alicia... ils n'ont aucune chance, en tout cas, je crois... mais ils gardent espoir.

Je me sentis rougir à nouveau. C'était la première fois que j'entendais un homme parler de cette façon devant des femmes.

— Il me semble que vous êtes la personne la plus demandée de l'équipe, dis-je à Alicia, consciente de paraître coincée dans mes vêtements provinciaux démodés.

Alicia se contenta de me renvoyer un petit sourire sans chaleur.

Hank me fit voir mon bureau, plus petit que les autres, avec une fenêtre orientée au sud. La vue n'était pas aussi grandiose qu'au nord, où s'élevait le complexe urbain révolutionnaire de John Portman, mais j'étais folle de joie. Le dôme du Capitole, ourlé d'or par le soleil du matin, se détachait sur la ligne bleue des collines de Géorgie. A côté, on apercevait les nouveaux bâtiments administratifs qui faisaient penser à de gros morceaux de sucre, l'écheveau des nouvelles autoroutes et la coupole bleutée du nouveau stade. Jusqu'à Corkie, la première saison des Braves d'Atlanta avait fait l'objet de discussions passionnées.

A travers ce petit carré de verre, j'embrassais la quintessence de la ville au milieu des années soixante : le stade et l'autoroute avaient été construits en moins de six ans et l'aéroport international de Hartsfield, qui venait tout juste d'ouvrir en 1966, bruissait déjà d'activité. Sa fréquentation venait tout de suite après O'Hare à Chicago. Moi qui n'avais jamais pris l'avion, j'étais très fière : même si j'avais coulé des jours tranquilles à Corkie, j'aurais tout de même été consciente du bouleversement extraordinaire qui s'opérait à Atlanta. Une poignée d'hommes, les héritiers des grandes familles de Buckhead, les princes du commerce, était littéralement en train de réinventer la ville. L'un d'entre eux, l'exubérant Mills B. Lane, de la Citizens & Southern Bank, était originaire de Savannah, où il possédait des champs de coton. J'ai toujours considéré M. Lane comme un saint patron, celui qui avait quitté Savannah pour écrire son nom en lettres d'or au fronton d'Atlanta. Moi aussi, j'y parviendrais...

— Il est un peu petit mais tout à toi, dit Hank. Qu'est-ce que tu en dis, Smoke? Ça vaut le bureau du *Naut*, tu ne trouves pas?

— C'est sans comparaison, fis-je en le serrant brièvement contre moi. Je ne réalise pas encore tout à fait.

— Moi non plus, et pourtant tu es là, en chair et en os, dit Hank en me donnant une petite tape amicale sur les fesses.

Je repensai avec attendrissement à nos badinages, du temps d'Armstrong et d'*Argonaut*. C'était la première fois que j'avais une relation amicale totalement libre de sous-entendus avec un garçon – et c'est resté la seule. C'était grâce à Hank que j'avais trouvé ma vocation et je lui confiais des secrets que je n'avais confiés qu'à Meg Conlon, et encore... C'était lui qui m'avait ouvert des horizons sur le monde qui palpitait loin de l'univers confiné de Savannah et du Sud créole. C'était avec Hank encore que tard dans la nuit, dans un café près du campus, j'avais pleuré la mort du président Kennedy. Il avait fait exprès la route depuis Atlanta et c'était la seule personne que j'avais envie de voir. Tout le monde à Corkie se lamentait sur la mort d'un fils d'Irlande mais nous, nous pleurions l'idéal qui était mort avec lui. J'aimais Hank d'un amour inconditionnel, tranquille et égoïste. Je ne sais pas pourquoi il ne m'a jamais demandé de sortir avec lui, peut-être pensais-je qu'il n'avait pas sur moi des visées autres que celles que j'avais sur lui. A l'époque, en tout cas, il n'était pas dans mes habitudes de poser des questions.

Les autres membres de l'équipe vinrent se présenter : il y avait Sue Anne Hudspeth, chef de bureau et préposée à la réception, une dame d'âge mûr un peu enrobée avec une choucroute laquée sur la tête et une voix atone qui me donna une chiquenaude sur la joue en affirmant qu'il était temps qu'on embauche enfin des femmes dans le service. La secrétaire de rédaction, Sister Clinkscales, était blonde comme les blés, avec des yeux bleus et un gros ruban bleu layette noué dans les cheveux. Elle portait un pull et une mini-jupe en angora bleu et paraissait avoir treize ans.

— Salut, Smoky, dit-elle d'une voix menue comme celle d'une petite fille. Ma meilleure amie, Kitty Dubignon, est de Savannah, je parie que tu la connais. Je crois qu'elle s'est mariée avec un garçon qui travaille au journal local.

Je connaissais effectivement la famille Dubignon, qui possédait une part importante des sucres Fournier, et je savais qu'une des filles était mariée à Clay Gilchrist, dont les ancêtres avaient fondé le *Savannah Morning Courier* à la fin du XVIIIᵉ siècle. Tout Savannah était au courant des frasques de Kitty Dubignon et, malgré l'argent de son père, elle avait été renvoyée de l'Université de Géorgie. Quelques semaines après l'incident, elle avait épousé le jeune Clay Gilchrist.

— Je sais qui c'est, en effet.

J'imaginais mal de quelle utilité pouvait être cette Sister pour la rédaction, elle ne semblait même pas capable d'ôter le couvercle d'une machine à écrire ! Mais son petit visage était exempt de malice et son sourire était contagieux comme un rire d'enfant.

— Kitty et toi étiez encore au biberon que Smoky travaillait depuis longtemps... fit Hank en tirant sur le ruban bleu de Sister. Au fait, où sont-ils tous passés ?

— M. Carnes a parlé d'une réunion là-haut, dit Sister. Il veut que tout le monde soit là. Il va encore nous parler des machines à café, il est persuadé que c'est nous qui les démolissons... M. Comfort a demandé que Smoky réponde au téléphone pendant que nous sommes là-haut, elle est au-dessus de tout soupçon. Je vais vous montrer comment fonctionne le standard, il y en a pour une minute.

— Je m'en doute...

C'était une personne adorable. Des années plus tard, j'ai appris qu'elle avait fait des études de droit après son deuxième bébé et était devenue une avocate d'une redoutable habileté. Mais une fois remise de mon étonnement, je me dis que son destin était prévisible. Ce que Matt appelait « la futilité » de Sister cachait une brillante intelligence et, dès le premier jour, je l'avais perçue dans ses grands yeux bleus.

J'étais à peine installée à son bureau que le téléphone sonna.

— *Downtown*, que puis-je pour vous ? demandai-je non sans une pointe de fierté.

Une voix masculine très agacée me répondit.

— Ici M. Carithers, de Dynatech. Bon sang, est-ce que votre numéro de décembre va paraître un jour ? Ça fait déjà six jours que Thanksgiving est passé et il devait sortir avant ! Dites à Comfort que j'attends une ristourne sur la publicité. Il n'est pas là ?

— Il sera de retour dans quelques minutes, il est en réunion. Je lui ferai part de votre appel.

— Sister ?

— Non, c'est Ashley O'Donnell. Je suis la nouvelle rédactrice.

— Bon sang ! aboya Carithers. Il n'est pas fichu de sortir sa revue dans les temps et il embauche de nouveaux rédacteurs ! Il a intérêt à m'appeler au plus vite !

Et il me raccrocha au nez.

— Bien le bonjour, espèce d'abruti, fis-je, piquée au vif.

J'avais l'intention de jeter un coup d'œil au dernier *Downtown* qui traînait sur le bureau de Sister mais le téléphone ne m'en laissa pas le loisir. La plupart des appels étaient pour Matt, pour le chef de publicité ou pour Don Cavanaugh. Il était question du retard du numéro de décembre mais après tout, me dis-je, nous n'étions pas encore en décembre.

Il y eut enfin une accalmie et je pus admirer la couverture de ce fameux numéro, une caricature du célèbre et ténébreux Robert Woodruff, l'inventeur de Coca-Cola, déguisé en Père Noël, qui sortait de sa hotte des avions et des stades, lorsqu'une odeur répugnante, un mélange ahurissant de terre mouillée, d'encre d'imprimerie, de détritus décomposés au soleil, de vinasse et d'huile de moteur me frappa les narines, me tirant de ma lecture : un homme d'allure simiesque parcourait le vestibule en chancelant sur un vélo, les lèvres pincées sous l'effet de la concentration. Je me contentai de le regarder d'un air incrédule.

58

Il ressemblait à un vieux gnome. Une barbe poivre et sel de plusieurs jours recouvrait ses joues flasques et il arborait, couronnant des mèches d'un blanc jaunâtre qui lui balayaient les épaules, une casquette de baseball des Yankees de New York luisante de crasse. Il portait des knickers en flanelle grisâtre, plusieurs couches de sweaters sous une veste douteuse et de vieilles baskets noires avec trois ou quatre épaisseurs de chaussettes. Ses mitaines trouées me firent penser, bizarrement, à celles en dentelle que nous portions à Sainte-Zita pour danser... Le porte-bagages de son vélo débordait de journaux en lambeaux et de magazines jaunis et un globe terrestre suspendu autour de son cou par une ficelle infecte complétait son accoutrement.

Il déposa amoureusement sa bicyclette contre le canapé et se mit à déballer ses journaux tout en marmonnant fébrilement. Je pris une longue inspiration, ce que je regrettai immédiatement.

— Que puis-je pour vous? fis-je d'une voix étranglée.

Il sembla alors seulement s'apercevoir de ma présence et me jeta un regard de vieil oiseau effarouché.

— Où est la petite écervelée qui est là d'habitude? Ce n'est pas vous.

— Non, je suis nouvelle... je... je m'appelle Ashley O'Donnell.

Je ne savais pas qui appeler au secours, peut-être devais-je me précipiter au rez-de-chaussée dans les bureaux... mais y avait-il seulement quelqu'un?

Soudain, il me sourit avec une infinie douceur et me tendit une main que je pris mollement.

— Je me présente : Francis Brewton, dit-il en faisant une profonde révérence. Je suis dans le métier et j'ai beaucoup de clients chez vous. J'ai quelque chose pour Matt, un document qu'il recherche depuis longtemps, et je vous parie qu'il n'y en a pas deux dans tout le pays! Ça va lui coûter cher!

— Ah... eh bien, il est en réunion là-haut... Pouvez-vous me confier le document en question...

— Non, je veux voir sa tête quand il verra de quoi il s'agit. Je vais le lui porter moi-même. Mais peut-être seriez-vous intéressée par des magazines? J'ai ici quelques journaux féminins rares, en parfait état.

Il extirpa de son barda quatre numéros du *Ladies Home Journal* datés de 1911, 1912 et 1914, effectivement bien conservés.

Je les regardai d'un air contrit. Francis Brewton rayonnait littéralement, exhibant ses chicots dans un grand sourire.

— Mm... Combien en voulez-vous?

— Dix dollars, dit-il d'un ton sans appel. Ils en valent quinze mais pour les collaborateurs de Matt, je les fais à dix.

Je pris dans mon porte-monnaie un billet de cinq dollars que je lui tendis. Je ne me sentais pas de taille à discuter avec lui, non qu'il me fît peur, mais j'étais subjuguée par son extraordinaire confiance en soi, et l'idée m'effleura que cet homme avait dû avoir des revers de fortune.

— Merci. (Il empocha l'argent et enfourcha son engin.) Je vais voir Matt à l'étage. Si par hasard je le ratais, dites-lui que j'ai *Les Luthériens* tout relié.

— Je n'y manquerai pas.

L'odeur persista longtemps après son départ. Je feuilletai les pages sépia du *Ladies Home Journal* en essayant d'oublier que les cinq dollars représentaient le prix de l'autobus pour la semaine lorsque j'entendis la porte de l'ascenseur. Toute l'équipe envahit bientôt le bureau. Matt fermait la marche en compagnie d'un homme chauve et corpulent vêtu d'un costume trois-pièces bleu. Il avait un visage rougeaud et une expression fermée. A ma vue, sa bouche, petite et arrondie comme celle d'une femme, se fendit en un large sourire.

— Smoky, je te présente Culver Carnes, président de la Chambre, le patron des patrons, dit Matt Comfort. Il faut être très aimable avec lui!

— Ravi de vous avoir parmi nous, Smoky, dit Culver Carnes d'une voix qui me rappelait celle d'un speaker de radio de mon enfance.

— Merci, monsieur Carnes, je suis très heureuse.

— Elle est vraiment très jolie, vous n'aviez pas exagéré, Matt, dit Culver Carnes en me tapotant l'épaule. Vous êtes content de votre nouvelle recrue?

Il nous fit un clin d'œil à Matt et à moi tandis que, dans son dos, Tom Gordon louchait en tirant la langue. Je me mordis les lèvres pour ne pas éclater de rire.

— C'est la plume la plus acérée du Sud, dit Matt sans sourciller.

60

– Vous avez eu plusieurs appels, monsieur Comfort, dis-je du ton le plus professionnel possible tandis que Hank Cantwell et Charlie Stubbs faisaient semblant de botter le derrière de Culver Carnes. Je les ai notés, tout est sur le bureau. Ah... un certain M. Francis Brewton a demandé à vous voir, il avait quelque chose à vous remettre. Il vient juste de partir.

– Mon Dieu! s'exclama Matt en riant. Tu as eu ton baptême du feu, on dirait! Il me semblait bien avoir senti Francis en sortant de l'ascenseur, en effet! Qu'est-ce qu'il a essayé de te vendre? L'almanach rural de 1929?

– Des numéros du *Ladies Home Journal* de 1911, 1912 et 1914, fis-je piteusement.

– Combien as-tu payé ça?

– Cinq dollars...

– Le salopard... Il va falloir sévir avec Francis. Demande à Sister de te passer cinq dollars de la cagnotte. Il ne faut jamais donner plus de deux dollars à Francis, c'est la règle, il le sait très bien, et il en a profité avec toi parce que tu es nouvelle. Je n'aime pas ça du tout.

– Je vous ai dit et répété de ne pas l'encourager, Matt, fit Culver Carnes d'un ton revêche. Où est-il allé?

– Il a dit qu'il montait, fis-je d'une petite voix.

– Bon Dieu! rugit Carnes. Vous savez qui est dans mon bureau en ce moment? Todd Ingram en personne! Un type qui a entre les mains plus d'argent que vous en verrez dans toute votre vie, Matt! Et qui ne sait pas encore s'il va investir ici dans un complexe de bureaux ou dans un stade à Birmingham! Rien que ça! C'est bien le moment que cet abruti de Francis Brewton se balade dans les couloirs sur sa bicyclette!

– Je suis désolé, Culver. Il n'a pas le droit de monter, il le sait. Il a dû oublier...

– Comment diable est-il entré? Le gardien avait des consignes...

– C'est moi qui lui ai dit de le laisser passer quand il fait en dessous de zéro. Il dort sous le viaduc de Spring Street depuis la fermeture de l'asile Saint-Joseph. Je ne tiens pas à laisser crever de froid un pauvre bougre octogénaire, figurez-vous! Il ne gêne personne et de toute façon il ne va plus jamais dans ton bureau.

– Figurez-vous que ça me gêne, quand j'ai le président de tout le Sud prêt à lâcher vingt mille dollars, que Francis Brewton traîne à la recherche du directeur de *Downtown*! Qu'est-ce que je suis censé dire à Todd Ingram?

Carnes était cramoisi et criait dans la figure de Matt.

– Vous pourriez lui demander si sa grand-mère fait du vélo, dit Matt d'une voix mielleuse, mais son regard était totalement dénué d'expression.

Derrière le dos de Carnes, Tom Gordon et Charlie Stubbs s'éclipsèrent en réprimant un fou rire.

– Vous finirez par me faire sortir de mes gonds, Matt! N'oubliez pas que vous ne valez pas plus cher que cette feuille de chou locale!

– N'oubliez pas que nous sommes connus à New York, Culver, répliqua Matt d'un ton désinvolte, mais il était blanc comme un linge.

Il fourra ses mains dans les poches de sa veste de tweed toute froissée et regagna son bureau à grands pas.

– Prenez garde de ne pas vous retrouver un jour dans le train pour votre bled de Humble au Texas, hurla Carnes dans le dos de Matt avant de sortir en claquant la porte.

Tom et Charlie passèrent la tête à la porte de leurs bureaux. La dispute m'avait ébranlée : que deviendrais-je si Matt était renvoyé avant même que ma collaboration à *Downtown* ait commencé?

– Il m'a dit qu'il avait *Les Luthériens* relié, dis-je dans le silence et les deux compères éclatèrent de rire.

Matt sortit de son bureau pour connaître le motif de cette hilarité et se mit à rire à son tour. Il me serra brièvement contre lui et je ris aussi pour ne pas être en reste. J'avais compris qu'il fallait être drôle et rapide, cela plaisait, je ne l'oublierais pas.

Durant la matinée, je fis la connaissance des membres de l'administration qui, à quelques exceptions près, m'accueillirent plutôt fraîchement, puis j'allai déjeuner avec Hank. Il m'emmena chez Émile, un petit restaurant français proche du Commerce Building. L'endroit était sombre, rempli de gens qui buvaient des cocktails en riant et semblaient bien connaître Hank. Un homme aux sourcils broussailleux, avec de grosses lunettes, adressa un signe de tête et un sourire à Hank.

– On dirait...

– ... Ralph McGill, c'est bien lui. Papy vient souvent déjeuner ici, surtout les jours où il y a du foie de volaille. C'est une sorte de restaurant non officiel de la Constitution.

– Tu le connais vraiment?

– Pas personnellement. C'est Matt qui le connaît, et il sait qui nous sommes. Tu ne vas pas lui demander un autographe, tout de même. Il est affreusement timide.

– Ne dis pas de bêtises... Mais j'aimerais bien... C'est un véritable héros, tu sais... Mon père serait fou s'il savait que je suis sous le même toit que Rastus McGill. Je voudrais qu'il me voie en ce moment!

– Il ne vaut mieux pas...

C'était la première fois de ma vie que je mangeais dans un restaurant français et je commandai des foies de volaille sur toast avec des champignons.

Hank me demanda si je buvais du vin et je le regardai en riant.

– C'est vrai qu'on ne t'appelle pas sainte Smoky pour rien! J'ai tellement l'habitude de déjeuner avec Matt et les autres... que j'ai oublié qu'on peut vivre autrement qu'en prenant au moins deux Martini en apéritif et du vin avec les plats! Aujourd'hui, grâce à toi, je vais me mettre au régime sec, ça ne me fera pas de mal!

– Vous buvez tous autant?

Je croyais que ces repas bien arrosés où il était de bon ton de boire des Martini en apéritif étaient l'apanage des mauvais romans sur Madison Avenue.

Hank eut l'air étonné de ma question.

– Je pense que oui. Quand nous sommes tous ensemble, nous parlons et rions sans prêter vraiment attention à ce que nous buvons et lorsque nous avons un gros bonnet de province à table, nous lui offrons à boire, c'est normal. Matt peut ingurgiter une quantité phénoménale d'alcool sans jamais accuser le coup. Après un repas où il a bu dix fois plus que tout le monde, il est capable de sortir un numéro hors pair, de décrocher une interview réputée impossible ou de vendre douze pleines pages de publicité au nez et à la barbe de Jack Greenburg. Il est incroyable! Si nous avions bu seulement le quart, nous aurions déjà roulé sous nos bureaux!

— Il doit avoir les moyens...

Je pensais à ce que pouvaient coûter de telles agapes tous les jours de la semaine, pour tous les membres de l'équipe.

— Mon Dieu non, il n'est pas riche. La rumeur locale veut qu'il soit arrivé avec exactement quatorze dollars en poche. Il a vécu au foyer de la jeunesse chrétienne pendant six mois. Tom Gordon y est encore, il vient de divorcer et ne possède guère que ce qu'il a sur le dos. Il n'y a pas de riches parmi nous, sauf Teddy et Sister, dont les pères respectifs possèdent, l'un le plus gros cabinet immobilier de la ville, l'autre toute la Géorgie du Sud. Alicia a un appartement du tonnerre mais je suis à peu près sûr que ce n'est pas elle qui paie le loyer. Matt vit dans un deux-pièces de Howell House payé par le Conseil. Les autres ont des studios ou partagent des appartements. Matt se plaît à dire que nous touchons un salaire deux fois moins élevé que n'importe où ailleurs, pour deux fois plus de travail. Il ne t'a rien dit ? Pour ce qui est des repas et autres défraiements, je crois que c'est le Conseil qui paie.

Matt Comfort m'avait effectivement prévenue au sujet de la rémunération et des horaires et cela n'avait fait qu'accroître mon envie de travailler avec lui.

— Dis donc, il doit vraiment être dans les petits papiers du Conseil pour avoir tous ces avantages et pour se permettre de parler à M. Carnes comme je l'ai vu faire. J'étais terrorisée... je croyais pourtant que c'était son patron.

— C'est son patron mais ils ont une drôle de relation tous les deux : les insultes et les cris font partie du jeu. Culver est réellement agacé par la désinvolture de Matt, qui travaille toujours sur la corde raide, et le fait de réussir un magazine sans tomber dans le sensationnel et le sordide fait de nous des vedettes locales. Tout le Conseil nous déteste et nous envie pour ça. Ne crois pas que tu te feras des amis là-haut... Mais Culver sait que Matt est un authentique génie, et si jamais nous obtenons une autre récompense, tout le bénéfice sera pour lui : c'est lui qui a sorti Matt du lot et à sa façon, il l'aime. Ça n'est pas un imbécile, il sait reconnaître le talent. Il a eu une boîte de relations publiques et il sait de quoi il parle : nous ne risquons rien tant qu'on parle de nous à New York. Et c'est vrai, Matt ne bluffait pas. Mais il a le don de pousser Culver à bout, il sait exacte-

64

ment jusqu'où aller trop loin avec lui. Il a fait une affaire personnelle de son combat contre la suffisance et le paternalisme des supérieurs et il est toujours en porte à faux par rapport à eux. La majorité des membres du Conseil se réjouirait de sa mise à pied. Il vole trop haut pour eux. Mais à part ça, il est la coqueluche de toute la ville. Et je crois qu'il aime bien Culver, au fond. C'est compliqué...

— Il n'y a donc pas de souci à se faire pour ce bon vieux Culver! Tu ne trouves pas qu'il ressemble à un manchot empereur?

— Écoute, Smoky (Hank posa sa fourchette et me lança un regard grave), il ne faut surtout pas sous-estimer Culver, ni ceux qui président à nos destinées, là-haut. *Downtown* dépend d'eux, ils nous financent presque en totalité et sans eux nous aurions déjà bu le bouillon, étant donné la façon dont Matt dépense l'argent de la rédaction. Ce sont eux qui paient nos salaires. On peut bien se moquer de Culver Carnes, n'empêche qu'il a le pouvoir de nous virer, ainsi que Matt, n'oublie jamais ça. Nous traitons les sujets que le Conseil nous demande de traiter, en échange de quoi nous faisons ce que nous voulons à côté, mais en cas de désaccord ce sont eux qui ont le dernier mot. Heureusement, Culver a du flair et sait reconnaître le talent mais il pourrait aussi bien être nul et saboter nos sujets, nous n'aurions qu'à la boucler. Sois toujours aimable avec lui, traite les sujets nuls avec le même soin que les bons et ne te mets jamais en travers de sa route. Tout ira bien pour nous tant que Matt sera là.

Les propos de Hank me donnaient la sensation de marcher au bord d'un précipice mais j'aimais ça, je ne suis pas irlandaise pour rien.

— Il est marié? Je parle de Matt...

— Je crois qu'il l'a été. En tout cas en ce moment il est seul. J'ai entendu parler d'une femme au Texas. Il est vraiment de Humble, une ville de trois mille habitants proche de la frontière de l'Arkansas, sur la côte. Il aurait divorcé avant de venir ici et apparemment il est sans enfant. Personne n'en sait plus, sauf peut-être Alicia, mais elle est muette comme une tombe.

— Ils couchent ensemble, n'est-ce pas?

— Comment est-ce que tu sais ça, toi? Aucun d'entre nous n'a jamais osé se prononcer sur la question.

— Je ne sais pas, mais j'en suis sûre, ça se voit rien qu'à la façon dont il parle d'elle et à son comportement à elle en sa présence.

— Ah ouais... de toute manière ça n'est pas une affaire d'État. Il y a des quantités de gens qui couchent ensemble dans cette ville. Ça doit être dans l'air... Tout le monde, ou presque, est avec quelqu'un.

— Et toi?

— Moi? Je me demande où je trouverais le temps, même si j'avais l'argent pour! Je travaille six à sept jours par semaine, parfois jusqu'à dix-huit heures d'affilée. Il m'arrive de dormir sur un canapé dans le bureau de Matt quand on est charrette. Tout le monde fait ça. Et puis maintenant je t'ai, toi!

Je ne relevai pas.

— Tu veux dire que vous travaillez tous comme des fous? Je ne sais pas si je pourrai faire comme vous, Hank. J'ai envie de rencontrer des gens, de connaître la ville...

— Non seulement tu feras comme nous, Smoky, mais tu adoreras, tu verras. *Downtown*, ça sera toute ta vie et les gens qui y travaillent seront ta famille. Tu passeras tout ton temps avec eux, pendant et en dehors des heures de bureau, et tu les aimeras, la plupart du moins. Le reste du monde s'évanouit peu à peu, j'ai déjà vécu ça plusieurs fois. Seuls existent le magazine et les gens qui y consacrent leur vie. Tu sais, il y a plus de rires et d'enthousiasme dans un seul de ces petits bureaux que je pouvais imaginer. C'est ce que Matt attend de nous, pas consciemment sans doute, mais il sait susciter chez nous cette ferveur sans laquelle il est impossible de travailler avec lui.

— Et si je ne marche pas?

Je savais, au fond de moi, que je ne désirais que ça, dès le premier coup de fil de Matt.

— Je te connais, tu marcheras, comme nous tous, sinon tu ne resteras pas. Oh, il ne te virerait pas, tu partirais de toi-même... Ceux de la rédaction qui n'ont pas voulu – ou pu – se dévouer corps et âme à la cause de Matt Comfort sont partis tôt ou tard.

— Charlie vient de se marier...

— Et il ne va pas tarder à partir, tu vas voir. Il passait tous ses week-ends à travailler et venait toujours boire un verre

66

avec nous après le travail. Maintenant c'est fini et je te parie qu'il va trouver quelque chose de mieux payé d'ici peu. Nous lui ferons un somptueux cadeau de départ et adieu Charlie !

Je n'avais rien à dire à cela. D'un côté il paraissait déraisonnable d'exiger une telle dévotion d'un personnel aussi jeune et séduisant. Mais de l'autre, je n'imaginais pas qu'il pût en être autrement.

— Oh Hank, qu'est-ce que je vais devenir si je ne fais pas l'affaire ?

— Tu feras l'affaire. Matt ne t'aurait pas engagée s'il pensait le contraire. Et il saura te communiquer le feu sacré, si besoin est...

M. McGill était à présent en grande conversation avec deux hommes, un blond à l'air buté et un brun filiforme.

— C'est Gene Patterson, le rédacteur en chef de *La Constitution*, et Reese Cleghorne, du conseil régional. On ne les voit pas souvent ensemble... je me demande ce qu'ils font avec Papy.

— J'ai l'impression d'assister à un moment historique.

— Tu as sans doute raison, Smoky. Ce qui me frappe à Atlanta, c'est qu'on voit l'Histoire en train de se faire.

Je travaillai tout le restant de l'après-midi dans le bureau de Tom Gordon à composer des légendes de photos. Tom était très exigeant et ne tolérait aucun blanc ni aucune ligne d'un seul mot, une « veuve », comme on appelle ça en typographie. A la fin de la journée, j'avais composé une quantité honorable de pavés impeccables, j'étais maculée de taches d'encre et je rougissais aux compliments de Tom malgré mon mal de tête. Sous des dehors graves, il était doté d'un tempérament agréable et d'un humour tranquille et dévastateur. Je me sentis très proche de lui, comme si nous venions d'échapper ensemble à une catastrophe naturelle.

— Charlie est nul pour ce genre de boulot. Toi au moins, tu apprends vite.

Je m'étirai et regardai autour de moi. Les lumières de la ville scintillaient dans le crépuscule. Je jetai un coup d'œil à ma montre : six heures et demie. L'heure réglementaire de fermeture des bureaux était passée depuis longtemps. Hank m'avait prévenue... Je me demandai à quelle heure était le dîner et si le 23 circulait encore. La mort dans l'âme, je m'apprêtais à prendre mon imper pour rejoindre cette autre planète qu'était Notre-Dame, lorsque l'éclat d'un cuivre, bientôt suivi de la voix de stentor de Matt, brisa le silence du bureau.

— Assez bossé pour aujourd'hui ! Rendez-vous au Top dans cinq minutes !

— Qu'est-ce que c'est que ce raffut ?

— Quelqu'un a eu l'idée de génie de rapporter à Matt un avertisseur de taxi des Bahamas. On a bien essayé de le cacher mais il le retrouve à chaque fois et Frank Greenburg menace de lui apporter une corne de brume, histoire de changer un peu ! Viens, prends ton manteau. Nous allons presque tous les jours prendre un verre au Top, à l'angle de Peachtree : de là-haut, on a une vue extraordinaire sur la ville, et c'est Matt qui paie !

— Je ne sais pas si...

Matt passa la tête par la porte du bureau : on aurait dit qu'il venait de se battre avec des alligators, sa mèche était en bataille et sa cravate toute tire-bouchonnée.

— Ce soir nous allons boire du champagne en l'honneur de Smoky. Je sens que c'est le commencement d'une merveilleuse amitié.

— Euh... c'est-à-dire, bredouillai-je... j'ai déjà raté le dîner une fois... je ne sais pas à quelle heure est le dernier bus... et je crois que l'extinction des feux est assez tôt en semaine...

— J'avais oublié ce fichu foyer ! Je vais appeler sœur Joan pour la prévenir que tu seras en retard, tu n'auras qu'à dîner avec Tom ou Hank et ils te raccompagneront, mais on va te trouver autre chose, cette histoire d'horaires est stupide et puis il faut que je t'aie à portée de la main en cas de besoin...

— Tu as l'air d'oublier que c'est toi qui l'as fait entrer là, dit Hank avec un large sourire, c'est bien toi qui sièges au conseil d'administration, non ?

— Tu sais très bien que j'avais une sacrée dette vis-à-vis de l'archevêque et que c'est lui qui m'a forcé à y entrer, espèce de petit malin ! Et puis sans ça, son père ne l'aurait jamais laissée partir mais elle n'est pas obligée d'y rester. Dis-moi, Teddy, mon petit cœur, quand est-ce que ton amie se marie ? demanda Matt en haussant la voix.

68

– A Noël...

La réponse lui parvint assourdie à travers la porte du bureau où Teddy Fairchild était restée cloîtrée tout l'après-midi.

– Viens que je te présente ta nouvelle colocataire!

Je me sentis vaciller.

– Je vous en prie, Matt, ne l'obligez pas à faire ça, elle ne me connaît même pas. Elle a peut-être envie de vivre avec quelqu'un d'autre...

Mais Teddy Fairchild entra dans le bureau de Tom, posa une petite main pas très propre sur mon bras et me gratifia d'un sourire chaleureux.

– Au contraire, je serai ravie de t'avoir : ça sera formidable d'être avec quelqu'un qui sait ce que c'est que de travailler ici. Les autres rouspètent tout le temps parce que je ne suis jamais là quand c'est mon tour de cuisine ou de ménage! Comme ça je ne serai plus la seule! Prends le temps d'y réfléchir quand même, Colonial Homes est assez éloigné du centre, tu préfères peut-être plus près.

Je ne pus m'empêcher de rire.

– Colonial Homes sera parfait! J'accepte avec plaisir. J'en ai déjà assez du foyer et ça fait à peine deux jours que j'y suis!

– Polly part le 1ᵉʳ décembre : elle va passer quelque temps dans sa famille avant de se marier. Tu peux t'installer à la fin de la semaine, si tu veux.

– Oh, que oui!

– Je viens de téléphoner à sœur Joan, dit Matt en rentrant dans le bureau, c'est une chic fille. Tout est réglé. Bon, on y va? Je meurs de soif!

L'air était clair et vif et en passant devant le building de la Banque de Géorgie, le plus haut de la ville, nous croisâmes des groupes animés et joyeux. Matt connaissait presque tout le monde et des « Salut, Matt, ça va? » fusaient de toutes parts.

Je remarquai pour la première fois que le trottoir était constellé de petites particules scintillantes comme de la poussière de diamant.

Au-dessus des lumières de la circulation, figées comme un glacier, l'ascenseur émergeait dans une vaste cage de verre suspendue dans le ciel de la nuit. Au centre de la salle se dressait un bar en cuir noir flanqué de tabourets où se pressaient deux ou trois rangées de buveurs, et le long des baies vitrées s'alignaient des petites tables. Dehors, la cité brillait comme un joyau dans l'écrin de velours bleu du crépuscule. J'émis involontairement un petit soupir de satisfaction et Matt me sourit.

— Ce soir, toute la ville est à vos pieds, ma chère!

Un petit orchestre jouait en sourdine des airs populaires. Lorsque le pianiste nous vit entrer, il sourit et se mit à jouer « Downtown » de Petula Clark.

> *Si tu te sens seul dans la vie*
> *Tu peux toujours aller...*
> *Au centre-ville*
> *Si tu as le cafard*
> *Le bruit et la fureur...*
> *Guériront tes peines de cœur*
> *Tranquille... au centre-ville*

J'avais l'impression que mon cœur allait éclater dans ma poitrine.

Nous prîmes place à une table près de la fenêtre et Matt commanda du champagne.

— A notre nouvelle recrue, dit-il en levant son verre. Santé, Smoky O'Donnell!

Je fis une dernière tentative, sans grande conviction, je dois avouer.

— Ashley. Je crois que je vais prendre Ashley comme pseudonyme.

— Pas question, dit Matt. Tu t'appelleras Smoky, c'est pour ça que je t'ai engagée, ma chérie : Smoky O'Donnell, c'est le meilleur pseudo que j'aie jamais vu... Avec un nom pareil, dans cinq ans tu travailles à *Holiday*. Ashley, ça fait terriblement débutante.

Il extirpa de son porte-documents un paquet allongé enveloppé de papier argent et orné de rubans bleus. Il contenait une plaque de bronze où était gravé, dans la typographie propre à *Downtown*, « Smoky O'Donnell, chef de rubrique ».

Je sentis des larmes me picoter les paupières et je portai à mes lèvres ma première coupe de champagne, en pensant que les moines qui l'avaient inventé disaient que la

70

première fois qu'on en boit, on a l'impression de boire des étoiles.

Et Maureen Ashley O'Donnell s'évanouit avec les dernières étoiles...

Smoky était née.

4

L'Atlanta que je découvris cette année-là faisait figure de symbole pour son époque. C'était une ville faite pour les jeunes, qui changeait à la vitesse de la lumière, palpitait la nuit et bruissait d'activité le jour. Comme si la cité s'éveillant après un long sommeil de cent ans, à l'inverse du vieux Rip Van Winkle [1] de la légende, éclatait de jeunesse, de vie et de volonté d'entreprendre.

Peut-être y avait-il dans le Sud de ce milieu de siècle des zones d'ombre, des courants souterrains tumultueux dont la majorité d'entre nous ne soupçonnait même pas la présence. Comment penser au mal quand on foule les prairies du jardin d'Éden?

Nous étions pour la plupart au moins aussi avisés et politiquement conscients que les citoyens du vieux Brigadoon [2] où le temps semblait s'être arrêté. Mais Atlanta avait gardé au fond d'elle-même quelque chose de Brigadoon : sous le bruit et la fureur de la cité moderne subsistait une petite ville de province naïve mais pugnace qui voulait se mesurer aux envahisseurs. Pour nous, Atlanta était en quelque sorte le village du futur.

Il y avait une solidarité entre ceux qui travaillaient au centre-ville, où se jouaient leurs destinées. La chanson de Petula Clark, qui semblait avoir été écrite pour nous, était

1. Héros d'un conte de Washington Irving, auteur américain du XIXe siècle. (*N.d.T.*)
2. Allusion au film du même nom, réalisé par Vincente Minnelli en 1954. (*N.d.T.*)

devenue notre hymne. Au cœur de la ville, les lumières étaient plus éclatantes, les soucis moins pesants... Sous la houlette de Matt Comfort se pressait une bande de jeunes gens enthousiastes et talentueux dont le cheval de bataille était ce magazine intelligent, adolescent et fantasque qui parlait de la ville aux habitants de la ville.

Occuper un poste clé à *Downtown*, c'était être une pièce maîtresse du puzzle, j'en pris conscience dès la première semaine. Nous travaillions énormément, parfois jusqu'à dix-huit heures par jour, et lorsque nous sortions en bande, Matt en tête, tous ceux que nous croisions nous enviaient. Je n'ai jamais rencontré personne qui ne me disc pas : « Tu travailles à *Downtown*, tu as de la chance, c'est un boulot génial! Je regarderai ta rubrique... »

J'étais effectivement très heureuse de mon sort, même si je réalisais encore mal ce qui m'arrivait depuis mon arrivée mémorable dans la Vista Cruiser de mon père.

A la veille de mon premier Noël citadin, tout était pour moi sujet d'émerveillement : le sapin géant dans la passerelle reliant les deux bâtiments des grands magasins Rich comme le petit cochon rose qui faisait faire des tours aux enfants sur le toit du building. Je restais de longs moments, accoudée au rebord de marbre de ma fenêtre, fascinée par toute cette splendeur. A l'heure du déjeuner, j'allais parfois avec Sister ou Teddy m'y promener, m'y enivrer de luxe et de richesse en parcourant les rayons regorgeant de choses trop belles pour être vraies.

C'est là que je vins faire des folies avec ma première paie : après le salon de coiffure, je m'offris un tailleur de laine rouge gansé de noir, j'achetai des cadeaux pour toute la famille puis, dans la griserie de l'instant, je donnai toute la monnaie qui me restait à une jeune fille de l'Armée du Salut. Moyennant quoi je dus emprunter à Teddy de quoi payer mes repas de la semaine... Cela ne se reproduisit jamais mais je garde une certaine nostalgie de ces achats débridés. Rien de ce que j'ai pu acheter par la suite, que ce soit à New York, Londres ou Rome, ne m'a procuré un tel plaisir.

Durant les semaines précédant Noël, il régnait à Atlanta une activité sociale intense et les soirées se succédaient. Les restaurants et les théâtres poussaient comme des champignons. Toujours en bande, nous assistions à des dîners, des inaugurations, des premières de pièces ou de films, nous dansions tard dans la nuit. Tout le monde connaissait Matt, on lui souriait, on nous faisait des compliments sur le magazine. Au bout d'une quinzaine de jours, j'avais appris à boire du vin ou du champagne sans être malade ni éprouver le besoin de me précipiter à confesse, et à travailler en me contentant de quatre ou cinq heures de sommeil par nuit. J'acceptais les compliments sans modestie aucune. Pris séparément, nous étions, je crois, des jeunes gens agréables mais dès que nous étions ensemble, nous avions un comportement exaspérant. Seul le grand talent de Matt, auquel nous étions associés, nous sauvait d'une hypertrophie de l'ego et Atlanta avait la réputation à Charlotte ou à Birmingham de se hausser du col, ce qui n'était pas tout à fait injustifié. Matt avait le don de tirer le meilleur de chacun de nous et rien, ni le surmenage, ni l'alcool, ni l'adulation dont il était l'objet, ne put jamais altérer cette faculté. L'effervescence et la créativité de cette époque sont encore très vivantes dans mon souvenir. Nous étions en permanence comme un geyser de champagne et aucun de nous ne retrouva par la suite cette vivacité d'esprit. Nous devons nos situations, toutes brillantes qu'elles soient, plus à notre constante pugnacité qu'à ces étincelles fulgurantes d'intuition. Même si plus tard, ils m'apparurent pour ce qu'ils étaient, à savoir d'éphémères phosphorescences, ce sont ces instants que je regrette le plus aujourd'hui.

C'était l'époque des héros : si Martin Luther King, les astronautes de la fusée Gemini et les survivants du clan Kennedy appartenaient à la nation, mon propre panthéon était composé de célébrités d'Atlanta, comme Ivan Allen Junior, Robert Woodruff, Ben Cameron, Richard Rich, Mills B. Lane, rejetons des plus vieilles familles de Buckhead, creuset de passions violentes. Tous étaient diplômés de l'Université de Géorgie et avaient fait fortune dans le Coca-Cola, directement ou indirectement. Ces hommes, en créant des entreprises d'envergure internationale, avaient résolument changé le visage du Sud et de la nation tout entière grâce à un fabuleux développement industriel et urbain. Pendant les flamboyantes années de leur ascension, ils avaient doté la ville d'un grand stade, de cinq équipes sportives de haut niveau, d'un centre culturel où s'exprimaient les chefs d'orchestre les plus célèbres, d'un aéroport international, d'un réseau d'autoroutes et d'un système scolaire adapté à la demande des industries.

Ces hommes, profondément enracinés dans leur ville et dans leur époque, n'auraient peut-être pas, en d'autres temps, fait figure de héros, car leurs mobiles n'étaient en aucun cas philanthropiques. Leur unique dessein était de faire de l'argent pour conserver leurs privilèges séculaires et ils se donnaient bonne conscience en répandant leurs bienfaits sur leurs concitoyens et sans doute connaissaient-ils leurs propres limites et savaient-ils qu'une fois Atlanta propulsée au firmament, ils seraient victimes de leur succès et leur classe politique finie.

Je me souviens de la première fois où Matt m'emmena prendre un verre dans les salons du Commerce Club avec la fine fleur du pouvoir et de l'argent, une confrérie de mâles arrogants et persifleurs.

– Nous avons suffisamment d'argent, dit l'un d'eux – je crois que c'était Ben Cameron –, pour faire ce que nous voulons, mais ça ne durera pas. Après, Dieu sait où il faudra aller le chercher...

Ben Cameron, alors en pleine ascension, était le porte-parole de toute sa génération.

A cet instant précis je tombai amoureuse du pouvoir et ce fut une histoire d'amour qui dura de nombreuses années. C'était la première fois que j'entrevoyais la puissance de la personnalité et, bien que consciente des tentations auxquelles le pouvoir expose, je suis toujours fascinée par lui. Sans cette attirance, je n'aurais pas fait carrière. J'ai passé ma vie à écrire sur le pouvoir.

Au Club, il y avait souvent des réunions impressionnantes aux heures des repas : des hommes séduisants, affables et désinvoltes, avec leur propre code et leur jargon, se saluaient en souriant et en se tenant par les épaules. Entre eux ils se tutoyaient mais cette familiarité ne franchissait pas les limites du cercle restreint des mâles de la bonne société d'Atlanta. Au Capital City Club ou au Commerce Club se donnait à l'heure des repas le spectacle du pouvoir en suspens. J'en avais le vertige...

— Laissez-moi écrire un article sur Ben Cameron, sup-pliai-je, ou interviewer le gouverneur Wylie ou Mills Lane. Je suis sûre que je peux faire un bon papier sur lui. Une jeune fille de Savannah interrogeant le plus célèbre de ses compatriotes, ça serait...

Ça aurait sans doute été très intéressant mais Matt faisait la sourde oreille comme chaque fois que j'exprimais le désir d'écrire sur les hommes influents de la cité.

— Tous les sujets sont déjà distribués... et puis j'ai besoin de toi pour les légendes et le calendrier des spectacles.

Pendant mes trois premières semaines, je rédigeai, des heures durant, des légendes pour les épreuves de Tom et passai un temps fou au téléphone avec les théâtres, restaurants et galeries d'art et recopiai des listes interminables sur ma vieille I.B.M. Selectric. Souvent vers sept ou huit heures du soir, les yeux me piquaient, j'avais les doigts raides d'avoir tapé et j'étais presque aphone à force de parler au téléphone. Cependant je ne me plaignis jamais et m'acquittai de mon mieux des tâches qui m'incombaient. Mais je n'avais toujours rien fait qui justifiât mon titre de rédactrice. Lorsque je faisais part à Matt de mon envie d'écrire de vrais articles, il prenait un air renfrogné. Je ne comprenais pas : il m'avait pourtant engagée au vu du travail de reportage que j'avais fait avec Hank, mais chaque fois qu'un sujet se pré-sentait, il le donnait à Charlie.

— Tu devrais la mettre un peu en sourdine avec Matt, me dit Hank à l'issue d'une réunion où j'avais une fois de plus essayé, en vain, d'obtenir un article. Si tu lui tapes trop sur le système, il ne te donnera jamais rien. Il faut d'abord que tu fasses tes classes.

— Je crois que ça suffit, non?

— Il veut te mettre à l'épreuve pour être sûr que tu en veux vraiment.

— Ce n'est pas en continuant à faire des légendes et un guide des spectacles que je vais pouvoir faire mes preuves !

— En tout cas, il n'aime pas qu'on fasse pression sur lui, surtout les femmes. Ça n'est pas la bonne tactique.

Je suivis les conseils de Hank et après tout, j'avais l'habi-tude, avec mes frères, de ne pas trop la ramener... et puis j'étais la fille de Liam O'Donnell de Corkie. Je n'en demeu-rai pas moins décontenancée et impatiente. Tom Gordon, à

76

qui me liait une réconfortante amitié née des heures de labeur passées ensemble, intercéda une fois en ma faveur : il venait de recevoir des photos de la ville au printemps par un nouveau reporter et il pensait que j'étais la personne la plus apte à faire l'article.

— Je tiens à ce que ce soit Bill Towery qui fasse ce sujet, dit Matt en lui jetant un regard détaché par-dessus ses lunettes. Je le lui ai promis lorsque nous nous sommes débarrassés de cette législature en janvier dernier.

— Il faudrait bientôt donner un vrai sujet à Smoky, c'est la meilleure que nous ayons jamais eue.

Les yeux verts de Matt se plissèrent derrière ses lunettes, Alicia fit un sourire onctueux et alluma une cigarette.

— Nous verrons ça quand nous aurons un bon photographe, dit Matt d'un ton sans réplique.

Tom n'insista pas et moi non plus. Mais ma joie d'être à *Downtown* s'était un peu émoussée. Qu'avais-je donc fait pour déplaire à Matt Comfort ?

Ce fut Teddy qui m'apporta la réponse, un des rares soirs où nous étions à la maison, en train de boire du lait et de grignoter des cookies.

— Je ne comprends pas pourquoi il m'a engagée puisqu'il ne me donne rien à écrire, dis-je sans vraiment attendre de réponse.

— En réalité, Matt n'aime pas les femmes, dit Teddy en ôtant ses petites lunettes rondes et en me regardant d'un air grave. On aurait dû te prévenir plus tôt... je croyais que Hank t'avait mise au courant. On lui attribue des tas de maîtresses, les femmes le trouvent irrésistible, et vice versa, mais la vérité est qu'il ne veut pas de femmes à la rédaction. Ça n'est même pas une politique délibérée, c'est comme ça, c'est tout.

— Il t'a bien engagée, toi. Et Alicia.

— Alicia, tu sais... Quant à moi, j'étais à la Constitution où je faisais du bon boulot et il m'a engagée comme rédactrice gérante mais tout ce que j'ai pu obtenir jusqu'à présent c'est la production. Je voulais retourner au journal mais je ne voulais pas faire de peine à mon père et puis maintenant je suis mordue, je ne veux plus quitter *Downtown*, nous sommes tous sous le charme.

Teddy était solide et simple dans sa robe de grand-mère en flanelle, elle avait mis de gros rouleaux pour avoir les cheveux bouclés le lendemain matin, c'était la seule concession qu'elle faisait à la coquetterie. Son visage rond et innocent ne portait aucune trace de maquillage; ses vêtements, bien que de très bonne qualité, étaient stricts et elle n'en avait pas beaucoup. Il fallait savoir qu'elle était la fille Fairchild, le plus gros cabinet immobilier de la ville, aussi célèbre à Atlanta que Coca-Cola. J'ignorais, avant que nous ayons publié un papier sur lui, qu'Olivier Fairchild était multimillionnaire. Teddy et son jeune frère Ollie avaient grandi dans une des plus grosses maisons de Buckhead, passaient l'été dans la résidence familiale de Sea Island, faisaient du ski à Aspen, de la voile à Northeast Harbour, avaient fréquenté les universités de Princeton et de Wellesley et allaient tous les week-ends au Driving Club Piedmont, mais à voir Teddy tout cela était insoupçonnable : elle ne s'en cachait pas mais n'en tirait aucune vanité non plus. Elle ne faisait jamais allusion à sa famille et à sa fortune, c'était la première fois ce soir qu'elle me parlait de son père et je ne l'en appréciai que davantage. Je me dis que mes parents, qui n'avaient que mépris pour les riches, auraient aimé Teddy, et je lui souris. De surcroît, c'était une catholique bon teint, et sa famille fréquentait assidûment la cathédrale Saint-Philippe en haut de Peachtree, à l'entrée de Buckhead. Il flottait autour de Teddy un parfum impalpable de jupe plissée et de chaussures à talons plats.

— Eh bien, si nous changions tout ça, toi et moi ? La lutte pour l'égalité des droits des femmes à *Downtown*, et tout ça... Nous ferions un tandem de choc, qu'est-ce que tu en dis ?

— Ça n'est pas possible, O'Donnell. Je crois que le seul moyen de se faire une place à *Downtown*, ce serait de séduire Matt. Les femmes, c'est son talon d'Achille mais même ça, ça ne marche pas. Alicia a bien essayé, elle a été embauchée comme secrétaire de Matt mais elle voulait une rubrique, alors elle lui a fait des avances, ça se voyait comme le nez au milieu de la figure. Rien à faire, elle est restée secrétaire. Tout ce qu'elle a obtenu, c'est un immense appartement et un salaire probablement plus élevé que celui de Tom ou de Hank mais elle n'a pas eu de rubrique.

– La pauvre chérie.. c'est Matt qui lui paie son appartement?

– Pas directement. Il l'a eu en contrepartie d'un espace publicitaire pour une agence immobilière. Il fait ça souvent... Pourvu que ça ne parvienne jamais aux oreilles de M. Carnes! Je crois que s'il devait payer de sa poche, il ne pourrait pas louer ailleurs qu'à Colonial Homes, il ne gagne pas tellement, tu sais, mais c'est un métier où il y a des à-côtés.

– Heureusement qu'elle n'est pas à Colonial Homes. Tu imagines si on tombait sur Matt Comfort au petit matin?

– Il ne reste jamais toute la nuit, c'est un principe. (Teddy s'arrêta net et rougit.) Du moins, c'est ce qu'on m'a dit.

Je me tus, stupéfaite. Teddy et Matt Comfort? Ici? Dans ce petit salon au canapé lustré, avec les petites chaises papillons de la chambre de collégienne de Teddy et ses meubles de famille? Dans son petit lit à colonnes dans la petite chambre à l'étage donnant sur le terrain de golf? Je n'arrivais pas à assembler les pièces du puzzle: rien dans leur attitude ne laissait soupçonner qu'il y eût quoi que ce soit entre eux. En tout cas, Teddy avait dû être malheureuse car je la connaissais assez pour savoir qu'elle était incapable de se donner à la légère. J'eus une bouffée de haine pour Matt Comfort puis je me sentis comme d'habitude horriblement gênée.

– Quoi qu'il en soit je n'ai pas l'intention d'abandonner, je veux ma rubrique. Et je ne serai pas obligée de coucher avec Matt pour l'obtenir, c'est toujours bon à savoir. Je ne vais tout de même pas baiser avec cet écureuil!

Teddy éclata de rire et vint vers moi puis me serra contre elle.

– Je suis contente que tu habites avec moi. J'aime beaucoup Polly mais elle n'a aucun humour et je te parie qu'elle n'a jamais dit «baiser» de sa vie, et d'ailleurs je ne suis même pas sûre qu'elle sache ce que ça veut dire.

Je ris à mon tour, tout en me disant que c'était peut-être la deuxième fois que je prononçais ce mot et que je ne connaissais pas plus que la malheureuse Polly le sens de ce terme.

Une semaine avant Noël, je fus invitée à une réception

chez les parents de Teddy. Tous les ans à la même époque, ils donnaient une soirée où n'étaient conviés que les intimes – ce qui doit faire dans les quatre cents personnes, dit Teddy en riant.

– Tu vas peut-être trouver ça ennuyeux à mourir, il n'y a pas beaucoup de moins de cinquante ans et personne ne danse. En général j'invite toujours une amie et j'espère que tu accepteras, sinon je risque de me faire coincer par une matrone qui va me bassiner toute la soirée avec ses problèmes de domestiques.

Je savais que Teddy, comme toute l'équipe, était libérale et je me demandais comment elle gérait ça dans son milieu. Il ne devait guère y avoir de libéraux chez les riches de Buckhead – pas plus qu'à Savannah, d'ailleurs.

– Je suis sûre que tes parents préféreraient te voir arriver avec un jeune homme. S'ils sont comme les miens... Ils ne te demandent pas sans arrêt pourquoi tu ne te maries pas ?

– Oh là là... fit Teddy en roulant des yeux, si ! On dirait que je déshonore la famille en étant célibataire ; enfin maintenant ils se sont un peu calmés. Je t'assure que je préfère cent fois être avec toi qu'avec les garçons que je connais depuis toujours. La plupart commencent à perdre leurs cheveux, et ils votent pour Barry Goldwater !

– Tu as un petit ami ?

Je n'avais pas vu Teddy se rendre à un rendez-vous depuis que j'avais emménagé. Mais ça ne faisait que trois semaines et ça ne signifiait pas forcément qu'il n'y avait personne dans sa vie.

– Non, pas pour le moment. J'en ai eu plusieurs. Des histoires assez sérieuses. Comment dire... on a tellement peu de temps... pour l'instant, le magazine me suffit.

– Je ressens la même chose, tu sais.

– Toi, tu ne vas pas rester seule longtemps ! Je te parie un déjeuner chez Émile que, disons à Pâques, tu seras avec quelqu'un.

– Qu'est-ce qui te fait dire ça ? dis-je, flattée.

– Je ne sais pas, tu as quelque chose... de vulnérable, et je connais les garçons d'Atlanta, ils vont avoir envie de te protéger !

– Mais je n'ai pas du tout envie qu'on me protège. Je suis partie de chez moi précisément pour échapper à ça !

— Je sais bien, mais j'en connais toute une flopée que ça n'empêchera pas d'essayer !

Par un froid samedi soir noyé de brume, avec ma nouvelle coupe de cheveux et mon tailleur rouge, je montai dans le joli petit coupé Mustang vert de Teddy. Ses parents habitaient une imposante maison en pierre et stuc sur West Andrews, à Buckhead. Même les vieilles maisons coloniales de Savannah, bien que très vastes, n'étaient pas aussi impressionnantes : c'étaient des maisons de ville, plus hautes et plus étroites, aux proportions élégantes. La demeure des Fairchild se dressait au sommet d'une colline boisée de chênes centenaires et de noyers blancs. Une allée serpentait jusqu'à l'entrée, devant laquelle brillait un énorme sapin de Noël, et les innombrables fenêtres illuminées étaient décorées de guirlandes piquées de bougies.

Une file ininterrompue patientait dans l'allée au bout de laquelle un policier engoncé dans son uniforme guidait les véhicules. Trois ou quatre jeunes gens en veste blanche aidaient les invités à s'extirper de leurs voitures. Déjà impressionnée par les vénérables maisons de Buckhead tout enluminées pour Noël, je me sentis, en découvrant le luxe de celle de Teddy, particulièrement déplacée et j'avais la gorge nouée. A coup sûr j'allais dire ce qu'il ne fallait pas, renverser mon verre sur un tapis d'Orient ou casser un bibelot de prix...

Le policier fit un petit signe à Teddy et elle arrêta la voiture devant les marches. Un des jeunes gens en veste blanche se précipita pour ouvrir sa portière.

— Joyeux Noël, mademoiselle Fairchild ! Je mets votre voiture au garage ?

— Joyeux Noël, Léon.

Sa robe de satin bleu marine se releva haut sur ses cuisses quand elle descendit mais le jeune homme fit semblant de n'avoir rien remarqué.

— Non, je rentre chez moi. Voulez-vous la garer discrètement... si nous voulons filer à l'anglaise... Au cas où notre cher gouverneur nous mettrait le grappin dessus.

— Oh, il est bien parti... Il avait déjà fêté Noël en arrivant, il empestait à quinze pas ! Je gare votre voiture près de la piscine, dans le sens du départ...

— Il faisait allusion à « Boy » Slattery?

Thomas John Slattery, à l'époque gouverneur adjoint de Géorgie, avait bien au-delà des frontières de l'État une réputation de buveur invétéré. C'était un vieux hâbleur qui distillait son venin sous une courtoisie affectée, et un fasciste effréné de surcroît. Il était méprisé et haï des libéraux et des modérés du Sud, adulé par tout ce que le pays comptait de réactionnaires – dont mon père et tout Corkie – et il était la risée de tous les autres. Issu de ce milieu fortuné, il avait cependant bâti sa carrière politique en courtisant le monde rural blanc et pauvre. La presse locale et nationale se faisait complaisamment l'écho de ses sempiternelles frasques au sein de la législature avant que le jeune gouverneur actuel, le libéral Linton Wylie, ne commette l'erreur de sa vie en le choisissant comme adjoint aux dernières élections. De cette façon, Wylie pensait rallier tous les suffrages du monde rural et neutraliser ensuite Slattery. Mais les choses ne s'étaient pas passées comme il l'avait prévu. Il avait jusqu'ici réussi de justesse à empêcher Boy de déclarer une guerre ouverte au Dr King et à ses jeunes partisans et, dans le Sud, les gens réfléchis ne voyaient pas d'un bon œil l'élection du nouveau gouverneur de Géorgie. Boy était deux fois plus populaire que Lint, violent et sans scrupules. Il avait, devant sa somptueuse maison de Buckhead, un poteau pour attacher les chevaux représentant un petit jockey noir et faisait hisser le drapeau de la Confédération tous les jours au milieu de sa pelouse. Ceux qui le prenaient pour un joyeux drille inoffensif se trompaient lourdement.

— Boy Slattery est un personnage absolument répugnant, fit Teddy avec une moue de dégoût. C'était le compagnon de chambre de mon père à Virginia et tous les ans mes parents se sentent obligés de l'inviter ainsi que son épouse. Ils prennent des leçons de danse ensemble, je crois. Chaque fois il se comporte comme un goujat, il me pince les fesses, insulte les invités, fait fuir tout le monde, boit tous les alcools de mon père et tous les ans mes parents jurent que c'est la dernière fois mais l'année suivante il est là!

— Boy Slattery... voilà un bon sujet...

— Oublie ça. Matt se ferait damner plutôt que de lui consacrer une ligne.

– Oui mais... ça pourrait être un réquisitoire subtil, on n'est pas obligé de faire des articles sur des gens qui font l'unanimité...

– N'oublie pas que nous sommes aussi l'organe officiel de la Chambre de commerce. Même s'ils adorent le vieux Boy, ça n'est pas le cas du reste du pays. Le critiquer dans la presse, c'est dire adieu aux dollars de cinq cents compagnies...

– Cette Chambre de commerce est décidément bien frileuse...

– Parles-en à Culver Carnes, il est là, dit Teddy en montant les marches du perron.

Un majordome noir en jaquette blanche nous ouvrit la porte. Je n'en croyais pas mes yeux, un maître d'hôtel, en livrée, comme au cinéma !

– Bonsoir, mademoiselle Teddy.

– Bonsoir, Frost. Joyeux Noël. Je te présente Smoky O'Donnell, ma nouvelle compagne de chambre.

Frost sourit et je serrai la main qu'il me tendait. Il me regarda comme si j'étais une extraterrestre et lorsque je réalisai que c'était pour prendre mon manteau, je devins rouge comme une pivoine. Teddy lui donna son élégant manteau noir à boutons argentés et moi mon imper.

– Ne t'en fais pas pour ça, me glissa-t-elle à l'oreille au moment où nous entrions dans le salon.

– Je ne m'en fais pas, répliquai-je, trahie par mon accent irlandais.

Je priai silencieusement pour que ce damné accent disparaisse, rien que pour une soirée...

Mais sans doute que ce soir-là le bon Dieu avait autre chose à faire car lorsque Teddy me présenta à ses parents, devant une cheminée digne d'un château médiéval, où crépitait un feu d'enfer, mon accent me trahit à nouveau et Teddy échangea un sourire complice avec son père. C'était un très bel homme : de haute taille, un peu voûté, ses cheveux argentés lui conféraient une grande distinction. La maman de Teddy, une copie conforme de sa fille en longue robe de velours rouge, posa un baiser léger sur ma joue.

– Bonsoir, ma chère, fit-elle d'un ton distrait. Teddy nous a dit qu'on vous surnommait Smoky mais pas que vous étiez irlandaise, comme c'est intéressant...

— Bienvenue, Smoky, dit Olivier Fairchild en me tapotant la main. Voici donc la nouvelle et talentueuse recrue de notre magazine ! C'est une jeune équipe très douée qui fait beaucoup pour la ville, nous sommes vraiment fiers d'eux. Ce Comfort est un véritable faiseur de miracles ! Votre délicieux accent irlandais fait plaisir à entendre. Lors de mon séjour à Oxford, après l'université, j'étais invité de temps en temps à des réceptions en Irlande, tout ça ne me rajeunit pas...

Je murmurai une réponse vague et suivis Teddy dans la salle à manger. L'argenterie et le cristal étincelaient à la lueur des chandeliers et une table recouverte d'une nappe damassée croulait sous les mets somptueux. Au fond de la pièce, des hommes en smoking et des femmes en robes de satin ou de soie se pressaient autour d'un grand bar en acajou. Mon petit tailleur de laine rouge me parut soudain bien ordinaire et je sentis une fois de plus mes joues s'empourprer. Je me dis que si Olivier Fairchild avait entendu un accent comme le mien dans les grandes maisons où il était invité en Irlande, c'est qu'il avait dû traîner du côté des cuisines... Je me demandais si j'allais pouvoir m'en tirer toute la soirée en me contentant de sourire et hocher la tête.

Les deux heures qui suivirent furent les plus longues de ma vie. Teddy me remorqua derrière elle parmi la foule élégante pendant toute la soirée. Je souriais et faisais des petits signes de tête approbateurs aux lieux communs et aux futilités que j'entendais, comme si j'avais fait ça toute ma vie, mais je me sentais gauche et mal à l'aise et l'on ne put me tirer un mot du reste de la soirée. Je me souviens avoir été étonnée, voire choquée lorsque le lendemain Teddy me rapporta que tout le monde m'avait trouvée « aimable, jolie et très intéressante » et qu'« elle avait de la chance d'avoir une compagne aussi agréable ».

Teddy ne m'abandonna pas un instant, veillant à ce que j'aie toujours du champagne et à ce que je ne sois pas coincée dans une conversation ennuyeuse. Sans elle je crois que j'aurais lâché mon verre et que je me serais enfuie à toutes jambes. Et lorsqu'elle me souffla à l'oreille « tirons-nous », je ne pus qu'acquiescer avec soulagement.

— Allons tout de même en bas saluer Ollie, je ne l'ai pas vu depuis plus d'un mois. Il était parti à Richmond ouvrir une agence pour mon père.

Nous descendîmes au sous-sol par un grand escalier en colimaçon dans une vaste salle de jeu tapissée de tissu écossais et éclairée par des lampes de cuivre. Une foule presque exclusivement masculine se pressait autour du bar en acajou et d'une immense table de billard, en acajou également, qui brillait comme une île au milieu de tout ce monde. La plupart des visages m'étaient familiers pour les avoir vus dans les pages de *Downtown* et je me dis que la moitié du Club devait être là ce soir.

Un homme de petite taille, trapu et rougeaud, et un autre, plus jeune, grand et mince, étaient penchés au-dessus de la table de billard. La suspension de cuivre éclairait le sommet de leurs têtes. Le plus jeune était immobile, levant de temps en temps les yeux pour jauger son adversaire. Ses cheveux très bouclés, coupés court, paraissaient presque blancs dans la lumière tamisée. Son visage était long et étroit, cuivré par le soleil, et ses yeux, d'un bleu intense, semblaient jeter des étincelles. Il portait une ceinture en lainage et une cravate avec son smoking et me parut extrêmement beau. Il était en parfaite harmonie avec le décor.

Le joueur le plus âgé leva la tête vers nous au moment où nous entrions dans la pièce. C'était Boy Slattery.

– Teddy! Bonjour, mon petit poussin! s'exclama-t-il d'une voix nasillarde. (Il était complètement ivre.) Viens embrasser Oncle Boy!

Il posa sa queue de billard et contourna la table en tanguant légèrement.

Le grand blond regardait la scène d'un œil indifférent. Certains affichaient un petit sourire complice.

– Joyeux Noël, Monsieur Slattery, dit Teddy en s'esquivant. Bonjour, Brad, ça fait un moment qu'on ne s'est pas vus... Je vous présente ma nouvelle compagne de chambre, Smoky O'Donnell, responsable de rubrique à *Downtown*. Smoky, je te présente Brad Hunt, et voici notre gouverneur adjoint, M. Slattery. Nous étions sur le point de partir, je voulais juste dire un mot à Ollie, il est par là?

– Il est dans la cuisine, dit Brad Hunt. Hello, Smoky aux yeux couleur de pluie.

J'esquissai un sourire à son intention tandis que Boy s'avançait vers nous, les bras tendus.

– Allons, un baiser, mes jolies, dit-il en glissant une œillade aux hommes qui regardaient. Un petit baiser de joyeux Noël à Teddy et un autre à son amie pour lui souhaiter la bienvenue. Comment avez-vous dit que vous vous appeliez, ma belle?

— Je n'ai rien dit...

Mon accent resurgit de plus belle et je me promis de prendre des cours de diction dès la semaine suivante.

Teddy s'éclipsa dans la cuisine et je la maudis intérieurement.

— Sacrebleu! rugit Boy, une vraie Irlandaise! Vous savez ce qu'on dit des Irlandais dans mon trou perdu, chère petite demoiselle?

Je ne répondis pas.

— On veut savoir, cria quelqu'un dans l'assistance.

Boy Slattery sourit et m'entoura les épaules de son bras replet. Je sentis ses doigts s'insinuer comme des glaçons dans mon cou.

— Allez, Boy, viens finir la partie, fit Brad Hunt, tu étais en train de t'enliser! Je vais t'écraser d'une pichenette!

La voix était plaisante mais ferme. Boy me lâcha et retourna à la table de billard en vacillant nettement plus que tout à l'heure.

— Okay, Brad. Je vais te battre à plate couture!

Il regarda le plateau et lança d'un ton accusateur:

— Tu as joué ta boule?

— Bon Dieu! Certainement pas!

— Et moi, je suis prêt à parier que si! Le huit était loin de l'autre côté de la table tout à l'heure. J'ai tapé un bon coup dans la mienne avant...

— Je sais bien que tu ne m'accuserais pas de tricher, Boy, tu as peut-être mal vu, dit Brad d'un ton suave. Allez, finissons la partie et allons boire un verre, nos amis ont envie de jouer eux aussi!

Boy fronça les sourcils, se balança sur ses jambes courtes, et se pencha en avant. Sa tête disparut presque dans ses épaules voûtées et les replis adipeux de sa nuque. Je sentis qu'il allait faire quelque chose d'irrévocable et d'offensant et m'approchai de la table pour étudier le jeu: le sept rouge de Slattery était à quinze ou vingt centimètres de la blouse et le huit noir juste derrière. La dernière boule blanche se trouvait dans l'alignement. Il était presque impossible de frapper le sept sans toucher le huit. Presque.

— Puis-je?

Sans attendre la réponse, je pris la queue de billard des mains de Boy Slattery, la frottai avec la craie et me penchai sur la table pour étudier le jeu plus attentivement. Je sentis ma jupe remonter très haut sur mes cuisses mais je m'en fichais comme d'une guigne. Je donnai à la boule blanche une légère impulsion, elle glissa doucement, puis ricocha sur le bord opposé et alla frapper le sept, qui tomba lentement dans la blouse.

Il y eut un silence, puis les hommes se mirent à rire et à applaudir. Brad Hunt était hilare.

— Comment diable...

— C'est simple, j'ai cinq frères qui passent le plus clair de leur temps au pub Perkin's, à Corkie, dis-je en parodiant mon propre accent. C'est courant, dans mon trou perdu, monsieur Slattery, et on y trouve les meilleurs joueurs de billard du monde.

Je tournai les talons et entendis Brad Hunt demander derrière moi :

— Vous vous appelez réellement Smoky?

— Oui, répondis-je sans me retourner. C'est un ancien prénom gaélique. Vieille tradition familiale.

Le lundi suivant, nous eûmes la dernière réunion de rédaction avant les vacances de Noël. Presque tout le monde partait : Matt à Galveston, au Texas, où sa mère était dans une maison de retraite, Tom Gordon dans la petite ville près de Macon où sa famille possédait une ferme. Hank passait Noël chez son frère à Athènes, Alicia allait faire du ski à Aspen en mystérieuse compagnie, Sister allait en Géorgie du Sud, où elle serait sûrement « Reine de Noël », comme disait Tom pour la taquiner, Charlie était consigné dans sa belle-famille à Charlotte, Sue Anne et Teddy restaient à Atlanta. Quant à moi, je prenais le bus Greyhound de six heures dans trois jours et j'avais le cafard rien que d'y penser.

Le bureau était jonché de lambeaux de papier cadeau, de rubans et d'aiguilles tombées du petit sapin qui se desséchait dans le couloir. On avait fait du charme à Sue Anne pour qu'elle se charge d'envelopper les cadeaux du personnel et elle disparaissait presque derrière un monceau de paquets. Matt avait reçu quantité de cadeaux des annonceurs qu'il n'avait pas encore pris la peine d'ouvrir. Le Noël du personnel était prévu pour le lendemain mais nous comptions bien fêter le nôtre dès ce soir, à Peachtree.

Personne n'avait la tête au travail. Nous étions censés peaufiner le numéro de mars et Matt nous rappelait sans cesse à l'ordre. La mèche en bataille sur ses yeux verts, les vêtements froissés comme s'il avait passé la nuit à l'Armée du Salut, il finit par renoncer. Plus il tentait de nous ramener à la raison, plus nous disions de bêtises.

— Vous n'êtes que des bons à rien, vociféra-t-il. Ça va être comme ça jusqu'au nouvel an. Mais vous ne sortirez pas d'ici tant que ce foutu numéro ne sera pas terminé, même si on doit rester toute la nuit. Quel est le sujet suivant, Teddy?

— Les jeunes loups, soupira-t-elle.

Tout le monde grogna.

— Le papier est prêt? demanda Matt en nous jetant un regard furibond.

— J'ai bien peur qu'il ne soit même pas commencé, dit Teddy. Frank Finley, qui devait écrire l'article, a téléphoné cet après-midi de Dobbins pour dire qu'il partait au Vietnam. Il a laissé des notes dans son bureau, nous pourrons les utiliser.

— Quel abruti! Il a réussi à se faire détacher là-bas?

— Je le crains... Il a même obtenu que Patterson lui donne un photographe pour couvrir les premières échauffourées.

— Il va falloir que quelqu'un s'occupe des jeunes loups, dit Tom avec un large sourire.

— Je te donnerais volontiers le sujet si tu n'étais pas analphabète, Tom! C'est Charlie qui le fera. Il va falloir faire l'interview demain ou après-demain, je veux le papier pour le 26, d'accord, Charlie?

— Oh non, Matt! J'ai déjà fait le dernier, hurla Charlie. Tu sais que je pars en vacances, il va falloir que j'écrive le jour de Noël, sois chic!

— Pauvre chou... fit Matt avec un sourire carnassier.

— Qui sont ces jeunes loups? demandai-je, ne comprenant pas pourquoi ils suscitaient tant d'animosité.

— Ce sont les battants, la génération montante, dit Tom,

sûr d'échapper au pensum en sa qualité de directeur artistique. Nous publions un portrait par mois. Cette formule fait l'orgueil et la joie de la Chambre, c'est une sorte de galerie de portraits des héritiers des grandes familles d'Atlanta. Pas question d'écrire un mot de travers sur ces jeunes gens, leurs papas sont tous des huiles de la Chambre. On leur fait des panégyriques longs et ennuyeux comme la pluie. En général, Charlie et Hank se les coltinent à tour de rôle et parfois c'est Matt qui s'y colle. Je t'assure qu'à part le Vietnam... et encore, c'est un sujet qui a poussé plus d'un reporter à l'alcoolisme !

— En tout cas, Charlie est tiré d'affaire pour cette fois-ci, dit Hank d'un air malicieux, car le jeune loup en question m'a téléphoné. Il exige un rédacteur précis...

— Il se prend pour une diva, celui-là, fit Matt entre ses dents. Il veut qui ?

— Smoky, sinon rien.

Je le dévisageai, stupéfaite.

J'étais le point de mire de tous les regards. Teddy se mit à rire.

— C'est Brad Hunt, Smoky, dit-elle. Bradley Hunt, troisième du nom et héritier de Hunt Construction. Il faut que je vous dise ce que Smoky a fait...

Elle raconta par le menu ma rencontre avec Boy Slattery dans la salle de jeux chez ses parents et son récit déclencha l'hilarité quasi générale. Alicia fumait en observant ses ongles et Matt me jeta un regard si appuyé que je me sentis gênée. Puis son visage de renard se fendit d'un de ces sourires éclatants qui le transfiguraient totalement.

— J'aurais bien voulu te voir mettre en pièces cette enflure de Boy Slattery, Smoky ! Tu as des talents insoupçonnés !

— En effet, dit Alicia dans un murmure.

— Bon, dit Matt, ça va, Brad Hunt est à toi. Prends rendez-vous pour l'interviewer demain ou après-demain au plus tard. Je veux le papier sur mon bureau le 26 au matin, sans faute, même si tu dois l'écrire dans le bus. Et ne me fais pas trois lignes sous prétexte que le sujet est nul, nous les traitons comme le sujet le plus important.

— C'est le seul que j'aie eu jusqu'à présent.

— Je vois qu'on acquiert le sens de la repartie ici !

Je rougis et me levai pour aller téléphoner à Brad Hunt. J'entendis le rire d'Alicia tinter derrière moi.

Brad Hunt m'invita à dîner le lendemain soir au Piedmont Driving Club pour mettre au point notre interview. Il vint me chercher au bureau dans une invraisemblable petite voiture qui ressemblait à un oiseau en vol. D'après Matt et Hank, qui attendaient à côté de moi sur le trottoir, c'était une Mercedes aile-de-mouette.

— Mazette, souffla Matt au moment où Brad ouvrait la portière qui se souleva de telle façon qu'effectivement on aurait dit une aile de mouette.

— Te voilà bien loin de Corkie, Smokes, dit Hank en me tendant la main pour m'aider à monter dans la petite voiture qui sentait le cuir, le tabac et l'after-shave.

L'intérieur était si ostentatoirement luxueux que je ne pus m'empêcher de sourire.

— Elle va se transformer en citrouille après minuit et vous en rat, je suppose?

— Elle va rentrer dans le garage de mon frère Chris à qui je l'ai empruntée, et si je fais la moindre égratignure sur la carrosserie, je serai sûrement transformé en rat, mais en rat mort! Ma vieille Pontiac n'était pas digne de celle qui a battu Boy Slattery au billard! Bonsoir, Smoky O'Donnell, vous êtes ravissante ce soir.

— Merci, j'ai bien besoin d'encouragements. J'ai été dans mes petits souliers toute la journée. C'est mon premier papier pour *Downtown*, et je n'ai encore jamais rencontré un de ces jeunes loups.

— Dieu merci, je n'en suis pas un et je n'envisage pas cette virée comme une séance de travail. Je vous emmène dîner au Driving Club, ensuite nous pourrons aller boire un verre ailleurs, ou danser. Est-ce que vous êtes aussi experte sur la piste de danse qu'au billard?

— Hélas non. Et après dîner il faudra que je rentre pour travailler à mon article. Matt le veut pour le lendemain de Noël et je vais devoir le rédiger pendant les vacances. Qu'est-ce que c'est, le Driving Club?

Il me regarda un moment et se mit à rire.

— Grand Dieu, je me demande si je ne vais pas vous enlever tout de suite pour la Géorgie du Nord et vous épouser!... C'est un club fréquenté par toute la « bonne société » d'Atlanta. Il est plus difficile d'y être admis qu'au paradis. Il faut attendre que quelqu'un meure pour y entrer. C'est un endroit plutôt sinistre, la nourriture y est exécrable. Si cela vous déplaît, je vous épouse.

Je ne détestai pas le Piedmont Driving Club mais je ne m'y sentis pas à l'aise. Même par la suite, lorsqu'il m'arriva d'y retourner, avec Brad ou d'autres, je trouvai l'atmosphère étouffante. Le club, situé sur une colline boisée au nord de la ville, était une forteresse bardée de certitudes, figée dans la pierre, les traditions et l'argent, fréquentée par des gens entre deux âges, tous distingués et bien habillés, paraissant sortis du même moule. Ce soir-là, il y avait beaucoup de dîners de Noël dans des salons particuliers et on nous installa dans la grande salle aux poutres apparentes devant une gigantesque cheminée. Tous saluaient chaleureusement Brad, lui demandant des nouvelles de ses parents, et me souriaient.

— Quel charmant surnom! (Ma tenue et mon accent éveillaient dans les yeux des femmes une lueur de curiosité amusée.) C'est celui de votre papa, sans doute?... Nous avons des tas d'amis à Savannah.

— *Downtown?* disaient les hommes. C'est un type bien, ce Matt Comfort. Un vrai battant. Il va réussir. Vous écrivez dans sa revue?

— C'est elle, la jeune fille qui a battu Boy Slattery au billard l'autre soir chez les Fairchild, n'arrêtait pas de répéter Brad à tous ceux qu'il me présentait et les hommes s'esclaffaient : l'anecdote avait déjà fait le tour de la bonne société, apparemment.

— Ça restera dans les annales, dit Brad. Ils ne liront peut-être jamais une ligne de ce que vous écrirez mais ça, ils ne l'oublieront pas. Boy est loin de faire l'unanimité dans la ville. Mon père est l'un des rares à l'aimer vraiment.

— Ce sont de vieux amis?

— En quelque sorte. Je dirais plutôt qu'ils ont une profonde complicité. Mon père pense que les prises de position politiques de Boy sont les bonnes et il a hâte qu'il soit élu gouverneur. L'entreprise de mon père construit, entre autres, des maisons à bas prix, en deçà des normes de sécurité, pour loger les Noirs du sud de la ville, qui vont réserver quelques mauvaises surprises aux futurs propriétaires.

A la lueur des chandelles, il ressemblait à un jeune Médicis de notre temps, ce qu'il était en réalité. Il parlait du racisme de son père avec un humour qui n'avait rien de complaisant; au contraire, on lisait une colère froide dans son regard bleu.

— N'oubliez pas que vous parlez à une journaliste.

— Je n'ai aucune inquiétude, je connais Culver Carnes! Les «jeunes loups», c'est son dada! Vous pourriez bien écrire que mon père est un criminel de guerre nazi, il ne laisserait pas passer le papier, c'est tout.

— Pourtant vous n'approuvez pas la conduite de votre père et je suppose que vous n'êtes pas un farouche partisan de Boy Slattery.

— Je n'en fais pas mystère. Je pense que Boy Slattery est ce qui pourrait arriver de pire à ce pays, et ce serait la fin d'Atlanta si les vieux réactionnaires comme mon père restaient au pouvoir. La question noire est le problème le plus important de ce pays et il y a beaucoup à faire dans ce domaine pour améliorer les choses.

— J'aimerais citer cette phrase. Cela plaira à Matt, il est du même avis. Il fait partie de ce comité, vous savez, qui fait pression sur le maire pour les questions raciales.

— F.O.C.U.S. J'en fais partie. Mon père a failli avoir une attaque quand il l'a su.

— Sœur Joan, qui travaille au foyer Notre-Dame, en fait également partie. J'ai passé une semaine là-bas avant d'emménager chez Teddy.

— Elle est formidable, et elle joue bien de la guitare, qui plus est... Comme ça, vous avez fréquenté Notre-Dame... J'ai hâte que vous rencontriez mon père : il est persuadé que ce sont les catholiques qui poussent les Noirs à se révolter.

— Hum... Vous n'avez rien de plus positif à me raconter sur votre père, quelques exemples de piété filiale comme il sied à l'héritier des constructions Hunt? Sinon il va falloir que j'invente quelque chose qui plaise à M. Carnes!

— Mon père est sans conteste l'homme d'affaires le plus brillant d'Atlanta – et cela force le respect – mais je ne partage pas ses opinions, pas plus que mon frère ni ma sœur, ce n'est un secret pour personne. Chris s'adonne à la course automobile, Sally a épousé un juif et est allée vivre à Montclair. Notre cher papa en a pris pour son grade. Ce qui n'empêche pas notre famille d'être l'une des plus solides de tout l'État, je le sais bien. D'ailleurs je n'exclus pas de reprendre l'affaire un jour. Mais nous parlerons du sujet de l'interview après dîner, vous voulez bien? Parlez-moi un peu de vous plutôt... Dites-moi, comment il se fait que vous ayez perdu votre accent irlandais de l'autre soir?

— Il ressort quand je suis énervée... Ce soir, je suis détendue...

— J'espère bien... mais j'ai beaucoup aimé votre accent, ne le perdez pas tout à fait...

Le dîner fut médiocre du point de vue gastronomique mais copieusement arrosé. Pour terminer, nous avons pris des cocktails devant le feu de bois, nous avons beaucoup ri, et à la fin de la soirée j'avais largement matière à écrire. Je me dis que je ferais un bon article, si toutefois je parvenais à saisir sa dualité : sous le vernis de la bonne éducation et du libéralisme, il y avait des zones d'ombre qui m'intriguaient. Je n'avais jamais rencontré un personnage de cette envergure, il me faisait rire et réfléchir tout à la fois et, tandis que nous attendions la voiture dans l'air vif du soir, je réalisai qu'à aucun moment je ne m'étais sentie mal à l'aise.

Il arrêta la Mercedes devant mon appartement, alluma une cigarette, laissa errer son regard sur le terrain de golf plongé dans l'obscurité. Les lumières des maisons de Northside Drive clignotaient au loin, au-delà des branches dénudées des arbres de l'avenue. Soudain il se tourna vers moi, prit mon menton dans sa main, leva mon visage vers le sien et m'embrassa doucement. Il m'embrassa encore, moins doucement, puis il se recula et m'observa. A la lueur verdâtre du tableau de bord, son visage étroit avait l'expression énigmatique d'une statue orientale.

— Serez-vous de retour pour le nouvel an? Si vous êtes là, je vous invite à une soirée chez un de mes meilleurs amis. Nous ferons un saut chez mes parents auparavant, je veux vous présenter. Si vous n'avez pas d'autres obligations à Savannah, bien sûr.

— Brad, je vais vous dire comment se passe le nouvel an à Corkie. Ma mère va à la messe de minuit, mes frères passent la soirée au pub et mon père s'endort devant la télé après avoir bu de la bière. C'est à des années-lumière de... la réception chez vos parents et du Driving Club. Nous sommes pauvres, irlandais et catholiques, je veux que vous le sachiez. Je serais ravie d'être présentée à vos parents mais je serai toujours une pauvre Irlandaise catholique, ça ne changera rien. Et je ne suis pas si sûre que vos parents apprécieront.

Il se contenta de sourire.

— C'est peut-être ça que vous souhaitez?

— En partie... Mais en partie seulement...

Et il m'embrassa à nouveau, longuement.

5

J'écrivis mon article dans la nuit qui suivit. Je n'arrivais pas à trouver le sommeil : trop de pensées se bousculaient dans mon esprit. C'était mon premier papier pour *Downtown*, ma première incursion dans le cercle fermé du Tout-Atlanta et mon premier vrai baiser. Je ris tout bas en me disant que ça n'était pas si mal pour une petite catholique irlandaise fraîchement débarquée de Corkie.

J'étais assez contente de moi, les mots semblaient s'agencer d'eux-mêmes, comme c'est le cas lorsque je suis au mieux de ma forme. J'avais trouvé le ton juste dès la première phrase, l'article était bien documenté, le style original et parsemé de quelques traits d'humour. Je me dis que Brad apprécierait, et Matt également. Il m'est arrivé assez souvent d'être mécontente de ce que j'écris pour faire la différence et, en l'occurrence, je m'accordai un satisfecit, vraisemblablement en compensation des doutes à venir.

Je finissais de ranger mes papiers lorsque Teddy fit son apparition, en robe de chambre, se frottant les yeux.

— Oh là là... Tu es levée depuis longtemps ?

— A vrai dire, je ne me suis pas couchée du tout. Je viens de terminer mon article. Je préfère le donner à Matt avant les vacances, ça me laissera le temps de le peaufiner s'il le faut.

Teddy n'est pas ce qu'on peut appeler du matin... Elle alla mettre le café en route et se laissa mollement tomber sur le canapé.

— Alors, c'était comment, le Driving Club ?

— Grand et beau mais la nourriture est exécrable.

— Et Brad?

— Grand et beau...

— Mais pas exécrable! dit-elle en riant.

— C'est un type étrange, plein de contradictions. En principe j'aurais dû le détester mais je n'y suis pas arrivée.

— Pourquoi veux-tu le détester? Il a toutes les qualités : beau, riche, aimable et drôle. Qui plus est, il a le cœur à gauche.

— Comment se fait-il qu'il ne soit pas marié, ni fiancé? Il n'a même pas une petite amie?

— Pas à ma connaissance. C'est le désespoir de nos mères, d'ailleurs. Il a fréquenté toute la population féminine d'Atlanta entre vingt et trente ans mais au moment de s'engager, il bat en retraite. Oh, toujours avec élégance, Brad n'est jamais mufle ni vulgaire. Tout ça, c'est la faute de sa mère.

— Ah bon?

— C'est une femme odieuse. Elle trouve toujours à redire à tout, et il n'y a pas plus raciste qu'elle. Pourtant, Dieu sait qu'il y a des racistes à Atlanta mais ils sont plus discrets. Pour elle tout est la faute des Noirs et elle ne se gêne pas pour le proclamer en leur présence. Rien d'étonnant à ce que ses enfants aient pris systématiquement le contrepied de ses idées. Elle a toujours manœuvré pour contrecarrer leurs amours et peut-être va-t-elle réussir avec Brad... A moins qu'il ne soit dégoûté du mariage par l'exemple de ses parents. Le vieux Brad boit comme un trou et passe le plus clair de son temps au golf ou à la chasse dans sa plantation de Thomasville, où les femmes ne sont pas admises.

— Pourquoi reste-t-il avec elle?

— C'est une très belle femme. Quand elle était jeune, elle était à tomber à la renverse. Brad est tout son portrait. Et c'est elle qui possède la plus grande partie de la fortune.

— Je meurs d'envie de voir à quoi elle ressemble... Brad m'a invitée à la réception de nouvel an chez ses parents, puis à une autre fête avec des amis à lui. Il faudra que je loue une tenue bon chic bon genre si ça continue...

Teddy se leva en riant et alla chercher deux tasses de café à la cuisine.

— Tu as une vie mondaine bien remplie, on dirait! Tous

ceux que tu n'as pas vus chez mes parents, tu peux être sûre de les rencontrer chez les Hunt. En un mois tu vas connaître tout le gratin de Buckhead mieux que nous qui y sommes nés! Nous ferons de toi une superbe matrone, il faudra juste que tu aies une tenue de tennis et que tu entres à la Junior League... Nous pourrons t'inventer un arbre généalogique si ça t'amuse, même si personne ici ne songera jamais à te reprocher d'être de Corkie, sauf Marylou Hunt.

— Il n'en est pas question. Je suis prête à l'affronter à mains nues, et pour rien au monde je ne renierai mes origines irlandaises et pauvres. J'ai dit à Brad d'où je venais, je tiens à ce que les choses soient claires.

— Je suis sûre que ça lui est égal.

— Oui. Mais il a envie de narguer sa mère.

— Ça t'embête?

— Non, pas du tout.

— Il t'a embrassée?

— Oui.

— Alors, tu es perdue, gloussa-t-elle en me jetant un regard aigu par-dessus sa tasse.

— Qu'est-ce que tu en sais ? Tu l'as déjà embrassé?

— Je te l'ai déjà dit, il est sorti avec toutes les filles potables de Buckhead.

— Ravie de constater qu'il ne choisit pas n'importe qui, fis-je, piquée au vif. Tu as été amoureuse de Brad?

— Non, tu sais, nous nous connaissions trop bien pour tomber amoureux l'un de l'autre. Nous allions au cours de danse ensemble et c'est lui qui m'a appris à fumer, même que la première fois nous avons vomi tous les deux derrière le gymnase à North Fulton. C'est peut-être pour ça qu'il ne s'entend pas vraiment avec nous. Trop d'intimité mêlée de mépris.

— Dis donc, tu es une véritable encyclopédie de la vie mondaine d'Atlanta! fis-je en me dirigeant vers la salle de bains.

— Ne l'oublie pas! Tu pourrais avoir besoin d'un guide dans ta descente aux enfers!

Je déposai mon article sur le bureau de Matt le matin même. Un peu avant midi, il vint s'asseoir sur un coin de mon bureau et me lança un regard perçant derrière ses lunettes cerclées de fer. Ses superbes mocassins rouge vif étaient couverts de poussière, son stylo avait fui, maculant de façon indélébile la poche de sa chemise brodée à son monogramme, et il avait de l'encre jusque sur le menton.

— C'est un bon papier, dit-il d'un ton sec. Je t'aurais probablement demandé d'y apporter quelques corrections si nous n'étions pas charrette. Tu pourrais peut-être prendre la rubrique à plein temps. Tu penses pouvoir t'en tirer ?

— Oh oui, bien sûr, merci Matt...

— N'en parlons plus.

Et il sortit aussi vite qu'il était entré. J'attendis que ses pas décroissent dans le couloir pour me précipiter dans le bureau de Hank. Je lui sautai au cou et l'entraînai dans une danse hasardeuse. Tom Gordon, affalé dans le fauteuil visiteur, ses longues jambes étirées devant lui, se mit à fredonner « The rain in Spain ».

— Qu'est-ce qui se passe, s'exclama Hank, on a gagné à la loterie ?

— Matt a aimé mon papier sur Brad Hunt ! Il va peut-être me confier toute la série !

— Ça, c'est une vacherie ! Méfie-toi, Smoky, ne te laisse pas piéger là-dedans, fit Tom avec une grimace, sinon tu ne feras jamais rien d'autre.

— Oui mais c'est un tremplin pour accéder aux sujets vraiment intéressants. Et puis j'aurai mon nom...

Hank me planta un baiser sur la joue, me serra brièvement dans ses bras et se rassit derrière son bureau.

— Tu as raison, Smoky, j'espère simplement que tu ne seras pas obligée de faire certaines concessions... A propos, comment as-tu trouvé Hunt ?

— Plutôt bien. Il m'a invitée à une soirée pour le nouvel an. Et vous, les gars, vous avez des projets ?

— Pas vraiment, dit Tom.

— Si j'avais su que tu restais à Atlanta pour la Saint-Sylvestre, je t'aurais invitée, fit Hank d'un ton renfrogné. Méfie-toi de la jeunesse dorée de Buckhead, sinon tu risques fort de rentrer à Corkie travailler pour la feuille de chou locale.

Ce qui m'a toujours étonnée chez Hank, c'est son infaillible sens des nuances.

— J'ai une invitation pour ce restaurant chinois qui vient d'ouvrir sur Luckie Street. Venez, je vous y emmène pour fêter le premier article de Smoky! proposa Tom.

Nous partîmes tous les trois, bras dessus, bras dessous dans le vent froid, zigzaguant parmi les passants chargés de paquets, devant les vitrines illuminées. Je me sentais comblée par la vie.

Je déchantai lorsque, le lendemain à l'aube, après un trajet harassant dans le bus bondé, serrant contre moi la brassée de roses que Brad m'avait envoyée au bureau, je débarquai à Savannah. Mon père m'attendait dans la Vista Cruiser. Il était encore légèrement ivre de la veille, bougon d'avoir dû se lever tôt. Les vacances s'annonçaient mal. Il regarda alternativement les roses, ma nouvelle coupe de cheveux, mon tailleur rouge et mes jambes gainées dans des collants blancs.

— Si tu es revenue pour montrer tes fesses aux voisins...

Le ton était donné et le reste des vacances allait être à l'unisson. Je me sentis soudain très fatiguée, comme je ne l'avais jamais été à Atlanta.

— Joyeux Noël, Papa.

Il marmonna je ne sais quoi en ramassant mon sac de chez Rich rempli de paquets cadeaux.

— Je voudrais bien savoir comment tu as gagné l'argent pour acheter tout ça...

Passe encore qu'il trouve à redire à ma tenue vestimentaire mais là, il dépassait les bornes. C'était trop injuste.

— Si je te le disais... Mais enfin papa, qu'est-ce que tu as contre moi?

— J'aimerais que tu me dises pourquoi tu as quitté le foyer Notre-Dame dès que j'ai eu le dos tourné et pourquoi tu n'en as rien dit. J'ai appris en téléphonant là-bas que tu étais partie depuis deux semaines! Et qui est cette Teddy Fairchild avec qui tu habites? A moins que ce ne soit un homme?

Je m'en voulus de ne pas le lui avoir dit mais je connaissais d'avance sa réaction et puis j'étais tout à ma joie...

— C'est une jeune fille qui travaille au magazine, c'est une amie de Matt... de M. Comfort. Elle est d'une vieille famille d'Atlanta, j'ai déjà fait la connaissance de ses parents ; nous avons un appartement très agréable dans un immeuble où il y a beaucoup de jeunes et ça me coûte à peine plus cher que le foyer...

— Elle est catholique?

— Non, sa famille est membre de l'Église épiscopale mais elle n'est pas très dévote. De toute façon, ça ne veut rien dire. A Notre-Dame, j'ai rencontré une fille qui prenait la pilule.

— Ne me raconte pas de bobards! rugit mon père.

— Mais c'est la vérité! criai-je à mon tour.

— Décidément tu as bien changé. Tu es devenue quelqu'un d'autre, dit-il avec amertume.

Durant mon séjour, ma mère me parla peu, mes frères passaient leur temps au pub à boire de la bière. Brad, puis Hank et Tom, qui étaient quelque part ensemble, téléphonèrent pour me souhaiter joyeux Noël, ma mère se mit à pleurer en silence dans la cuisine en attendant la messe de minuit et mon père, déjà passablement saoul, grommela quelque chose d'incompréhensible avant de s'écrouler dans son vieux fauteuil relax bousillé, devant la télé où l'animateur l'exhortait à passer un joyeux Noël. Je disposai mes cadeaux en rang d'oignons sur la table de la cuisine et montai dans ma chambre, ce réduit où j'avais passé vingt-six ans de ma vie. La mort dans l'âme, je restai là, dans mon tailleur rouge, me disant que mon père avait raison, j'étais devenue quelqu'un d'autre. Ça n'avait pas été bien long.

Lorsque le lendemain je quittai cette maison sinistre, je savais que c'était pour toujours.

La réception chez les parents de Brad ressemblait comme deux gouttes d'eau à celle des Fairchild, à ceci près que les invités étaient ivres plus tôt. Mme Hunt ouvrit les hostilités dès la première phrase. Elle se tenait dans son salon chatoyant, vêtue d'une robe longue en satin bleu glacier, ses cheveux d'un blond cendré tirés en arrière mettant en valeur la beauté classique de son visage – le portrait craché de Brad, Teddy avait raison. Elle me jaugea d'un regard froid lorsque Brad me présenta. Son père me sourit mais je me sentis rougir malgré moi.

— Vous avez une maison magnifique, madame.

Je ne fis aucun effort pour juguler l'accent de Corkie.

— Vous trouvez? dit-elle d'une voix languide, avec l'accent profond et traînant du Sud, qui pour elle était sans doute le summum de la distinction mais qui sonnait de façon désagréable à mes oreilles accoutumées au rythme du parler de Corkie.

— Quelle robe originale, ma chère! ajouta-t-elle, en me toisant du regard.

Elle m'adressa un sourire nonchalant, à peu près aussi désagréable que sa voix.

Teddy m'avait emmenée faire des emplettes chez Allen et m'avait poussée à acheter cette robe noire qui d'après elle mettait ma silhouette et ma petite taille en valeur. Et puis Brad aimait le noir... C'était un fourreau trop court et trop décolleté à mon goût, avec un boléro assorti garni de strass. Avec les boucles d'oreilles en perles de Teddy pour tout bijou, j'avais l'air aussi sophistiqué que possible.

Mais aux yeux de Marylou Hunt, j'aurais sans doute été plus à ma place sur les trottoirs de Tight Squeeze...

— Bradley chéri, dit-elle en se tournant vers l'homme trapu et rougeaud qui se tenait à ses côtés, voici la nouvelle petite amie de Brad, Bridget, c'est bien ça?

— Non, c'est pire, madame, je m'appelle Smoky. Smoky O'Donnell. Je suis de Savannah. Il y a beaucoup d'Irlandais là-bas, vous l'ignorez peut-être. Notre quartier s'appelle Corkie car la plupart d'entre nous sont originaires du comté de Cork.

— Oh oui, les docks... j'en ai déjà entendu parler... Brad, chéri, entrez donc, nous allons prendre un lait de poule, je suis sûre que tout le monde meurt d'envie de faire la connaissance de... Smoky.

Sa voix pourtant toujours basse et traînante résonna drôlement dans la pièce et les invités se tournèrent vers nous.

— Désolé mais je crois que nous allons décliner votre invitation, maman, dit Brad avec un sourire glacial qui n'était pas sans rappeler celui de sa mère. Nous préférons passer la soirée chez T.J. C'est réfrigérant ici et l'atmosphère est un peu guindée, vous ne trouvez pas? Papa, nous nous verrons demain matin pour un golf, si vous voulez.

Sans attendre la réponse, Brad me prit par l'épaule et me conduisit hors de l'imposante maison de brique blanche.

Mme Hunt murmura quelque chose d'un ton léger et amusé mais j'avais observé son visage lorsque Brad lui parlait : elle était blanche de colère.

Je levai les yeux vers Brad : il riait doucement.

– Elle ne me pardonnera pas de lui avoir parlé de la sorte devant ses amis et elle ne va pas m'adresser la parole pendant une semaine.

– C'est un jeu entre vous ? Si c'est le cas, je ne trouve pas ça très drôle. Tu savais très bien quelle serait sa réaction et cela m'a mise très mal à l'aise, Brad.

– Je suis désolé, telle n'était pas mon intention. Mais ma mère est tellement odieuse... tout le monde était de ton côté, tu sais. A l'avenir, je ferai en sorte que tu ne la rencontres plus. Je ne voulais pas te blesser, Smoky.

Il se pencha et m'embrassa doucement sur le front.

T.J., l'ami de Brad, louait avec deux autres jeunes gens un ancien relais de poste quelque part dans Buckhead, derrière un gros édifice de style Tudor en pierre grise. La fête battait son plein : le salon aux poutres apparentes, le feu de bois, les décorations de Noël, tout était chaleureux et accueillant.

Ce fut l'une des plus belles soirées auxquelles il me fut donné d'assister. Les invités n'étaient guère plus âgés que moi, tout au plus une trentaine d'années. Tout le monde riait, buvait et mangeait des canapés ou dansait sur des airs de Frank Sinatra, des Beach Boys et de Petula Clark. Les jeunes gens, en costume sombre et souliers vernis, portaient les cheveux courts et les jeunes femmes arboraient des robes du même style que la mienne ou des pantalons de velours avec des tuniques, des coupes de cheveux fluides au carré et des boucles d'oreilles. Tous se connaissaient bien et semblaient appartenir à la même famille si bien qu'au début je me sentis un peu perdue mais je me fondis rapidement dans l'ambiance décontractée et bon enfant de la fête.

En réalité, peu d'invités se connaissaient avant ce soir-là et il y avait là un échantillon assez représentatif de la population marginale de la ville : des jeunes provinciaux fraîchement arrivés, talentueux et ambitieux. Hormis Brad et T.J., aucun de ces jeunes gens n'était né à Atlanta : ils venaient du Sud, attirés par l'effervescence de la ville car c'était là que tout se passait.

Ils connaissaient tous Matt et *Downtown*.

— Vous travaillez pour lui? Vous devez être douée, me disait-on avec une sincère admiration.

A la fin de la soirée, après que nous eûmes trop dansé et un peu trop bu, j'eus l'impression que la ville m'appartenait.

— J'ai adoré cette soirée, dis-je à Brad, d'une voix un peu altérée par l'abus de scotch, mes chaussures à la main, tandis que nous regagnions sa voiture dans la nuit froide.

Je me mis à virevolter, insensible à la rosée glaciale sous mes pieds. Brad me prit dans ses bras, m'embrassa longuement, tendrement, et je sentis le sol se dérober sous moi. Lorsqu'il releva la tête pour me regarder, j'attirai sa bouche contre la mienne pour qu'il m'embrasse encore.

— Soit on arrête tout de suite, soit on va quelque part, à toi de choisir, dit-il en se dégageant.

Je le regardai, troublée : je ne pensais qu'à ses lèvres sur les miennes, à ses mains sur mon corps et je réalisai subitement que je ne savais pas ce que je voulais. Chaque parcelle de mon être désirait se fondre au sien mais j'étais incapable de voir plus loin.

— C'est injuste de te demander de choisir, c'est trop tôt et nous avons trop bu. Je n'ai pas l'intention de te brusquer, Smoky, mais j'aurais bien aimé aller plus loin... Et ça n'est pas près de changer, je crois, alors ne t'étonne pas si je te le redemande...

— N... non, fis-je d'une voix étranglée.

— Si nous allions prendre un petit déjeuner?

— D'accord.

J'avais envie de prolonger la nuit et notre intimité. C'est ainsi que, quelques minutes plus tard, nous nous trouvâmes devant le seul endroit ouvert en ville, cette même maison du pancake où j'étais allée le premier jour avec Rachel. L'endroit était toujours aussi interlope. Des hippies, des ivrognes mais aussi des couples élégants un peu éméchés comme Brad et moi se bousculaient dans la lumière glauque. Je tressaillis en apercevant mon image dans la vitre : mes cheveux étaient emmêlés et ma bouche barbouillée de rouge à lèvres. Brad, à part une trace de rouge sur son col, avait l'air de sortir d'un écrin.

– Je vais me refaire une beauté. Je suis venue ici pour ma première sortie en ville avec une fille que j'avais rencontrée au foyer Notre-Dame et qui m'a plantée là pour sortir avec des garçons.

– On dirait que ça t'a marquée, dis donc!

– A dire vrai, ce qui m'a choquée, c'est qu'elle avait des pilules contraceptives dans son sac.

Il me regarda d'un air amusé, attendant que je m'explique, mais j'étais gênée.

– ... A Corkie... tu sais... aucune fille n'en prend, on n'en parle même pas. Tu comprends, le pape...

Je laissai tomber mes mains dans un geste d'impuissance.

– A Atlanta, beaucoup de filles prennent la pilule, dit Brad doucement. Ça ne veut pas dire qu'elles couchent à droite et à gauche pour autant mais il vaut mieux prendre ses responsabilités que de se fier à n'importe quel garçon stupide.

Je n'avais jamais envisagé la question sous cet angle.

– Sans doute... Tu veux bien me commander une crêpe à la pomme de terre avec de la crème et un café, s'il te plaît, dis-je avant de filer aux toilettes.

L'endroit était aussi sordide que dans mon souvenir. Je me retournai pour voir si Rachel n'était pas là tant son image était présente mais le miroir tout piqué ne me renvoya que mon reflet gondolé. Je me demandai où elle pouvait être à présent, elle n'avait pas donné signe de vie à Notre-Dame depuis mon départ.

Lorsque je revins dans la salle, nos plats fumants étaient sur la table. Brad me sourit en levant sa tasse de café.

– Bonne et heureuse année, Smoky O'Donnell. Que tous tes rêves se réalisent, et plus encore...

Au début de cette année 1966 en effet, je m'estimais comblée et je n'aurais pas imaginé vivre ailleurs. *Downtown* était pour moi une biosphère parfaite où je m'épanouissais pleinement et le monde extérieur était devenu irréel. Nous vivions dans une bulle de chaleur et d'amitié, de complicité et de travail. J'avais l'impression de faire exactement ce pour quoi j'étais faite et d'acquérir une spécialité. C'était d'ailleurs cette motivation qui poussait les jeunes à affluer si nombreux à Atlanta dans ces années décisives et la ville avait misé sur les techniques de pointe.

En face d'un groupe d'immeubles devant lequel nous passions tous les jours avec Teddy, un panneau lumineux donnait le nombre d'habitants de la ville et des banlieues. Lorsqu'il afficha le chiffre symbolique d'un million d'âmes, je me mis à pleurer. Un million de gens, d'individus anonymes et magnifiques, luttant pour leur vie, dans cette ville qui était désormais la mienne... Une ville, à l'égal de New York, de Los Angeles et de Chicago, de Birmingham, de Charlotte et de Jacksonville, et même de Corkie.

Ce panneau lumineux était pour moi comme la lumière verte au bout du ponton de Daisy pour Gatsby, à la fois un talisman et un totem, une véritable panacée. Lorsque je pense à Atlanta, je revois toujours ce panneau et la fille qui dansait suspendue dans sa cage sur Peachtree Street. Et la patine du souvenir confère une magie particulière à ces images...

Et bien sûr il y avait Brad. Nous étions très proches et notre engagement était quasi total mais je n'arrivais cependant pas à considérer notre relation comme une histoire d'amour. C'était pourtant plus qu'un simple flirt. Nous nous voyions deux ou trois fois par semaine, le week-end nous allions au cinéma, au concert ou au restaurant avec des amis à lui. Parfois il venait déjeuner ou prendre un verre avec nous après le travail, lorsqu'il se trouvait en ville pour affaires. Son père lui avait confié les relations publiques de l'entreprise et il siégeait à l'époque à une douzaine de conseils d'administration et de divers comités. C'était un homme de son temps, il était à Atlanta comme un poisson dans l'eau; Hank le plaisantait souvent à ce sujet mais personne au journal ne doutait qu'il fût un des futurs seigneurs de la ville.

Nous ne sommes jamais retournés chez ses parents et nous n'avons plus jamais fait allusion à l'incident du nouvel an. Il occupait la maison d'amis derrière la piscine et nous nous voyions à l'appartement de Colonial Homes. Notre relation physique n'alla pas plus loin que de longs baisers et j'ignore si Brad en a souffert, il ne m'en a jamais rien dit, en tout cas. Quant à moi, j'étais la plus heureuse des femmes. Ma vie à *Downtown* et Brad ne faisaient qu'un, son image est restée pour moi indissociable de la joie et de l'enthousiasme qui régnaient au journal à cette époque.

Il y avait pourtant une ombre au tableau : Matt ne voulait pas me confier un autre article tant que celui sur Brad n'était pas paru. Je fus donc consignée jusqu'au mois de mars à rédiger des légendes, des sous-titres et d'interminables listes pour la rubrique des loisirs. Matt refusait de me donner des explications et je dus prendre mon mal en patience. Mais en dépit des heures passées à exécuter ces travaux fastidieux, je me sentais à l'aise au sein du journal. *Downtown* était désormais ma véritable famille.

Je me souviens d'une soirée où Matt nous emmena tous prendre un verre au Commerce Club. Il était content de nous car le numéro de février était prêt avec cinq ou six jours d'avance. D'ordinaire, il y avait plutôt quinze jours de retard, le record ayant été de vingt-trois jours. C'était avant mon arrivée au journal et on m'avait rapporté l'anecdote : il paraît que Culver Carnes était entré comme une furie dans le bureau de Matt en menaçant de virer tout le monde, lorsque celui-ci décrocha le téléphone et vendit, sous le nez de Carnes, un encart publicitaire de deux pleines pages couleur pour douze mois. Vrai ou non, cet incident avait donné au magazine le surnom de « sauvé de justesse ».

Dans ce saint des saints aux murs d'acajou, aux senteurs de cuir et de citron, au sol richement recouvert de tapis d'Orient, nous étions tous cantonnés dans les premiers salons car les femmes n'étaient admises qu'un jour par semaine dans le « sanctuaire ». Nous buvions et plaisantions avec le sentiment du devoir accompli. Des hommes que j'avais vus à la télévision locale vinrent saluer Tom et Hank – Charlie n'était que rarement avec nous à ce moment-là – et nous adressèrent, à Teddy et à moi et en particulier à Alicia, des signes de tête courtois.

Nous en étions à notre deuxième verre et Matt à son troisième, il avait ôté sa montre et répandu sur la table le contenu de ses poches. Il jouait machinalement avec les pièces de monnaie tout en parlant d'une voix fébrile. Il était très en verve ce soir-là et il émanait de sa personne comme des ondes électriques.

– Nous allons faire un tour de table et chacun va nous raconter le souvenir le plus embarrassant de sa vie. Celui qui raconte le truc le plus idiot aura le droit de sauter sur Alicia.

Alicia secoua ses longs cheveux blonds et lui fit une grimace.

— A toi, Gordon, dit Matt.

— J'étais gamin, dit Tom après un petit moment de réflexion... c'était mon anniversaire. J'avais une part de gâteau à la main et, le temps que je me penche pour boire au robinet de la cour, un poulet me l'avait chipée. A moins que ça ne soit une fois où j'étais en train de peloter ma petite amie dans la voiture de mon père : nous étions devant chez elle et son père est sorti avec une carabine. J'ai fait une marche arrière incontrôlée et j'ai bousillé le levier de vitesse. Il m'a flanqué une gifle mémorable et je suis rentré chez moi la tête hors de la vitre... le lendemain je ne pouvais plus tourner le cou...

Nous étions morts de rire. Nous avions du mal à imaginer le grand Tom avec son visage de faucon, si élégant dans ses costumes merveilleusement coupés, comme cible des poulets voleurs de gâteaux et des pères irascibles. En réalité sa famille était pauvre, il devait payer les dettes de son ex-femme et sans les nombreuses invitations de restaurants qui nous parvenaient au journal, il n'aurait pas mangé tous les jours à sa faim. En pensant à sa gentillesse et à son humour, j'eus une bouffée de tendresse pour lui.

— A ton tour, Teddy.

— Moi, c'est le jour où mon collant m'est tombé sur les pieds au beau milieu des supporters que j'entraînais à Westminster Schools.

— Plus Teddy que ça tu meurs! dit Matt.

Teddy rougit et se mit à rire.

— Hank?

— Moi, j'ai raconté à toute la classe de terminale que l'on faisait des expériences scientifiques au collège parce que le bruit courait qu'Isobel Carsunki vendait son corps dans la chaufferie.

Je me penchai en riant pour donner une accolade à Hank. Il était toujours au fond de son cœur le petit garçon naïf qui avait pu croire une telle fable et je l'adorais. Ce soir-là, dans l'atmosphère échauffée par le bourbon, je les aimais tous.

— A toi, Sister.

— Oh, monsieur Comfort, c'est horrible. C'était à un concours de majorettes et j'avais des faux seins, ma mère avait insisté, elle disait que c'était plus joli pour la silhouette. Et voilà qu'au beau milieu de mon numéro, je faisais virevolter mon bâton devant le jury et les faux nichons sautent et vont rebondir sur l'estrade. Il y en a même un qui a atterri sur les genoux d'un juge.

Tout le monde hurlait de rire, et il nous fallut un bon moment avant de reprendre nos esprits.

— Et tu as gagné ? demandai-je en ébouriffant les cheveux de Sister qui pour une fois n'avait pas mis son serre-tête.

Elle n'était guère plus jeune que moi mais c'est un geste qu'on avait souvent avec elle, comme on le fait aux gamins.

— Oui, mais n'empêche que j'étais très gênée.

— Alicia...

Elle pêchait les cerises au marasquin dans nos verres et était en train de se lécher consciencieusement le bout des doigts. Elle jeta un regard langoureux à Matt. Je me demandai comment on pouvait ne pas voir ce qu'il y avait entre eux.

— Je ne me souviens pas avoir jamais été embarrassée par quoi que ce soit.

Les rires fusèrent à nouveau et il y eut des sifflements de la part des hommes. Elle me parut à cet instant plus belle et envoûtante que n'importe quelle vedette de cinéma. Quelque chose d'exotique, de parfaitement animal émanait de sa personne et je me demandai quel genre de vie elle avait pu avoir jusqu'ici...

— Et toi, Matt ? fit Hank.

— C'était il y a deux ou trois ans à New York, j'avais rendez-vous avec Curver à la terrasse de la cafétéria du Musée d'Art moderne. Je commande un paquet de chips et un Coca-Cola. Un Noir en costume trois-pièces, très chic, genre délégué aux Nations-unies ou dictateur d'un pays d'Afrique, vient s'asseoir à côté de moi et commande lui aussi des chips et du Coca-Cola. Je lis mon journal, le type sort aussi un journal et se met à lire. En plongeant la main dans mon paquet de chips, je rencontre la sienne et je lui jette un regard furieux. Lui, il prend la chips et la mange. Bon, je ne dis rien, mais la chose se reproduit une seconde fois. Bon sang, j'ai beau aimer Martin Luther King comme mon propre père, ça n'est pas une raison pour me laisser voler mes chips ! Je lui dis « excusez-moi » et je tire le paquet vers moi. Le type me regarde un moment sans rien dire, puis il plie son journal et s'en va. Et en me levant pour partir à mon tour, je vois mon paquet de chips, même pas entamé, qui était tombé sous ma chaise...

« Et toi, Smoky? demanda Matt lorsque les rires se calmèrent.

— Moi, c'est chaque fois qu'un numéro sort et que je n'ai pas d'article dedans.

Peut-être y étais-je allée un peu fort... Matt cessa subitement de tripoter ses pièces de monnaie et me regarda droit dans les yeux, de ce regard vert qui me glaçait. Mais il souriait, d'un sourire étrange.

— Ça n'est pas du jeu, Smoky...

Le reste de la soirée s'écoula agréablement et chacun rentra chez soi... ou ailleurs où bon lui semblait.

— Son sourire ne m'a pas plu, me dit Teddy tandis que nous attendions sa voiture au parking.

— C'était quand même un sourire.

Mais je ne l'avais pas trop aimé non plus.

Le lendemain après-midi, Matt me fit venir dans son bureau. Je ne le vis pas tout de suite. La pièce était dans un désordre indescriptible, comme chaque fois qu'on venait de boucler un numéro. Matt était pourtant plus soigneux en ce qui concernait son bureau que ses vêtements mais quand nous étions charrette, toute l'équipe y déposait son matériel et la pièce se transformait en véritable capharnaüm. Je savais que dans un jour ou deux Matt soufflerait dans son avertisseur pour nous sommer de débarrasser tout notre fourbi et son domaine retrouverait son aspect de couverture de magazine de décoration.

— Entre, ma chérie.

Je me guidai au son de sa voix et le trouvai assis par terre avec Tom Gordon, en train d'examiner des photos étalées sur le tapis. Je me frayai un chemin à travers les piles d'épreuves et les monceaux de parkas et d'imperméables jetés pêle-mêle.

— Elles sont superbes, qu'allez-vous en faire?

C'étaient des clichés en couleurs de vieux avions, pris sous des angles différents, des gros plans et des plans d'acrobatie aérienne, fixant la grâce infinie de biplans ou de monoplans aux ailes diaphanes, comme celles des libellules. On apercevait les pilotes casqués de cuir, écharpe au vent et sourire aux lèvres. D'après la lumière, les photos avaient dû être prises à l'aube.

— Je crois que nous pourrions utiliser ces clichés, dit Matt. L'Association des Amis de l'Aviation est bien implantée dans la région. Ils remettent en état ces vieux coucous et les pilotent. Il va y avoir un grand meeting aérien en avril et j'aimerais bien faire un reportage photo.

— Oh oui, ce serait formidable ! Qui a pris ces clichés ?

Matt me désigna en souriant le tas de vêtements que je venais d'enjamber et je vis émerger une toison de boucles flamboyantes, puis un visage barbu criblé de taches de rousseur, au regard bleu plissé de malice. Cette apparition joviale me fit penser à une de ces lanternes creusées dans un potiron que les enfants promènent à l'occasion de Thanksgiving. Je poussai un petit cri et fis un pas en arrière mais le photographe avait eu le temps de sortir son appareil de je ne sais où et de mitrailler juste sous ma mini-jupe.

— Je vous présente Lucas Geary, dit Matt.

Le dénommé Lucas déplia son interminable carcasse de derrière le tas de vêtements et me tendit la main. On aurait dit qu'il était fait de fils de cuivre. Il me tendit sa main libre.

— Ravi de faire votre connaissance, qui que vous soyez.

Il y avait dans sa voix les aigus que l'on entend à chaque coin de rue et dans chaque pub de Corkie. Oh, mon Dieu, me dis-je, un autre Irlandais !

— Smoky O'Donnell. Et si vous trouvez ça drôle...

Je lui pris l'appareil des mains, un Leica – je m'y connaissais, à présent –, et vidai la pellicule qui se déroula en spirale sur le sol.

Les trois hommes me regardèrent un instant d'un air hébété puis se mirent à rire.

— Elle me plaît, dit Lucas à Matt en se laissant choir sur la pile de vêtements.

— Elle est à toi.

— Compte là-dessus...

C'était la chose que je détestais le plus chez la gent masculine de *Downtown* lorsqu'ils étaient en groupe, cette façon de traiter les femmes – même leurs égales professionnellement – comme des objets sexuels. Individuellement, ils n'osaient pas. J'étais déjà en colère après cet Irlandais tout en os, je n'étais pas disposée à me laisser traiter comme une friandise qui passe de main en main.

J'aperçus à côté des photos l'épreuve d'une double page de Tom Gordon, intitulée « Au-devant du soleil ».

— Matt veut refaire la double page avec de nouvelles photos, dit Tom. Nous avons pensé que tu pourrais écrire l'article, Smoky. Luke avait son mot à dire, bien sûr, et il vient de le donner, j'espère que tu vas réviser ton jugement. Moi aussi j'aimerais bien que tu fasses ce papier.

— C'est tout vu, dis-je en m'asseyant en tailleur sur le tapis à côté d'eux, le cœur battant la chamade.

Luke m'adressa un de ses sourires cannibales — comme nous les avons appelés par la suite — et braqua son Leica sur mon visage. Il ne cessa de me mitrailler tandis que j'étudiais les épreuves tout en discutant avec Matt et Tom. Durant la conversation, j'ignorai Luke mais je sentais l'œil froid de l'objectif sur chaque centimètre carré de ma peau. Son appareil photo était comme une prolongation de lui-même : j'avais l'impression qu'il promenait ses mains sur moi et je me sentis rougir.

— Merci, Matt, de me faire confiance, vous n'aurez pas à le regretter.

— C'est Luke qu'il faut remercier. Mais c'est peut-être lui qui va le regretter.

— Ça m'étonnerait, c'est le genre de reportage que j'ai toujours rêvé de faire !

— Je ne t'ai pas tout dit, Smoky, tu auras effectivement l'article et ton nom en tête de rubrique mais à une condition, c'est que tu aies effectué un vol avec eux, loopings et acrobaties aériennes compris ! Un des pilotes t'attend demain matin avec un Stearman, si la météo se maintient. Tom viendra te chercher, ils ont prévu de survoler Stone Mountain. Luke sera déjà sur place. Prévois des vêtements de rechange. Luke a vomi trois fois quand il était en l'air.

— Je ne vomis jamais.

Je tournai les talons et sortis du bureau, droite comme un I. Une fois dans le couloir, je me mis à trembler.

J'ai une peur panique de l'altitude. Depuis toujours. A Corkie, il n'y a pas de maison de plus de trois étages et avant d'arriver à Atlanta, je n'étais jamais montée dans un

immeuble de plus de cinq étages. La première – et dernière
– fois que je pris l'ascenseur extérieur du Regency Hotel,
œuvre de John Portman, je fus la proie d'un vertige atroce :
ruisselante de sueurs froides, les yeux fermés et cramponnée
à Hank, je dus rassembler toute ma volonté pour ne pas
hurler comme un animal pris au piège. A part Hank, personne n'était au courant de ma phobie mais il se pouvait
très bien que Matt, avec son flair redoutable, l'ait devinée.

Il a dû se douter de quelque chose et il me fait payer ma
ténacité, me dis-je. Mais il n'était pas question de renoncer.
Si c'était le prix que ce salaud voulait me faire payer pour
avoir un article, uniquement parce que je suis une femme,
eh bien il allait voir à qui il avait affaire...

Je m'appuyai un instant à la porte de mon bureau pour
reprendre mes esprits et m'essuyai le front du revers de la
main ; le tremblement ne voulait pas cesser.

– Hé, Smoky !

Je sursautai et lorsque je me retournai, j'entendis crépiter
derrière mon dos le déclic du Leica de Lucas Geary.

6

Le lendemain matin, Teddy me réveilla avant l'aube. J'avais eu un sommeil agité, je rêvais que je tombais dans un trou noir. Je me dressai dans mon lit, le cœur battant.

— Qu'est-ce qui se passe? fis-je d'une voix pâteuse.

— Un coup de téléphone pour toi.

Je me demandai qui pouvait bien m'appeler à une heure pareille, à moins qu'il ne se soit passé quelque chose de grave à la maison...

— On dirait un Allemand, dit Teddy avant de regagner son lit telle une somnambule.

— Allô?

J'étais encore endormie lorsque je décrochai l'appareil et le lino était glacial sous mes pieds nus.

— Allô?

— Bonchour, Matemoiselle. Che suis M. Von Richthofen. Nous técollons à l'aupe...

Je reconnus la voix malgré l'horrible accent.

— Allez vous faire voir, Lucas Geary! Je pouvais dormir encore une heure.

— Quand Richthofen est réveillé, le monde entier doit être sur le pont! Je vous attends à l'aéroport à six heures.

Il n'y avait plus de café. Teddy et moi ne faisions que rarement la cuisine et sans les invitations au restaurant qui nous parvenaient souvent au journal, nous serions mortes de faim! Le réfrigérateur ne contenait que les restes que nous rapportions de ces restaurants à la mode et ce jour-là je ne trouvai qu'un biscuit rassis et trois crevettes racornies provenant d'un nouveau restaurant polynésien – pas de quoi faire un petit déjeuner décent en tout cas. Je me rabattis sur un sachet de thé vert offert par un restaurant chinois avec un petit cookie : sur l'emballage était inscrite cette prévision : « Vous irez loin. » Je le froissai et le jetai à la poubelle puis allai m'asseoir sur le canapé, les jambes recroquevillées, les yeux fixés sur l'obscurité opaque du dehors, jusqu'à ce que mon thé soit froid. Je ne parvins pas à me réchauffer malgré une douche brûlante. Mon cœur battait à se rompre.

Je m'habillai chaudement, suivant les recommandations de Matt : je mis deux paires de collants et des chaussettes sous mon nouveau pantalon pattes d'éléphant à rayures, un pull côtelé à col roulé et le gros cardigan en tricot de Teddy, sur lequel j'enfilai mon imper. J'étais tellement engoncée que mes bras étaient presque à l'horizontale, comme ceux des petits enfants dans les combinaisons de ski. Finalement, c'était Hank et non Tom qui devait me prendre devant la maison à cinq heures et demie. La rue était noyée dans un épais brouillard : on n'y voyait pas à cinquante centimètres. Il était impensable de décoller avec un frêle biplan dans une telle purée de pois et c'est presque joyeusement que j'attendis Hank.

Sa Chamber Chevrolet émergea bientôt du brouillard et je montai à bord.

– Tu n'as pas bien dormi ?

Je secouai la tête en signe de dénégation. Hank avait eu des mots avec Matt à mon propos. Il connaissait ma terreur de l'altitude et désapprouvait toute cette affaire. C'était Sister qui m'avait rapporté leur discussion.

– Hank a dit que tu pouvais très bien écrire ton article en te basant sur les photos mais M. Comfort n'a rien voulu entendre. Il a dit qu'il n'exigeait pas plus de toi que de n'importe quel autre reporter. Hank a répliqué qu'au contraire il voulait te faire payer ton obstination mais M. Comfort a rétorqué que c'étaient des foutaises et puisque tu voulais jouer dans la cour des grands tu n'avais qu'à accepter les règles. Hank lui a dit que les règles c'était lui qui les inventait et M. Comfort lui a répondu « va te faire foutre » comme lorsqu'il est très en colère et Hank est sorti en claquant la porte. Je ne l'avais jamais entendu parler sur ce ton à M. Comfort. Pourquoi est-ce que tu t'obstines à faire cet article stupide, Smoky? Tout le monde se fait la tête à cause de ça maintenant.

— J'y tiens, c'est tout.

Lorsque après un trajet silencieux, nous arrivâmes sur le terrain d'aviation au pied de Stone Mountain, le soleil n'était pas encore levé et le brouillard était plus épais que jamais.

Finalement Lucas Geary ne vint pas mais presque toute l'équipe était là. Même Charlie Stubbs, que nous voyions rarement en dehors des heures de bureau, était venu dans sa nouvelle Mustang décapotable, cadeau de mariage de son beau-père. J'entendis le rire argentin d'Alicia et mon visage s'empourpra de colère : ils s'étaient tous déplacés pour assister à mon supplice ! Je suis sûre que Matt les avait mis au courant de ma frayeur et ils étaient venus assister au spectacle de ma disgrâce. A ce moment-là, je regrettai sincèrement qu'il y eût du brouillard, je leur aurais fait voir un peu...

— C'est gentil de vous être levés si tôt pour venir me voir.

Matt me sourit. Il portait les mêmes vêtements que la veille, si froissés qu'on aurait dit qu'il avait dormi avec et je me dis non sans malice qu'il avait dû s'arracher aux draps tièdes d'Alicia à l'heure à laquelle j'avais reçu le coup de fil de Lucas. Alicia était fraîche et pimpante, dans un manteau de mohair vert d'eau, et son maquillage était irréprochable.

— Alors, tu es prête à t'envoler ? me dit Tom Gordon de sa voix grave et douce.

— Avec ce brouillard, je ne sais pas...

— C'est juste une brume de sol, fit Matt comme s'il décollait tous les matins. Ça ne va pas durer. Le pilote a dit que tout est OK.

— Bien, fis-je d'une voix étranglée.

Effectivement le brouillard se dissipait et une lueur rose perlait à l'est.

Le pilote était basané, avec une barbe de couleur indéfinissable qui ombrait son visage anguleux. Il me fit penser à un fermier du sud de la Géorgie mais en fait il était président-directeur d'une petite compagnie d'aviation locale. Il serra la main de Matt et m'adressa un bref regard.

— Le temps que je sois prêt, le brouillard sera levé, et on y va, d'accord ?

J'acquiesçai d'un petit signe de tête, incapable d'articuler un mot. Il disparut je ne sais où et revint avec une grosse veste de cuir qu'il me fit endosser, puis me donna un casque en cuir, de grosses lunettes et des gants trop grands pour moi ainsi qu'une écharpe de soie qu'il me recommanda de bien rentrer dans mon col.

– Eh bien, allons-y, j'ai un rendez-vous en ville à dix heures.

Puis il me fit signe de le suivre. Hank me prit par les épaules et m'accompagna jusqu'à l'avion. Le reste de l'équipe marchait derrière nous, comme une couvée de petits canards se dandinant derrière le pilote, dont je ne savais même pas le nom, d'ailleurs. Je me dis que s'il envisageait d'être en ville dans trois heures, nous n'allions peut-être pas mourir tout de suite... Dans trois heures et demie, ça sera fini, me répétais-je sans arrêt...

Le Stearman était là, étincelant dans la lumière rose du petit matin, tout seul sur la piste. Si Hank ne m'avait pas tenue, je crois que j'aurais honteusement pris la fuite. Le petit biplan semblait trop frêle pour supporter deux adultes. On apercevait pourtant, par une petite ouverture un peu au-dessus des doubles ailes, deux sièges à ciel ouvert, l'un derrière l'autre. L'avion était rutilant, bleu et jaune. Je savais que le Stearman était un des tout premiers appareils d'école ayant existé mais celui-ci avait l'air flambant neuf et ça me rasséréna un peu.

– C'est un appareil ancien, dit le pilote en se bagarrant avec l'hélice. Je l'ai restauré moi-même et il a remporté le prix du meilleur avion de sa catégorie à Ottumna l'an dernier.

– Compliments, dit Hank.

– Sainte Marie, Mère de Dieu, priez pour nous maintenant et à l'heure de notre mort... murmurai-je entre mes dents serrées, les yeux fermés.

– Allons-y !

Le pilote me souleva par les aisselles comme un enfant et me déposa sur le siège arrière. Il m'attacha et ajusta le tube de métal froid qui allait nous servir à communiquer. Je décidai de me concentrer sur les manœuvres et de ne pas regarder dehors jusqu'à ce que nous ayons touché terre. Puis il sauta par-dessus l'aile et se boucla sur son siège.

116

– Nous allons survoler Stone Mountain. Nous ne ferons que des figures très simples, je n'ai pas le temps de me lancer dans des acrobaties trop compliquées et votre photographe a déjà pris pas mal de clichés l'autre fois. Il n'y a presque pas de vent mais si vous avez envie de vomir, pour l'amour du ciel, mettez-vous dans le sens du vent, et, prévenez-moi, si possible...

– Je ne vomis jamais. Mais, dites-moi, Lucas Geary n'était-il pas censé voler avec nous pour prendre d'autres photos ?

– A mon sens, ce vol a été organisé uniquement pour vous mettre à l'épreuve et vous faire une peur bleue. Pour être franc avec vous, je n'aime pas beaucoup payer des tours de manège aux petites filles et je n'ai pas l'habitude de terroriser mes passagers. Je ne trouve pas ça drôle du tout. Nous allons juste faire un tour tranquille de l'autre côté de la montagne et on dira à votre rédacteur qu'on a fait quelques loopings, d'accord ?

– D'accord.

Si cet homme m'avait demandé de l'épouser, j'aurais accepté sur-le-champ ! Je les regardais, dans le petit matin frais, bien en sécurité sur le plancher des vaches, le sourire aux lèvres, et je levai le pouce, comme Errol Flynn dans *La Patrouille de l'aube*. Je serrai les dents : un mauvais moment à passer, c'était tout...

Tom Gordon s'approcha de l'hélice et, sur un signe du pilote, donna une forte impulsion. Le moteur se mit à vrombir et l'avion s'ébranla en cahotant sur la piste. Je m'enfonçai dans mon siège en fermant les yeux. Il y eut une accélération rapide, encore quelques soubresauts, et nous étions en l'air.

J'ouvris les yeux... finalement ça n'était pas si terrible que ça... Soudain le petit avion fut comme aspiré en l'air et retomba tel un oiseau abattu en plein vol. J'avais le cœur au bord des lèvres.

– Qu'est-ce qui se passe ? criai-je malgré moi.

– C'est un phénomène fréquent à cette époque de l'année. Le sol est encore froid et le soleil commence à chauffer, ça crée une différence de pression. N'ayez pas peur, nous avons un temps très calme ce matin.

Le vent me cinglait le visage et, malgré les lunettes, de

grosses larmes coulaient le long de mes joues mais je ne sentais pas le froid.

— Regardez, dit le pilote, ça en vaut la peine.

Nous longions le flanc de Stone Mountain, si près que je distinguais la moindre ravine et les plaques de végétation rabougrie à la surface du granit. Bientôt les statues du président Jefferson, des généraux Robert E. Lee et Stonewall Jackson, œuvres du sculpteur Gustav Borglund, se profilèrent à l'horizon. Je restai bouche bée devant ce spectacle grandiose et oubliai ma peur pendant un moment.

— Allez, courage! dit le pilote. On y va!

Le Stearman monta presque à la verticale en vibrant de toutes parts et le moteur émit un sifflement qui couvrit mes cris de terreur. Je fermai les yeux.

J'eus soudain l'horrible sensation de sombrer dans le néant et lorsque je me risquai à entrouvrir un œil, j'aperçus l'horizon qui montait vers nous en décrivant une majestueuse spirale. J'étais suspendue dans ce cockpit la tête en bas et ma vie ne tenait qu'à ces quelques lanières auxquelles j'étais ficelée. Le hangar et les silhouettes minuscules de ceux qui m'avaient trahie m'apparurent sens dessus dessous; il y eut un plongeon vertigineux et je fermai de nouveau les yeux jusqu'à ce que je sente l'appareil se stabiliser.

— Ça va?

— Oui... j'étais sur le point de m'évanouir.

— Alors on en fait un autre!

Et il reprit de l'altitude. Le hangar et les silhouettes n'étaient plus que des points. Le plongeon me parut encore plus vertigineux que le premier et je hurlai de terreur. Le cauchemar cessa enfin, le pilote rasa le hangar et des applaudissements parvinrent à mes oreilles. C'était le bruit le plus doux que j'aie jamais entendu.

Le pilote tint parole et nous disparûmes derrière l'autre versant de la montagne, où il tua les quelque vingt minutes qui nous restaient à décrire des cercles puis il revint vers le hangar et nous atterrîmes en douceur.

Matt en personne vint m'extirper de mon siège et je fus ravie de le voir chanceler sous mon poids au point de manquer de tomber avec moi. Mes jambes ne me soutenaient plus mais je trouvai assez de force pour sourire aux compliments et dire des choses convenues comme « c'est formidable, j'ai eu vraiment l'impression d'être un oiseau », etc. Seul Hank avait compris mon malaise et il accourut vers moi, me prit dans ses bras et me soutint jusqu'au hangar en fredonnant les trompettes d'*Aïda*.

J'entendis derrière moi le pilote raconter à Matt qu'il ne m'avait pas ménagée. Quand je serai célèbre, je dédicacerai un livre à cet homme...

Lorsque nous atteignîmes le hangar, chacun repartit vers ses occupations mais Lucas Geary était là, en train de siroter un Coca-Cola en compagnie d'un grand Noir que je n'avais jamais vu, vêtu comme lui d'un jean usé jusqu'à la corde et d'une chemise de travail qui avait passablement vécu. Lucas m'adressa un de ses sourires carnassiers tout en levant sa bouteille dans ma direction.

— Comme ça, vous ne vous êtes pas dégonflée !

— Eh non, mais je ne vous dis pas merci. Je croyais que vous étiez du voyage... à moins que vous n'ayez cru comme tout le monde que je renoncerais...

— J'avoue que cette pensée m'a effleuré. Mais j'ai tenu à être là pour prendre quelques photos de vous. Ne serait-ce que pour le souvenir, au cas où Comfort oublierait votre exploit...

Je l'observai avec curiosité : avait-il compris, lui aussi, que Matt avait voulu me mettre à l'épreuve et que quelque part il était mécontent que j'aie réussi ? Ses petits yeux bleus pétillaient d'intelligence, ils étaient à l'affût de tout, comme l'objectif de son appareil.

A ce moment-là il saisit son Leica et leva son objectif vers mon visage. C'est la photo qui fut choisie pour accompagner l'article : j'avais le casque de cuir, les lunettes sur le front et les lèvres légèrement entrouvertes. C'était un très gros plan et on voyait dans mes pupilles le reflet d'un petit avion. La photo était trafiquée, bien sûr, mais elle faisait de l'effet et on ne manqua pas, lorsqu'elle parut, de me comparer à la pionnière de l'aviation, Amelia Earhart.

— Si vous pointez encore ce machin sur moi, je crache dessus...

Il se contenta de rire et laissa l'appareil retomber sur sa poitrine.

— Permettez-moi de vous présenter John Howard.

Le grand Noir fit un pas en avant et me tendit la main.

– Enchantée.

– Moi de même.

Sa poigne était ferme et chaleureuse et il avait une voix de théâtre, profonde et chantante, aux inflexions chaudes. Son visage étroit et anguleux, remarquablement modelé, me fit penser à un bronze de Frederick Remington. Ses yeux noisette étaient transparents, des yeux de loup, pensai-je, et seules ses narines, un peu épatées, étaient négroïdes. Une longue cicatrice qui barrait son sourcil et frôlait son œil gauche lui donnait en permanence un air interrogateur. Il était d'une extrême beauté, et fort intéressant à regarder... mais il y avait quelque chose de fermé dans son visage.

Je le pris tout d'abord pour un mécanicien avec qui Luke avait engagé la conversation en m'attendant mais à l'entendre, je me rendis compte qu'il n'en était rien. Cependant Luke ne m'en dit pas plus sur lui et John Howard se tut.

Après une brève discussion avec Tom et Hank, John et Luke montèrent dans une petite voiture de sport qu'une épaisse couche de poussière et de boue rendait méconnaissable. Je sus plus tard par Hank que c'était la Morgan de Luke.

– Qui est ce John Howard? demandai-je à Hank tandis que nous regagnions sa Chevrolet.

– Un authentique héros de la cause du Dr King et son plus fidèle lieutenant après Montgomery. Ça m'étonne que tu ne l'aies pas reconnu, la photo que Luke a prise de lui dans la marche sur Selma était dans tous les journaux. C'est celle que *Life* a choisie, elle est très connue. Sa cicatrice vient de là.

– Il a été frappé?

– Un flic de la police montée lui a donné un coup avec sa torche électrique. On a cru pendant un moment qu'il avait perdu la vue et je crois qu'il n'y voit pas grand-chose de cet œil-là. Luke a pris la photo juste à ce moment-là et le flic a lancé son cheval sur lui et l'a battu comme plâtre. Le cheval lui a écrabouillé une cheville. Tu n'as pas remarqué qu'il boitait légèrement? Il dit qu'il a réussi là le plus beau plan d'une croupe de cheval qu'on ait jamais vu de mémoire de manifestant... Il s'en est sorti, en clopinant, avec le film caché dans sa chaussure. Depuis ce temps-là, John et lui sont devenus inséparables.

120

— Effectivement, je me souviens de l'histoire de John Howard mais je n'ai jamais entendu parler de Luke.

— C'est l'un des meilleurs photographes de sa génération. *Life, Magnum* et *Black Star* se disputent ses clichés et voudraient bien l'avoir à plein temps mais il ne veut pas quitter le Sud. Il participe activement au mouvement pour les Droits civiques, c'est presque une obsession chez lui. D'ailleurs j'ai été surpris qu'il ait accepté de faire ces photos d'avions anciens pour Matt, mais il a dû lui faire son numéro de charme habituel et lui donner carte blanche. Je ne sais pas comment il compte faire avaler ça à Culver. En tout cas, Luke est le seul photographe à qui Matt laisse choisir le journaliste qui écrira ses reportages. Nous avons beaucoup de chance de l'avoir parmi nous.

— Je ne me rappelle pas bien les événements de Selma... Tu sais, à Corkie, les Droits civiques, c'est une notion plutôt abstraite... Qu'est-ce qu'il fait dans la vie, ce John Howard? C'est un acteur de cinéma?

— C'est un prêtre baptiste. Ça t'étonne?

— Oui. Je serais incapable de te dire pourquoi, d'ailleurs...

Lorsque je racontai à Brad mes exploits aériens, il ne se montra pas aussi enthousiaste que je l'espérais.

— Tout ça ne me plaît pas du tout, tu aurais pu y laisser ta peau et Comfort mérite une bonne correction. Si j'avais été au courant, je ne t'aurais pas laissée faire!

— J'ai eu le meilleur avion et le meilleur pilote de Stearman de tout le pays. Matt mérite effectivement une correction mais pas pour les raisons que tu crois.

J'étais un peu vexée, je m'attendais à ce qu'il soit amusé et fier de moi.

— A partir de maintenant, je veux être au courant de tous tes projets, dit-il d'un ton sec.

— Parce que tu penses que tu pourras m'interdire ce qui ne te plaît pas? Écoute, Brad, j'ai déjà assez de Matt pour me mettre des bâtons dans les roues. Tu ne sais pas par quoi j'ai dû passer pour avoir ce papier! Il ne m'en a pas donné d'autre depuis celui que j'ai écrit sur toi. Si je commence à refuser des articles sous prétexte que tu penses que c'est dangereux, Matt ne m'en donnera plus jamais, il n'attend que ça! Et je moisirai toute ma vie à la rubrique loisirs et spectacles.

— De toute façon, je ne crois pas que tu moisiras à *Downtown* toute ta vie, me dit-il avec son merveilleux sourire. Et puis, qu'est-ce que tu as contre la rubrique loisirs? Tu es invitée à tous les spectacles et dans tous les restaurants de la ville, c'est la fête en permanence, c'est plutôt agréable, non?

— Précisément...

Je changeai de sujet de conversation car je n'avais pas envie de polémiquer, ni avec Brad ni avec Matt. Je lui parlai de Luke et de John Howard.

— Ce Geary me fait l'effet d'un fou furieux. Un Irlandais cinglé, tu avais bien besoin de ça! J'ai entendu parler de Howard. C'est un type bien. Il se bat avec conviction contre le racisme dans cette ville, lui et quelques autres.

— Il m'intrigue. Et je trouve qu'il a un visage très intéressant. J'aimerais bien faire un reportage sur lui, avec des photos de Luke. Il y a quelque chose de tragique chez cet homme, comme une blessure secrète...

— Il en a pas mal bavé, je crois que sa femme est partie avec leur enfant. Il ne prêche plus, il travaille à l'université et occupe des postes assez en vue dans toutes sortes d'associations d'étudiants noirs luttant contre la discrimination raciale. Il y a beaucoup de jeunes dans ces mouvements et le Dr King s'appuie énormément sur eux. Je ne sais pas pourquoi mais j'ai l'impression que tout ça finira mal...

— J'ai vraiment envie de faire un papier sur lui. Je trouve qu'il est très représentatif de ce qui se passe dans cette ville.

— Eh bien, je te souhaite du courage, fit Brad d'un ton coupant. Il se peut que Matt soit d'accord mais dans la mesure où Howard n'a rien d'un jeune loup, Culver Carnes est capable de faire paraître un papier sur Lee Harvey Oswald[1] plutôt qu'un éditorial sur un Noir.

Il avait raison mais sa façon brutale de s'exprimer me choqua. Il s'en aperçut et rougit.

— Les mots sont peut-être mal choisis mais Culver et ses petits copains disent « négros », il faut que tu le saches. Ton article ne paraîtra jamais, Smoky, ne te fais pas d'illusions, et si par miracle Matt choisissait un sujet comme celui-là, il

---

1. Assassin du président Kennedy. *(N.d.T.)*

ne le laisserait jamais à une femme. Tu sais bien que j'ai raison.

Le printemps arriva sans crier gare, par un bel après-midi de mars, porté par une brise tiède qui berçait les feuilles nouvelles transparentes comme du cristal. Le numéro de mars venait de sortir, avec mon article sur Brad. Mon nom s'étalait en caractères gras et l'article fut remarqué car Brad était connu des lecteurs de *Downtown*, et comme Matt me l'avait prédit, mon pseudonyme intrigua. Sister reçut plusieurs appels de lecteurs curieux de connaître mon identité et Matt racontait à tout le monde que c'était un journaliste sportif qu'il avait débauché du *Herald Tribune*. Mais j'étais insensible aux railleries de Matt. J'avais les doigts maculés d'encre à force de tourner les pages pour regarder mon article et Tom, me surprenant en flagrant délit, dit en riant qu'il ferait paraître une photo de moi avec les avions dans le numéro de mai pour que le public voie à quoi ressemble Smoky O'Donnell. J'emballai soigneusement quelques exemplaires que j'expédiai à Corkie. Le fait – prévisible – de ne pas obtenir de réponse ne parvint pas à ternir ma joie. Je savais que je ne remettrais jamais les pieds là-bas.

Je ne revis pas John Howard mais Lucas Geary ne tarda pas à faire partie du décor quotidien de *Downtown*, passant le plus clair de son temps allongé sur le sol de l'un ou l'autre des bureaux. Lorsque nous allions dans celui de Matt, nous étions obligés d'enjamber non seulement son matériel éparpillé sur le sol mais parfois Lucas lui-même. Nous avions fini par apprivoiser l'œil fouineur de son Leica qui nous traquait sans répit. Aucun personnage éminent de cette époque ne fut l'objet d'une telle vigilance photographique...

A l'instar de Francis Brewton ou de Randolph – un petit Noir ratatiné qui se fit une fortune en cirant nos chaussures parfaitement propres –, Lucas fit bientôt partie des originaux qui gravitaient autour de notre équipe. Il y avait aussi M. Tommy T. Bliss, un vieux monsieur, admirateur fanatique des Braves, qui faisait le poirier chaque fois que ses idoles gagnaient un match et se faisait mettre en prison pour trouble à l'ordre public. En général c'était Matt qui le faisait libérer et il venait faire le poirier à *Downtown* en guise de remerciement. Fort heureusement, il se cantonnait au couloir. Tous ces gens faisaient partie de l'univers de Matt. Nous nous mîmes donc à enjamber Lucas avec philosophie.

Mais Culver Carnes n'était guère sensible à son humour. Lorsqu'il escortait des visiteurs importants désireux de rencontrer Matt il n'appréciait pas, non plus que ses secrétaires coincées, de devoir passer sur le corps de Lucas. Il avait braqué son Leica sous toutes les mini-jupes de l'immeuble et fixé sur la pellicule une panoplie de visages outragés. Culver ne tarda pas à faire un rapport sur Luke, que Matt posa en jubilant sur la pile de dossiers consacrés à la « guerre des tasses à café ».

— Tu peux m'expliquer de quoi il retourne? demanda Lucas à Matt.

Depuis le temps que j'entendais parler de cette fameuse « guerre » sans avoir eu la curiosité de m'informer davantage, je tendis l'oreille.

— Il y a à peu près un an, Culver a fait rénover les bureaux de la Chambre. Il était jaloux de nos bureaux alors il a pris une petite tapette de décorateur d'intérieur, a dépensé une somme folle pour tout faire refaire, c'était mignon comme tout. Même la couleur des porte-tasses à café était coordonnée : des jaunes pour là-haut, des rouges pour nous. Évidemment, depuis le temps, des tasses jaunes ont migré ici et vice versa. Bien sûr on ne le fait pas exprès, nous on se fiche pas mal de la couleur de ces saloperies de trucs en plastique mais le vieux Culver, ça le rend malade de voir des taches rouges dans son petit paradis jaune et il gueule comme un âne s'il trouve des trucs jaunes ici. Il nous a balancé un rapport sévère et on a fait des efforts mais ça n'est vraiment pas une priorité. Alors il a continué à nous bombarder de rapports jouant sur tous les registres, de l'appel à la dignité à l'accusation de trahison en passant par la menace des pires châtiments et je ne sais quoi encore... C'est alors qu'on a commencé à voir des porte-tasses jaunes dans les endroits les plus insolites, jusque dans la cage de la danseuse au-dessus de la boîte disco. Plutôt inventif... Bien entendu Culver est persuadé que nous sommes les auteurs de ces facéties mais il n'a jamais réussi à pincer personne et puis, franchement, tu crois que des personnes responsables comme nous...

— Oh, ça n'est pas pensable...

Un sourire démoniaque fendit la barbe rousse de Lucas.
– Tout ça m'a donné soif. Si nous allions boire un coup?

Les deux hommes sortirent du bureau d'un pas nonchalant, pour aller boire du Cutty Sark chez Émile.

Ce fut, je le pense sincèrement, le début d'une belle et forte amitié. On voyait rarement Lucas sans Matt. Il passait des heures étendu sur le sol dans le bureau de Matt, à scruter ses planches-contacts en écoutant Ramsey Lewis et le Modern Jazz Quartet. Quand il ne dînait pas en tête à tête avec Matt, il se joignait à nous en toute simplicité. D'après Hank, leurs soirées se prolongeaient souvent tard dans la nuit et Matt restait parfois dormir chez Lucas, qui logeait chez l'habitant, dans la maison d'amis d'une grande maison d'Ansley Park un peu délabrée appartenant à la veuve du chef de l'orchestre symphonique d'Atlanta, une dame très cultivée. Hank disait que Lucas avait une collection de disques, de livres et de tableaux impressionnante pour quelqu'un qui manque de moyens et que toutes les choses précieuses venaient sans doute de chez sa propriétaire. Lucas rendait de menus services à la vieille dame, tous deux passaient de longs moments à parler musique et elle ne jurait que par lui. Matt aimait beaucoup l'atmosphère un peu désuète et raffinée qui régnait dans cette demeure sophistiquée.

A cette époque, Matt se mit à négliger Alicia. Elle ne montait plus systématiquement dans la voiture de Matt après nos soirées à la Terrasse de Peachtree et on la vit pour la première fois au volant de sa propre voiture, une coccinelle jaune. Elle était tout le temps impeccable, changeait de toilette quotidiennement, arborait de nouvelles coupes de cheveux et si elle passait encore pas mal de temps dans le bureau de Matt, c'était toujours en présence de Lucas, qui d'ailleurs ne la prit jamais en photo.

Les potins sur la vie sentimentale de Lucas allaient bon train. On disait que des femmes le poursuivaient lorsqu'il était en reportage en dehors de la ville, que certaines glissaient leur clé ou des messages fiévreux sous la porte de sa chambre d'hôtel. C'étaient souvent des voix de femme qui répondaient au téléphone chez lui. Ses aventures ne duraient jamais plus d'un mois ou deux, il en menait souvent plusieurs de front et le bruit courait qu'il y avait quelque part en ville une femme avec un petit enfant roux.

Pour ma part, je ne croyais pas un mot de ces ragots. Je voyais mal comment cet Irlandais hirsute et dégingandé à la langue bien pendue pouvait exercer sur les femmes un charme aussi vénéneux. Lucas me paraissait trop indolent pour ça et entre la photo et ses conversations avec Matt, je ne voyais pas quand il aurait trouvé le temps d'exercer ses talents de séducteur... D'autre part, je ne les imaginais pas draguer ensemble, ce n'était pas le style de Matt. Lucas, fervent défenseur des Droits civiques, était un photographe en avance sur son temps, ennemi juré de Culver Carnes et de ses sous-fifres.

Il allait dans les quartiers les plus défavorisés, seul avec son Leica, passant parfois plusieurs jours dans les taudis. Il ignorait la peur et ça se voyait dans ses clichés.

— Il t'a fait des avances ? me demanda Hank en fronçant les sourcils.

— Mais non...

Une règle tacite voulait que les collaborateurs extérieurs ne courtisent jamais une femme de l'équipe. J'aurais été étonnée que Lucas Geary s'intéresse à moi mais j'étais néanmoins intriguée par les histoires qui couraient sur son compte.

Je ne connais pas d'endroit au monde où le printemps est plus beau qu'ici : les nuits sont fraîches, le soleil tiède comme une coulée de miel et la terre rouge sang est si fertile qu'en prêtant l'oreille on croit entendre la germination des graines. Le feuillage tout neuf a mille nuances de rouge, de vert, de rose et d'or. Ce premier printemps à Atlanta, je ne tenais pas en place, j'étais ensorcelée par le spectacle de la nature : les cornouillers se répandaient telle une chape blanche comme neige dans les bois et les azalées en fleur descendaient en cascades des collines de Buckhead. Je passais de longues soirées à flâner avec Brad, nous parcourions la ville dans la Mercedes de son frère, humant l'air parfumé du soir. Parfois, je faisais de grandes promenades avec Teddy dans le terrain de golf. Nous parlions peu, nous contentant de regarder le ciel émaillé d'étoiles, nos bras nus tendus comme pour accueillir une pluie bienfaisante.

Un soir vers la mi-avril, Brad vint me chercher après mon travail et m'annonça qu'il allait me préparer un dîner dans la maison d'amis qu'il occupait derrière la propriété de ses parents.

126

— Je suis un véritable artiste mais ma palette est restreinte : steaks, hamburgers, spaghettis... Nous mangerons sur la terrasse et nous pourrons nous installer au bord de la piscine pour boire du champagne.

Il m'adressa un sourire et un clin d'œil. Il avait ôté son imper, relevé ses manches de chemise et dénoué sa cravate. Il me parut jeune, beau et insouciant dans les derniers rayons du soleil. Un réseau de veines puissantes striait ses avant-bras musclés et hâlés ; j'avais oublié que Brad était un bâtisseur, il travaillait depuis un bon moment déjà sur le terrain avec les équipes de son père.

— Tes parents sont sortis ?

— Non, mais ils ont des invités. Ma mère a été subjuguée par ton article et elle a acheté cinquante exemplaires du magazine. Tu as la cote auprès d'elle maintenant !

— Je lui en suis très reconnaissante, fis-je d'un air si contraint que Brad éclata de rire.

— Ne t'inquiète pas, nous ne les verrons pas, nous passerons par-derrière pour aller chez moi. Ma mère ne saura même pas que tu es là, on ne voit rien de la maison.

— Si je dois me cacher pour dîner avec toi, je préfère manger un hamburger chez Harry.

— Je n'ai jamais rien dit de tel, Smoky.

Comme nous franchissions les grilles de la grande maison de brique blanche, une réminiscence scolaire me vint à la mémoire :

— « La nuit dernière, j'ai rêvé que je retournais à Manderlay mais je ne pouvais pas entrer, la porte était close... »

— J'ai toujours pensé que maman ferait une Rebecca très crédible... ou une Mme Danvers ?

— Vous êtes un homme aux multiples facettes, monsieur Hunt. Où trouvez-vous donc le temps de lire ?

— J'ai vu le film, c'est tout ! J'aime bien ce que tu as dit à propos de mes facettes... Tu veux que je t'en fasse voir une que tu ne connais pas encore ?

— Tais-toi donc et conduis !

Au lieu de suivre l'allée qui contournait la maison, Brad freina brusquement devant le perron où étaient garées deux ou trois Cadillac et Lincoln de couleur sombre.

— On ne va pas entrer par là ? (Je portais ce jour-là un pantalon pattes d'éléphant rose vif à fleurs de Pucci et un tee-shirt moulant rose...) Je ne suis pas vraiment en tenue...

— Tu es très bien comme ça. On ne reste qu'une minute, je veux juste te présenter quelqu'un. Papa a invité quelques vieux amis à boire un verre, je crois qu'ils sont en train de se concerter pour mettre Boy Slattery hors d'état de nuire. Il s'agit de fonds gouvernementaux que Ben Cameron gardait en réserve pour un programme de protection de l'enfance des quartiers défavorisés. Il savait qu'il n'obtiendrait pas un sou du parlement : Lint Wylie lui aurait accordé une subvention mais Boy et ses « culs-terreux », comme les appelle Ben, se seraient farouchement opposés à ce qu'un seul centime aille aux « négros d'Atlanta ». Dans l'entourage de Johnson, on était prêt à payer mais, lors d'un barbecue, Boy était saoul et a craché le morceau, c'était dans *Newsweek*. A présent la Maison-Blanche est réticente et se lave les mains de la Géorgie. On ne peut pas vraiment les en blâmer. Alors Ben bat le rappel de tous les vieux copains de Boy pour essayer de les rallier à sa cause mais je crois qu'avec mon père il perd son temps... Je rêve que quelqu'un emmène Boy à la chasse, un accident est si vite arrivé !... Au fond c'est peut-être ce que se dit Ben... Papa et Boy vont souvent chasser ensemble dans la région de Thomasville.

— Je n'ai rien à voir avec toutes ces personnalités.

Je le pensais sincèrement mais ma curiosité était piquée au vif : le légendaire Ben Cameron, maire d'Atlanta, dont le visage buriné, la chevelure carotte, le large sourire et le tranquille regard gris m'étaient familiers pour les avoir vus dans tous les journaux du pays à côté de John ou Robert Kennedy et du Dr Martin Luther King. C'était un homme riche, un patriarche, défenseur infatigable de la cause des Droits civiques. On l'avait vu sur le toit d'une voiture, seul Blanc au beau milieu d'une foule noire en colère, dans un des ghettos les plus sinistres, s'époumoner pour ramener le calme. Il avait fini, selon ses propres dires, par se faire étendre. J'étais prête à tout pour faire la connaissance de Ben Cameron, même à affronter Marylou Hunt.

Elle se trouvait dans la véranda derrière la maison et faisait passer un plateau chargé de boissons fraîches. Deux ou trois hommes, en bras de chemise, nœud de cravate desserré, se prélassaient dans les vieux fauteuils d'osier. Marylou portait un long caftan fleuri signé Lilly Pulitzer. Sa chevelure cendrée, strictement tirée en arrière, dégageait son visage à la beauté parfaite, comme le soir du premier de l'an. Elle avait piqué dans son chignon une fleur d'azalée écarlate qui rehaussait son teint velouté, légèrement hâlé, et rivalisait d'éclat avec le bleu profond de ses yeux. Elle sourit en apercevant son fils. Brad avait les mêmes dents que sa mère, petites et très blanches, et quand ils souriaient, on aurait dit des fauves. C'est exactement ce genre de sourire que Marylou Hunt me décocha à cet instant.

– Les enfants ! s'exclama-t-elle. Comme c'est gentil... Venez boire un verre avec nous. Ils en ont pratiquement fini avec leurs stupides affaires. Bradley, tu te souviens de la jeune amie de Brad, Sooty... Sooty, je vous présente Evan Tarpley et George Carmichael et, bien sûr, Ben Cameron, notre maire, un ami très cher. Messieurs, permettez-moi de vous présenter Sooty O'Leary, c'est bien ça, ma chère ?

– Smoky. Smoky O'Donnell, dis-je en réprimant une bouffée de colère. Enchantée de faire votre connaissance, messieurs.

Marylou Hunt poussa un petit cri faussement contrit.

– Mais oui, bien sûr, Smoky !

– Très heureux de vous rencontrer, mademoiselle. N'êtes-vous pas l'auteur de cet article sur Brad ? Et je me suis laissé dire que vous aviez flanqué une raclée à Boy au billard...

– C'est bien moi, j'avoue.

– Vous avez fait du bon travail, Smoky, dit Ben Cameron de sa voix de ténor, dans les deux cas de figure.

Tout le monde s'esclaffa, même le père de Brad, qui s'était renfrogné en me voyant.

– Boy n'est pas de taille face à la pugnacité irlandaise, dit Marylou en ponctuant sa phrase d'un rire perlé.

– On dirait bien. Peut-être nous faudrait-il quelqu'un comme Smoky dans l'équipe.

– C'est bien pour ça que je voulais vous la présenter... dit Brad. Si vous permettez, Ben, je voudrais vous parler d'une idée qui me trotte dans la tête, pour améliorer notre image dans l'opinion et clouer le bec à Boy par la même occasion.

Ben prit un verre sur le plateau que lui tendait Marylou, se carra dans son fauteuil et étendit ses longues jambes.

Brad s'assit à califourchon sur une chaise, avec cette aisance innée que donne la fréquentation des puissants et des riches depuis le berceau, sous le regard attendri de sa mère et celui, plus indéchiffrable, de son père.

— Ben, j'ai pensé à F.O.C.U.S, la commission que tu as mise sur pied pour que le secteur privé ait son mot à dire sur les problèmes de la cité. J'en fais partie, comme beaucoup d'hommes d'affaires et de représentants de communautés spirituelles ou d'autres catégories professionnelles. Matt Comfort, le patron de Smoky – tu connais Matt –, y siège également. Bref, tu connais tout le monde...

Ben approuva du chef.

— Écoute, je sais que c'est infaisable sur le plan officiel sinon tu te trouverais pris entre deux feux, mais ne serait-il pas possible de donner un peu plus d'impact à cette commission? Par exemple en mettant en lumière, chaque mois, un sujet sensible, traité par une équipe compétente, proposant des projets. Exploitons les talents que nous avons à F.O.C.U.S. et donnons-nous les moyens d'agir! Tout ce qu'il nous manque, c'est un peu d'argent. Si le public prenait conscience des problèmes, et des solutions que nous proposons, nous récolterions quelques fonds. Nos chefs d'entreprise ne voudraient pas être en reste et si nous lancions une campagne dans les médias, Washington ne tarderait pas à s'apercevoir qu'il y a de quoi faire dans le Sud, que nous sommes déterminés à agir. Les ploucs comme Slattery peuvent bien continuer à déblatérer.

Tous les regards se tournèrent vers Brad. Son père n'avait pas cillé.

— C'est intéressant, dit Ben Cameron... sauf qu'une campagne de cette importance coûte une fortune... et reste une campagne politique, de quelque façon qu'on la présente.

— Ça dépend qui on prend comme porte-parole... Tu connais John Howard? Il est de Selma mais je crois qu'il habite Morehouse à présent.

— Naturellement, je le connais. C'est un type d'une grande valeur. Il m'a été d'une aide précieuse, peu de gens le savent.

— Je vois bien un grand reportage dans *Downtown*, en couleurs, de plusieurs pages qui parle de F.O.C.U.S. avec un sujet différent chaque mois. Howard s'y exprimerait au nom de la communauté noire tout entière, car c'est là que le bât blesse, inutile de se voiler la face. Il serait l'invité de la série. Smoky écrirait les textes – de plus elle connaît Howard –, et Lucas Geary ferait les photos. Braquons les projecteurs sur la question du logement, sur les conditions de travail des

130

ouvriers, sur les problèmes des personnes âgées, sur les délinquants, sur Grady Hospital. Les sujets ne font pas défaut...

— Je sais bien...

— Tout ça photographié par le type le plus gonflé de sa génération, l'auteur du fameux cliché où l'on voit Howard prendre un coup sur la tête à Edmund Pettus Bridge. Cette photo a fait le tour du pays et Geary a carte blanche dans tous les grands magazines mais Matt a réussi à se le mettre dans la poche.

— C'est une bonne idée mais qui te dit qu'ils accepteront?

— Si Culver est d'accord, Matt marchera. Geary sautera sur l'occasion, Smoky suivra facilement et je suis sûr qu'Howard le fera pour Geary. Les hommes d'affaires ne seront pas fâchés d'avoir une image positive auprès du public. Ça donnerait à réfléchir à Boy et à ses petits copains chasseurs de voir ses pairs travailler main dans la main avec la communauté noire. Quant à moi, je m'engage à soutenir leur action.

Un ange passa. Ben Cameron regardait Brad en hochant la tête, le regard lointain. Le père de Brad ne dit rien mais son visage s'empourpra. Marylou était pétrifiée, elle ne cilla même pas mais les muscles de son cou se contractèrent et des plaques blanches marbrèrent ses joues.

— J'en toucherai deux mots à Culver demain matin, dit Ben. Qu'en pensez-vous, Smoky? Vous croyez que ça peut marcher?

— M. Carnes sera ravi de faire quelque chose pour vous, j'en suis sûre. Matt aussi, même si l'idée vient de M. Carnes. Lucas sera enthousiasmé, ça ne fait pas de doute. Je ne sais pas pour Howard, en tout cas, moi, je serais enchantée de collaborer à ce projet.

— Eh bien, nous allons voir ça, dit Ben en se levant. Tu as de bonnes idées, Brad, et je te remercie pour ton soutien, ça n'est pas dans toutes les familles que l'on a les idées aussi larges... je veux dire en ce qui concerne ton engagement...

Il adressa aux parents de Brad un sourire chaleureux et compréhensif.

— Nous verrons ce que nous pouvons faire. Naturellement, si tout le monde participe... dit M. Hunt d'un ton crispé.

Les veines de ses tempes battaient.

– Tu as toujours de drôles d'idées, Brad, dit Marylou Hunt d'une voix glaciale.

– J'ai été bien inspiré, répondit-il, son fameux sourire carnassier aux lèvres.

Sa mère le lui rendit et me jeta un regard assassin.

– Je n'en doute pas.

– Bien, nous allons prendre congé. Je vais faire un petit dîner pour Smoky.

– J'aimerais bien voir ça, dit Ben en donnant une tape sur l'épaule de Brad. N'oubliez pas de lui faire mettre un tablier, Smoky, et ne vous laissez pas faire pour la vaisselle !

– Je crois que Smoky a d'autres idées en tête que la vaisselle, fit Marylou Hunt d'un ton venimeux.

– Bonsoir, messieurs... madame... monsieur... à bientôt.

Brad fit un signe d'au revoir à tout le monde et m'entraîna vers la porte.

– Brad, attends une minute... souffla sa mère dans son dos.

– Plus tard, m'man... fit Brad sans lui laisser le temps de répondre. Elle déteste que je l'appelle m'man... ajouta-t-il alors que nous étions presque dehors.

Après avoir siroté du champagne et mangé les spaghettis plus qu'honorablement cuisinés par Brad, nous restâmes tard dans la nuit sur sa minuscule terrasse qui surplombait la piscine. La stridulation des criquets et le lourd parfum des mimosas emplissaient l'air du soir. A la lueur des chandelles, nous portâmes un toast à la nouvelle série F.O.C.U.S. et à notre bonheur. Brad m'embrassa doucement. La soirée était délicieuse mais je ne pus en jouir pleinement, car je sentais la présence de Marylou Hunt planer autour de moi.

– Elle ne peut pas nous voir, dit Brad tandis que je me dégageais de son étreinte après un long baiser.

Nous étions sur des chaises longues au bord de la piscine et j'avais l'impression qu'on nous observait.

– Quand j'étais petit, je passais des heures dans la chambre de ma mère à épier les adultes près de la piscine, et je t'assure que c'était en pure perte...

– Elle peut voir la lumière...

– Elle sait que je me couche tard, dit-il en éteignant les chandelles. De toute façon, je m'en fiche...

C'était sûrement vrai car je le sentais vibrer d'une énergie intérieure, il était différent du Brad décontracté et sûr de lui qui m'était familier. Nos baisers se firent plus insistants et nos caresses plus précises, j'étais à moitié déshabillée et nous étions à deux doigts de faire l'amour lorsque je me dégageai, haletante et les joues en feu.

— Non, Brad, je t'en prie, arrête, pas maintenant...

— J'en ai envie, tout de suite, Smoky.

— Non, pas ici, sous la fenêtre de ta mère... Qu'est-ce que tu cherches à lui prouver ?

— Tu crois vraiment que je n'agis qu'en fonction d'elle ?

Il aurait pu se fâcher, je l'aurais compris. Mais je rêvais d'autre chose pour notre première nuit.

— Excuse-moi, mais ce n'est pas l'endroit idéal...

Il se tut un instant, le regard noyé dans l'obscurité. Là-haut, dans la grande maison, une seule fenêtre était encore éclairée.

— Tu as peut-être raison, elle a toujours essayé...

— De foutre en l'air toutes tes relations amoureuses...

— Ce n'est pas exactement ça...

Je savais que j'avais raison mais je n'argumentai pas. Je rentrai dans la maison pour me rafraîchir le visage et lorsque je revins, Brad était debout, scrutant à travers le rideau d'arbres la petite lumière solitaire, jouant machinalement avec ses clés de voiture.

— J'ai été mal inspiré de t'inviter ici. Promets-moi que nous essaierons une autre fois, plus loin de la ligne de tir, un de ces jours ?

Je l'embrassai sur la joue, heureuse et soulagée.

— Je te le promets.

Lorsque nous quittâmes la petite maison près de la piscine, il était deux heures et demie du matin à la pendule du tableau de bord de la voiture. La lumière brillait toujours à la fenêtre de Marylou Hunt, comme l'œil d'un cyclope.

7

Par un beau week-end de mai, les parents de Teddy invitèrent toute l'équipe à un pique-nique au bord de la piscine, c'était une tradition depuis que Teddy travaillait à *Downtown*. Matt avait beau rouspéter qu'« il ne pouvait pas se permettre de perdre un dimanche à flatter le narcissisme des riches », il était toujours là le premier. Teddy était partie de bonne heure pour aider aux préparatifs et Hank était passé me prendre à Colonial Homes. Matt était vautré sur un transat près de la piscine, un gin tonic à la main. Il était en grande conversation avec Olivier Fairchild et Ollie, le frère de Teddy. Il gesticulait et sa voix avait cette intonation particulière qu'elle prenait lorsque, comme disait Hank, il « prophétisait ».

Il haranguait souvent les membres du Club, leur reprochant leur étroitesse d'esprit et leur immobilisme. Olivier Fairchild, l'air pensif, approuvait du chef et tous étaient fascinés par Matt. Pour un jeune homme pauvre du fin fond du Texas, c'était un beau parcours !

Il portait un caleçon de bain avec une chemise froissée dont les pans flottaient autour de son corps pâle. Avec ses lunettes de soleil cerclées de fer, il avait l'air d'un gamin chétif lové dans sa chaise longue. Ses pieds, longs et maigres, étaient d'un blanc bleuté et il me fit penser à une créature amphibie échouée sur le rivage. Seule sa chevelure, qui brillait comme des charbons ardents, le transformait complètement.

– Salut, Matt. C'est la première fois que je te vois presque nu !

– Bonjour, Smoky, je brûle d'impatience de te voir dans le même appareil...

La journée se déroula dans une atmosphère irréelle. Après avoir nagé et lézardé au soleil en écoutant du jazz sur le transistor d'Ollie et en sirotant des cocktails, nous étions tous plus ou moins somnolents, à l'exception de Matt qui poursuivait son discours sur un ton encore plus exalté que le matin. Matt n'était jamais ivre, la boisson avait seulement pour effet d'augmenter son pouvoir de concentration et son exubérance.

Deux d'entre nous manquaient à l'appel ce jour-là. Alicia et Tom Gordon. Tom était parti en reportage avec Lucas mais personne ne savait où était Alicia, sauf Matt...

– Elle avait d'autres projets, dit-il avec un sourire complice.

Je sentis à cet instant, avec la prescience que j'avais parfois en ce qui le concernait, qu'en réalité il ignorait où était Alicia et qu'il en concevait du dépit. Pourtant ils ne se voyaient plus guère après le travail, sauf quand Lucas n'était pas libre. Je n'aimais pas Alicia mais la façon dont Matt parlait d'elle en son absence me déplaisait. Elle avait renoncé à sa vie privée pour lui et il la délaissait la plupart du temps.

– Elle a bien le droit d'avoir des projets personnels... dis-je en fermant les yeux sous les derniers rayons du soleil.

– Bien sûr, dit Matt avec un je ne sais quoi de glacial dans la voix.

– Matt, intervint Hank, raconte donc à M. Fairchild le sujet de reportage sur lequel Tom et Lucas sont allés enquêter !

Matt se tut un instant, décontenancé.

– Quel à-propos, Cantwell, dit-il en riant... bien, Olivier...

Je sortis de ma torpeur pour écouter Matt. Je me dis que nous tenions là un des sujets les plus passionnants jamais traités dans le magazine.

Lucas Geary était allé à San Francisco au mois de janvier pour assister à la manifestation de hippies la plus célèbre du pays, dans le district de Haight Ashbury. J'étais absorbée par l'effervescence de ma propre ville et cette manifestation ne m'était apparue que comme une des multiples convulsions de cette cité légendaire et quelque peu exotique. Mais Lucas avait été frappé par ce qu'il y avait vu et il en avait rapporté des photos étonnantes.

— Il se passe quelque chose de très important là-bas, avait-il dit lors d'une réunion, c'est différent...

Lucas n'était pas très habile avec les mots mais ses photos parlaient pour lui. Nous étions tous émus par la force de ces images en noir et blanc mais Matt — c'était là sa supériorité — en perçut immédiatement la portée et le sens.

Un ou deux jours plus tard, il nous fit part de son idée de reportage. Il était fébrile. Il voulait que Tom et Lucas parcourent les principaux centres urbains du pays, à l'affût des soubresauts de la jeunesse, dans des enclaves comme Haight à San Francisco ou Tight Squeeze à Atlanta. Il voulait appeler ce reportage « la Croisade des enfants », à cause de l'extrême jeunesse des intéressés. Le message ne devait passer que grâce aux photos, avec tout au plus quelques légendes. Je trouvais l'idée bonne : les jeunes visages étaient suffisamment éloquents, ça ne pouvait que toucher les lecteurs de *Downtown*. Culver n'était pas de cet avis, bien sûr, mais Matt lui avait cloué le bec en lui faisant miroiter un support publicitaire à l'échelon national et Culver avait capitulé.

— J'ai dû lui laisser le libre choix des trois prochains « jeunes loups » en échange, tu es prévenue, Smoky.

— Très intéressant... dit le père de Teddy mais quel message croyez-vous que ces... euh... hippies de Californie, de Boston ou de Washington ont à nous faire parvenir? Ici, nous ne sommes pas vraiment concernés par le problème, à part cet îlot vers la Dixième Rue... Les préoccupations de nos jeunes sont plutôt de mener à bien leurs études et de trouver des petits jobs l'été...

Teddy leva les yeux au ciel et j'échangeai un bref regard avec Hank. Le père de Teddy n'avait rien compris, pas plus que son frère, d'ailleurs. Pour eux, le monde se limitait au ghetto doré de Buckhead.

Matt regarda un long moment Olivier Fairchild puis vida son verre d'un trait.

— Ces jeunes nous parlent de notre avenir, Olivier. Ils méritent qu'on leur prête un peu d'attention.

– Pas ici, pas dans notre vieille ville.

– Détrompez-vous, Olivier, ça va changer, ici aussi, dit Matt avec une lueur de malice derrière ses verres teintés.

Je pensai à Rachel et à sa misérable petite boîte de pilules, à John Howard et à sa cicatrice en plein visage...

Les Fairchild, père et fils, ainsi que Brad regardaient Matt d'un air grave et intéressé. Pourtant son discours ne les avait pas convaincus. Si Matt n'était pas parvenu à les faire changer de point de vue, personne n'y arriverait. Eux en revanche, les hommes de pouvoir et d'argent, avaient changé Matt. Cette idée ne me plut pas.

Il y eut un léger silence, le temps d'un souffle, et l'après-midi reprit son cours paresseux au soleil. De la cuisine parvenaient, vaguement assourdis, des cliquetis de vaisselle entrechoquée.

– Je vais enlever mon maillot de bain mouillé, tu viens avec moi, Teddy?

– J'arrive!

Un klaxon qui égrenait les notes d'un refrain à la mode retentit au-delà des massifs de rhododendrons et de jasmin, survola la terrasse et la piscine comme un chant d'oiseau.

– Merde, fit Matt, c'est ce crétin de Buzzy!

Tout le monde se renfrogna.

Leo DiCiccio (« Appelez-moi Buzzy ») était le fils unique adulé d'une famille italienne originaire de Boston enrichie par le commerce des véhicules d'occasion. Leurs bâtiments émaillaient tous les faubourgs d'Atlanta, et Enzo, le père de Buzzy, monopolisait les heures de grande audience à la télévision pour faire de la publicité. Le visage sombre et bourru d'Enzo DiCiccio était familier mais personne ne connaissait Buzzy, qui déployait une énergie colossale pour échapper à l'emprise de son père.

Buzzy était petit et trapu, avec un front bas et un nez de pirate sicilien. Une épaisse toison noire s'échappait de sa chemise et recouvrait ses avant-bras. Il était, d'après ses propres mots, le premier des jeunes célibataires d'Atlanta à avoir porté les cheveux longs et la moustache des partisans du pouvoir des fleurs. Il vénérait Matt, lequel ne perdait jamais une occasion de l'insulter et lui disait, entre autres amabilités, qu'il ressemblait à une cabine téléphonique couverte de poils. Buzzy travaillait pour son père, lequel ne se privait pas non plus de l'injurier mais compensait en le couvrant de cadeaux. Il possédait à lui seul plus de gadgets que Howard Hughes et passait le plus clair de son temps à essayer de séduire toutes les jeunes filles de bonne famille d'Atlanta. En réalité il était fasciné par Matt et s'ingéniait à lui ressembler. Imbu de lui-même comme seul le fils unique d'une mamma italienne peut l'être, il traînait si souvent dans les couloirs de *Downtown* que Culver Carnes crut un moment que Matt l'avait embauché.

C'était son heure... Buzzy avait le chic pour faire irruption dans tous les bars ou restaurants que nous fréquentions et avait persuadé son père de l'installer dans un luxueux duplex avec terrasse à Howell House où Matt occupait un appartement plus modeste. Le bruit courait qu'il avait un lit circulaire recouvert de satin avec un miroir au plafond, une nouvelle Jaguar XKE tous les ans et un puissant hors-bord amarré au lac Lanier, baptisé *Downtown II*. Il était sorti avec les plus jolies filles d'Atlanta... une fois. Elles n'acceptaient jamais un deuxième rendez-vous. On disait qu'il était brutal et fréquentait des jeunes gens d'un genre douteux, vêtus de chemises noires et de costumes blancs. Mais sous le vernis du gosse de riche aspirant à entrer dans la cour des grands perçaient une noirceur et une cruauté qui n'échappaient pas à ceux qui le pratiquaient plus assidûment. Sous le mépris affiché, on avait peur de lui. Seul Matt ne le craignait pas.

Il s'avançait vers la maison en roulant des épaules, un sourire avantageux aux lèvres. Vêtu d'un caleçon de bain écossais, d'une chemise de coton bleu horriblement froissée, il était pieds nus dans ses mocassins, tout comme Matt. Pour compléter le tableau, il portait des lunettes de soleil cerclées de fer. Seules différences visibles avec son idole, une croix en or étincelait sur sa poitrine velue et des bagues en or avec des diamants brillaient sur ses doigts courts parsemés de poils noirs.

A ses côtés, sous sa cascade de cheveux couleur miel, sa tunique entrouverte sur un minuscule maillot de bain noir, s'avançait nonchalamment Alicia.

– Il finit vraiment par te ressembler, railla Hank... jusqu'aux accessoires !

– Va te faire voir.

Matt n'avait pas bougé mais je sentis son corps chétif se raidir, comme un terrier à l'arrêt.

138

— Excusez-nous pour le retard, cria Buzzy. Pas moyen de la sortir de la douche !

— Buzzy, tu exagères, susurra Alicia.

— J'espère que vous avez à boire, Olivier... Cette ravissante créature m'a épuisé !

Buzzy affectait un accent du Sud lascif et je vis le père de Teddy ciller légèrement.

— Qu'est-ce que je vous sers ? J'ai du gin tonic et...

— La même chose, en double, s'il vous plaît, dit-il en regardant le verre de Matt. Et un léger pour la demoiselle.

— Non merci, rien pour moi, dit Alicia en se lovant au pied du fauteuil de Matt. Salut, patron.

— 'Jour, Alicia, dit-il en vidant son verre d'un seul trait.

— Permettez-moi de vous présenter Buzzy. Son père vend des voitures d'occasion.

— Je connais bien votre père, dit Olivier Fairchild, je le vois parfois au Commerce Club. Il est très fier de vous, Buzzy. Ravi de vous rencontrer.

— Moi aussi, Olivier, fit Buzzy d'un ton désinvolte que démentait la soudaine rougeur sous son hâle.

Il y eut un silence un peu gêné, comme chaque fois que Buzzy faisait son apparition parmi nous.

— J'étais récemment avec Ben Cameron, dit-il au bout d'un moment. Il m'a parlé de votre projet, le « Forum » ou je ne sais quoi. C'est bien, votre truc, je suis partant, j'ai des idées formidables, il faudra qu'on déjeune ensemble un de ces quatre, Matt. Je pourrais me charger d'un des comités...

— Nous ne sommes pas bien fixés encore, tu sais, Buzzy.

Je regardais Matt, le cœur battant.

— Alors, on la fait, cette rubrique ? Je veux dire, tu y penses sérieusement ?

Matt me dévisagea sans parler.

— Je ne te donne pas assez de travail, Smoky ? intervint Brad.

Il était paresseusement étendu sur une chaise longue mais malgré son sourire il y avait quelque chose de dur dans son visage.

Matt, toujours silencieux, observait Brad.

— Oui, ça va marcher, dit-il au bout d'un moment. Ben Cameron est allé voir Culver et le Dr King le même jour, et le marché a été conclu avant même que je sois au courant...

Ben a insisté pour que ce soit toi et Geary, et King veut John Howard. Culver a accepté, la trouille au ventre. La rubrique sera mensuelle et s'appellera « Forum ». Le premier article traitera des garderies dans les quartiers défavorisés, tu commenceras à travailler dessus dans une semaine, quand Lucas sera de retour. Je ne te demande pas comment vous avez réussi à dégoter ce sujet, Smoky, mais mon petit doigt me dit que ton petit ami y est pour quelque chose.

Il adressa à Brad un sourire de connivence « entre hommes » qui me déplut et je rougis comme une pivoine.

Je dois admettre que pour mes deux premiers articles importants, Matt avait cédé à une pression extérieure... Il allait me faire payer ma contribution au « Forum ».

— C'est juste une idée que j'ai glissée à l'oreille de Ben l'autre jour quand nous étions chez mes parents, dit Brad d'un ton négligent. Il essayait de convaincre mon père d'agir contre Boy. Nous en avons déjà parlé des dizaines de fois, Matt : donner enfin un réel impact à « Forum »... Mais je n'ai pas influencé Ben pour le choix de Smoky. Ça a tout de suite collé entre eux...

— Je l'aurais parié... fit Alicia entre ses dents

— Quoi qu'il en soit, dit Matt, c'est une excellente idée et Ben était déterminé à la mettre en œuvre, quand bien même il m'aurait fallu un an pour fléchir Culver.

Je poussai un ouf de soulagement.

Matt était beau joueur, et généreux de surcroît. Je ne m'expliquais cependant pas pourquoi il n'aimait pas Brad. Il le tolérait quand il se joignait à nous pour prendre un verre ou déjeuner au restaurant mais il ne lui témoignait jamais cette affection boudeuse dont il entourait sa petite écurie. Brad en était conscient et faisait comme si de rien n'était. Moi je savais que Matt était assez possessif et n'aimait pas avoir la sensation que l'un de ses poulains lui échappait.

— Nous commençons quand ?

— Dès que tu auras fini la série des « jeunes loups » et le guide des loisirs et spectacles.

— Je vais réfléchir à ce que je peux faire, dit Buzzy... Mon père pourrait envoyer des démonstrateurs qui distribueraient des paniers repas aux défavorisés ou quelque chose dans le genre, ça nous ferait une sacrée publicité et on passerait du bon temps !

Hank émit un drôle de bruit en avalant une gorgée de travers, Teddy se leva brusquement, prétextant que sa mère avait besoin d'aide à la cuisine, et Alicia gratifia d'un sourire suave alternativement Buzzy et Matt.

— C'est vraiment l'idée la plus conne que j'aie entendue depuis longtemps, dit Matt en tendant la main à Buzzy... mais l'intention me touche. Dis-moi, tu veux bien être notre prochain « jeune loup » ? Smoky pourrait t'interviewer cette semaine, invite-la donc à dîner. Tu seras dans le numéro de juin, avec le drapeau en couverture.

— Hum... ça pourrait se faire, fit Buzzy, rouge de confusion et d'orgueil. Je vous appellerai, Smoky.

— Bien sûr, dis-je avec un sourire figé.

Il fallait que je paie pour « Forum ». Et le châtiment venait de commencer...

Vers le milieu de la semaine suivante, j'allai à l'aéroport avec Hank pour accueillir Tom Gordon, de retour de Washington. Lucas Geary avait prolongé son week-end à Baltimore où résidait sa famille. Je ne sais pas pourquoi l'idée que Lucas eût des parents et une ville natale ne m'avait pas effleurée jusqu'ici. Je fis part de mon étonnement à Hank, qui éclata de rire.

— Si Lucas Geary tombait dans un désert, tu crois qu'il ferait des photos ?

— En tout cas, s'il n'existait pas, il faudrait l'inventer !

La circulation était dense ce jour-là et nous arrivâmes avec une demi-heure de retard. Tom Gordon nous attendait, adossé à un pilier de béton, son pardessus jeté sur une épaule et les manches de chemise retroussées. Il avait la tête baissée et ses cheveux noirs retombaient en bataille sur son front mais malgré la lassitude que tout son corps souple et élégant trahissait, il ressemblait à une gravure de mode. Je me dis que décidément c'était un bien bel homme. Tom était devenu un ami très cher. Je ne pouvais m'empêcher de penser parfois à ses bras autour de moi et au goût de ses lèvres mais je me sentais étrangement peu sûre de moi en sa présence.

Hank donna un coup de klaxon et Tom releva la tête. Un grand sourire illumina son visage : c'était de nouveau le Tom que j'aimais, drôle, charmant et affectueux. Je ressentis une grande bouffée de tendresse pour lui.

— On vous enlève, jeune homme?

Il m'embrassa sur le front et jeta son sac sur la banquette arrière.

— Et comment! Vous ne pouvez pas savoir le plaisir que ça me fait de vous voir!

— Ton voyage s'est mal passé?

— Pas terrible.

Je regardai Tom, étonnée. C'était un passionné de voyages, toujours un pied en l'air. Son bureau était encombré de guides touristiques, de cartes et d'horaires d'avions et de trains. Il nous posait souvent des colles, du genre « où accoste-t-on si on navigue tout droit en partant de l'île de Saint-Simon? ». On répondait « l'Angleterre, ou l'Irlande ». « Madagascar! Vous vous rendez compte? » répondait-il alors d'un air triomphant.

— Raconte-nous.

— Plus tard. Pour l'instant, je prendrais bien un bon steak et une demi-douzaine de bières chez Harry. Lucas nous a gavés de cuisine juive : saumon fumé, gâteaux fourrés et carpes farcies. Je rêve de Harry... on a le temps, j'espère?

— Bien sûr... Je croyais que Lucas était catholique, d'origine du moins.

— En effet. Va comprendre...

Un instant plus tard, nous étions attablés chez Harry, dans un box confortable. La lumière était tamisée et les bruits de la circulation nous parvenaient assourdis. Les tables et les dossiers des chaises étaient hachurés de graffiti, d'initiales et de messages divers, comme des sédiments de vie agrégés et figés pour toujours dans la semi-obscurité prénatale et rassurante de la salle. J'aimais être ici : les steaks, accompagnés d'oignons et de sauce, y étaient plus qu'honorables et c'était un havre de paix comparé aux endroits que nous fréquentions habituellement.

— Alors? fit Hank après que nous eûmes fini nos steaks et commandé du café.

Tom gonfla les joues et expira longuement.

— Eh bien... c'est difficile à expliquer. Ce que j'ai vu là-bas est tout à fait différent de l'idée qu'on s'en fait : la culture des jeunes, les grands meetings et les manifestations... en réalité leurs seules préoccupations se bornent à savoir ce qu'ils vont se mettre sur le dos et trouver à fumer... mon Dieu, je ne savais pas qu'il y avait autant de drogues là-bas, tout le monde en prend, du Mellow Yellow au L.S.D., ils sont tous accros à quelque chose et il en apparaît de nouvelles chaque semaine. La drogue, le sexe et la musique, il n'y a que ça qui les intéresse... ils font l'amour partout, avec n'importe qui... ils font brûler de l'encens, parlent d'astrologie, de philosophie orientale, de non-violence. « Faites l'amour pas la guerre », c'est un de leurs slogans favoris. Ils parlent de liberté, de faire l'amour sans tabous, de jouir sans entraves et de vivre en communauté, mais il ne se passe rien. Ce mouvement n'existe pas. C'est du vent.

— Il y a bien des radicaux..., des activistes... dit Hank.

— Pas parmi les épaves que j'ai vues là-bas. Ils sont trop camés. L'idée que nous nous faisons de l'activisme est catalysée par la guerre. Ça va être dur, les enfants. On sent couver la violence. Il y a eu des émeutes, des manifestations, même le Dr King s'est élevé contre, à New York. C'est là-bas que les choses se passent et il nous faudra être vigilants si nous voulons entreprendre une action au niveau national avec les gamins. J'ai l'impression qu'ici on ne se rend pas compte de l'ampleur que va prendre cette guerre, ni avec quelle rapidité elle va se répandre... Tout est sur le point d'exploser, je ne sais pas exactement comment mais j'en ai la certitude, comme dans cette chanson de Buffalo Springfield, « For what it's worth », qui dit : « Il se passe quelque chose de bizarre, un je ne sais quoi dans l'air... ». Ils chantent tous ça là-bas, ça reflète bien ce que chacun ressent...

Tom se frotta les yeux et je sentis comme un souffle glacé me passer sur la nuque.

— Qu'est-ce que tu veux dire exactement, Tom ?

— C'est très vague, un pressentiment, c'est tout. Mais très net. Tu vois, Matt nous a envoyés enquêter sur les mouvements hippies, les costumes bariolés, la musique, le folklore, quoi. Mais il s'agit de quelque chose de bien plus grave, l'émergence d'une contre-culture totalitaire dont les adeptes font de tout ce qui leur est extérieur l'ennemi à abattre. C'est-à-dire nous, toi, moi, Hank... nous qui pensions être du bon côté... Il y a une tension énorme... Sans compter les Noirs. Ils sont devenus violents, dans les grandes villes où nous sommes allés, en tout cas : le mouvement des Black Panthers est armé et revendique le pouvoir noir. Ils rejettent les « bons Blancs », ceux qui se sont battus à leurs côtés. Les thèses non violentes sont complètement dépassées avant même d'avoir pu être appliquées. C'est la révolution.

— C'est terrifiant, ce que tu racontes, dit Hank au bout d'un moment.

Un frisson involontaire me parcourut et je frottai mes bras nus.

— La climatisation est toujours trop fraîche ici...

— Je ne veux pas jouer les Cassandre, dit Tom. Mais je suis fatigué et je n'y vois pas très clair dans tout ce fatras... je suis probablement trop vieux...

— Ne dis pas de bêtises !

Il n'avait que trente et un ans mais au fond peut-être avait-il raison... et si, moi aussi, à vingt-sept ans, j'étais déjà dépassée...

— Tu vas écrire ton article dans ce sens-là ? demanda Hank. Essayer de mettre en relief cette... dichotomie ? Ça me paraît intéressant mais il faudra beaucoup de texte...

— Je me demande s'il y a quelque chose à en tirer. Si oui, c'est tout l'inverse de ce qu'on imaginait, ça n'a rien d'une croisade d'enfants. Je ne sais pas si tu te rappelles ce poème de Yeats qui dit quelque chose comme : « La juste mesure n'a plus cours, seule règne l'anarchie... ». Nous assistons à une guerre civile... Je vais demander à Matt de me décharger de cet article et de revoir complètement l'orientation de la rubrique. Lucas était très excité par tout ce qu'il a vu, les photos devraient être bonnes mais je crois que ce n'est pas un sujet pour moi, c'est tout.

Il n'y avait rien à ajouter. Nous bûmes notre café en silence et raccompagnâmes Tom au foyer où il logeait. La nuit était d'encre et le parfum entêtant des mimosas pénétrait par les vitres grandes ouvertes.

— Les mimosas des villes doivent être d'une race spéciale, on les sent toujours au printemps mais on ne les voit jamais, dis-je.

— C'est leur moyen de défense, si on les voyait, il se trouverait bien un abruti pour les couper et faire un parking à la place ! dit Tom.

Nous regardâmes Tom entrer dans le bâtiment de brique d'un brun jaunâtre, chichement éclairé, qui n'était pas sans me rappeler le foyer Notre-Dame. Tom me parut soudain l'homme le plus seul du monde.

— Je voudrais tellement qu'il soit heureux... qu'il vive ailleurs que dans ce taudis... Je ne sais pas exactement ce qu'il a vu là-bas mais ça l'a complètement démoli...

Hank ne répondit rien. Nous étions presque arrivés à Colonial Homes lorsqu'il se décida enfin à parler.

— Ce n'est pas seulement ça, je veux dire les événements, qui l'a remué. C'est que... il fréquentait quelqu'un à Washington et ils ont rompu ; il me l'a dit au téléphone hier soir.

— Oh, je suis désolée... Ça doit être une sacrée idiote pour laisser tomber un type comme lui...

— Ça n'est pas une, Smoky, mais un.

L'air se mit à vibrer comme s'il venait d'y avoir une explosion silencieuse.

— Oh... mais il était marié, je crois.

— Oui. Il a tout essayé pour que ça marche. En fait ce n'est qu'après s'être marié qu'il s'est aperçu qu'il aimait les hommes.

— Il ne s'en était jamais douté avant ?

— Tu veux rire ? Dans une ferme perdue du sud de la Géorgie, dans les années cinquante, il n'était pas question de ça ! C'est un type bien, Smoky, peut-être le meilleur... Son ex-femme ne lui a pas pardonné, elle n'a pas cessé de le harceler depuis qu'ils ont divorcé. Et il supporte tout ça parce qu'il pense qu'il n'a que ce qu'il mérite...

Je sentis des larmes rouler le long de mes joues, et leur goût salé dans ma gorge m'interdit de proférer un son.

— Ça va aller ? Si je te l'ai dit, c'est que je te crois capable de comprendre et j'espère que ça ne change rien pour toi. Tom a plus que jamais besoin du soutien de ses amis.

— Je l'aime, dis-je en reniflant. Je l'aime énormément et il n'y a pas de raison que ça change... au moins je ne me sens pas vexée qu'il ne m'ait pas fait d'avances jusqu'à présent...

Hank se mit à rire et me serra contre lui de son bras libre.

— Voilà qui est parlé ! Ça mérite une part de tarte à la maison du pancake...

Et il fit demi-tour.

– Surtout fais-toi le plus discrète possible, me dit Lucas, quelques jours plus tard. John et moi ferons la conversation. Pour l'instant, ne dis rien et contente-toi d'observer, sinon tout risque de capoter et adieu les interviews...

– Merci bien! Ce sont les instructions de Matt? Pourquoi ne te contenterais-tu pas d'observer et moi je ferais les photos à ta place?

J'étais avec Lucas dans sa Morgan et nous roulions en direction du Capitole dans la circulation du matin ; le vent humide nous fouettait le visage. Je me faisais du souci pour lui. Je m'attendais à ce qu'il s'enthousiasme pour « Forum » et au lieu de cela il traitait le sujet comme une quelconque commande de la Chambre de commerce. Il était revenu changé de son voyage, plus grave, les nerfs à fleur de peau, l'air « malheureux comme les pierres », pour reprendre une expression de Matt.

Lucas se tourna vers moi pour m'observer derrière ses lunettes d'aviateur. Ses cheveux et sa barbe poil de carotte étaient ébouriffés et son nez et son front pelaient. Il ne bronzerait jamais, c'était sans espoir...

– Écoute, Smoky, personne ne pense que tu n'es pas capable d'écrire cet article mais pour l'instant tu ignores tout des gens que nous allons voir et de leur façon de vivre. Une jeune fille blanche dans une jolie robe, c'est tout ce qu'ils verront. Ils se fichent que tu aies du talent et des idées libérales. Ils ne font pas confiance aux Blancs et ils ne te parleront pas librement. A moi, ils parleront uniquement parce qu'ils m'ont vu avec John et qu'ils l'adorent. Lorsqu'ils comprendront que tu travailles avec lui et qu'ils se seront habitués à toi, ils commenceront à te parler un peu. Et puis tu sais que Matt veut que le reportage montre d'abord les conditions existantes et propose des solutions dans le « Forum » suivant. Aujourd'hui tu te sers de tes yeux, c'est tout.

– Autrement dit, je dois la boucler.

– Si tu vois les choses comme ça...

Je tambourinais rageusement la portière de la Morgan mais il avait raison. Finalement, je lui adressai un sourire en coin.

Il prit Mitchell Street vers l'est et nous passâmes devant

le palais de justice, puis l'hôtel de ville avec sa magnifique flèche Art-Déco et, au bout de Capitol Avenue, nous basculâmes dans cette espèce de no man's land sinistre où vit la population noire d'Atlanta. Je n'avais même pas imaginé que cela pût exister et je me reprochai ma naïveté. J'eus le souffle coupé devant tant de misère et de désolation : Summerhill, Peoplestown, Joyland, tous les quartiers se confondaient dans le même abandon mais, apparemment, Lucas s'y retrouvait car il me raconta une histoire sur chacun d'entre eux. Je me demandai quand il avait trouvé le temps de faire ce travail de géographe et d'ethnologue dans les entrailles de la ville.

Je me sentis terriblement jeune et inexpérimentée – ce que j'étais, en réalité.

Les rues de ces petites communautés n'étaient généralement pas pavées et les maisons en bois ou torchis s'entassaient de façon anarchique. La plupart donnaient directement sur la rue, avec un jardinet herbeux jonché de détritus divers – jouets disloqués ou bouteilles vides. Les peintures étaient écaillées et à certaines fenêtres des cartons ou des vieux journaux remplaçaient les vitres. Il y avait l'eau de la ville, j'avais remarqué des bornes d'incendie, mais les cabinets étaient des cabinets extérieurs. Des arbres rabougris et l'omniprésent kudzu poussaient par-ci par-là, les herbes folles envahissaient les rues. Il n'y avait pas âme qui vive dans cette cité perdue.

A un croisement, nous passâmes devant une épicerie délabrée, une boutique de prêts sur gages et un café où des jeunes garçons et quelques hommes étaient affalés. Lucas fit un petit signe de la main et une main noire lui rendit son salut. Sans bouger, ils observaient la Morgan du coin de l'œil. Lucas regardait droit devant lui et je l'imitai.

— Où sont les gens ? demandai-je à voix basse. Où vont-ils travailler ? On ne voit pas de femmes.

— La plupart sont employées à Buckhead comme cuisinières, elles sont déjà au travail. Les hommes sont chômeurs mais on ne les voit guère traîner, je ne sais pas ce qu'ils font de leurs journées.

En traversant Summerhill, Lucas me montra, sur la droite, la coupole bleue du stade flambant neuf. La rumeur du trafic de l'autoroute proche me parvint, étouffée.

– Avant, il y avait tout un quartier, là.

– Et où sont les gens maintenant?

– Bonne question. Bon Dieu! Le gouvernement a dépensé dix-huit millions de dollars pour ce stade et le ministère du Logement en a touché cinquante pour abattre ces taudis et reloger les gens en dix ans mais rien n'a été fait et des communautés comme Vine City et Buttermilk Bottom n'ont jamais reçu un sou. Ben Cameron a commencé à mettre en action un plan de relogement mais ça va prendre du temps... Rien d'étonnant après ça que Stokely Carmichael soit si populaire...

– Il n'y a pas de foyers pour reloger les gens?

– Si, il y en avait exactement quatre jusque dans le milieu des années trente, quand Ben a pris ses fonctions, mais il risque de passer de l'eau sous les ponts avant que les nouveaux sortent de terre et on aura de la chance s'il n'y a pas d'attentat sur les chantiers...

Nous poursuivîmes notre chemin en silence par DeKalb Avenue et traversâmes encore Cabbagetown, une étrange petite enclave blanche, Fulton Bag et Cottonmill, des faubourgs très étendus. La route était étroite et creusée d'ornières, la chaleur devenait étouffante et nous montions à présent une côte assez raide en haut de laquelle se profilait un bosquet rabougri. Lucas stoppa la voiture devant une maison au jardinet planté de rosiers. Une glycine s'enroulait autour de la véranda et les boiseries étaient fraîchement repeintes. L'odeur du mimosa vint m'effleurer les narines et je ne pus m'empêcher de sourire. La petite maison était délabrée mais bien entretenue, le porche était soigneusement balayé et des rires d'enfants fusaient de l'arrière-cour.

– C'est là?

– Oui. C'est le centre social officiel de Pumphouse Hill, chez Mamie Lou Roberts, une vieille amie de John. Il y a beaucoup de femmes comme elle dans le voisinage qui s'occupent des enfants livrés à eux-mêmes quand leur mère est au travail. Elles les nourrissent avec les moyens du bord et les femmes récupèrent leurs gosses le soir. Dieu sait ce que touche Mamie Roberts mais ce n'est pas lourd! Les mères donnent ce qu'elles peuvent : la plupart sont des gamines. Et puis il faut des matelas et des couvertures pour les siestes des petits et de quoi chauffer en hiver...

148

– Où sont passés les pères, dans tout ça?

– Évanouis dans la nature, le plus souvent! Ce sont essentiellement ces communautés de femmes qui prennent en charge les problèmes des enfants.

– Mais pourquoi le gouvernement ne fait-il rien pour eux? N'y a-t-il pas des projets, des programmes?

– Bah, je suppose... ce ne sont pas les bonnes intentions qui manquent... Le gouvernement Johnson a fait à Ben des tas de promesses qui sont restées lettre morte et personne ne sait comment s'y prendre pour l'obliger à les honorer... Les vieilles femmes qui s'occupent de ces enfants ne savent ni lire ni écrire et sont incapables de faire valoir leurs droits auprès de l'administration – en admettant qu'elles en aient... Ben espère que nos reportages vont faire un peu bouger cette fichue bureaucratie en donnant un «visage humain» au problème... c'est une expression de ce vieux Culver lui-même. Il faut donner à voir pour frapper les esprits.

– On va entrer? fis-je avec appréhension.

– Pas sans John.

Nous attendîmes dans la Morgan, à l'ombre d'un arbre au maigre feuillage. Le soleil était au zénith et de l'autre côté de la rue, un chien famélique dormait dans une flaque de poussière rosée. Tout était calme, la brise tiède semblait avoir emporté au loin les cris des enfants, aucun écho de circulation, nul chant d'oiseau ne nous parvenait.

– Je n'ai jamais vu un endroit aussi sinistre. On ne se croirait pas en Amérique... Comment est-ce possible qu'il y ait des quartiers aussi déshérités à Atlanta?

Lucas soupira... Il y avait dans ses yeux toute la lassitude du monde.

– Tu viens de voir le pire, Smoky. Je voulais te montrer ça en premier mais il y a des Noirs qui vivent très bien à Atlanta. Nous avons une des communautés noires les plus riches du pays... Ils ne tiennent pas à ce que ça se sache trop, mais la classe dirigeante noire est très puissante : des hommes d'affaires, des pasteurs, des membres de l'Atlanta University Complex... Ils ont travaillé avec le Dr King et commencent à collaborer avec Ben Cameron, ils ont énormément de respect pour lui. Et je suis sûr qu'il fera beaucoup pour eux, s'il reste assez longtemps en poste. Il a frappé à toutes les portes pour obtenir des subsides : Head Start, Model Cities, Job Corps... Tôt ou tard, il arrivera à un résultat dans les quartiers les plus stables où les gens sont implantés depuis deux ou trois générations. Mais dans le sud-est, la situation est aussi catastrophique qu'à Detroit ou Newark, il y a des tas de ghettos peuplés de gens démunis venus du Sud dans l'espoir de trouver je ne sais quel Eldorado. Ceux-là n'ont pas de racines dans les quartiers, leur seule préoccupation est de manger. Ils se fichent pas mal des subventions et ils n'ont jamais entendu le nom de Ben Cameron. Ce sont ceux-là précisément qui auraient le plus besoin de l'argent du gouvernement et ils n'en verront jamais la couleur. Les troubles naîtront de là, j'en suis sûr.

— Pourquoi m'as-tu emmenée ici justement ?

— Pour te faire voir qu'Atlanta ne se limite pas à Buckhead, les maisons de maître avec piscine et majordome. Je pense que tu as du talent et du cran et ça me ferait mal au cœur que tu les gaspilles avec les sujets que Matt te réserve.

— Tu n'es pas le dernier à accepter ce qu'il te donne, fis-je, piquée au vif. Et tu passes bien plus de temps avec lui que nous tous.

— Ouais... mais j'ai aussi pas mal traîné mes guêtres dans le Sud et je connais l'envers du décor. Je me suis dit que ça te ferait du bien de le voir aussi et Matt n'est pas près de te laisser faire. Moi, si.

Je savais bien qu'au fond il avait raison.

De Pumphouse Hill, vers l'ouest, on discernait la silhouette d'Atlanta à travers une brume de chaleur et de pollution. Vue d'ici, la ville me parut aussi irréelle et inaccessible que la cité d'émeraude à Dorothy...

— Parle-moi un peu de Mme Roberts.

— John a séjourné chez elle quand il est arrivé à Atlanta. Je crois qu'il a prêché un peu dans son église, une sorte d'internat, si tu veux... Elle a trois ou quatre enfants qui ont émigré vers le nord en lui laissant les petits-enfants ; c'est fréquent ici que les grand-mères élèvent plusieurs générations... Peu à peu les jeunes femmes qui travaillent lui ont demandé de s'occuper de leurs moutards et de fil en aiguille, elle est devenue la grand-mère de tout le quartier. Son mari est mort il y a plusieurs années, elle n'a pas de nouvelles de son fils depuis bien longtemps et elle a besoin des quelques sous qu'on lui donne pour la garde des enfants, bien que dans la plupart des cas elle ne réclame rien. Elle adore les gosses mais elle tire vraiment le diable par la queue. Un vieux réchaud à gaz pour préparer les repas et un chauffage de fortune l'hiver, c'est tout ce qu'elle a. L'église lui vient parfois en aide, et je sais que John lui donne régulièrement de l'argent. Mais avec quinze ou seize enfants, elle a bien du mal à joindre les deux bouts. Quant à l'éducation, elle ne sait ni lire ni écrire, à part son nom...

— Je ne vois pas ce que « Forum » peut faire pour elle...

— D'abord lui donner une réalité : montrer son visage et ceux des enfants à la face des beaux quartiers, là où un simple petit chèque suffirait à nourrir ces gosses pendant un mois. D'après John, ils mangent des céréales avec de l'eau à tous les repas... Montrer qu'Atlanta ce n'est pas uniquement l'équipe des Braves et l'autoroute... Mettre un nom sur le visage de toutes ces vieilles femmes noires harassées d'avoir trimé dans les belles maisons de Buchkead, que l'on voit tous les soirs à l'arrêt du 23... Ça incitera peut-être les agents du gouvernement à aller sur place pour se rendre compte de la situation. C'est facile d'ignorer les gens quand ils ne sont qu'une statistique sur un bout de papier. Mais si les chiffres sont des gamins qui s'appellent Otis ou Patricia et vous regardent droit dans les yeux, c'est déjà plus difficile...

— Tu vas faire leurs portraits ?

— Exactement. Et toi tu écriras leurs noms.

Quelque chose se brisa en moi, et une vague de résignation m'envahit.

— D'accord, j'écrirai leurs noms.

— Voilà John.

Je m'attendais à voir une auto dans un nuage de poussière. Je n'aperçus que la haute silhouette de John gravir la côte. Il était vêtu d'une salopette de travail délavée comme les fermiers en portent dans la région de Savannah. Il était torse nu dessous et sa peau couleur de bronze luisait sous le soleil. Sa musculature n'était pas très puissante mais il avait les épaules larges et, par les échancrures de la salopette, je devinais, à chaque enjambée, sa taille étroite. Il ne portait pas de chapeau mais un bandana rouge dépassait de sa poche. Ses pieds étaient chaussés de lourds godillots. Cette tenue me parut d'abord ridicule puis je me dis qu'elle reflétait sans doute son ancienne appartenance au monde rural.

— Il était fermier avant d'être prêtre?

— Pas le moins du monde. Il a grandi dans un faubourg de Saint-Louis. Le père de John était gynécologue-obstétricien, et sa mère faisait fonction d'assistante au cabinet médical. Il a préparé les grandes écoles, il était très brillant, paraît-il...

— Et il a changé d'orientation?

— A dire vrai, je crois que c'est le mouvement qui l'a transformé.

Il y avait dans le discours de Lucas toutes sortes d'allusions qui m'échappaient et je fus soudain très lasse de me sentir étrangère à ce passé que je devinais douloureux.

— Alors c'est juste pour nous montrer ses muscles qu'il s'est attifé en fermier?

— Ici, les rares hommes que l'on voit travaillent aux champs et les gamins seraient effrayés de voir un homme en costume. C'est par respect pour les habitants qu'il se met en bleu quand il vient.

— Je suis désolée, j'aurais dû y penser. Et mettre un jean...

— Non, tu as bien fait de rester en robe. Une femme blanche en blue jean, ils ne comprendraient pas non plus. Ils te prendraient pour une assistante sociale et t'ignoreraient à coup sûr.

— Alors, on y va? dit John en donnant une tape sur l'arrière de la Morgan. Bonjour, Smoky.

— Bonjour, John.

— Je suis allé voir Mme Roberts hier soir, je lui ai demandé de faire comme d'habitude et de dire aux enfants de ne pas s'occuper de nous. Elle a très bien compris ce que nous voulons faire et que le meilleur moyen de les aider consiste à montrer leur réalité telle quelle. Elle n'a pas assez de céréales pour aller jusqu'à la fin du mois et sa cuisinière est tombée en panne il y a deux jours. Elle est obligée de faire chauffer de l'eau pour laver le sol et baigner les enfants et elle se débrouille pour faire la cuisine dehors, sur un vieux réchaud qu'on lui a prêté.

Lucas prit ses sacoches dans le coffre et nous emboîtâmes le pas à John. Il tambourina à la porte de la véranda.

— Faites le tour, fit une belle voix grave.

L'arrière-cour était envahie de l'inévitable kudzu et de glycines qui lui donnaient l'air d'une jungle miniature où se mêlaient le parfum de la terre mouillée, l'arôme du café et l'odeur de viande grillée. Les cris et les rires des enfants étaient plus stridents.

Une grosse femme noire vêtue d'une blouse propre aux couleurs fanées vint nous ouvrir la barrière et nous fit entrer. J'eus un choc lorsque je la vis bouger : elle avait un corps informe et portait de grosses chaussures d'homme découpées à leur extrémité pour laisser dépasser les orteils. Sa tête, belle et petite, était enturbannée d'un foulard chatoyant. Des gouttes de sueur perlaient sur son visage sillonné de rides et elle nous gratifia d'un immense sourire d'une blancheur éclatante, à l'exception d'une dent en or qui brillait au beau milieu comme une petite flamme.

— Entre, dit-elle en serrant John contre son imposante poitrine. Dis donc, tu n'as que la peau sur les os ! Qui est-ce qui te fait à manger ?

— Pour ça, personne ne t'arrive à la cheville, tu le sais bien ! Je te présente Lucas Geary et Smoky O'Donnell, dont je t'ai parlé hier soir. Ils seront d'un grand soutien dans la tâche que je me suis fixée. Aujourd'hui, Lucas voudrait juste prendre quelques photos et Smoky observera un peu, c'est tout. Laisse les enfants faire comme d'habitude. Nous n'en avons pas pour longtemps.

La vieille dame acquiesça d'un signe de tête et nous sourit avec douceur.

— Soyez les bienvenus, nous n'avons pas grand-chose mais c'est un grand plaisir pour nous de partager.

— Merci beaucoup, dis-je.

Elle me tapota gentiment le bras comme si j'étais une enfant et retourna vaquer à ses occupations en se dandinant.

La petite arrière-cour, occupée par des tables recouvertes de nappes en papier de couleur et des chaises pliantes, bruissait de bavardages enfantins. Les enfants venaient de terminer leur petit déjeuner : des œufs au bacon avec des biscuits et du jus d'orange. Dans un coin, sous un mûrier croulant sous les fruits, étaient empilés des sacs de couchage tout neufs et au fond de la cour, le long de la clôture de fil de fer, était installée une cuisinière de camping, où une jeune femme faisait griller le bacon. Elle portait une longue robe bariolée, ses cheveux aux reflets cuivrés étaient coiffés à l'afro et son regard était dissimulé derrière de grosses lunettes de soleil. Elle ne se retourna pas en nous entendant arriver. John parla le premier.

— Eh bien, tu as de l'aide, on dirait, Mama Roberts, dit-il d'une voix qui ne trahissait aucune émotion particulière

— Elle est arrivée avant l'aube, avec ce réchaud et quantité de nourriture. Ils étaient plusieurs, ils nous ont donné des couvertures et des sacs de couchage. Des anges tombés du ciel! (La vieille femme rayonnait.) Viens, dit-elle à l'intention de la jeune femme, je vais te présenter à ces jeunes gens. Ils sont venus m'aider aussi.

La jeune femme posa l'assiette de biscuits qu'elle avait à la main et vint à notre rencontre à travers la cour de terre battue. Elle était petite et mince. Même dissimulée derrière ses lunettes de soleil, elle était très jolie, avec des pommettes hautes et une peau dorée.

— Salut, John, dit-elle d'une voix douce, avec un léger accent du Sud, pas chaleureux pour autant.

— Hello, Juanita.

— Vous vous connaissez? s'étonna Mama Roberts. Je croyais que cette jeune fille était de New York ou de quelque part là-haut...

— Nous sommes à Philadelphie en ce moment. Je suis de passage à Atlanta.

— Avec des vivres et des couvertures, comme par hasard, plaisanta John. Juanita est peut-être devenue une yankee mais c'est une fille du Sud et nous nous connaissons, en effet, de Tupelo, si ma mémoire est bonne...

— Oui, dit la jeune femme qui semblait n'avoir même pas remarqué notre présence, à Lucas et moi.

— Je savais que vous étiez dans les parages... Mama Roberts, je regrette de te le dire, mais ce n'est pas la solution.

La vieille femme regarda d'un air attendri les enfants qui mangeaient, buvaient et riaient sans se soucier de nous.

— J'accepte les dons d'où qu'ils viennent, John. Ils m'apportent de quoi faire manger les enfants, ils font la cuisine, ils servent, ils ne me demandent rien en échange, ils ne me posent pas toutes sortes de questions pour je ne sais quelle enquête et ils promettent de revenir tous les jours... fais-en autant et alors tu pourras me dire que ce n'est pas la solution...

— Non, ce n'est pas la solution, dit-il doucement, se parlant à lui-même.

Il nous fit signe de le suivre hors de la cour.

— John, as-tu oublié Jonathan? dit la jeune femme dans son dos.

Il s'arrêta et se retourna. Son visage se durcit et sa cicatrice devint livide mais il resta imperturbable.

— Non, je n'ai pas oublié Jonathan. Et toi, as-tu oublié le pont?

— Oui, dit-elle avec une pointe de défi dans la voix. Sans problème.

— Moi je n'oublierai jamais.

Et il sortit dans la rue. Nous le suivîmes sans comprendre ni oser poser de questions.

Lucas rangea ses appareils dans le coffre et je montai à côté de lui.

— Tu veux qu'on te dépose quelque part?

— Non, je préfère marcher. Je suis désolé de ce qui vient de se passer. Ça ne change rien de toute façon pour ton article, nous trouverons quelqu'un d'autre.

— Tiens-moi au courant...

John fit un petit signe de tête, Lucas mit le moteur en marche et nous fîmes demi-tour.

— Qu'est-ce que ça signifie? demandai-je à Lucas au bout d'un moment.

— Je ne suis pas sûr d'avoir tout compris. Je pense qu'il s'agit de Jonathan Daniel, un Blanc qui a été abattu pendant la campagne en faveur du vote, dans le canton de Lowndes. Je sais que John et lui étaient bons amis. Le pont auquel John a fait allusion est sans doute Edmund Pettus Bridge. La jeune fille devait se trouver là quand John a été blessé et je crois qu'elle fait partie des Black Panthers. Ils font des actions humanitaires dans les ghettos. Je sais qu'ils sont en ville en ce moment et ils ont eu vent de notre projet de reportages, je ne sais pas comment mais ça ne me surprend pas.

— Elle a eu une aventure avec lui, n'est-ce pas?

– C'est possible.

– J'en mettrais ma main au feu.

– Quelle importance?

– Aucune. Je veux simplement en savoir un peu plus sur lui, c'est tout.

A l'endroit où la route était de nouveau carrossable, j'aperçus, garée sur le bas-côté, une Mustang vert foncé, flambant neuve, avec des sièges de cuir havane. Sur le siège arrière étaient soigneusement pliés un pantalon kaki et une chemise de coton bleu. Je réalisai que c'était la voiture de John et me mis à rire, bientôt imitée par Lucas. Longtemps après avoir dépassé le Capitole et nous être faufilés entre les tours de Five Points, dans le centre-ville, nous riions encore.

8

John Howard tint parole et nous trouva un autre sujet pour « Forum ». Dès le lendemain, j'allai avec Lucas à Summerhill, un quartier un peu moins déshérité que Pumphouse Hill. C'était là que Ben Cameron, juché sur le toit d'une voiture, avait tenté d'apaiser les violentes émeutes raciales de l'été passé. Summerhill était un ancien quartier résidentiel blanc aux rues bordées de grandes maisons de bois à deux étages, où s'entassait à présent une population misérable de dix mille Noirs, venus pour la plupart des campagnes du Sud.

Mme Carrie Holmes occupait un appartement au rez-de-chaussée dans Love Street. C'était une femme entre deux âges, grande et sèche, au teint presque jaune – bien différente de l'imposante Mama Roberts. Elle adorait les enfants, pour qui elle accomplissait des prodiges avec trois fois rien. Elle était encore moins bien lotie que Mama Roberts : il n'y avait pas d'arrière-cour et les gamins jouaient sous la véranda de la vieille demeure victorienne ou s'égaillaient dans les rues alentour.

– Ne vous étonnez pas si elle n'est guère bavarde, nous avait prévenus John. Son fils a reçu un coup de fusil au cours des manifestations du printemps dernier et il marche encore avec une canne, ce qui n'a pas amélioré l'opinion qu'elle se fait des Blancs, vous vous en doutez... Elle est un peu distante mais les gamins l'adorent. Il y a un petit garçon, André, un peu particulier... je suis sûr que vous allez centrer votre article sur lui...

– Qu'est-ce qu'il a de spécial?

– Vous verrez...

Cette fois-ci, John, qui avait à faire en ville, ne nous accompagna pas.

– Tu crois que je ferai meilleure impression que toi en héros de la lutte pour les Droits civiques? avait dit Lucas en riant.

L'humidité et la fatigue avaient réveillé les douleurs de sa blessure au pied. Il claudiquait et avait recours à une canne pour marcher.

– Je ne crois pas, avait répondu John en riant aussi, mais ça fascinera les gamins! Tu as mal?

– Surtout quand je danse! Et toi, ta cicatrice? Elle te fait souffrir?

– Seulement quand je ris!

Les blessures reçues à Edmund Pettus Bridge avaient tissé entre eux une forte complicité et je m'étais sentie soudain gênée, témoin malgré moi d'une intimité où je n'avais pas ma place...

Mme Holmes nous accueillit courtoisement, quoique fraîchement, et nous conduisit en silence vers la véranda à l'arrière de la maison où les enfants prenaient leur petit déjeuner: du café léger et des biscuits.

– Ils boivent du café?

Je sentis immédiatement que j'avais fait une gaffe...

– L'église nous en fait don, dit Mme Holmes d'un ton las et monocorde. C'est la dernière chose qui vient à manquer... La plupart d'entre eux tètent du café au sein de leur mère. D'ailleurs, nombre de petits nègres n'aiment pas le lait, mais ils boivent du café.

Je levai la tête pour la dévisager avec une stupeur pleine de réprobation.

Elle me gratifia d'un sourire mi-figue mi-raisin.

– C'est OK quand nous l'utilisons entre nous. Mais ne vous avisez pas d'en faire autant.

– Je ne l'ai jamais fait, répondis-je.

Cette Mme Holmes ne me plaisait décidément pas, fût-elle une sainte...

Lucas sortit ses appareils et mitrailla les enfants en train de boire leur café. Il ne passait pas inaperçu au milieu des petits Noirs, avec sa tignasse rousse et son grand corps osseux mais il se fondait parmi eux au point de se faire oublier et les enfants tourbillonnaient autour de lui comme un essaim d'abeilles. Je restai à l'écart et observai la scène en silence.

Lucas s'était agenouillé et racontait des histoires pour faire rire les gamins, qui cherchaient à toucher tout ce qui brillait : les appareils et les objectifs aussi bien que la barbe et les cheveux de Lucas ou sa canne en aluminium.

Mme Holmes disparut dans la maison et ressortit un instant plus tard avec un petit garçon qui marchait à peine. Il était pétrifié de terreur. Sa tête était trop grosse pour son corps chétif, des traînées de larmes irisaient ses joues rondes couleur de caramel et il nous fixait de ses immenses yeux noirs.

— André était impatient de vous voir mais la jeune dame lui fait peur. C'est une jeune fille blanche qui l'a enlevé à sa mère, dit Mme Holmes sans me regarder et je rougis jusqu'à la racine des cheveux.

— Pourquoi cela ? demanda Lucas d'une voix douce.

— Elle le battait parce qu'il faisait dans sa culotte. Nous avons appelé une assistante sociale qui l'a placé dans un foyer. C'est là que je l'ai récupéré, en disant que j'étais sa grand-mère. Depuis, il a une peur panique des femmes blanches. Si j'avais su qu'il y avait une dame avec vous, j'aurais refusé.

— C'est elle qui va écrire l'article. Elle écrit bien et cela peut avoir des répercussions bénéfiques pour les gosses comme lui.

— Où est la mère d'André à présent ?

— Elle est morte d'une overdose. Elle avait à peine seize ans...

Je fermai les yeux de rage.

— Mais comment peut-on frapper un bébé sous prétexte qu'il n'est pas encore propre ?

Mme Holmes me regarda avec un mépris à peine dissimulé.

— Parce que ce n'est pas un bébé, il a cinq ans. Il n'a pas grandi normalement. Il est incapable de contrôler ses intestins, il ne parle pas. Le seul mot qu'il sait dire, c'est son nom. Et il ne s'en prive pas, d'ailleurs.

— Qu'est-ce qu'il va devenir ? demanda Lucas.

— Je vais le garder un moment. Après, j'espère que quelqu'un le recueillera. Je ne veux pas que cet enfant apprenne que sa mère est morte et qu'il échoue dans une institution.

Lucas approuva de la tête et se pencha pour caresser la joue du bambin.

— Si tu me dis comment tu t'appelles, je te montre ma voiture.

Le gamin le dévisagea un instant, puis un large sourire fendit son visage rond comme la pleine lune et son regard s'illumina. Son petit corps semblait tout entier tendu vers ce sourire.

— André! se mit-il à crier. André! André!...

— Viens avec moi, André.

Lucas le fit grimper sur ses épaules, chancela un peu sous le poids et sortit dans la rue.

Lorsqu'il aperçut la Morgan, le petit André poussa un cri de joie. Lucas le déposa à terre et il se précipita aussi vite que ses courtes jambes le lui permettaient vers la voiture, qu'il embrassa littéralement. Lucas prit des photos d'André, ses petits bras étreignant le capot et les phares, le visage extasié.

— André, André, ne cessait-il de répéter, ravi.

Lucas le posa sur le siège et lui fit faire le tour du pâté de maisons.

— Quand il répète son nom comme ça, c'est qu'il est heureux, dit Mme Holmes. Ça veut dire merci, c'est sa façon à lui de faire un cadeau. La première fois que je l'ai vu, je lui ai dit qu'André était le plus beau nom du monde. Il m'a crue. Et malgré tout ce qu'il a subi, c'est un petit garçon heureux, à présent.

Je me détournai, résolue à ne pas pleurer devant cette femme distante, forte et pleine d'amour.

Lucas développa immédiatement la pellicule et ce soir-là, nous restâmes tard dans la nuit au bureau, Tom, Lucas et moi, pour esquisser la maquette de ce premier « Forum ». Les clichés, en noir et blanc, étaient très contrastés, seuls les visages enfantins apportaient une note de douceur. Pour la photo de couverture nous choisîmes une photo d'André, en double page, en train d'embrasser la Morgan, le visage ravi et les yeux fermés d'extase.

160

J'emportai l'épreuve dans mon bureau et commençai à écrire la légende : « Il s'appelle André, il a cinq ans et il ne sait rien dire d'autre mais c'est sa façon à lui d'exprimer sa joie. André... n'oubliez pas son nom... »

Puis je posai le front sur ma machine à écrire et pleurai longtemps.

La première épreuve plut beaucoup à Matt. Il donna un retentissant coup d'avertisseur pour réunir l'équipe au complet, donna de grandes claques dans le dos à Lucas et Tom, m'embrassa bruyamment sur la joue en proclamant que nous étions dignes du prix Peabody ou du Pulitzer. Puis il se rua à l'étage au-dessus pour montrer l'épreuve à Culver Carnes.

— Bon Dieu, j'espère que ça me vaudra une année de tranquillité, hurla-t-il en s'engouffrant dans l'ascenseur.

De retour dans mon bureau, je me sentais euphorique et j'eus bien du mal à me concentrer sur le guide des spectacles. L'exaltation d'avoir approché un vrai sujet bouillonnait encore dans mes veines.

Culver Carnes fut enthousiaste et dès le lendemain il était dans le bureau de Matt : il tenait à organiser une conférence de presse pour inaugurer la naissance de la rubrique.

— Je voulais attendre l'automne pour publier la série mais nous tenons là quelque chose de formidable et il faut sauter sur l'occasion. Après Watts et Newark, les émeutes risquent de gagner Atlanta, les Black Panthers sont en ville et ça n'augure rien de bon. J'ai montré l'épreuve de votre article à Ben Cameron hier soir, il en a discuté avec le Dr King, qui est aussi d'avis de le diffuser sans plus attendre et de marquer le coup en donnant une conférence de presse. Il faut que l'on sache que les communautés noire et blanche d'Atlanta sont capables d'agir ensemble. King est d'accord pour que Howard le représente, il ne veut pas apparaître en personne afin de ne pas détourner l'attention de « Forum ». Je comprends ses raisons. Il enverra quelques-uns de ses partisans les plus en vue, comme Bond ou Andy Young. De notre côté, je pense qu'il faudrait que le gouverneur soit présent ainsi que nos principaux militants des Droits civiques et l'équipe qui a réalisé le reportage : Smoky, le jeune photographe et vous-même, bien entendu.

Matt se taisait en voyant Carnes reprendre à son compte le succès de notre idée.

– Bonne idée, dit-il d'un ton neutre. Et où comptez-vous donner cette conférence de presse?

– Pourquoi pas au Commerce Club? L'endroit est connu, confortable.

– Vous devriez y réfléchir à deux fois, Culver. Le Commerce Club n'est pas précisément un havre de réconciliation raciale.

– Les Noirs y sont admis depuis 1965, il me semble.

– Peut-être mais en avez-vous vu un seul? gronda Matt. Écoutez, j'ai une meilleure idée. Pourquoi pas à la Terrasse de Peachtree? Tout a été refait à neuf. Inaugurons la réouverture de la salle, ce sera terriblement symbolique, la ville à nos pieds, et tout ça... qui plus est, la presse adore cet endroit et les journalistes y passent le plus clair de leur temps. Le propriétaire, Doug Maloof, est l'un des premiers partisans de l'intégration et les dirigeants noirs y viennent de temps à autre. Qu'est-ce que vous en pensez? Il vous fera sans doute une ristourne intéressante.

L'idée plut à Culver. Le jeudi suivant, dans le crépuscule de juillet lavé par un orage bienfaisant, je me dirigeai vers Peachtree avec Tom et Lucas.

Matt nous avait demandé de venir tôt et tout le monde était déjà là, à notre table favorite, devant la fenêtre d'angle.

Je me sentis pour la première fois en osmose avec l'équipe, membre à part entière de *Downtown*. J'étais pleinement heureuse.

– Vous êtes tous formidables!

Je le pensais sincèrement. Et c'était vrai. Nous étions formidables.

Matt, dans un veston d'été gris qui mettait en valeur son regard couleur d'océan, affichait un large sourire tout en buvant une vodka tonic. Hank portait un complet strict bleu foncé qui lui donnait des allures de banquier. Tom était comme toujours très élégant, dans un costume en coton à fines rayures grises et je ressentis un petit pincement au cœur en pensant à ses amours malheureuses. Teddy, en lin jaune, resplendissait comme un jeune soleil et Sister arborait une mini-robe de crêpe bleu digne de la miss

162

Université de Géorgie qu'elle avait été peu de temps auparavant. J'avais, pour ma part, revêtu un fourreau en lin rouge dans lequel je me sentais une âme de lady Brett Ashley, pour qui j'avais toujours eu une admiration sans bornes. Pour le reste, je n'avais aucune chance de lui ressembler, vu mes rondeurs, comme me le fit aimablement remarquer Hank. Peu m'importait, l'idée me plaisait...

– Tu es à croquer, me dit Lucas avec son sourire carnassier.

Il avait une classe folle, dans son manteau de coupe ecclésiastique et son pantalon étroit qui moulait ses longues jambes. Il avait poussé le raffinement jusqu'à oser une chemise à jabot, et sa barbe et ses cheveux flamboyants étaient parfaitement disciplinés autour de son visage en lame de couteau. Il avait l'air de sortir d'un Vermeer ou d'un Rembrandt.

Matt leva son verre dans ma direction.

– Impeccable, la robe, Smoky !

Et l'après-midi s'écoula en aimables bavardages, en attendant le crépuscule bleuté.

Culver Carnes avait fait agrandir et disposer sur un chevalet l'épreuve de « Forum », qui trônait à l'extrémité du bar, drapée dans un linge bleu, de même qu'une fresque derrière le comptoir qui devait être dévoilée également tout à l'heure. La salle avait été repeinte dans des tons pêche et vert foncé, plus élégants que l'ancienne couleur grise mais je regrettais cependant l'atmosphère chaleureuse et le cuir noir de l'ancien décor, cocon suspendu dans le ciel. Un buffet avait été dressé sur une grande table et Doug lui-même veillait sur les serveurs en habit. Tony, le pianiste, égrenait nonchalamment des airs de jazz sur le Steinway, en glissant parfois une mélodie des Beatles, seule concession qu'il accordait à la mode de l'époque.

Les journalistes, arrivés de bonne heure, buvaient comme des trous. Ils connaissaient tous Matt et leur attitude à son égard trahissait une pointe d'envie, professionnelle ou personnelle, peut-être les deux à la fois.

Matt était en pleine forme, drôle comme il savait l'être, spirituel et insolent avec les hommes, séducteur et audacieux avec les femmes, fumant cigarette sur cigarette. Il rayonnait littéralement et je me dis que ce devait être pénible, pour les hommes en place, de se voir voler la vedette par ce petit homme simiesque affublé de lunettes d'aviateur.

On avait déjà beaucoup bu et le buffet avait été largement pillé lorsque la sonnerie de l'ascenseur retentit dans l'atmosphère enfumée. Le silence se fit à l'arrivée des personnalités, Ben Cameron en tête, Culver Carnes fermant la marche, comme le gardien du troupeau.

Je me tournai vers Matt, qui souriait.

— S'il lui prend l'envie de leur pincer les fesses, je ne le retiendrai pas, siffla-t-il entre ses dents, et j'étouffai un petit rire.

Ils étaient suivis par une poignée d'hommes noirs, la mine grave, des jeunes et des moins jeunes, en costumes sombres et chemises blanches. Je reconnus beaucoup de visages rendus célèbres par les journaux et la télévision, tous liés à des événements tragiques et violents. Ils formaient une masse compacte, presque menaçante, derrière laquelle se profilaient des manifestations, des bombes, des incendies, des explosions meurtrières et des nuits d'émeutes. Je sentis comme un souffle glacé sur ma nuque et lorsque je dis bonjour à John Howard, ma voix s'étrangla dans ma gorge.

Les hommes du Club se montrèrent courtois et chaleureux avec nous. Ils me complimentèrent pour l'article de « Forum » avec cet excès d'amabilité qu'on réserve généralement aux femmes mais ils avaient l'air sincère et ils savaient qui j'étais. Tous avaient eu vent de l'incident avec Boy Slattery au billard.

Après les plaisanteries d'usage et l'absorption de pas mal de boissons alcoolisées, Culver Carnes s'apprêtait à dévoiler le chevalet lorsque Boy Slattery fit irruption dans la salle.

— Oh, non! fit Ben Cameron à l'oreille de Matt.

— Lint ne vient pas?

— Que ceci reste entre nous, Matt : Lint est hospitalisé. Il ne se sentait pas bien depuis le début de l'été et Hill Fraser l'a envoyé faire des examens approfondis. Je n'ai pas invité Boy personnellement mais c'est lui qui remplace Lint d'ordinaire...

— C'est grave, pour Lint?

— Je ne sais pas. Prions pour que ça ne le soit pas. Mon Dieu, pourquoi ça n'est pas tombé sur Boy?

164

Avant que Matt puisse répondre, Boy se retourna et tendit la main vers... Alicia qui apparut en pleine lumière, prit la main de Boy et avança à ses côtés.

Le brouhaha des conversations cessa d'un seul coup, chacun retint son souffle un instant, des jurons furent proférés à voix basse dans l'assistance. Seul Matt ne dit rien.

— Voyez avec qui j'ai eu la chance de prendre l'ascenseur, dit Boy avec un sourire provocant. Je crois que je vais l'adopter! Avec votre permission, Matt.

— C'est à la dame de décider.

— La dame est très flattée, dit Alicia de sa voix flûtée et désinvolte.

L'assistance applaudit, Boy s'inclina et Alicia gratifia Matt d'un regard nonchalant, consciente de l'effet qu'elle produisait.

Il faut dire qu'elle était particulièrement resplendissante ce soir-là. Elle portait un fourreau noir très décolleté avec une seule bretelle qui mettait en valeur sa peau hâlée par le soleil de Nassau, où elle avait passé quelques jours en compagnie de Buzzy. Sa chevelure aux reflets platine retombait en cascade sur ses épaules, son regard paraissait plus bleu que jamais et ses jambes interminables étaient nues.

Quelque chose de plus que la beauté émanait de sa personne, une féminité animale et conquérante au parfum de musc presque palpable qui irradiait tout autour d'elle. Les conversations s'étaient tues peu à peu et elle était le point de mire de tous les regards. Boy Slattery ne la lâcha pas de la soirée, laissant traîner ses doigts grassouillets sur sa chair dorée. Il me gratifia d'un sourire espiègle en déclarant qu'il était prêt à m'affronter au billard quand je voulais, salua les membres du Club et la délégation noire d'un signe affable mais n'accorda pas la moindre attention à la presse. Il y eut parmi les journalistes des commentaires à voix basse et quelques rires étouffés mais aucun d'entre eux ne se détacha du groupe pour le saluer ou l'interviewer. Boy était mal vu de la presse d'Atlanta, qu'il avait trop souvent diffamée auprès de son électorat.

Culver Carnes parcourut la foule d'un œil expert et fit un petit discours de bienvenue rendant hommage à notre travail, puis il dévoila le cliché. Bien qu'il me fût désormais familier, je fus une fois de plus frappée par son extra-ordinaire vérité : agrandi trois ou quatre fois, le petit garçon, les yeux fermés de bonheur, étreignant le capot de la voiture, avec la légende en lettres blanches sur fond noir : « Il s'appelle André... »

Il y eut des applaudissements spontanés et une avalanche de questions – exactement celles que Culver Carnes et Ben Cameron avaient envie d'entendre. John Howard, porte-parole officiel du projet, parla devant les micros et les caméras, et chacun d'entre nous dit quelques mots pour la presse. Ben recentrait habilement les questions lorsque le débat prenait un tour trop ouvertement politique et la conférence se déroula dans un flot de congratulations mutuelles. La délégation noire, un peu à l'écart, ne participait pas au satisfecit général, se bornant à observer sans rien laisser transparaître. Son discours terminé, John alla les rejoindre et ne répondit pas au petit signe de victoire que je lui adressai. Je me sentis blessée, comme un enfant qui reçoit une punition en public.

– Vous n'avez pas tout vu, dit Doug Maloof en dévoilant la fresque derrière le bar qui représentait le bar lui-même, avec des caricatures des personnages les plus éminents de la ville.

Il y avait Ben Cameron entouré des membres du Club et, au centre, dans un médaillon... nous tous, l'équipe du magazine au grand complet : Matt, les cheveux en bataille, un verre à la main, entouré de Tom, Hank, et Lucas. Au premier plan, assises, Alicia, Teddy, Sister et moi. Bien que croqués à gros traits, nous étions aisément reconnaissables, et tout le monde s'esclaffa.

Tony, au piano, se mit à jouer « Downtown ».

> Si tu te sens seul dans la vie
> Tu peux toujours aller
> Au centre-ville
> Si tu as le cafard
> Le bruit et la fureur
> Guériront tes peines de cœur
> Tranquille... au centre-ville...

La salle applaudit à tout rompre, tous se précipitèrent pour embrasser Doug et je n'étais pas la seule à verser ma larme. Tom s'essuyait les yeux sans vergogne et Matt mit ses lunettes de soleil.

— Quel triomphe, ma vieille, murmura Hank à mon oreille. Si ta mère te voyait...

— Oh, ma mère... dis-je avec amertume, je préférerais que mon père me voie !

Le brouhaha s'estompait et les reporters commençaient à remballer leur matériel lorsque Boy Slattery leva la main qui ne tenait pas Alicia :

— S'il vous plaît, messieurs, j'ai une question pour M. Howard.

John acquiesça d'un air grave et les journalistes tendirent de nouveau leurs micros.

— Mon petit doigt m'a dit que certains de vos amis du canton de Lowndes étaient en ville et je me demandais si vous les soutenez et comment nous autres on pourrait s'organiser avec eux... A propos, est-ce que votre femme et votre petit garçon sont avec eux? Et votre amie, euh... Mlle... ou sœur Juanita Hollings et M. ou... frère Carmichael sont-ils aussi en ville ?

Il y eut un silence pesant... je n'entendais que mon sang battre dans mes oreilles. Le sens des insinuations de Boy Slattery m'échappait en partie.

— Il me semble que ces questions sont tout à fait hors sujet, monsieur le gouverneur, dit John d'une voix calme et ferme.

— Mesdames, messieurs, la conférence de presse est terminée, dit Ben sur un ton tout aussi déterminé. Merci, John. Décidément, Boy, tu n'en rates pas une, vociféra-t-il entre ses dents.

— Je posais juste une question...

Le groupe des personnalités noires quitta ostensiblement la salle et John se joignit à elles. Boy Slattery les suivit à bonne distance, Alicia dans son sillage. Lorsque je me dirigeai à mon tour vers la sortie, j'aperçus Matt, accoudé au bar, sous sa propre caricature, le regard perdu, buvant une dernière vodka tonic en compagnie de Doug.

En attendant nos voitures, nous nous retrouvâmes, Hank, Lucas et moi, à côté de John Howard, ne sachant trop que lui dire. Il nous fit un petit sourire.

— Je vous jure que j'aurais aimé être là quand vous lui avez flanqué une raclée au billard, Smoky !

Tout le monde rit un peu trop fort.

— On peut vous raccompagner? dis-je, me sentant aussitôt rougir dans l'obscurité, sachant qu'il refuserait d'aller à Buckhead.

— Qu'est-ce qu'un pauv' nèg' comme moi i'ait fai' à Buckhead?

J'entendis Hank prendre une profonde inspiration. Aucun d'entre nous n'avait jamais entendu John prononcer le mot « nègre » ni prendre cet accent.

— Vous n'avez pas vu les docks de Corkie! dis-je en prenant un accent irlandais à couper au couteau. A ce compte-là, je suis plus nèg' que vous, John.

Tout le monde rit, et lui encore plus fort que les autres.

— Merci, Smoky, mais de toute façon j'ai ma voiture. Je vais faire un saut chez Paschal retrouver des amis...

— Tu as ton uniforme de combattant de la liberté dans le coffre de ta voiture? fit Lucas et je songeai aux vêtements soigneusement pliés que j'avais vus sur son siège arrière en revenant de Pumphouse Hill.

— Oui et je me change dans les cabines téléphoniques, dit-il en riant, d'un air soudain rajeuni.

Sa Mustang arrivait; il donna un pourboire au gardien et démarra en trombe en direction de l'université. Ses feux arrière diminuèrent rapidement dans la nuit.

— Dis-moi, Lucas, à quoi faisait donc allusion Boy Slattery?

— Apparemment ce n'est plus un secret. Il a participé avec Stokely Carmichael, Juanita Hollings – la jeune femme que nous avons rencontrée chez Mama Roberts – et quelques autres partisans de Martin Luther King aux manifestations pour l'inscription des Noirs sur les listes électorales, au moment où Jonathan Daniel a été tué. C'était une époque très confuse. J'ai moi aussi fait partie du mouvement pendant un certain temps... A cette époque des liens très forts se sont créés, un peu comme à la guerre... Après la mort de Jonathan, certains d'entre nous récusèrent la non-violence. Je crois que c'est cette nuit-là que le mouvement des Black Panthers est né, avec Stokely et Juanita. Il y avait de la folie dans l'air, on vivait au jour le jour, il faut l'avoir vécu pour comprendre... Toujours est-il qu'à un moment donné, John et Juanita ont été très proches... Tout le monde était au courant. La femme de John est partie avec leur fils vers le nord, dans sa famille. Elle a demandé le divorce peu de temps après. Nous étions persuadés qu'il rejoindrait les Panthers mais il n'en a rien fait. Il est resté fidèle à King jusqu'au bout mais je crois qu'il a toujours été déchiré, depuis la mort de Jonathan...

« Tu sais, Smoky, il a beau être un héros des droits civiques, ce n'est pas un saint, tu n'imagines pas ce que c'était, cette époque... Si tu veux des saints, il faut chercher ailleurs...

– Ouais, prends Lucas, par exemple... dit Hank pour détendre l'atmosphère.

Lucas grogna et fit mine de s'en aller.

– Allez, ne fais pas la tête, tu sais bien que tu es un héros...

Nous éclatâmes de rire, avec application, mais au fond de moi j'avais besoin de penser que John Howard était une sorte de saint, et j'aurais préféré ne jamais savoir ce que Lucas venait de me raconter. Tout, en comparaison de ce masque de bronze écorché vif, me paraissait insignifiant.

9

A la fin juillet, Brad m'invita à une fête sur Sea Island pour les quatre-vingt-douze ans de sa grand-mère, Mme Hunt mère, et je demandai mon vendredi à Matt. J'avais travaillé les deux week-ends précédents et je ne pensais pas me heurter à un refus.

— J'ai absolument besoin de toi samedi, dit-il sèchement. J'ai vendu une double page de publicité à Seth Parker de l'agence Delta et je lui ai promis que c'est toi qui l'écrirais. Il a été subjugué par ta victoire sur Boy au billard.

— Mais je ne suis pas rédactrice de textes publicitaires ! Et puis tu ne vas tout de même pas me donner en prime à tous ceux qui se sont réjouis de voir Boy se faire battre à plate couture.

J'étais hors de moi.

— Je suis en droit de te donner n'importe quel travail si je juge que c'est nécessaire.

Et il alla s'enfermer dans son bureau en claquant la porte.

— Ne t'en fais pas, Smoky, je vais arranger ça, dit Hank.

Et il suivit Matt dans son bureau, en claquant la porte lui aussi. Un instant plus tard il était de retour, les joues en feu.

— Bon, c'est réglé, tu as ton vendredi. Mais il faudra que tu écrives le texte pour la publicité avant. Il sait bien qu'il a tort mais il ne veut pas perdre la face. Et puis, il ne s'agit pas seulement de cet article, tu sais qu'il n'aime pas avoir la sensation que son petit monde lui échappe... Il a peur que tu quittes le journal pour épouser Brad. Il ne le porte pas dans son cœur, je ne t'apprends rien.

— C'est dommage... dis-je, un peu radoucie, mais il n'a pas à s'immiscer dans ma vie privée. Je fais ce que bon me semble de mon temps libre. Et il se sert de moi pour vendre des espaces publicitaires...

— Je sais, je le lui ai dit. Tu n'as qu'à saboter l'article et il ne t'en demandera plus jamais...

— J'espère que tu réalises ce que ça signifie? s'exclama gaiement Teddy lorsque je lui dis que Brad m'avait invitée à la fête sur Sea Island.

— Non, pas vraiment...

— A Atlanta, on se fiance à Sea Island, c'est une tradition et on y retourne passer sa lune de miel. Ça veut dire que Brad va te demander en mariage!

— Si tu me dis ça, je n'y vais pas!

Nous étions assises sur son lit, avec un verre de lait et des cookies, comme ça nous arrivait parfois le soir, trop rarement à mon goût. J'aimais beaucoup ces moments de complicité, moi qui avais toujours rêvé d'avoir une grande sœur.

— Bon, ça va, j'arrête. Mais, blague à part, l'anniversaire de la reine mère, c'est un événement. Le Tout-Atlanta est invité. Brad t'en a parlé un peu?

— Il m'a dit que sa grand-mère vivait là-bas toute l'année, avec une dame de compagnie aussi âgée qu'elle et quelques domestiques et que ces derniers temps, elle avait l'esprit un peu... disons, embrumé.

— Embrumé! Elle perd complètement la boule, tu veux dire! Je l'ai vue l'été dernier. Tout le monde est allé lui présenter ses respects, c'est vraiment la reine mère, tu sais! Elle croyait que c'était Pearl Harbor et que la Croix-Rouge venait la chercher pour faire des pansements. Elle a piqué une crise quand ma mère lui a dit que tout ça s'était passé il y a vingt-cinq ans et que nous avions gagné la guerre. Elle nous a presque fichus à la porte... C'est une vieille bique, oui! et elle ne peut pas voir la mère de Brad en peinture...

— Charmante famille! Quels sont ceux qui ne se détestent pas?

— Brad adore son frère et sa sœur, et c'est réciproque. Sa mère est folle de lui, je suppose que ça ne t'a pas échappé. Tant que tu ne fais pas partie de la famille, ils vont t'adorer... mais après... tu risques d'avoir un petit problème avec Marylou...

Je ne relevai pas.

– Pourquoi est-ce que Mme Hunt mère déteste tant la mère de Brad? Non que je l'en blâme, remarque...

– Personne ne sait exactement. Elle la hait depuis la minute où elle s'est mariée. Je pense que c'est parce que Marylou est très belle, alors qu'elle... Imagine le père de Brad avec une perruque! Ç'a dû être dur pour elle de perdre son fils unique, la prunelle de ses yeux... Depuis qu'elle déraille, elle n'arrête pas d'insulter Marylou. M. Hunt lui en veut énormément, elle l'a pris en grippe et du coup elle a reporté son affection sur Brad. Elle l'a fait unique héritier de sa maison de Sea Island, une magnifique propriété de style espagnol que Marylou convoite depuis toujours mais la vieille n'a jamais voulu la recevoir sous son toit. La maison est gigantesque, je ne sais plus combien il y a de pièces là-dedans! Les murs sont ocre rose, il y a des balcons en fer forgé à toutes les fenêtres, des vérandas et des patios à n'en plus finir et une jolie piscine avec une margelle en terre cuite. Tout ça donne directement sur l'océan, c'est un endroit qui a un charme fou. C'est complètement délabré maintenant car la vieille dame n'a plus les moyens de l'entretenir, la mer a érodé le terrain et à marée haute, l'eau arrive presque à la porte. Mais Marylou ne veut pas mettre un sou dans des travaux, puisque la grand-mère a tout laissé à Brad... La vieille a même refait son testament... Ils descendent au Cloître quand ils vont là-bas. Pour Marylou, c'est dur à avaler car c'est exactement le genre de maison dont elle raffole. Tu vas voir ça, c'est fabuleux...

– Teddy, comment sais-tu tout ça?

– Ça n'est un secret pour personne... Dis donc, il faut qu'on s'occupe de ta garde-robe! Pour vendredi soir, ton fourreau en lin rouge fera l'affaire, mais il te faut une robe longue pour le soir de l'anniversaire. Il y a un dîner habillé dans les salons espagnols du Cloître. Tu auras aussi besoin d'un bermuda, d'un maillot de bain et d'une tenue de tennis, et puis de sandales...

– Arrête, s'il te plaît. Je n'ai pas mis de robe longue depuis ma communion solennelle. En bermuda j'ai l'air d'un canard boiteux, je ne sais pas jouer au tennis et je n'ai pas l'intention d'apprendre d'ici vendredi. De toute façon je n'ai pas les moyens, alors oublie ça, tu veux...

– C'est ton avenir qui est en jeu, ma vieille, ce n'est pas le moment de t'accrocher à tes principes. Je te fais grâce du tennis mais il te faut absolument une robe du soir...

La conversation s'arrêta là et j'allai me coucher, bien déterminée à ne pas faire de frais vestimentaires pour aller à Sea Island.

Le lendemain soir, Teddy arriva les bras chargés de vêtements enveloppés dans des housses de teinturier qu'elle avait récupérés chez ses parents.

– Heureusement que ma mère ne jette jamais rien ! Elle attendait que je perde mes kilos en trop mais comme ça n'en prend pas le chemin... elle est ravie que tu sois invitée à cette fête. Ils y seront aussi. Elle m'a dit de te faire belle pour Brad, et elle croise les doigts pour toi...

Je lançai à Teddy un regard assassin mais sa joie à l'idée que j'aie fait la conquête du parti le plus convoité de Buckhead était tellement sincère que je ne dis rien. Après tout je pouvais toujours prendre les vêtements... et les laisser dans la penderie de la chambre d'amis de la grand-mère de Brad, puisqu'il était question que nous passions la nuit là-bas.

La plupart portaient les griffes prestigieuses des meilleures boutiques d'Atlanta ou de New York et accusaient la mode des années cinquante. Je finis par me prendre au jeu et les examinai avec une curiosité de néophyte : il y avait une robe longue ravissante en piqué blanc parsemé de fleurs brodées, avec une ceinture en satin rose et un châle de soie blanche à franges qui seraient parfaits pour la soirée habillée du samedi. Le châle ferait également très bien sur mon fourreau de lin rouge...

– Je portais cette robe pour ma fête de fin d'études, dit Teddy.

– Si tu préfères que je choisisse autre chose.

– Oh, non, au contraire. Je ne fais aucun sentimentalisme par rapport à cette période de ma vie.

Sans qu'aucun des muscles de son visage enfantin ne bougeât, Teddy avait une façon bien à elle de faire comprendre qu'il ne fallait pas franchir un certain seuil. Je me contentai donc de la remercier et choisis également un maillot de bain deux-pièces à fines rayures grises et blanches.

– La taille est élastique et si tu ne respires pas trop fort, tu ne déborderas pas du soutien-gorge! Ça va te faire un décolleté vertigineux, Brad va être fou! Et Marylou furieuse. C'est génial!

J'éclatai de rire et optai encore pour un bermuda en madras avec un tee-shirt rose assorti et une mini-jupe écossaise.

– Merci, Teddy, j'essaierai de me montrer digne de ta garde-robe!

– Je suis vraiment très heureuse pour toi, dit-elle en m'embrassant. Tu n'as pas idée de ce que ça représente.

J'allais protester une fois de plus mais elle plaqua sa main sur ma bouche.

– Ne boude pas ta chance, au moins... A propos, est-ce que tu as des bas?

Le vendredi, nous quittâmes Atlanta à six heures et deux heures plus tard, nous n'étions pas loin de Perry où Brad faisait traditionnellement une pause-café quand il voyageait en famille. Il avait troqué la Mercedes de son frère contre sa berline, plus sobre, dont j'appréciais la climatisation car l'air était humide et étouffant comme sous les tropiques.

– Tu as tout de la parfaite débutante, dit-il en faisant allusion à la jupe écossaise et au chemisier sans manches que je m'étais finalement décidée à mettre. Ne nous serions-nous pas rencontrés au cours de danse par hasard?

– Tu m'as plus souvent vue en brassière et pantalons tulipe, alors n'exagère pas! Si Teddy ne m'avait pas poussée, je n'aurais jamais accepté d'aller à Sea Island.

– Tu ne sais même pas à quoi ça ressemble!

– J'ai vu le Cloître une fois – de loin seulement. Mon père nous y avait traînés, mes frères et moi, je devais avoir un peu plus de six ans, juste après la victoire sur le Japon. La vieille La Salle d'occasion était couverte de poussière, mon père était en tricot de corps et nous chahutions sur la banquette arrière. Je pense qu'on célébrait le fait d'avoir de nouveau de l'essence... Quand nous sommes arrivés devant la grille du Cloître, on nous a demandé ce que nous faisions là et mon père a répondu que nous voulions juste jeter un coup d'œil... On nous a alors gentiment priés de faire demi-tour et d'aller nous promener ailleurs... Tout ce dont je me souviens, ce sont les tuiles rouges, les murs de stuc éblouissants sous le soleil et mon père qui jurait comme un charretier... ça m'avait drôlement impressionnée...

— Les salauds...

Sa voix était dure et il avait pâli sous son hâle, ses lèvres étaient serrées et j'éprouvai une énorme bouffée de tendresse pour lui. Je me sentis soudain protégée, en sécurité.

— A l'époque, je n'ai pas compris ce qui se passait, dis-je en mettant la main sur son genou.

En retour, il posa la sienne dessus.

— Je te jure que ça ne t'arrivera plus jamais, Smoky. Ni ici, ni ailleurs. Pas tant que je serai là.

— Eh bien, dis-je avec légèreté, ça n'arrivera sans doute jamais plus. Et puis, je me suis un peu dégrossie, j'ai appris les bonnes manières. Enfin merci, en tout cas.

— Ce n'est pas ce que je voulais dire. C'est juste que...

— Je sais. Mais merci, vraiment.

Nous restâmes un moment silencieux, les doigts entrelacés.

Je lui racontai la conférence de presse, et l'apparition fracassante d'Alicia au bras de Boy.

— Je me demande si Buzzy était au courant qu'elle se rendait à cette soirée en compagnie de Boy.

Je souris à l'idée de ce lourdaud de Buzzy en proie à une passion aussi dévorante que la jalousie mais Brad avait l'air soucieux.

— J'espère pour elle que non, Buzzy est capable du pire lorsqu'une femme lui en préfère un autre.

— Mon Dieu, Brad, qu'est-ce que tu veux qu'il lui fasse, il ne va pas la frapper, tout de même !

— Non, pas lui. Mais il serait du style à la faire passer à tabac par ses gorilles en cravate blanche.

— Tu plaisantes ?

— Pas du tout. J'ai entendu des choses pas très rassurantes sur un certain chirurgien esthétique qui aurait « arrangé » plusieurs des ex-petites amies de Buzzy.

Un frisson glacé me parcourut la nuque.

— Mais c'est... monstrueux.

— Oh, si ça se trouve, ce ne sont que des racontars, on dit tellement de choses sur Buzzy... Mais quand même, Alicia devrait faire attention.

— Tu crois qu'il faut la prévenir? Si je lui parlais... ou toi...

— Non, elle serait capable de tout répéter à Buzzy. Je préfère en toucher un mot à Matt. Oublie ça.

Nous fîmes une halte au bar du New Perry Hotel pour prendre une collation et je lui parlai de la belle Juanita que j'avais aperçue chez Mme Holmes et qui, d'après Lucas, était une Black Panther. Je lui racontai aussi l'histoire d'André et je ne pus retenir mes larmes.

— Ce n'est pas en pleurant sur son sort que tu vas l'aider, ce que tu as fait pour lui et pour ses semblables va bien au-delà des larmes, me dit Brad d'un ton grave. Tu as fait du beau travail, Smoky.

— Tu ne peux pas savoir à quel point c'était important pour moi de parler d'une cause comme celle-ci, de quelque chose qui me dépasse, je me sens différente... j'ai l'impression d'avoir grandi...

— Comment cela?

— Il me semble que je pourrai changer les choses grâce à l'écriture, que je serai peut-être un jour un de ces écrivains qui aident les gens à voir le monde un peu différemment...

— Tu es incontestablement douée pour l'écriture, Smoky, et sache que tu m'aides, moi, à voir le monde différemment, c'est déjà un début!

— J'en suis très heureuse, tu sais, dis-je en posant ma main sur la sienne. Si seulement Matt pouvait penser comme toi!

— Ton travail occupe une grande place dans ta vie, n'est-ce pas?

Je regardai Brad, il avait l'air soucieux et j'eus soudain la sensation d'avancer en terrain miné. Il connaissait très bien mon engagement par rapport à *Downtown*, je lui en avais souvent parlé.

— Il te restera un peu de place pour... tout le reste?

— Je ne sais pas quoi te répondre... Pourquoi ne resterait-il pas de place pour autre chose? Pourquoi veux-tu que je fasse un choix?

— Il n'y a aucune raison que je te demande une chose pareille. Tu peux très bien avoir ton travail... et tout le reste. Dis-moi, quel sera le prochain sujet de « Forum »? Tu travailles déjà dessus?

– Pour l'instant, c'est notre bébé, à Lucas, John et moi, et Ben Cameron est avec nous. Le prochain sujet sera vraisemblablement un congrès de disc-jockeys noirs, un des plus anciens et des plus grands rassemblements de la région. Chose étrange, tous les hôtels du centre-ville sont complets et les participants ont été contraints de se rabattre sur un motel de troisième ordre à l'extérieur de la ville, sur Stewart Avenue. Évidemment, on ne peut affirmer que c'est du racisme primaire puisque les lois antidiscrimination ont été votées mais Ben Cameron dit qu'il n'a jamais vu les hôtels du centre afficher complet à cette époque de l'année. Si c'était vrai, Atlanta serait la ville la plus riche du pays! Ben est absolument hors de lui, il est l'auteur de ces lois antiracistes qu'il a lui-même défendues au Sénat, à la demande du président Kennedy lui-même, et jusqu'à présent ça fonctionnait plutôt bien. Il est persuadé que c'est un coup monté par Boy et sa clique mais il n'a aucune preuve. Pour l'instant, nous envisageons de faire un reportage photo pour montrer qui sont ces disc-jockeys, en quoi consiste leur travail et les difficultés auxquelles ils vont se heurter en étant relégués sur Stewart Avenue.

– Vous allez attaquer Boy?

– Pas de front, mais en démontrant qu'un rassemblement professionnel de cette importance ne peut avoir lieu dans des conditions satisfaisantes à Atlanta, capitale du Sud, du seul fait que les participants sont noirs, on espère que ça ouvrira les yeux de quelques-uns de nos contemporains...

– Ne compte pas trop là-dessus... Il y a loin du gamin noir qui embrasse le capot d'une Morgan aux gros disc-jockeys avec des boucles d'oreilles et des boots à talons. Ce n'est pas exactement le genre employé modèle et ils n'ont pas la sympathie du public.

– Justement, ils ne sont pas sympathiques mais la loi doit être la même pour tous. «Forum» ne peut pas toujours titrer avec des petits gamins émouvants... Ben pense qu'il faut de la diversité et Matt trouve l'idée excellente. Je crois que ça fera un sujet formidable.

– Bon, bon. Mais s'il te plaît, n'y fais pas allusion ce week-end... Quand l'article sur André va sortir avec ta signature, ça va déjà faire suffisamment d'effet! Tu imagines bien que les invités de ma grand-mère ne sont pas des lecteurs assidus de *Downtown*! Les seuls Noirs qu'ils connaissent sont ceux qui travaillent dans leurs cuisines... Ils risquent de te cataloguer comme écrivain « noir ».

— Et alors?

— Je préfère te mettre au courant... Cela dit, beaucoup d'entre eux ont le cœur qui penche du bon côté mais avant qu'ils en prennent conscience...

— Justement, il n'y a pas de temps à perdre...

— Fais comme bon te semble, Smoky, je t'aurai prévenue, c'est tout.

Brad avait parlé d'un ton sans réplique et je me tus pendant un moment puis je m'endormis. Lorsque je m'éveillai, ma tête était sur son épaule et il avait passé son bras autour de moi. J'avais la bouche sèche et la nuque raide. Malgré les vitres fermées, l'odeur âcre de la papeterie de Brunswick me chatouillait désagréablement les narines.

— Nous sommes presque arrivés, dit Brad d'une voix redevenue chaleureuse.

Je m'étirai et regardai autour de moi : le paysage marécageux de Glynn County était aussi inquiétant, avec ses reflets glauques, que les environs de Savannah mais nous étions bien loin de Corkie : nous allions pénétrer dans l'un des bastions de pouvoir et d'argent les mieux défendus des États-Unis. Mon cœur se mit à battre plus fort.

— Je crois bien que j'ai peur, dis-je à Brad.

— Tu vas vite te rendre compte qu'il n'y a vraiment pas de quoi...

Il me sourit et je lui rendis son sourire en me blottissant contre lui. Enveloppée par sa chaleur, je me sentais à l'abri de tout danger, invulnérable. C'était pour moi un sentiment tellement nouveau que j'avais du mal à lui donner un nom.

Aux grilles d'entrée de Sea Island, un garde salua Brad, qui répondit d'un petit signe de la main.

Les grilles étaient telles que je me les rappelais, ainsi que le club de tir, le Sea Island Gun Club, entouré d'arbrisseaux. Engoncés dans des gilets kaki malgré la chaleur étouffante, un homme et une femme pointaient leurs revolvers en direction des cibles, au-delà des marais étincelants.

— Feu! cria quelqu'un au loin.

Un coup de revolver claqua.

— La chasse aux Irlandais est ouverte?

— Pas que je sache, fit Brad avec un sourire un peu crispé.

Après la canicule de la plaine, plonger dans l'ombre des chênes séculaires drapés de mousse argentée fut un véritable bonheur. Sur notre gauche, l'élégant Cloître avec ses parterres de fleurs tropicales sommeillait sous les vieux arbres. Seuls quelques cyclistes ou joueurs de tennis en tenue immaculée bravaient la chaleur de midi. Le long de la route qui longeait l'océan, les rares promeneurs étaient des couples âgés ou des jeunes femmes avec des petits enfants, qui faisaient des signes à Brad et me dévisageaient avec curiosité.

— Où sont passés les hommes?

— En semaine, il y a essentiellement des retraités et des femmes avec des enfants en bas âge. Les maris viennent les rejoindre pour le week-end et pendant les vacances d'été toutes les villas sont occupées. A cette heure-ci, les gens déjeunent au club ou font la sieste. Le matin, ils jouent au golf ou au tennis, l'après-midi ils vont au billard ou à la plage. Vers cinq heures, ils commencent à boire et à huit heures ils dînent. Pendant la saison, il y a des cocktails tous les soirs.

— On dirait que les gens boivent pas mal ici.

Je ne trouvai rien d'autre à dire. Nous venions de passer devant une énorme propriété et les suivantes, avec leurs parcs luxuriants, étaient encore plus somptueuses. Je n'étais pas préparée à tant de splendeur; pourtant Teddy m'avait dit que le long de l'océan les demeures étaient encore plus cossues. J'avais du mal à imaginer que des gens normaux menant des vies normales habitaient ces palais.

— Je ne pense pas qu'ici les gens boivent plus que vous à *Downtown*!

— Tu as passé tous tes étés chez ta grand-mère?

— Oui, d'aussi loin qu'il m'en souvienne. Sauf l'année où j'étais dans la marine. Quand tu verras la maison de Mama Hunt, l'ambiance te paraîtra peut-être sinistre mais je n'y étais pas beaucoup. Il y a largement de quoi s'occuper à l'extérieur du matin au soir, tu sais...

Nous venions de franchir un porche croulant sous les bougainvillées et Brad arrêta la voiture dans la cour d'une maison en stuc rose aussi gracieuse qu'un navire aux voiles déployées.

– Nous y voilà.

Une femme noire, très digne, en uniforme gris et tablier blanc, nous accueillit à l'entrée. Elle portait des lunettes d'écaille et ses cheveux gris étaient tirés en un chignon strict qui lui donnait l'air d'une maîtresse d'école.

– Bonjour, Sarelle, dit Brad en la serrant dans ses bras.

– Bonjour, monsieur Brad, répondit-elle en lui donnant une tape sur le derrière. Nous vous attendions avec impatience.

Brad me présenta et Sarelle me sourit.

– Mlle Smoky dormira dans la chambre jaune, et vous prendrez votre chambre de jeune homme. Montez donc vous installer. Votre grand-maman est dans la véranda avec Mlle Isobel. Je vais les prévenir de votre arrivée mais ne traînez pas trop quand même. Elle a mal dormi la nuit dernière et l'heure de sa sieste est passée. Elle se fait beaucoup de souci pour cette soirée et elle est un peu grognon.

– Bon sang, ça veut dire qu'elle est saoule comme une grive !

Je suivis Brad dans le vaste hall d'entrée pavé de marbre noir et blanc puis dans l'escalier recouvert d'un tapis vert élimé à l'odeur de moisi. Au rez-de-chaussée, les rideaux passés au soleil étaient tirés pour atténuer la lumière aveuglante du dehors, les fauteuils et les canapés aux couleurs fanées étaient tapis dans l'ombre comme des animaux malades. La maison avait eu son heure de gloire, avec son mobilier en rotin, ses drapés de chintz fleuri et ses moulures en plâtre blanc : le décor me faisait penser à celui des vieux feuilletons télévisés. Tout était couvert de poussière grise et il planait dans ces pièces immenses une atmosphère malsaine d'abandon et de décadence. Je me sentis accablée par une soudaine mélancolie, doublée de l'envie de m'enfuir loin de cette triste demeure.

Je suivis cependant Brad le long d'un interminable couloir vétuste et malodorant recouvert d'un tapis encore plus râpé que celui de l'escalier. Seule une lampe de cuivre posée sur une table espagnole massive rompait l'uniformité d'une série de portes en bois sculpté. Brad ouvrit la sixième au bout du couloir et je poussai une exclamation en découvrant la « chambre jaune ». C'était une vaste pièce, claire et aérée, aux murs de stuc blanc avec des poutres apparentes au plafond. Il y flottait une délicate odeur de cire légèrement citronnée et sur le plancher de bois sombre et brillant, des tapis jaunes donnaient une note de gaieté. Sur le lit étroit surmonté d'un baldaquin de chintz vanille étaient disposés de gros coussins aux tons pastel. Une grande armoire en acajou et une commode complétaient l'ameublement. Les portes-fenêtres, grandes ouvertes, donnaient sur la piscine pavée d'une margelle à l'espagnole et, au loin, l'océan immense étincelait dans la lumière de midi comme une poignée de diamants. Une brise légère et parfumée venait de la mer, les palmiers ébouriffés par le vent se balançaient à grand bruit. Je sortis sur le balcon pour m'imprégner de ce paysage grandiose.

— Sarelle t'a fait une belle chambre, dit Brad. Elle a même pensé aux fleurs... J'ai toujours adoré cette pièce. Quand j'étais petit, c'était la chambre de grand-mère, grand-père avait la même à l'autre bout du couloir. Après sa mort, elle s'est installée dans l'aile opposée, qui donne sur la cour. Elle dit que l'air de la mer la rend nerveuse et qu'elle se sent mieux là... En revanche, elle m'a installé en face de sa chambre, sans doute pour pouvoir me garder à l'œil...

— Elle ne pense tout de même pas que nous allons coucher ensemble sous son toit?

— Ça n'aurait rien de si extraordinaire.

Je ressentis un petit pincement de jalousie. Je n'étais sûrement pas la première qu'il invitait dans la maison de ses vacances... et il avait trente et un ans....

— Jamais je n'oserais abuser de son hospitalité de cette façon, dis-je d'un ton sec.

— Pourtant moi j'aimerais bien... abuser de ton hospitalité, fit-il en riant, et je ne pus m'empêcher de lui sourire.

Pendant que Brad allait s'installer dans sa chambre, je me rendis à la salle de bains pour me rafraîchir. La pièce, humide comme une cave, était chichement éclairée par une ampoule nue. Il y avait une immense baignoire à pattes de lion et un petit bouquet de zinnias était disposé sur la table de toilette, à côté d'une pile de serviettes propres. L'air était suffocant et le miroir gondolé et piqueté de taches brunes me rappela celui du foyer Notre-Dame, il y avait à peine huit mois de cela. Il me renvoya l'image d'une noyée au fond d'une piscine. « Tu en as fait du chemin, ma petite », murmurai-je à mon reflet, puis je me lavai les mains et le visage et lissai mes cheveux avant de rejoindre Brad.

Il me conduisit dans la véranda où nous attendaient les deux vieilles dames, assises sur un sofa recouvert de chintz fleuri. Sur une table en rotin étaient disposés un pichet d'orangeade avec des verres et une assiette de petits canapés. A en juger par le nombre de piques en bois qui jonchaient la table, elles n'avaient pas eu la patience de nous attendre pour grignoter et leurs verres étaient vides.

La plus petite des deux douairières, affublée d'une horrible perruque qui me fit penser aux Beatles, était le portrait craché du père de Brad. Toute courbée malgré les oreillers qui la soutenaient, elle avait le menton posé sur la poitrine et sa mâchoire ouverte pendait.

Je me fis sottement la réflexion qu'elle était morte mais Sarelle fit des mimiques et des bruits pour la réveiller.

— Elle s'est encore assoupie, dit sa compagne en gloussant. Ça fait trois fois depuis ce matin...

Mlle Isobel était aussi replète que Mama Hunt était frêle. Avec son visage lunaire exagérément poudré et sa coupe de cheveux au bol laissant transparaître son cuir chevelu rose, elle me fit penser à Humpty Dumpty [1], ou à un gros ballon gonflé à l'hélium. Je compris pourquoi la maison était si mal entretenue : Sarelle devait faire office d'infirmière pour les deux vieilles dames et n'avait pas le temps de faire le ménage...

Je lui adressai un sourire compréhensif, auquel elle répondit par un sourire simplement poli.

— Je ne dors pas du tout, Isobel, vous dites toujours n'importe quoi !

La grand-mère de Brad ouvrit ses petits yeux d'oiseau de proie, voilés par la cataracte mais pétillants de malice comme deux charbons ardents.

— Hum... fit l'infortunée Isobel en piquant un autre petit sandwich. Braddy, présente-nous donc ta belle amie.

Brad embrassa sa grand-mère et lui glissa un mot à

1. Personnage d'*Alice au pays des merveilles*, qui ressemble à un œuf. *(N.d.T.)*

l'oreille. Elle caqueta quelque chose et me jeta un regard perçant. Je lui fis mon plus beau sourire, consciente de l'insolence des appas de ma jeunesse dans cete demeure compassée.

Sarelle s'éclipsa et Brad prit place sur un pouf aux côtés de sa grand-mère. Je m'assis en face, sur un canapé tellement rembourré que mes pieds touchaient à peine le sol, et je souris avec application. Mlle Isobel bavardait sans discontinuer et à l'étincelle qui brillait dans ses yeux, je compris qu'il n'y avait pas que du jus d'orange dans le pichet... Mama Hunt me dévisageait en silence, dans la chaleur poisseuse de l'après-midi. Brad parlait de tout et de rien et Mlle Isobel poussait de temps en temps un petit rire étouffé.

— D'où vient ce nom, Smoky? finit par dire Mama Hunt.

— C'est un surnom, mon véritable prénom est Margaret. Margaret O'Donnell.

— D'où êtes-vous?

— De Savannah.

Les sarcasmes ne se firent pas attendre...

— Ah... Les docks... Et vous avez l'intention d'épouser mon petit-fils, n'est-ce pas?

Brad s'apprêtait à répondre mais je ne lui en laissai pas le temps.

— Pas le moins du monde, madame.

— Allons, ne me racontez pas d'histoires. Quand elles viennent ici, elles veulent toutes mettre le grappin sur cette propriété, ce n'est pas parce que vous êtes irlandaise que vous êtes différente, sauf que les autres étaient de bonne famille.

— Ça suffit, grand-mère! coupa Brad en faisant mine de se lever.

— Je n'ai rien à vous dire, madame Hunt (ma voix tremblait de colère) sinon que j'adore Atlanta et mon travail et que pour rien au monde je n'échangerais ma vie contre la vôtre!

— Et quel est ce travail, ma petite demoiselle?

— Je fais des reportages sur les nègres pour un magazine d'Atlanta.

Elle me regarda un moment sans rien dire puis fut prise de tremblements et de spasmes tels que je crus qu'elle allait avoir une attaque mais je me rendis compte qu'elle riait.

— Je parie que Marylou vous déteste ! siffla-t-elle.

— Absolument.

— Vous me plaisez, jeune fille, dit la vieille dame en donnant à Brad un grand coup de coude dans les côtes. Elle est très bien. Tu couches avec elle ?

Une lueur d'amusement passa dans son regard bleu.

— Non, grand-mère, elle ne m'y autorise pas.

— En tout cas, mademoiselle Smoky, ne soyez pas trop bégueule avec ce garçon. Je connais des tas de filles plus jolies que vous qui ne demanderaient qu'à...

— Ça suffit, grand-mère, tu as trop bu et tu dépasses les bornes. Nous déjeunons avec papa et maman au Beach Club, nous allons nous changer.

— J'ai été ravie de vous rencontrer, dis-je en prenant les vieilles mains fripées dans les miennes.

— Ne dites pas de bêtises, mon petit. Je ne suis qu'une misérable vieille chose et je suis capable d'être très méchante, demandez donc à ma belle-fille !

Brad leva les yeux au ciel et m'entraîna hors de la pièce.

J'avais mis mon maillot de bain et je l'attendais sous la véranda lorsque j'entendis Mama Hunt crier dans mon dos :

— Vous avez un beau derrière, ma fille, j'espère que vous allez donner à Brad une tripotée de petits Irlandais, Marylou sera ravie, ha ha ha ! Vous les Irlandaises, vous êtes de bonnes pondeuses !

— Vous avez raison, nous sommes cinq enfants à la maison !

Le rire sarcastique de la vieille dame résonnait dans la maison comme dans l'antre d'une sorcière.

— Je ne te demande pas ce que tu penses de tout ça, je suis désolé... c'était odieux, dit Brad en me rejoignant.

— C'est presque aussi réussi que dans Tennessee Williams...

— Elle pourrait effectivement jouer dans une pièce de Tennessee Williams, dit Brad en riant. J'avais oublié à quel point elle peut être méchante.

Mais Brad préférait sans doute ne pas se le rappeler et la considérer comme une excentrique...

Nous marchions sur la plage, main dans la main, pieds nus dans l'écume qui s'enroulait autour de nos chevilles telles des bulles de champagne. Une brise légère s'était levée et il faisait délicieusement bon. Les cheveux de Brad brillaient au soleil comme de l'or et des gouttelettes de sueur perlaient sur ses épaules. Je ne voyais pas ses yeux, abrités par des lunettes noires, mais je perçus l'amusement et la consternation mêlés dans sa voix.

— Tout ici pourrait être du Tennessee Williams, dis-je... cette belle maison à l'abandon, la chaleur, l'alcool, l'antique dame de compagnie et l'énigmatique servante... Quelle sorte de vie mène-t-elle, à propos?

— Je ne sais pas... Elle est avec Mama Hunt depuis si longtemps... Elle a une maison à Atlanta, à Vine City, je crois, mais pendant la saison elle vit ici avec ma grand-mère. Elle est seule pour s'occuper de tout depuis que le couple de domestiques est parti à la retraite. Mama Hunt a renvoyé le jardinier et elle ne veut personne d'autre.

— Je me demande quelle peut être la vie de cette femme à Sea Island, sans sa famille. Que fait-elle de ses jours de congé? Elle ne va sûrement pas au tennis ni à la plage...

— Je crois que je ne me suis jamais posé la question...

— C'est ce que je constate...

Toute cette richesse et cette décadence, après Pump-house Hill et après André, c'en était trop...

— Je vais essayer de convaincre grand-mère de prendre un extra pour soulager Sarelle et lui demander ce dont elle a besoin. Tu as raison, sa vie ne doit pas être drôle, avec ces deux vieilles gâtées pourries... En attendant, essaie de t'amuser, ça me fera plaisir... on se baigne?

— D'accord.

Et je m'élançai à l'eau à la suite de Brad, sans penser à autre chose qu'au bonheur de l'instant, plongeant dans les vagues et me laissant rouler en riant jusqu'au rivage comme une poupée désarticulée. La mer était merveilleuse, fraîche et d'un vert profond. Lorsque enfin nous sortîmes, hors d'haleine et ruisselants d'eau salée, je m'aperçus que je n'avais ni peigne ni de quoi me couvrir. Au bout de la plage, près de la piscine, j'aperçus, dans des chaises longues sous des parasols, des gens que j'imaginai parfaitement bronzés et élégants.

— Je vais me changer, j'ai l'air d'un chat mouillé et je n'ai même pas une tunique.

– Tu n'en as pas besoin, on va déjeuner sur la terrasse, et je te trouve terriblement sexy comme ça. Attends...

Il courut vers une haie d'hibiscus et cueillit une fleur qu'il me planta derrière l'oreille.

– Tu es magnifique, dit-il en me serrant contre lui.

Et c'est dans cette tenue pour le moins exotique que j'allai affronter Marylou Hunt sur son propre territoire...

Ce soir-là, le dîner au Cloître se prolongea assez tard. La famille Hunt avait sa table attitrée depuis des années, dans un angle d'où l'on pouvait à la fois voir et être vu. Avec le recul, j'ai un bon souvenir de cette soirée qui aurait pu être d'un ennui mortel mais se déroula finalement dans la bonne humeur. J'étais dans le saint des saints, d'où on nous avait chassés autrefois... Marylou était à couteaux tirés avec moi depuis le déjeuner : j'échappais à tous ses critères et ça lui était intolérable. Bien que parfaitement conscient de la situation, Brad s'était montré imperturbable devant sa mère.

Mais curieusement, tout au long de cette étrange journée inondée de lumière, je me sentis hors d'atteinte des piques de Marylou. Après le déjeuner, je pris un bain de soleil, fis la conversation, nageai, puis montai me changer pour le dîner au Cloître. La nourriture était succulente et les vins capiteux et je ne m'attachai à rien d'autre qu'à jouir de l'instant présent.

Il y avait, en sortant de la salle de restaurant, un long corridor qui menait aux salons et je surpris, dans le miroir qui ornait le mur, le reflet de Marylou : elle me regardait et je lus sur le visage de cette femme d'une beauté souveraine une expression d'envie irrépressible à mon égard. Quelque chose de plus violent que la simple jalousie d'une mère envers la femme qui va lui ravir son fils. Quelque chose de meurtrier, qui devait la consumer de l'intérieur et la rendait plus vulnérable que si elle eût été nue... Je fermai involontairement les yeux.

Lorsque je les rouvris, son visage avait revêtu le masque d'ivoire que je lui connaissais, à peine bruni par le soleil. Ses paupières frangées de longs cils étaient délicatement ombrées de fard argenté et ses lèvres brillaient d'un rouge profond, en parfaite harmonie avec l'or pâle de ses cheveux.

186

Elle était impeccable, dans son pantalon de soie blanche retenu par une ceinture dorée. Elle était aussi lisse et parfaite qu'une porcelaine de Chine mais je venais d'entrevoir la faille de cette beauté irréprochable.

A côté d'elle, j'avais l'air d'une sauvageonne, avec mes boucles brunes en désordre, mes pommettes rougies par le vin et le soleil et ma robe de lin rouge froissée. Mais j'avais un atout indéniable : ma jeunesse indomptée.

Je restai à contempler mon image, les tempes bourdonnantes, profondément joyeuse. Je me sentais invincible, j'allais avoir son fils, et la grande maison de stuc rose. Toute à mon triomphe, je ne me demandai même pas si je désirais vraiment tout ça. Je restai simplement là, dans le hall de cet hôtel suranné et élégant, à savourer mon pouvoir...

Brad et son père ne tardèrent pas à nous rejoindre. Je glissai mon bras sous celui de Brad.

— Je crois que je vais vous abandonner, je suis fatiguée. Nous nous sommes levés très tôt ce matin.

— J'avais promis aux Thorton que nous passerions au bar après dîner, dit Marylou en jetant un regard aigu à son fils. Lucy est avec eux, son divorce vient d'être prononcé et elle meurt d'envie de te voir.

— Pas ce soir, m'man.

— Bien. Alors je lui dirai que tu la verras au tennis demain matin.

— Écoute, demain j'ai envie de dormir jusqu'à midi. Après, j'emmène Smoky faire du bateau. Dis à Lucy qu'on se verra à la soirée de Mama Hunt.

Marylou fit un petit sourire pincé.

— J'espère que ta grand-mère n'a pas été trop odieuse avec Smoky. Elle a une langue de vipère. Je voulais qu'on vous installe dans un des cottages au bord de l'eau mais cette vieille chouette a tenu à vous avoir dans sa bicoque...

— La vieille chouette a été littéralement séduite par Smoky, maman. Elles se sont entendues comme larrons en foire, n'est-ce pas, Smoky?

— Je dois dire que j'ai été très impressionnée par le personnage...

— Elle a même fait allusion au remarquable potentiel reproducteur de Smoky, dit Brad en souriant.

— Difficile en effet de ne pas le remarquer, répliqua Marylou, le rouge aux joues.

Elle fit brusquement demi-tour, suivie par son mari qui nous adressa un petit signe d'impuissance derrière son dos.

Brad riait entre ses dents.

— Tu as été dur avec elle, dis-je en me laissant aller contre son épaule.

— Pas encore assez. Et elle en redemande.

Nous décidâmes de rentrer à pied par la plage et Brad glissa un billet au groom pour qu'il se charge de la voiture. Derrière nous, les grands chênes étaient illuminés par des spots de couleur, un écho nous parvenait faiblement de la piscine où jouait un orchestre de rock. Un vent vif soufflait sur la mer et nous nous déchaussâmes pour marcher sur le sable. Bientôt les lumières s'estompèrent, c'était une nuit sans lune et seules quelques étoiles perçaient l'obscurité. L'eau semblait irradier une lumière pâle qui paraissait le souffle même de l'océan. La nuit était épaisse, chaude et douce comme du velours noir, l'odeur d'iode et de sel me pénétrait par tous les pores et l'air marin était comme une réminiscence du bien-être fœtal, une fragrance qui évoque toujours pour moi l'océan, même à des kilomètres dans les terres.

— Tu te débrouilles drôlement bien avec les femmes de la famille, dit Brad au bout d'un moment. Aujourd'hui tu as gagné sur tous les tableaux. Tu as conquis grand-mère et maman ne tardera pas à t'accepter, lorsqu'elle aura compris que tu feras partie de sa vie et de la mienne — si tu veux.

— Tu sais, je n'ai pas besoin de l'assentiment de ta mère pour avoir une vie épanouie mais je suppose que pour toi c'est important que je m'entende avec elle.

— Tu te trompes, Smoky. J'aime ma mère mais elle peut penser ce qu'elle veut de la femme que j'aime, pour moi c'est secondaire.

Il m'attira contre lui et je me laissai aller à la douce torpeur qui m'envahissait. Nous marchions en nous tenant par la taille, en donnant des coups de pied dans l'écume des vagues. Marylou Hunt me semblait bien loin et peu de choses m'importaient en fait, hors les sensations de cette nuit d'été.

— Tu crois que tu pourras supporter toute cette hystérie familiale ? J'essaierai de nous en protéger le plus possible, je te le promets.

– Tu sais, ma famille est assez spéciale, elle aussi. J'ai appris depuis toute petite à me suffire à moi-même. Je n'aime pas la famille. Je pense qu'un jour je fonderai ma propre famille, c'est tout. Le reste n'a guère d'importance à mes yeux...

– Tu ne me présenteras pas à tes parents?

– Je crains bien que non. Je t'ai parlé d'eux au début de notre relation, ils ne changeront pas, j'en ai peur. Si je te présente, au lieu de se réjouir, ils n'en seront que plus aigris. Je n'ai pas l'intention de retourner chez moi, Brad, sauf si quelqu'un meurt et dans ce cas, je ferai l'aller et retour sans m'attarder. Ta mère n'aura pas à subir une tribu d'Irlandais tapageurs et mal éduqués.

– C'est ton choix... Encore que je donnerais cher pour voir ma mère s'en prendre à ton père... Nous serons donc orphelins, si tel est ton désir...

Je savais bien que Brad faisait allusion de plus en plus ouvertement au mariage et qu'il me faudrait bientôt secouer cette délicieuse torpeur et les bulles de champagne qui pétillaient encore dans mes veines pour lui répondre quelque chose. Mais je voulais goûter jusqu'à la dernière seconde la magie de cette nuit au creux de son épaule.

Nous arrivions en vue de la grande maison rose. La marée était basse à présent et il nous fallut marcher un moment avant d'atteindre les marches qui menaient à la pelouse. Le sable était froid et humide comme une peau de serpent sous mes pieds nus et le chemin était parsemé de débris de coquillages. En arrivant près de la cabane au bord de la piscine, Brad me proposa d'aller chercher quelque chose à boire.

– Tu n'as pas envie de te coucher tout de suite? dit-il d'une voix rauque.

– Non, répondis-je dans un souffle.

– Je reviens dans une minute, il doit rester du whisky là-dedans. Je vais mettre de la musique.

Il disparut dans la petite bâtisse croulant sous les bougainvillées et je me laissai tomber sur une chaise de fer forgé tout humide de rosée. Je recroquevillai mes jambes nues contre moi et regardai la maison. La façade était plongée dans l'obscurité et le faîte du toit était à peine visible. Même si quelqu'un était encore éveillé, il ne pouvait nous voir.

Nous n'avions croisé âme qui vive le long de la plage, nous étions seuls avec pour uniques compagnons le ciel, le vent et l'eau. Quelque chose au fond de moi se mit à trembler, comme les ailes d'un oiseau ou le bruissement des feuilles dans la tiédeur de la nuit. Les bougainvillées répandaient un parfum lourd et sucré.

Brad ressortit avec une bouteille et de l'intérieur de la cabane s'éleva la voix langoureuse de Frank Sinatra qui parlait d'avril à Paris : « Je ne connaissais pas la magie du printemps, avant de connaître l'amour... »

Brad me tendit un verre et je bus une gorgée pour apaiser mon trouble. Il se laissa tomber dans un fauteuil et m'attira à lui. Sa main parcourut la courbe de mon épaule et glissa dans le décolleté de ma robe. Ma peau brûlante de coups de soleil sembla s'enflammer de nouveau. Je frissonnai.

— A quoi penses-tu ?

— Je me dis que j'ai oublié André, répondis-je, me surprenant moi-même.

Il m'embrassa sur le sommet de la tête.

— Smoky, rien ne s'oppose à ce que tu continues à penser à André, même si tout ça est à toi. Au contraire, ne l'oublie jamais. Et ça ne t'empêchera pas d'avoir les « jeunes loups » et tout ce à quoi tu tiens. Je ne te demande pas de renoncer à quoi que ce soit, je veux que tu aies tout ce que tu désires...

Je pris une profonde respiration et scrutai le noir pour voir son visage mais je ne discernai que le blanc de ses yeux et de ses dents.

— Brad, de quoi parles-tu ?

— De rien d'autre que de t'épouser. Avons-nous parlé d'autre chose toute la journée ? Je peux me mettre à genoux pour te faire ma demande, si tu y tiens...

— Mais non, voyons... Quand veux-tu...

Ma voix sonnait à mes propres oreilles comme celle de quelqu'un d'autre.

— Eh bien, disons, je t'offrirai la bague à Noël et nous pourrions nous marier en juin. J'aimerais bien venir passer quelques semaines ici avec toi après... Je croyais me moquer éperdument de la façon dont les choses se dérouleraient mais finalement j'ai envie de respecter les traditions familiales, à moins que tu n'aies autre chose en tête...

190

— Non, je ne me suis jamais posé la question, on fera comme tu veux... mais il nous faudra habiter ici avec ta grand-mère ?

— Grand Dieu non, dit-il dans un grand éclat de rire. Nous nous installerons dans un cottage près de la mer, petit déjeuner au lit, déjeuner au lit, dîner au lit, huîtres et champagne à minuit, ça te va ?

— Ça me convient parfaitement, répondis-je en riant à mon tour. On dirait qu'on négocie la fusion de deux sociétés...

Ma voix se brisa malgré moi.

Il se leva et me prit dans ses bras. Dans la cabane, j'entendis un autre disque se mettre en place sur l'électrophone.

— Dansons, tu veux ?

Je me laissai aller contre sa poitrine et nous nous balançâmes un long moment, serrés l'un contre l'autre comme si nous ne formions qu'un seul corps. L'eau calme de la piscine reflétait la course de la lune et le scintillement des étoiles. Lorsque la ballade aux accents languides se tut, je ne pus me détacher de lui, et ses baisers, qui avaient commencé sur mes paupières closes et dans mon cou, étaient devenus plus précis, sensuels et profonds et me laissèrent le souffle court, sans autre désir que de sentir la chaleur de son corps et ses mains sur moi.

Il rejeta la tête en arrière, haletant.

— Je ne sais pas si je vais tenir le coup jusqu'à Noël, dit-il, mi-riant, mi-suffoquant.

J'étais incapable de faire un geste, tout mon corps vibrait et ma peau était brûlante.

— Si on se baignait... dis-je avec peine.

Je fis jouer la fermeture éclair de ma robe, dégrafai mon soutien-gorge et ôtai mon panty en nylon, abandonnai le tout sur la margelle de la piscine et me glissai dans l'eau lisse comme de la soie qui enveloppa mes seins et mes hanches d'une tiédeur viscérale.

— Smokes...

— Viens, dis-je en tendant les bras vers lui.

Brad émit un drôle de son étranglé puis j'entendis le bruissement de ses vêtements qui tombaient par terre et bientôt je fus dans ses bras, ma peau contre la sienne, sans barrière ni retenue. J'enroulai mes bras et mes jambes autour de son corps et il me murmura les choses que je savais déjà dans ma chair. Puis il me poussa doucement contre le bord du bassin et imprima à nos deux corps un mouvement doux et régulier qui me fit perdre la tête.

— Il ne faut pas... pas maintenant, chuchota-t-il dans mes cheveux mouillés.

— Si, Brad, j'en ai envie, maintenant.

— Depuis combien de temps n'as-tu pas...

— Jamais, Brad, c'est la première fois, je croyais que tu le savais...

— Mais non, je veux dire, la dernière fois que tu as eu tes règles... je n'ai pas prévu...

— Ne t'inquiète pas, je viens de les avoir il y a quelques jours...

Il me pénétra alors et la douleur fut si forte que j'en eus le souffle coupé. Ce fut comme une explosion silencieuse, un trou noir, un désespoir infini. Lorsque enfin je pus émettre un son, on aurait dit un miaulement de chaton.

— Arrête, Brad, je t'en prie.

Il se retira et la douleur cessa aussitôt.

— Mon Dieu, excuse-moi, Smoky, j'ai été trop brusque, j'aurais dû aller plus doucement... Je t'ai fait mal?

— Non... ça va.

Même dans l'eau, je sentais la sueur perler sur mon visage. Je n'avais jamais ressenti une telle détresse auparavant et je ne pus retenir mes larmes.

Brad me fit sortir doucement de la piscine et m'enveloppa dans une serviette. Il me berçait et me murmurait des mots tendres pour me consoler mais je n'arrivais pas à maîtriser mes sanglots.

— Je n'aurais pas dû, pardonne-moi, Smoky... la prochaine fois, nous prendrons tout notre temps, tu verras, ce sera merveilleux. Il faudra que tu prennes la pilule, nous serons plus tranquilles...

— Ce n'est pas de ta faute, dis-je en reniflant. Ça va mieux, je n'ai déjà plus mal. Mais je ne crois pas que je pourrai recommencer. Pas tout de suite... en fait je me sens coupable, ce doit être à cause de mon éducation religieuse... Tout en moi disait : «Non, non... si tu fais ça, tu es... perdue... »

192

Je me remis à pleurer...

– Je ne savais pas que tu avais eu une éducation si sévère, Smoky.

– Je croyais y avoir échappé depuis mon départ de la maison mais elle est profondément ancrée en moi. Ça m'a marquée bien plus que je ne le pensais. Je n'allais même pas à l'église... Je ne sais pas ce qui s'est passé... J'en avais envie autant que toi, tu sais...

Il pressa tendrement mon visage contre son épaule nue et humide.

– Tu te rends compte de ce que tu as enduré jusqu'ici : ma mère qui te harcèle depuis le premier jour, ma grand-mère qui t'agresse, les bains de mer, le dîner avec mes parents et cette fichue soirée en perspective... Tu es fatiguée, et nous n'aurions pas dû faire ça ce soir. Écoute, ma chérie, jusqu'à Noël, nous allons prendre des douches froides et essayer d'avoir de chastes pensées... Ensuite tu prendras la pilule et tu verras, tout se passera bien... Je t'offrirai la bague. Ça te va?

– Oui, dis-je en embrassant son épaule qui sentait le sel et le chlore.

– Maintenant je vais te mettre au lit et demain, nous repartirons de zéro. Si tu veux, je te ferai ma demande un genou en terre...

Nous nous rhabillâmes en silence et Brad m'accompagna jusqu'à ma chambre dans la grande maison endormie. Il alluma ma lampe de chevet, m'embrassa sur le front en me souhaitant bonne nuit et sortit.

La nuit était noire et le vent était tombé, laissant les rideaux en paix. Seul le craquement de quelques insectes qui s'écrasaient contre la vitre troublait le silence. Je me glissai dans ma chemise de nuit et m'endormis presque immédiatement.

Je fus réveillée au milieu de la nuit par une vive douleur dans le bas-ventre et un violent mal de tête. En me levant pour aller chercher de l'aspirine à la salle de bains, j'aperçus une tache de sang sur le drap de percale jaune. J'étais sur le point de la nettoyer avec une serviette humide quand je me ravisai. Après tout, cette maison n'avait pas connu les traces de la vie et de l'amour depuis cinquante ans et Mama Hunt pouvait bien penser ce qu'elle voudrait...

Le dimanche soir, je grimpai péniblement l'escalier de l'appartement, la douleur entre mes jambes était encore lancinante... Teddy m'attendait avec impatience. A peine entrée, je me laissai tomber lourdement sur le canapé.

— Alors ça y est?

— Oui, comme qui dirait...

— C'est fantastique! Raconte...

— Dis-moi, Teddy, ça fait toujours aussi mal?

Elle me dévisagea un instant puis se mit à rire tout en émettant des petits bruits de détresse.

— Mais... je voulais dire, est-ce que tu es fiancée? Je suppose que oui, si tu as franchi le pas! Pour répondre à ta question, au bout d'un moment ça ne fait plus mal du tout, c'est merveilleux. La première fois c'est presque toujours douloureux, tu sais. Brad exagère, il n'aurait pas dû te brusquer. Alors quand est-ce qu'il t'offre la bague? Vous vous mariez quand?

— Il m'offrira la bague à Noël.

Parler de bague de fiançailles et de mariage, ici, en ville, me parut saugrenu.

— Et le mariage? Je veux être ta demoiselle d'honneur, sous peine de mort, hein? Marylou doit être dans tous ses états, c'est génial!

— Brad a parlé du mois de juin... Mais rien n'est arrêté encore. Écoute, Teddy, n'en parle à personne, s'il te plaît. Il faut d'abord que je m'habitue à cette idée moi-même. Tout ça est si nouveau...

Une immense lassitude m'envahit soudain comme un raz de marée d'eau tiède, tous ces projets à l'horizon... Je ne voyais pas comment affronter ce nouvel avenir.

— D'accord, je serai muette comme une carpe. Mais je ne peux pas le dire rien qu'à Matt? Je voudrais voir sa tête...

— Non, surtout pas à lui! Ni à personne, je t'en prie... Je te le dirai le moment venu.

— C'est toi la fiancée, dit-elle en me serrant dans ses bras. Reste assise, je vais te faire un café. A propos, comment était la soirée chez Mama Hunt?

— A peu près comme chez tes parents, avec des palmiers en plus.

10

Je repris mon activité comme si rien n'avait changé. J'allais au travail le matin et je rentrais le soir à l'appartement, souvent tard. J'étais toujours en conflit avec Matt pour avoir des sujets intéressants, souvent en vain. Je riais aux plaisanteries de Tom Gordon, qui dissimulait mal la mélancolie de son regard et je m'amusais toujours autant avec Teddy et Hank, pour qui je débordais d'affection. J'étais toujours obligée d'enjamber Lucas pour entrer dans le bureau de Matt et il m'arriva même de lui marcher dessus à plusieurs reprises. Je continuais à être émerveillée, en pensant à ma bonne fortune.

Pourtant les choses étaient différentes. J'étais désormais entrée officiellement dans la vie de Brad et cet élément nouveau était omniprésent, comme si un compte à rebours avait commencé : dans six mois, je ferais partie de la famille Hunt. Vis-à-vis de Brad, j'étais la proie de sentiments contradictoires : j'étais flattée, bien sûr, je savais ce que représentait la dynastie Hunt et le souvenir de la maison rose de Sea Island me remplissait de joie. Je n'arrivais pas à croire qu'un jour elle serait à moi... J'avais beaucoup de mal à imaginer l'endroit où nous habiterions. Brad m'avait annoncé qu'il commencerait à chercher dans Buckhead et lorsque je lui avais dit que j'aimais beaucoup certaines maisons anciennes à Ansley Park, il avait souri en m'expliquant qu'elles étaient un peu au-dessus de ses moyens...

J'éprouvais toujours autant de désir pour lui malgré

l'échec de notre première tentative et puis Teddy m'avait rassurée et j'avais confiance en l'avenir.

Brad était un homme droit, ses idées étaient en accord avec les miennes et je serais toujours fière de lui. Il était appelé à jouer un rôle important dans la cité et je ne doutais pas de mes sentiments à son égard. Il y avait cependant une légère ombre au tableau... Je n'arrivais pas à me projeter dans le futur, j'étais incapable d'imaginer ce que serait ma vie après la cérémonie à la cathédrale Saint-Philippe. J'envisageais sans difficulté mon avenir à *Downtown* mais j'avais du mal à concevoir que Brad pût en faire partie. Je ne me figurais pas rentrer le soir dans une maison cossue des quartiers résidentiels, les deux univers me semblaient incompatibles. Smoky O'Donnell et Mme Bradley Hunt III pouvaient-elles cohabiter? Je devais m'en assurer auprès de Brad, il fallait que nous parlions.

Pourtant je n'osais rien lui dire, je me sentais gênée et il ne fit pas allusion non plus à ce qui s'était passé entre nous. Nous avions repris notre vie comme auparavant : nous sortions ensemble deux ou trois fois par semaine, nous nous téléphonions tous les jours. Teddy devait se mordre la langue mais elle garda le secret. Tout semblait en suspens, comme entre parenthèses...

A la fin août, Brad m'invita au Coach and Six, sur Peachtree Street, vers Buckhead. Nous avions bu des daiquiris et merveilleusement dîné de petits beignets aux épinards et au fromage accompagnés de délicieuses côtes d'agneau. A la fin du repas, Brad me tendit une petite boîte emballée dans du papier doré. Mon cœur se mit à battre la chamade. Non, pas déjà! criait quelque chose au tréfonds de mon inconscient...

— Qu'est-ce que c'est?

— Une façon de te dire au revoir. Papa m'envoie à Huntsville mettre sur pied un complexe aérospatial à Redstone Arsenal. Je n'ai encore jamais dirigé seul une usine et celle-ci n'est que la première de tout un trust. Je serai absent pendant plusieurs semaines. Il faut que je fasse cette expérience si je dois prendre la direction de l'entreprise un jour mais c'est fou ce que tu vas me manquer...

— Je sais à quel point cela compte pour toi, Brad. Je suis très fière et très heureuse pour toi.

196

Son père répugnait à lâcher les rênes des entreprises qu'il avait créées. Brad le lui avait souvent reproché.

Ses yeux bleus pétillaient d'enthousiasme à la lueur de la petite lampe de table.

– Je dois admettre que ce projet m'excite beaucoup. C'est une phase du travail qui me passionne mais je ne sais pas comment je vais pouvoir me passer de toi. Je ne rentrerai que pour un ou deux week-ends, ça ne va pas être très drôle.

– Tu ne pars pas à la guerre, tout de même, et ce n'est pas si loin que ça après tout. Je pourrai moi aussi aller te voir.

– Mon Dieu, tu n'imagines pas ce que c'est. Ce genre de chantier, c'est comme un camp militaire. Les hommes sont tous en manque, tu te ferais violer en allant au distributeur de Coca-Cola. Je préfère que tu restes ici à travailler. Je me contenterai d'avoir des rêves érotiques dont tu seras le centre.

Je rougis et Brad me prit la main en riant.

– Ouvre donc ton cadeau...

La petite boîte au velours noir un peu râpé, visiblement ancienne et laissant transparaître le métal par endroits, dégageait un léger parfum de cèdre et de poussière. Un fin bracelet d'or apparut, posé sur une doublure de satin jauni : c'était un simple jonc orné d'un rang de rubis si sombres que seul le cœur des pierres apparaissait rouge. C'était un joyau de grande valeur, manifestement un bijou de famille.

– Oh, Brad...

J'eus soudain la sensation d'avoir reçu quelque chose que je n'avais rien fait pour mériter, comme un trésor de guerre ou un butin.

C'était peut-être le cas, d'ailleurs...

Il me le fixa autour du poignet et je levai le bras à hauteur de la lampe. Les pierres précieuses et le vieil or, patiné par le temps, prirent un éclat somptueux.

– Il est absolument magnifique.

– Ce bracelet appartenait à mon arrière-grand-mère Hunt. C'est une tradition dans la famille de l'offrir à la future épouse du dernier des Hunt. C'est une sorte de cadeau de pré-fiançailles, pour ainsi dire. Le moment venu, il passe à la génération suivante. Maman ne l'a jamais beaucoup aimé... A Noël tu auras la bague de fiançailles proprement dite, avec des rubis et des émeraudes. Elle vient aussi de mon arrière-grand-mère. Il y a également des diamants superbes, un collier et des boucles d'oreilles, au moment du mariage, et pour le premier bébé, tu auras les perles...

Je tournai mon poignet en tous sens, ne me lassant pas d'admirer le jeu de la lumière sur l'or et les rubis. Jamais je n'aurais imaginé posséder un jour de tels bijoux, transmis de génération en génération pour marquer les étapes importantes de la vie. A Corkie, on achetait les bijoux à tempérament, en général des croix et des rosaires ornés de perles.

— Des bébés... dis-je stupidement.

— Oui, des bébés qui pleurent et qui font pipi, tu en as déjà vu? Tu veux des enfants, Smoky, n'est-ce pas?

Depuis ma rencontre avec Brad le jour où il m'avait dit que j'avais les yeux couleur de pluie, chez les parents de Teddy, pas une seule fois la pensée d'avoir des bébés ne m'avait effleurée.

— Et mon travail?

— Il n'est pas question de faire des enfants tout de suite. Pas avant deux ou trois ans, il faut d'abord que nous soyons installés et que nous ayons appris à vivre ensemble. Tu pourras continuer à travailler, bien sûr. Ensuite tu auras peut-être envie de rester à la maison quand les enfants seront petits mais tu pourras écrire quand même. Je connais beaucoup de jeunes femmes qui font ça. La femme de Snake Cartridge tient une chronique dans le *Marietta Daily Journal* et elle a trois enfants. Dottie Findley en a deux et s'occupe de fournitures de magasins avec une de ses amies. De toute façon, nous prendrons une nurse et tu n'auras jamais besoin de t'arrêter de travailler.

Des images se bousculèrent dans mon esprit : je vis des enfants blonds gambader sur la plage à Sea Island, aussitôt chassés par des petits enfants noirs attablés sous une véranda délabrée à Summerhill et le visage radieux du petit André étreignant le capot de la Morgan...

Je ne me voyais dans aucune de ces images...

— Smoky?

Je secouai la tête et souris à Brad.

— Bien sûr, je veux des enfants, c'est le désir de toutes les femmes...

198

— Ça ne t'empêchera pas de travailler et tu pourras écrire, si tu en as toujours envie. Il arrive que les choses changent avec l'arrivée des enfants...

— Je ne cesserai jamais d'écrire, Brad...

— Alors tu écriras. Regarde au fond du coffret, s'il te plaît...

Sous la doublure de satin je découvris une petite fiole de pilules et une ordonnance soigneusement pliée.

— Voilà de quoi éviter de faire des bébés en attendant, et c'est un premier pas pour que nous soyons plus décontractés à l'avenir. C'est mon ami Pom Fowler qui me les a procurées. Il fait son internat en obstétrique et gynécologie à Piedmont. D'après ses prescriptions, il faut les prendre pendant un mois. Si tu commençais dès maintenant... je ne serais pas obligé de prendre des douches froides chaque fois que je pense à toi... et lorsque je serai de retour de Huntsville, nous pourrions... passer aux choses sérieuses.

Je regardai les pilules puis je levai les yeux vers Brad : à la lueur tamisée de la petite lampe, il était si beau que j'en demeurai muette. C'était comme si je le voyais pour la première fois...

— Je n'en peux plus d'attendre, Smoky, dit-il à voix basse. Je n'arrête pas de penser à cette nuit dans la piscine, à ton désarroi, je veux effacer tout ça...

J'eus de nouveau l'impression de tomber dans un trou noir. Je fermai les yeux, en proie au désespoir. Mon Dieu, non, il ne faut pas... pas déjà, pas si vite.

Je me ressaisis et ouvris les yeux... Brad n'avait rien remarqué...

— Nous nous étions promis d'attendre, murmurai-je.

— Bien sûr, nous attendrons, s'il le faut. Mais si nous n'y arrivons pas... Smoky, je voudrais te montrer à quel point c'est merveilleux de faire l'amour, je veux que tu oublies cette première fois.

Je m'efforçai de sourire mais le vertige s'empara de moi à nouveau.

— Ce ne serait pas si terrible d'attendre que nous soyons mariés.

— Je suppose que non, si c'est ce que tu souhaites. Mais l'autre nuit, à la piscine, j'ai cru que tu voulais vraiment...

— C'est vrai mais... il faut avoir été élevé dans la religion catholique pour comprendre ce que la culpabilité veut dire, Brad. On m'a toujours inculqué que c'était un péché et même si je ne suis pas pratiquante, ça me trouble énormément, je ne pensais pas que ce serait si difficile de transgresser un tel interdit...

— Si ça doit te rassurer, nous attendrons, Smokes. Et moi qui croyais que la révolution sexuelle était arrivée... Tu prendras quand même les pilules ? Ne serait-ce que pour t'y habituer ? Pom dit que parfois il faut modifier les dosages. Quand tu auras fini la boîte, il faudra que tu ailles le voir pour faire renouveler l'ordonnance. De toute façon il te faudra un gynécologue et Pom est appelé à être l'un des meilleurs.

— D'accord.

Mais j'aurais préféré mourir plutôt que de laisser un ancien camarade de classe de Brad s'immiscer dans ces abysses où Dieu était tapi comme un serpent venimeux.

— Tu prends une mousse au chocolat ?

— Pourquoi pas ?

Je regardai mon bracelet et serrai la petite fiole au creux de ma paume, comme une amulette.

Je fus longue à m'endormir ce soir-là. La pleine lune inondait la chambre d'une clarté sinistre et j'avais l'impression qu'elle pesait de tout son poids sur ma poitrine. Le climatiseur vrombissait et, sur ma table de chevet, à la lueur glauque du réveil digital, j'apercevais le flacon auquel il manquait une pilule. J'attendais qu'une vague de culpabilité me submerge mais il ne se passa rien : ni vertige ni trou noir où se dissimulait l'intransigeante voix de Dieu.

Durant toutes mes années chez les sœurs, je n'avais jamais pris au sérieux leurs imprécations menaçant les pécheurs des châtiments les plus terribles. Je pensais plutôt que si l'on a commis un acte répréhensible, on souffre tôt ou tard des conséquences de cet acte, et l'on en vient à s'en repentir. Je n'imaginais pas que l'Église se manifeste à la conscience au moment précis où l'on est censé commettre un péché. C'eût été trop simple et aujourd'hui encore je ne le pense pas.

Il y avait sûrement parmi mes amies de plus grandes pécheresses que moi et aucune ne m'avait jamais confié de tels états d'âme. Je ne savais pas d'où venait ce désespoir terrible qui m'avait envahie chaque fois qu'il avait été question de faire l'amour avec Brad Hunt. J'étais effrayée par cette découverte d'un pan obscur et irrationnel de ma personnalité, là où l'éducation religieuse avait laissé à mon insu une empreinte indélébile. Je restai longtemps les yeux ouverts dans le noir sans parvenir à trouver le sommeil.

J'aurais aimé pouvoir en parler à quelqu'un mais je ne voyais pas qui, dans une ville matérialiste comme Atlanta, aurait pu répondre à mes interrogations. Sœur Joan, peut-être...

Le lendemain du départ de Brad pour Huntsville, Matt me fit venir dans son bureau.

— Brad m'a appelé hier soir, dit-il sans préambule. Il désapprouve que tu fasses ce reportage sur les disc-jockeys noirs, il pense que ça peut être dangereux. D'après lui, il risque d'y avoir des émeutes.

Matt se renversa sur son siège et m'observa derrière ses petites lunettes cerclées de fer. Comme toujours, ses longs doigts jouaient nerveusement avec un tas de pièces de monnaie éparpillées sur le bureau autour de son bracelet-montre. Ses vêtements étaient froissés comme s'il avait dormi tout habillé.

Je restai sans voix. Je sentais la chaleur monter en moi et je savais que j'allais bientôt devenir rouge comme une pivoine.

— Je ne comprends pas, finis-je par dire.

— Il a été très clair. Il prétend que faire un reportage sur les petits enfants noirs est une chose et enquêter sur les musiciens noirs et la faune qui traîne dans leur sillage dans un motel de troisième zone en est une autre. Il a peut-être peur qu'il circule parmi les congressistes des substances... hum... pas très légales, disons...

— Il n'a pas le droit...

— Il semblait croire au contraire qu'il les a tous. Nous aurais-tu caché quelque chose, Smoky?

Matt souriait.

Ma bouche était comme engourdie et je secouai la tête sans rien dire. Le sourire de Matt s'estompa, il s'inclina en arrière, posa ses pieds sur le bureau et croisa les mains derrière la nuque.

– En fait, il se peut qu'il ait raison. Le pays est dans une mauvaise passe et les jeunes Noirs sont très violents. D'après ce que j'ai entendu, les Black Panthers sont en ville et je te fiche mon billet qu'ils seront à ce congrès, l'occasion est trop belle... Et ils sont armés. Je n'ai pas envie de te savoir au milieu des fusils, ma chérie. Depuis que le Dr King est allé à cette marche en avril dernier, les Noirs se sont déclaré la guerre entre eux. Regarde tous les soulèvements qu'il y a eu à Detroit et Newark... nous ne connaissons pas ça ici parce que nous sommes pour le Dr King et la non-violence, et d'une manière générale, Atlanta se fiche pas mal du reste du monde. Mais je te parie que ce congrès va nous faire prendre conscience de ce qui se passe dans le reste du pays... Sans compter que la drogue va circuler librement, des drogues de toutes sortes, tu peux en être sûre, ces gars-là ont inventé les stupéfiants ! Je n'avais pas pensé à tout ça quand j'ai choisi ce sujet pour « Forum ».

– Ne me dis pas que c'est Brad qui t'a subitement fait prendre conscience de tous ces dangers ?

Brad ne s'intéressait jamais à un quelconque événement extra muros.

– Non, en fait, c'est Lucas. Il a peur de t'emmener, il a une prescience des événements comme personne. Il craint surtout les Panthers. On ne sait pas de quoi ils sont capables depuis qu'ils ont pris d'assaut l'assemblée de Californie avec des fusils au printemps dernier. J'avoue que je n'aimerais pas me frotter à ces lascars.

– Matt, tu m'avais promis « Forum », articulai-je avec peine, incapable de contrôler mes larmes.

Je ne savais pas moi-même pourquoi j'insistais tant, j'aurais dû réaliser qu'il y avait un réel danger et en fait je l'admettais, en partie du moins. Je me sentais trahie, j'étais très en colère contre Brad. Comment avait-il pu me faire une chose pareille ?

– J'ai promis, c'est vrai, Smoky, mais je n'avais pas réfléchi à tout ça. Je ne veux pas prendre de risques inconsidérés et envoyer mes journalistes au casse-pipe. Je devrais annuler le sujet mais les gens des relations publiques ont probablement annoncé le reportage photo et nous ne pouvons pas faire machine arrière sans passer pour des rigolos ou, pire, des lâches. J'ai téléphoné à John Howard et il ne croit pas que ce soit dangereux, il y aura beaucoup de journalistes et la plupart de ces gars-là sont des artistes, des musiciens, ce ne sont pas des militants... Les Panthers, évidemment, ce n'est pas la même chose. Je suppose que John connaît ceux qui sont ici et il dit que leur but est maintenant de démontrer que la non-violence n'est plus la solution aux problèmes des Noirs... et il est persuadé qu'ils ne causeront pas de troubles.

— Alors, qu'est-ce que tu décides?

— Vas-y. C'est peut-être de la folie de te laisser aller là-bas mais tu travailles bien avec Lucas, et Howard apprécie ton style. Le précédent sujet était une réussite, il faut bien le reconnaître.

— Merci, Matt.

— Allez, maintenant, dégage! Dis à Hank que je veux le voir tout de suite.

Puis il replongea dans ses dossiers. Sur le pas de la porte, je me retournai : il releva la tête, me fit son sourire carnassier et souffla trois grands coups dans son avertisseur.

— Ne te fais pas trop remarquer quand même, hein?

— Promis, Matt.

Je quittai son bureau le cœur léger.

Au premier abord, ce meeting de disc-jockeys me parut tellement insignifiant que je me dis qu'il n'y aurait pas de quoi écrire deux lignes. Par ce chaud crépuscule de la veille du Labour Day, le Santa Fe Plaza Motel faisait plutôt penser à un hôtel pour touristes dans les années cinquante au fin fond de la Floride. Le parking du motel, envahi par des herbes folles mêlées à une végétation urbaine rabougrie, était presque désert. Stewart Avenue, bordée d'arbres tristes et poussiéreux, semblait recouverte d'un voile terne et immobilisée dans une demi-obscurité vaguement menaçante.

Émaillée de boutiques de prêteurs sur gages, de boîtes de strip-tease, de petites échoppes de plats à emporter, d'épiceries vieillottes, d'abris de bus en aluminium et de cabines téléphoniques délabrées, Stewart Avenue n'avait pas ce tragique aspect d'abandon des ghettos du nord-est, elle était simplement désolée et banale, avec ses trottoirs disloqués. Malgré la densité de la circulation et l'affluence dans les rues adjacentes, le quartier était sans âme. Je ne vis aucun visage blanc parmi les passants.

— Où sont-ils donc? Je m'attendais à ce qu'ils soient au moins deux mille à ce meeting!

— Ce sont des oiseaux de nuit, dit Lucas en déchargeant son matériel du coffre de la Mustang de John. Ou des vampires, ils ne sortent qu'à la nuit tombée...

— Je parie que nous allons les trouver dans l'obscurité, allongés dans des cercueils, fit John.

— Ou suspendus dans la douche, avec la tête en bas, comme des chauves-souris!

— La tête en bas ou la gueule de bois? dit John en fermant sa voiture à clé.

J'éclatai de rire.

John, ce soir-là, avait troqué ses vêtements d'universitaire distingué contre un blue jean pattes d'éléphant et une chemise noire à reflets soyeux, ouverte presque jusqu'à la taille. Un médaillon portant le symbole de la paix pendait sur sa poitrine de cuivre brun. Je remarquai qu'il avait aussi une sorte de fétiche africain avec des plumes et des osselets enfilés sur une lanière de cuir. Avec son regard félin et la cicatrice qui barrait son sourcil, il était splendide et sauvage, souple et dangereux comme un jaguar ou quelque grand fauve.

— Maître John, je n'aimerais pas me retrouver dans un ascenseur avec vous...

— Vous avez raison, miss Smoky, je suis un peu trop noir pour être honnête!

Depuis le soir où nous avions échangé des plaisanteries après la conférence de presse, John ne me faisait plus peur mais je savais qu'il ne m'acceptait que dans une certaine mesure, et qu'il me remettrait à ma place si j'essayais de franchir certaines limites.

Ce soir-là, il avait les nerfs à fleur de peau, ses gestes et ses paroles étaient un peu fébriles, comme s'il était sur ses gardes, et il riait à tout propos. Il est vrai que je ne l'avais vu qu'aux réunions pour « Forum » où il était toujours grave et courtois, voire lointain. Les plaisanteries sur les vampires ou les cuites des disc-jockeys relevaient chez lui de l'hilarité la plus débridée.

— Tu as un look du tonnerre, me dit Lucas, on dirait que tu es partie pour danser toute la nuit!

– Je suis en pleine forme, répliquai-je en exécutant quelques mouvements de hanche suggestifs sur le parking désert.

Je portais un jean collant à taille basse et pattes d'éléphant, des bottines en vinyle transparent et un tee-shirt moulant à col roulé sans manches si court qu'il découvrait mon nombril. Je m'étais affublée de faux cils et de boucles d'oreilles en bois qui balayaient mes épaules. Une paire de lunettes à monture mauve et une tartine de rouge à lèvres corail complétaient mon accoutrement. J'étais très fière du résultat.

– Tu as l'air d'une vamp de supermarché, m'avait dit Teddy lorsque j'avais quitté l'appartement. Mais terriblement sexy! J'aimerais bien que Brad te voie comme ça!

– Ça n'est pas le moment, avais-je répliqué sèchement.

Je lui en voulais toujours de son intervention auprès de Matt et j'étais bien déterminée à le lui dire lorsqu'il m'appellerait le samedi suivant comme convenu.

– Refais-moi ça! dit Lucas en sortant son Leica.

Je m'exécutai non sans complaisance et invitai John à me rejoindre. Nous enchaînâmes quelques pas sur un mode parodique en nous trémoussant sur le bitume tandis que Lucas nous mitraillait.

– Maintenant, j'ai de quoi te faire chanter, ma belle. Si j'envoyais tout ça à Corkie?

– Tu peux y aller, personne ne me reconnaîtra! dis-je en entrant la première dans le motel.

Il n'y avait pas âme qui vive. Dans le hall, les fauteuils en simili-cuir étaient zébrés de brûlures de cigarette et les cendriers débordaient. Une plante verte en plastique était ornée d'une guirlande de préservatifs tressés avec du papier d'aluminium. Derrière le bureau, un Blanc, obèse, feuilletait une bible bon marché, un fusil sur les genoux. Un petit drapeau américain fiché dans une tasse de café trônait devant lui. A notre approche, il leva la tête et nous jeta un regard las, qui se teinta d'une lueur franchement hostile à ma vue. Puis il observa alternativement John et Lucas de ses petits yeux inquisiteurs aux cils décolorés. D'âcres effluves de sueur parvenaient jusqu'à nous.

– C'est complet, dit-il, le regard fixé sur ma poitrine.

– Nous ne voulons pas de chambre, répondit Lucas d'un ton suave. Nous cherchons le meeting des disc-jockeys.

– Vous êtes disc-jockey? demanda-t-il en regardant John et en traînant sur les syllabes d'un ton méprisant.

– Non, dit John.

– Vous en avez tout l'air, pourtant.

– Nous faisons un reportage pour le magazine *Downtown*, dit-je d'un ton qui se voulait autoritaire et je vis Lucas réprimer un sourire. Nous avons des cartes de presse, ajoutai-je sottement.

– Vraiment? Voulez-vous me montrer vos... cartes de presse, dit l'homme, sans cesser de lorgner mes seins et mon nombril.

– Vous êtes le directeur? s'enquit John d'un ton aimable.

– Veilleur de nuit seulement. Le directeur n'est pas là ce soir. En son absence, c'est moi le responsable. Que désirez-vous... monsieur?

L'intonation signifiait « mon brave »...

– Nous avons une autorisation en bonne et due forme pour enquêter sur ce congrès et j'apprécierais énormément que vous nous disiez où se trouvent les participants, dis-je, le visage en feu. Il serait tout à fait regrettable que notre rédacteur en chef apprenne que nous n'avons pas trouvé toute la compréhension nécessaire auprès de votre établissement.

Le gros homme se leva et contourna le bureau en se dandinant lourdement.

– Y en a là-bas au bout du couloir, y en a d'autres dans les chambres mais p't'être qu'ils dorment, ça fait un moment que j'entends plus leur musique de sauvages. Ils se sont battus à coups de noix de coco. Mais je vous préviens, ma petite, je ne vous laisse pas aller là-bas avec ces zèbres. J'ai prévenu le directeur que je ne voulais pas d'histoires avec les basanés alors je laisse pas rentrer une belle fille blanche, s'il vous arrive quelque chose j'irai pas vous chercher, je vous préviens. Je l'ai dit au directeur qu'on allait avoir des ennuis avec ces Noirs...

Lucas posa ses appareils et s'avança vers le veilleur de nuit. Il pinça sa joue flasque entre deux doigts et tourna doucement. L'homme fit un geste pour prendre son fusil mais John, agile et rapide comme un chat, s'en était déjà emparé et l'avait caché derrière son dos. J'assistais à la scène, médusée.

— Nous sommes du *New York Times*, dit Lucas en resserrant son étreinte. (L'homme suffoquait, roulant des yeux outragés.) Nous avons des cartes de presse et nous allons te les montrer si tu y tiens, mais sache que quatre ou cinq de nos amis sont en route en ce moment et si tu nous empêches de faire notre travail nous n'avons qu'un petit coup de fil à passer et tous les journalistes locaux seront là dans deux minutes. Alors réfléchis, mon bonhomme!

Échappant à l'étreinte de Lucas, l'homme courut se réfugier dans un autre bureau et nous l'entendîmes pousser le verrou.

— Après vous, dit John en s'inclinant légèrement devant Lucas.

A peine avions-nous fait trois pas dans le hall puant le renfermé et le tabac froid que nous nous écroulâmes contre le mur, en proie à un fou rire muet et irrépressible.

L'aile arrière du motel était plongée dans l'obscurité et empestait la marijuana et le rhum. Ses occupants semblaient avoir déserté les lieux. En parcourant le couloir miteux, je ne pus m'empêcher de penser au labyrinthe d'un tombeau égyptien découvert de fraîche date tant il suintait l'abandon et la désolation. Je ressentis des picotements dans la nuque et me mis à penser à tous les films d'horreur que j'avais vus. Les chambres étaient crasseuses et dans un désordre indescriptible : lits défaits, draps froissés, sous-vêtements épars, plateaux encombrés de reliefs de repas. Seul le bourdonnement des mouches troublait le silence.

— Ça n'est pas exactement un cinq étoiles, dit John d'un air lugubre.

— Surtout ne touchez à rien, dit Lucas qui, l'œil collé à son objectif, ne cessait de mitrailler les chambres abandonnées.

Je voyais bien le parti que nous pourrions en tirer dans l'article, il suffisait de montrer dans quelles conditions les congressistes étaient hébergés. Il ne nous restait qu'à trouver les personnages cadrant avec le décor.

En nous engageant dans un autre corridor sombre et étouffant, nous perçûmes au loin une musique au rythme obsédant. Comme un tam-tam au fond de la jungle.

— Il y a un homme dans la forêt, dit Lucas.

Au milieu du couloir, nous poussâmes une porte entrouverte, alertés par des soupirs et des râles en cadence que je n'identifiai pas tout de suite comme les bruits de l'amour. Un homme et une femme noirs faisaient l'amour sur un matelas défoncé. La femme était à califourchon sur son partenaire et lorsqu'ils s'aperçurent de notre présence, ils tombèrent du lit. La femme poussa un cri et rabattit le drap sur elle, l'homme se mit à hurler comme un loup.

Je détournai vivement la tête en rougissant jusqu'à la racine des cheveux.

– Oh, excuse-moi, mon vieux, dit John Howard.

Son visage ne trahissait aucune émotion, il semblait même plutôt amusé, mais sa lèvre supérieure se retroussa et ses narines palpitèrent imperceptiblement de dégoût involontaire. Je passai devant mes compagnons, la démarche raide, incapable de détacher mon esprit des deux corps noirs et nus, luisants de sueur, se tordant sur le grabat sordide aussi bien que de l'expression de mépris de John. Ces deux visions me choquaient. Ni l'une ni l'autre n'auraient dû exister, en réalité.

Tout au bout du couloir, deux portes étaient grandes ouvertes et j'entendis Aretha Franklin marteler la fin de « Respect » et Otis Redding entamer « Fa-fa-fa ». Le volume était au maximum et la sono était de qualité. John entra dans l'une des pièces et nous le suivîmes.

La chambre était plongée dans l'obscurité, les rideaux étaient tirés et les lampes éteintes. De toute façon, même avec de la lumière nous n'aurions pas pu faire de photo car la pièce baignait dans une épaisse fumée. L'odeur âcre et douceâtre de la marijuana me prit à la gorge et mes yeux se mirent à larmoyer. Quelqu'un alluma une lampe de chevet, et John et Lucas engagèrent la conversation avec un homme incroyablement grand et maigre au teint bistre, coiffé à l'afro et vêtu d'une invraisemblable combinaison en lamé argent. Il fumait, allongé sur un des lits. Au creux de son épaule, une femme noire à la poitrine généreuse, drapée dans une simple serviette, fumait et buvait du vin doux directement à la bouteille. Mes yeux étaient à présent accoutumés à la pénombre. Des couples étaient vautrés un peu partout dans la pièce, à même le sol, plus ou moins vêtus, fumant et buvant, apparemment depuis un moment à en juger par leur expression béate et leurs regards embrumés. Les tables de chevet débordaient d'emballages de nourriture, de pizzas entamées, d'os de poulet à demi rongés, de bouteilles de vin vides et de cendriers pleins à ras bord. Il n'y avait pas trace de drogue dure et je me détendis un peu.

Le grand maigre se déplia en vacillant légèrement et me fit une révérence ostentatoire. Derrière lui, la femme nous lança un regard provocant et laissa tomber la serviette, dévoilant son abondante poitrine. Lucas sourit et pointa son appareil mais elle se recouvrit prestement, l'insolence de son regard faisant place à une colère sourde.

— Permettez-moi de vous présenter Lord Byron Playboy, de Scranton, Pennsylvanie, dit Lucas.

L'homme me sourit et je constatai avec stupeur que ses dents étaient limées en pointes acérées.

— C'est pour mieux te manger, mon enfant!

Je ne répondis pas.

— Je viens d'expliquer à ces jeunes gens l'objet de notre visite et ils sont d'accord pour que nous prenions quelques photos, continua Lucas. Les autres... dorment ou sont en ville. Horace Silver est là, paraît-il. Ce soir, il y a un grand barbecue en l'honneur des délégués sur le campus de l'université. Organisé par nos petits amis les Black Panthers.

Lord Byron Playboy se laissa choir sur le lit et nous fit un signe de tête amical.

— Alors on va être obligés d'aller à ce barbecue, y faut se montrer. Ça vaut peut-être le coup, ils sont vraiment mignons ces Panthers avec leurs petits costumes. C'est des bons blagueurs, pas vrai?

Lord Byron affectait le langage et l'attitude du pauvre nègre inculte pour provoquer un peu John Howard.

— Tu serais pas avec eux, par hasard, mon frère? Je t'ai déjà vu quelque part.

— Non, je ne fais pas partie du mouvement, répondit John, appuyé négligemment contre le mur et étudiant son interlocuteur avec un intérêt poli.

— Tu es journaliste, alors?

Lord Byron Playboy sourit paresseusement. Ses dents de loup étincelaient dans l'obscurité.

— Non mais ce sont mes amis et je les accompagne, c'est tout.

— Ah... Tu les protèges alors? Tu as peur que la jolie nana blanche se fasse sauter par les sauvages?

— Tu n'as rien d'un sauvage... mon frère, même avec tes dents de loup. Qu'est-ce que tu veux savoir au juste?

— Rien de spécial, fit Lord Byron en riant bruyamment. Prenez toutes les photos que vous voulez et fumez un joint et buvez ou mangez quelque chose, si ça vous dit de sucer des os!

Il fit un geste vague en direction de Lucas qui se mit à photographier les corps affalés dans la pièce. Quelques regards lourds et injectés de sang suivirent l'objectif mais personne ne bougea. Otis Redding entamait la chanson de Ben E. King « Reste avec moi »...

Quelqu'un émit un petit gloussement et je me demandai d'où venait ce bruit. Je souris, en me faisant la réflexion qu'il y en avait au moins qui s'amusaient dans cette triste assemblée. Mais je m'aperçus bientôt qu'il ne s'agissait pas d'un rire mais de sanglots de plus en plus déchirants qui enflèrent jusqu'à devenir une plainte ininterrompue. Les pleurs provenaient des toilettes et personne dans la pièce ne semblait y prêter attention. Je me tournai vers Lucas et John, qui s'interrogeaient mutuellement du regard. Les sanglots reprirent de plus belle et je me précipitai vers la salle de bains, enjambant quelques corps au passage.

Il y avait une femme sur le carrelage, recroquevillée autour de la cuvette en position fœtale. La salle de bains était dans un état de saleté répugnant et l'air irrespirable. La femme avait la tête enfouie entre ses bras maigres et je ne vis pas son visage mais c'était une Blanche. Elle devait avoir été très malade, la pièce empestait le vomi, qui maculait ses cheveux, ses bras et ses jambes. Mais pourquoi personne ne s'était donc occupé d'elle? Je pris mon courage à deux mains et me penchai sur elle.

Je la retournai, l'appuyai tant bien que mal contre le mur et je nettoyais son visage souillé à l'aide de papier toilette humide lorsque j'eus un choc: c'était Rachel Vaughn. Sous l'effet de la surprise, je m'assis lourdement sur le sol crasseux.

On aurait dit qu'elle allait mourir, de faim ou de maladie... Peut-être avait-elle été violée... Elle n'avait que la peau sur les os et sa chair avait une couleur grisâtre. Elle avait le corps constellé d'hématomes jaunissants et ses membres dénudés étaient si livides que je me dis qu'elle n'en avait plus pour longtemps à vivre... J'avais la tête qui tournait... elle allait mourir là, sous mes yeux.

Son petit visage de renard, que j'avais connu fin et charmant, était marbré de bleus et enflé. Elle était méconnaissable, elle devait avoir quelque chose de grave, mais quoi... Ses yeux étaient soulignés de cernes sombres et sa tignasse rousse, à présent décolorée en rose, ressemblait à de l'étoupe. Ses larmes avaient cessé et elle ne geignait plus mais elle respirait par saccades et était secouée de spasmes comme si elle allait vomir de nouveau. Je la soulevai et lui essuyai le visage avec du papier humide. Il n'y avait plus une seule serviette. Je pensai avec indignation que les femmes, de l'autre côté, les avaient toutes prises pour se draper dedans.

— Rachel, murmurai-je... Rachel, ouvre les yeux, c'est Smoky, Smoky O'Donnell, du foyer Notre-Dame, tu te souviens de moi...

— Smoky...

Elle entrouvrit les paupières et ses lèvres s'arrondirent pour prononcer mon nom mais aucun son ne sortit. Elle était à bout de forces.

Je trouvai un verre sale que je remplis d'eau et le portai à ses lèvres. Elle but avidement, pour rejeter le liquide immédiatement.

— Smoky... articula-t-elle faiblement.

— Je vais te nettoyer et nous allons sortir d'ici.

Elle roula faiblement la tête d'un côté et de l'autre en signe de protestation.

— Rachel, tu es malade, je vais m'occuper de toi... Mon Dieu, mais comment as-tu échoué ici?

— Et toi...

Elle esquissa un sourire pathétique.

— Je travaille, dis-je spontanément.

— Moi aussi, figure-toi.

Son sourire s'étira en une grimace hideuse.

Je compris soudain qu'elle se prostituait. Une rage terrible, mêlée de tristesse, monta en moi. Ainsi donc, elle n'était jamais retournée à Notre-Dame...

— Tu ne peux pas rester là, tu es malade comme un chien, je vais chercher un docteur.

— Non.

Sa voix s'affermissait.

— Rachel...

— Smoky, fiche-moi la paix, bon sang, je n'ai pas encore bossé... on m'a refilé de la saloperie et je n'ai pas arrêté de dégobiller depuis. Même pas eu le temps d'enlever ma petite culotte.

Elle fut secouée par un éclat de rire qui se termina en haut-le-cœur. Puis elle laissa retomber sa tête.

— Quelle saloperie ? De l'alcool ?

— De la came, Smoky, de l'herbe, du hash, de l'héro. Y a un gars qui m'a dit qu'il en avait de la bonne mais il m'a refilé de la camelote pourrie, oui... T'es pas possible, Smoky, tu n'as pas changé, hein ? Allez, sors d'ici et laisse-moi tranquille.

— Sûrement pas. Tu es pâle comme une morte...

— Je vais pas mourir, t'inquiète pas, je connais les symptômes, ça m'est déjà arrivé. C'est juste de la mauvaise came, ça va passer. Et j'ai besoin de bosser, je suis fauchée...

— Je peux te donner de l'argent...

— Non, laisse tomber...

— Alors... je vais appeler sœur Joan, elle t'aidera, elle ne te posera pas de questions, elle n'est pas comme les autres. Laisse-moi faire, Rachel... s'il te plaît.

— Non, bon Dieu, qu'est-ce que tu veux qu'elle fasse pour moi, sœur Joan ? Me chanter « la réponse est dans le vent... » ? Allez Smoky, insiste pas, va-t'en...

Elle se laissa retomber et cacha son visage dans ses mains.

— Je vais la faire venir, dis-je en me dirigeant vers la porte.

— Noooooooon !

C'était un cri d'animal blessé, un feulement de désespoir qui me pétrifia.

C'est alors que la porte s'ouvrit brutalement et la grosse femme noire se jeta sur moi, toutes griffes dehors, comme un chat sauvage. Elle me cracha au visage, me grêlant de coups de poing et me tirant les cheveux.

— Sors de là et laisse-nous tranquilles, sale petite connasse blanche ! Et fiche la paix à cette fille, elle est avec nous.

Elle recula brutalement : John Howard venait de la ceinturer et lui maintenait fermement les bras derrière le dos. Il

212

la souleva du sol mais elle continuait à donner des coups de pied furieux et désordonnés. Elle était nue comme un ver, sa serviette ayant glissé dans la bagarre, et elle écumait comme un animal pris au piège.

— Connasse, hurla-t-elle, le visage tordu de rage.

Je ne fis plus aucun effort pour contrôler ma colère.

— Vous alliez la laisser mourir là, espèce de folle!

Je n'avais jamais été si furieuse de ma vie.

Lucas entra à son tour et aida John à maîtriser la femme. Ils réussirent à l'entraîner dans la chambre. Lord Byron se leva mollement et lui donna un baiser si violent qu'elle perdit l'équilibre et tomba sur le lit où elle resta immobile et silencieuse, en me jetant des regards assassins.

— Bon, on va p'têt' y aller, les gars, dit Lord Byron, et les autres commencèrent à se mouvoir lentement.

— Nous aussi, dit John.

Et avant que j'aie pu dire un mot, John et Lucas me prirent chacun un bras et je me retrouvai dans le couloir, courant presque entre eux deux.

— Mais vous ne vous rendez pas compte, cette fille, Rachel, elle a pris de la drogue, elle est malade. Je la connais, elle était au foyer Notre-Dame avec moi. Je ne peux pas la laisser là, elle est en danger de mort...

— Tu ne peux rien pour elle, Smoky, dit John d'un ton sec. Si tu t'en mêles, tu lui feras du mal, et à toi aussi par la même occasion. Mon Dieu, nous n'aurions jamais dû t'emmener...

Mes oreilles bourdonnaient encore des coups reçus, j'avais la lèvre fendue et le visage tout engourdi. Je me sentis vexée par la réflexion de John.

— Ce n'est pas moi qui ai commencé...

— Je n'ai pas dit ça. Nous n'aurions pas dû t'emmener, c'est tout. Allez à la voiture tous les deux, je vais donner un coup de fil pour lui trouver de l'aide.

— John, pas la police, s'il te plaît...

— Mais non... Je connais un docteur de notre communauté, il viendra. Je vais l'appeler.

— Mais c'est une Blanche...

— C'est un bon docteur, Smoky.

— Ce n'est pas ce que je voulais dire, John...

— Je sais.

Je marchai lentement avec Lucas jusqu'à la Mustang. La nuit était tombée et la pleine lune brillait au-dessus du parking toujours aussi désert. Il faisait une chaleur étouffante et l'air était irrespirable. J'essayai de reprendre mon souffle mais je me mis à trembler faiblement de tous mes membres, mes genoux se dérobaient sous moi. Lucas passa son bras autour de mes épaules et nous nous assîmes sur le capot de la voiture.

— Ça va? Bon sang, quand je pense que Matt avait peur des manifestations et des émeutes et qu'on s'est trouvés nez à nez avec ce plouc armé d'un fusil et une négresse en furie... Enfin comme ça tu es affranchie...

— Tu parles...

Je claquais des dents...

— Oh là là, mais dans quel état tu es, Smoky... Tu saignes, on dirait...

Il attira ma tête contre son épaule et je restai là, happant l'air fétide à grandes goulées, jusqu'à ce que les tremblements cessent.

John Howard sortait du motel lorsqu'une Chevrolet noire impeccable ralentit à son niveau. Au volant, je reconnus la jolie femme noire que nous avions vue à Pumphouse Hill, Juanita. La belle Panther pour qui John avait brisé son ménage... Du moins, d'après ce que Lucas m'avait raconté...

Elle arrêta la voiture et se pencha à la vitre. Ils étaient suffisamment près pour que j'entende leur conversation.

— Hello, John.

— Salut, Juanita.

— Je suis venue t'inviter au barbecue que nous organisons à l'université pour les disc-jockeys. Si tu veux te joindre à nous, tu es le bienvenu... après, nous irons boire un verre chez Paschal. J'avais laissé la commission au gardien du motel mais je parie qu'il ne t'a rien dit.

— Non, effectivement.

— Alors, à tout à l'heure?

— Je crains que non. Je suis avec des amis.

— Hello, Lucas, dit-elle en l'apercevant.

Elle me fit un signe de tête mais ne m'adressa pas plus la parole que la première fois.

— Hello, Juanita.

— Il y aura plein de gens que tu connais, dit-elle à l'intention de John, Paul... et Terry. Terry serait heureuse de te revoir, John.

— Je viendrai peut-être, dit-il après un silence... Terry va bien ?

— Ça va. Alors, à ce soir ?

Il finit par faire oui de la tête.

— Lucas ! Keisha sera là aussi, cria-t-elle avant de redémarrer.

— Le docteur est en route, Smoky, m'apprit John en nous rejoignant. Il va s'occuper d'elle et lui trouver un endroit pour dormir ce soir et demain il appellera sœur Joan. Ça ira ?

— Oui, merci beaucoup, John. Sœur Joan va la tirer de là. Mon Dieu, la pauvre Rachel. Elle était si jolie quand je l'ai connue...

Nous fîmes le trajet du retour en silence.

— Si les clichés de ce soir n'ont rien donné, dit John en nous déposant au Commerce Building Garage où Lucas devait récupérer sa Morgan, on pourra peut-être essayer le rallye demain, ça risque d'être... folklo.

— Je vais les développer ce soir, je verrai bien.

— De quel rallye s'agit-il ? demandai-je à Lucas en montant dans la voiture. Je n'étais pas au courant.

— Moi non plus. Je suppose que ce sont nos amis les Panthers...

Lucas se taisait. Je n'avais pas envie de parler non plus, j'avais mal au crâne et une douleur lancinante me traversait la lèvre. J'étais aussi exténuée que si j'avais couru un marathon. Mais les questions se bousculaient dans mon esprit. Les questions et les images... Rachel... comment avait-elle pu en arriver là ?...

Je léchai avec ma langue l'endroit où ma lèvre était blessée pour apaiser la douleur.

— Il va la retrouver ce soir, hein ? Ils vont se remettre ensemble, je le sens. Dis-moi, Lucas, tu sais qui est Paul ? Et Terry ?

— Ce sont des gens qu'il a connus lorsqu'il vivait dans la région de Lowndes. Tous ont été témoins de l'assassinat de Jonathan Daniel. Je t'en ai touché quelques mots, non ?

— Ce sont des Black Panthers ?

— Je ne sais pas. Ça se peut.

— Et Keisha?

— Elle était là aussi.

— C'est une Panther?

— Je n'en sais rien, Smokes.

— Tu vas aller chez Paschal toi aussi? Tu as envie de la revoir?

— Je trouve que tu poses beaucoup trop de questions pour une fille qui vient de prendre une raclée.

Je ne dis plus rien jusqu'à ce que Lucas me dépose à mon appartement. Comme je fouillais dans mon sac pour trouver ma clé, il me prit par les épaules et m'adossa à la porte. Puis il se pencha et m'embrassa longtemps, d'un baiser qui n'avait rien de fraternel. Lorsqu'il releva la tête, je le dévisageai, incrédule.

— Qu'est-ce que ça signifie?

— Comment résister au désir d'embrasser une fille qui a ses faux cils sur le nombril?

Je baissai les yeux et m'aperçus que, dans la bagarre, un de mes faux cils s'était décollé et était resté accroché à mon tee-shirt.

— Qu'est-ce qui se serait passé si j'avais perdu la paire?

— Je n'aurais pas perdu la tête.

Et il disparut dans la nuit, un sourire énigmatique aux lèvres.

Il est des moments rares dans une vie, des moments harmonieux et sereins qui laissent une trace indélébile dans la mémoire. C'est sans doute un privilège de connaître de tels instants, pleins et lisses, que l'on peut revivre sans se lasser et feuilleter comme un livre aimé.

La journée du Labour Day de cette année-là fait partie pour moi de ces instants précieux.

Matt nous accordait traditionnellement quelques jours de vacances chaque fois qu'un numéro était bouclé et ce jour-là, Culver Carnes nous invita à passer la journée au bord du lac Lanier où il possédait un bateau. Le numéro de septembre venait de sortir et celui de décembre était prêt. Matt avait fait paraître un numéro spécial qui reprenait notre article sur le petit André et il en avait emporté quelques exemplaires, ainsi que du champagne pour fêter l'événement. Les magazines seraient dans les kiosques dès le mardi. Nous étions conscients, d'après les réactions mêmes des gens du bureau, que cet article allait avoir un impact particulier et nous abordions cette journée avec l'insouciance des jeunes gens talentueux que nous étions alors. Nous n'avions pas la prétention d'être infaillibles mais cette fois-ci, nous savions que nous avions touché juste.

Même le temps était de la partie. Après la canicule du mois d'août, une mini-tornade en provenance de la pointe de la Floride avait nettoyé le ciel. L'air était cristallin et les feuilles des arbres luisaient au soleil. Le lac, d'un bleu profond, étincelait comme un pur diamant. Un vent léger et frais frisait la surface de l'eau, le départ des régates du Lanier Yatch Club venait d'être donné et les voiliers sillonnaient le lac, toutes voiles gonflées. Le soleil dardait déjà ses rayons, tempérés par une brise fraîche et agréable.

J'étais venue avec Teddy dans sa voiture. Sa mère nous avait confectionné un gâteau et nous avions acheté chez Harry de quoi faire un barbecue.

Matt était sur le pont arrière du bateau de Culver Carnes, en compagnie de Hank et de Tom Gordon, sa grande carcasse affalée dans un transat comme un coureur de marathon fourbu. Matt était habituellement l'auteur des mots d'esprit les plus décapants mais je ne l'avais jamais vu se tordre à ce point : tous trois étaient en proie à un fou rire inextinguible et nous fûmes gagnées par leur hilarité.

— Qu'est-ce qui vous met dans cet état ? dis-je en montant à bord avec Teddy.

— Nous nous sommes perdus, dit Hank en s'essuyant les yeux. Tom conduisait et Matt indiquait la route, ce qui est déjà une hérésie en soi. Il faut dire que les indications de Culver n'étaient pas claires... alors nous nous sommes arrêtés à une petite station-service en pleine cambrousse. C'était un nain qui tenait cette station. Nous lui avons demandé le chemin de la Marina et il nous a dit que nous avions dépassé le croisement. Le panneau indicateur était tombé par terre à cause de l'orage et personne ne l'avait redressé. Aussi fallait-il faire très attention. Nous avons fait demi-tour et le nain a crié derrière nous : « C'est encore très loin. » Nous avons donc roulé, roulé... pas trace de panneau au sol. Nous nous sommes retrouvés presque à la frontière de l'État. On a refait demi-tour et finalement on a trouvé le panneau... à cent mètres de la station-service. Matt voulait aller casser la figure au nain mais Tom a dit : « Tu ne te rends pas compte, cent mètres, pour un nain, c'est le bout du monde ! »

Évidemment nous n'aurions pas dû trouver ça drôle, pourtant ça l'était. Teddy se tordait de rire et je me tenais les côtes. Dès que l'un de nous s'arrêtait, l'autre redoublait... La plaisanterie allait rester entre nous et chaque fois que nous l'évoquerions, ce serait la même hilarité. Il nous fallut un bon moment avant de reprendre notre sérieux et de mettre le bateau en marche.

Nous étions en petit comité. Matt tenait à ce que seuls les membres de la rédaction participent à ces excursions et ceux qui étaient mariés ne venaient pas avec leurs conjoints. C'était une sorte de séminaire purement « Comfort », les fidèles des fidèles, le noyau de l'équipe. Sue Anne n'y venait jamais, Sister parfois mais cette fois-ci, elle n'était pas là. Elle était partie chez son baron de père à la campagne et Matt ne manquerait sans doute pas de se moquer d'elle le lendemain...

Alicia non plus n'était pas là. Personne ne posa de questions à son sujet. Buzzy avait son propre bateau sur le lac et y passait généralement tous ses week-ends avec sa conquête du moment. Aux dernières nouvelles, Alicia était toujours avec lui. Je me demandai si Matt pensait à elle, la belle Alicia avec ses cheveux de miel, sa peau de satin et ses jambes interminables, qui devait se prélasser sur un bateau luxueux, à quelques encablures de nous. Je savais par Hank qu'il avait une nouvelle petite amie, une brune resplendissante de santé qui s'occupait des relations publiques pour le club Playboy local.

— Tu imagines Matt avec une entraîneuse... Lui qui pense qu'il n'y a rien de plus vulgaire... Enfin il paraît que celle-ci vient directement de la maison mère.

— Ça va être difficile de supplanter Alicia, dis-je en faisant la moue.

Il faut dire qu'elle avait formé un vrai couple avec Matt et fait partie intégrante de l'équipe pendant si longtemps... Je savais que Matt souffrait de son absence, bien qu'il ne fît jamais allusion à elle.

Lorsque j'entrai dans la cabine du bateau pour poser les provisions dans la minuscule cuisine et me changer, j'aperçus Lucas affalé sur l'un des grands canapés bleus en train de recharger ses appareils. Il portait un short en madras délavé et un tee-shirt informe. Ses longues jambes noueuses étaient couvertes de taches de rousseur au point qu'on aurait dit qu'il était bronzé. Je remarquai que sa cheville gauche n'était qu'un réseau de cicatrices blanches et je grimaçai involontairement.

Il s'en rendit compte et me sourit.

— Ça m'oblige à me pieuter plus souvent que tu imagines et je marche pieds nus dès que je peux. On dirait que ça éveille tes instincts lubriques, Smoky! J'espère que le spectacle de ma souffrance a le don de t'émouvoir!

— Je te demanderai plutôt de te mouvoir, au lieu de dire des bêtises, dis-je en m'asseyant à côté de lui. Tu penses pouvoir tirer quelques bonnes photos du fameux motel de l'autre soir?

— Peut-être. Je te montrerai les contacts demain. Et je veux que tu signes une décharge, on voit ton dos sur certains clichés. Mais ça m'étonnerait que Matt veuille les utiliser, c'est trop inconsistant. John connaît un pasteur noir à Mechanicsville qui a organisé une soupe populaire dans la cave de l'église et je crois que ça pourrait faire un bon sujet. Je vais me renseigner cette semaine mais rien ne presse. «André» va marcher pendant pas mal de temps.

Il se tut un instant et me regarda longuement:

— Ça va? Tu n'as pas trop de bleus? Et ta lèvre?

— Ça va. Mais je voudrais avoir des nouvelles de Rachel. J'ai appelé le foyer Notre-Dame samedi mais sœur Joan n'était pas là et je n'ai pas voulu parler à la sœur de garde... J'ai oublié son nom, mais c'est le genre inquisition. Tu sais quelque chose?

— Rachel a filé. Quand le docteur est arrivé, notre aimable hôte, M. Playboy, lui a dit qu'elle s'était sentie mieux et qu'elle était partie. John m'a avoué qu'il ne comprenait pas comment elle avait fait. Il n'y a pas de bus par là-bas et il n'imaginait pas qu'un de ces zombies ait pu lui appeler un taxi, encore moins lui en payer un.

— Mon Dieu, il va falloir la rechercher...

— Laisse tomber, Smoky. Tu as fait ce que tu as pu, tu ne

sais même pas où la chercher, tu ne peux rien pour elle, elle refuse qu'on l'aide.

— Mais elle est malade...

— Elle est droguée, Smoky, ça n'est pas la même chose. Peut-être qu'elle s'en sortira, peut-être pas. Tu n'as pas idée de ce que c'est. Crois-moi. J'en ai vu beaucoup. Atlanta fourmille de gens comme elle.

— Tu crois qu'on pourrait en faire un sujet pour « Forum » ? Ça aurait sûrement beaucoup d'impact...

— Je vois d'ici la tête de Culver Carnes ! La municipalité ne touche pas de pourcentage sur la drogue ! Qu'est-ce que tu veux faire ? Une photo d'un junkie qui embrasse le capot d'une voiture ?

— C'est peut-être justement ce que les gens ont envie de voir...

— Laisse tomber, soupira Lucas en s'étirant pour faire craquer ses vertèbres, je suis en vacances aujourd'hui. Bois donc une bière et va prendre un bain de soleil, que je puisse photographier ton corps de nymphe ! Je suis venu ici pour fixer sur la pellicule de la chair fraîche luisant de crème solaire, pas pour me poser des questions sur les dessous de notre belle société. Va plutôt mettre ton maillot de bain et je te photographie pour la couverture de *Cosmo* !

Lucas avait raison. Je me sentis soudain fatiguée des croisades et des causes désespérées et j'eus faim de soleil, de musique et de rires. J'avais envie de vivre pleinement l'instant présent, de profiter sans retenue de ma jeunesse. Je bondis du canapé et me dirigeai vers la grande chambre à l'arrière du bateau en ondulant des hanches.

Matt tripotait les commandes depuis un moment et le moteur démarra enfin dans un hoquet joyeux. Quelqu'un mit un disque sur le petit électrophone portable de Teddy, les Doors rugirent « Light my fire » et nous fendîmes la surface étincelante du lac.

Mes souvenirs de cette journée se résument à une succession d'instantanés : Tom Gordon nous fit découvrir une petite crique secrète enchâssée dans les pins sombres. Nous avons plongé dans l'eau fraîche et limpide, puis lézardé sur le pont, engourdis par le soleil... et la bière, bercés par le roulis du bateau et le clapotis de l'eau contre ses flancs. A travers mes paupières closes, je ne percevais que l'éblouissement de la lumière; j'étais anéantie par la chaleur, ivre de soleil et de nourriture, grisée de rires et je plongeai une fois de plus dans l'eau émeraude avec la vague tentation de ne plus jamais remonter. Puis de nouveau sur le pont, le soleil couchant, la lumière dorée de l'automne et le tee-shirt de Lucas sur mes épaules contre la fraîcheur du soir. Sur le chemin du retour, la plupart d'entre nous étaient légèrement éméchés. Je grimpai la petite échelle menant au pont goudronné pour prendre un peu l'air et trouvai Lucas étalé sur une serviette, un chapeau de paille rabattu sur le visage.

— Je peux me mettre à côté de toi?

Il tapota la serviette en signe d'acquiescement et je me laissai choir à ses côtés. Je fermai les yeux, laissant le vent sécher ma peau, caresser mes paupières et mes cheveux. L'air sentait les pins chauffés au soleil et l'eau douce, le bateau avançait en cahotant et ma conscience sembla se retirer de mon corps pour se concentrer dans mon esprit. Au bout d'un moment, toutes mes perceptions se limitèrent à l'espace derrière mes paupières. La peur du trou noir me saisit alors et je me redressai brusquement en ouvrant les yeux. Je ne voulais pas que l'horrible sensation se reproduisît. Pas maintenant. Pas ici.

— Tu es catholique, Lucas? demandai-je au bout d'un moment.

— J'étais, répondit-il sans bouger de derrière son chapeau.

— Alors tu l'es toujours, on ne peut pas décider comme ça de ne plus l'être du jour au lendemain.

— Moi si.

— Et pourquoi?

— La religion ne répondait pas aux questions que je me pose.

— Lucas, as-tu déjà ressenti quelque chose qui ressemblerait, je ne sais pas... à la voix de Dieu, ou quelque chose comme ça? Quelque chose qui te tombe dessus au moment où tu t'y attends le moins... au moment où tu t'apprêtes à faire quelque chose qu'on t'a toujours présenté comme un horrible péché et alors tu ressens un vertige comme si tu allais tomber dans un trou noir... une sorte de petite mort.

Il garda le silence, et demeura immobile. Je me sentis subitement terriblement gênée.

– Non, je n'ai jamais rien ressenti de tel, finit-il par répondre d'un ton sérieux, mais je pense que l'éducation religieuse culpabilise énormément les gens. Graham Greene a pas mal écrit là-dessus, je crois. Pourquoi me racontes-tu ça, Smoky, tu as pillé un tronc d'église?

Je me tus, regrettant subitement de m'être confiée à lui.

– Écoute, ma chérie, reprit-il de sous son chapeau, je ne te crois pas capable de faire quoi que ce soit qui fâche le bon Dieu à ce point. C'est plutôt ton propre bon sens qui te dit de ne pas coucher avec un « jeune loup ».

Comme je ne répondais rien, Lucas souleva son chapeau.

– Soit dit sans t'offenser.

Et il me fit un sourire vraiment gentil, où ne flottait aucune trace de son espièglerie coutumière.

Le souvenir douloureux du noir vertige disparut alors brusquement. Je sus qu'il ne reviendrait plus jamais me hanter et je me mis à rire.

Un coup d'avertisseur retentit en bas et Matt cria :

– Venez, les enfants !

Nous descendîmes précipitamment l'étroite échelle en riant. Dans le carré, Matt était assis sur le canapé bleu, une bouteille de champagne frappé à la main. Tous étaient assis autour de lui, le regard un peu vague et les joues en feu. Matt lui-même semblait légèrement éméché, il tenait de l'autre main un verre à demi plein d'un liquide ambré...

– J'ai dans ma poche une lettre manuscrite dont je ne veux pas encore dévoiler l'auteur. Tout ce que je peux vous dire c'est qu'elle provient du 1 600, Pennsylvania Avenue et qu'on nous félicite pour l'article sur André. Une confirmation officielle d'un sous-secrétariat de je ne sais quoi suivra. Vous pouvez être sûrs que Culver Carnes va faire circuler cette lettre dans toutes les Chambres de commerce et qu'à cette heure-ci il est en train de faire des polycopies. On va en entendre parler dans la presse, croyez-moi. Je veux donc être le premier à lever mon verre à Smoky O'Donnell et Lucas Geary. Bravo, les enfants ! Vous avez fait du bon travail. Vous ne serez pas renvoyés à la fin du mois !

Il fit sauter le bouchon, le champagne jaillit, tout le monde applaudit et Hank tendit prestement les flûtes. Je me mis à pleurer.

– Je vous aime tous, sanglotai-je.

Dans mon dos, Teddy fit tomber le bras du pick-up et Petula Clark entonna « Downtown ».

A la barre, Tom Gordon lança le bateau à toute allure sur le lac rosissant au soleil couchant, laissant derrière nous un sillage doré, et nous nous mîmes à danser sur notre air favori tout en chantant :

> ... *Écoute le rythme de la bossa nova*
> *Et toi aussi tu danseras*
> *Ton chagrin s'envolera*
> *Avant la nuit...*
> *Au cœur de la ville, les lumières*
> *Sont plus brillantes*
> *Au cœur de la ville il t'attend ce soir*
> *Au cœur de la ville tout te sourit*
> *Maintenant!*

11

Ce soir-là, Brad me téléphona de Huntsville : il venait le vendredi suivant passer la journée à Atlanta pour étudier des devis avec son père et voulait déjeuner avec moi quelque part dans le centre-ville.

— Je ne peux pas rester pour le week-end mais je voudrais au moins te tripoter les genoux sous la table. On peut aussi faire une pause-déjeuner chez toi si tu veux?

— Je préfère te donner rendez-vous à la Terrasse de Peachtree. J'ai un compte à régler avec toi à propos de ce reportage sur les disc-jockeys noirs.

— Hum... je vois ce que c'est. Comment ça s'est passé?

— Ça ne s'est pas passé, justement, tellement j'ai été prudente. Lucas n'a même pas rapporté un seul cliché intéressant. A la place nous allons faire un reportage sur une soupe populaire. Tu t'es vraiment fait du souci pour rien.

— J'aurais dû te dire que j'avais parlé à Matt.

— Tu n'aurais pas dû lui parler du tout. C'est ma vie, Brad, et je sais ce que je fais.

— Tu fais aussi partie de ma vie, Smoky. Ne me reproche pas de m'être inquiété pour toi, tu es tellement casse-cou.

— Je ne t'en veux pas de t'être fait du souci pour moi mais ne me fais pas passer pour irresponsable aux yeux de Matt. C'est à lui et moi de décider ce qui est dangereux et ce qui ne l'est pas quand il s'agit de mon travail, Brad.

— D'accord. On en reparlera vendredi, si tu veux.

— Compte sur moi, dis-je, un peu radoucie mais bien

224

déterminée à mettre les points sur les i en ce qui concernait mes reportages.

— A vendredi, alors. Je t'aime.

— Moi aussi.

Je raccrochai, envahie par le délicieux sentiment de sécurité que j'avais auprès de lui. Après tout, c'était normal qu'un homme amoureux s'inquiète pour sa future femme. Ne me ferais-je pas du souci si Brad se lançait dans une entreprise hasardeuse ?

Mais je savais que ça ne lui arriverait jamais : Brad ne se risquerait pas dans une entreprise qu'il ne pourrait pas contrôler à cent pour cent. C'était pour cette raison que je me sentais tellement en sécurité avec lui.

Le jeudi après-midi, Lucas entra dans mon bureau, l'air penaud mais un grand sourire aux lèvres. J'éclatai de rire : on aurait dit Tom Sawyer surpris par tante Molly en train de faire une bêtise.

— Toi, tu as quelque chose à te reprocher...

— A quoi vois-tu ça ?

— On dirait un gamin pris la main dans le sac !

Il sortit de sa sacoche une feuille de papier pliée en quatre qu'il me tendit. C'était une page d'une épreuve de *Life* où figurait une photo prise au Santa Fe Plaza Motel.

J'eus l'impression que l'air autour de moi se chargeait d'électricité comme s'il venait de se produire une explosion silencieuse. Lucas attendait ma réaction, les bras croisés.

Le cliché avait été pris dans la salle de bains lors de la bagarre avec la femme noire. C'était un très gros plan de son visage déformé par des siècles de colère contenue et d'impuissance. Le réalisme du cliché était si saisissant que même là, dans mon bureau calme et ensoleillé, je frémis en repensant à la violence de ses coups. Mon propre visage apparaissait de profil, très blanc, un peu irréel, la bouche ouverte dans un cri silencieux. Même de profil, on me reconnaissait indéniablement. Sans légende, la photo parlait d'elle-même. Mon expression, qui était celle de quelqu'un de choqué, pouvait passer pour de l'agressivité. J'eus immédiatement la conviction que *Life* allait la publier sans légende, en pleine page. L'impact serait immédiat : l'affrontement racial, la violence incontrôlée des jeunes, tout y était. Même dans ma colère contre Lucas d'avoir vendu cette photo, je ne pus qu'applaudir au sens éditorial aigu de *Life*. C'était une photo extraordinaire.

— Lucas, comment est-ce que tu as pu faire une chose pareille?

— Comment n'aurais-je pas pu? dit-il en secouant la tête comme s'il ne comprenait pas lui-même.

Je me laissai tomber sur ma chaise et regardai alternativement la photo et Lucas, qui n'avait pas l'air plus chagriné que ça. Son visage était simplement grave, son expression intense, à son habitude. Il se taisait.

— Tu ne vois pas que sur cette photo, j'ai l'air d'une abominable raciste, dis-je en sentant les larmes me monter aux yeux. Tu sais bien que ce n'est pas vrai et tout le travail avec « Forum », tous les reportages que Matt allait me donner, tout ça ne tient plus debout maintenant, est-ce que tu t'en rends compte? Ça ne ressemble plus à rien!

— Pas pour ceux qui te connaissent, toi et moi, ou John Howard, ou Matt. Ça n'est pas toi qui comptes sur cette photo, Smoky. Cette photo parle de ce qui se passe aujourd'hui...

— Mais tout le monde la verra à Corkie, la famille de Brad la verra...

— D'après ce que tu m'as dit, ça devrait accroître ta popularité à Corkie et chez les Hunt... argua-t-il en souriant.

Cette fois, c'en était trop. J'allai vers la fenêtre et tournai le dos à Lucas. Le dôme du Capitole, brouillé par mes larmes, semblait danser dans la lumière dorée de septembre.

— Écoute, Smoky, sincèrement, je ne pensais pas t'offusquer. Il n'y aura pas de légende, ton nom ne sera pas mentionné, personne ne te reconnaîtra...

A sa voix traînante, je sentis qu'il était gêné quand même. Il est vrai que j'avais signé une décharge en croyant obéir à une simple formalité mais je soupçonnais Lucas d'avoir eu une idée derrière la tête en prenant cette photo.

— Quand est-ce qu'elle va paraître?

— Lundi. Je t'ai apporté l'épreuve pour que tu puisses t'y habituer et prévenir qui tu jugeras bon...

Bien évidemment il faisait allusion à Brad.

— Je suppose qu'il n'y a rien à faire pour arrêter ça?

— Non. Je ne pourrais pas même si je le voulais. Smoky, regarde bien cette photo, comme si ce n'était pas toi...

Je le dévisageai. Comme si ce n'était pas moi? Ce rictus haineux! Mais c'était son regard à lui, c'était comme ça que lui voyait les choses à travers son objectif. Matt avait raison, Lucas était... redoutable.

Je regardai à nouveau l'épreuve étalée sur mon bureau. C'était vraiment une photo remarquable.

— Alors?

— Je sais que cette photo aura un impact fabuleux. Je pense que si je travaillais pour *Life*, je la publierais sans hésitation. Mais... c'est moi... et ça me blesse. Tu t'en moques?

Il plissa les yeux comme sous l'effet d'une intense concentration.

— Non. Je suis vraiment désolé que tu te sentes blessée mais je ne vois pas pourquoi. Ceux qui te connaissent savent que tu n'es pas le moins du monde raciste. Qu'est-ce que tu en as à fiche des autres? Je pensais vraiment que ça te serait égal. Ça ne remet rien en cause, Smoky, à commencer par « Forum ». Et si Hunt monte sur ses grands chevaux pour ça, c'est qu'il ne te mérite pas.

— Qu'est-ce que tu crois? répliquai-je rageusement, et mes larmes cessèrent de couler. Qu'il va me sauter au cou en voyant que tu me fais passer pour une ordure du Ku Klux Klan?

— Bonne question. Tu es vraiment mordue, hein?

— Je... je ne sais pas ce que je suis! Laisse-moi tranquille, Lucas, sors d'ici! Et que je ne te voie plus rôder autour de moi avec ton fichu objectif! Je n'ai pas confiance en... je ne sais quoi, d'ailleurs...

— Je n'ai jamais eu l'intention de te blesser, Smoky, dit-il d'un air contrit en se dirigeant vers la porte.

— Matt l'a vue?

— Ouais.

— Qu'est-ce qu'il a dit? Que je l'ai bien cherché et qu'il m'avait prévenue, c'est ça?

— Non. Il a juste dit qu'il n'était pas sûr que ce soit ton meilleur profil, dit Lucas en refermant doucement la porte derrière lui.

Je restai un long moment à fixer la photo puis je l'enfouis dans mon tiroir. Il serait temps d'y penser plus tard.

Cette nuit-là, je ne dormis guère. Mon esprit était hanté par le tragique face-à-face des deux visages. Je me demandais si je devais la montrer à Brad et quelle attitude adopter si je décidais de le faire. Et fallait-il le dire à ceux de Corkie avant que la photo ne paraisse? Toutes ces questions se bousculaient derrière mes paupières closes. Pour finir, le lendemain, je fourrai la photo dans une enveloppe avant de me rendre à mon rendez-vous avec Brad. Mes yeux brûlaient à cause du manque de sommeil et je me frayai à grand-peine un chemin sur les trottoirs bondés, dans la tiédeur automnale.

En fin de compte, je montrai la photo à Brad. Le déjeuner s'était tellement bien passé que j'en oubliai tout simplement mes hésitations. Brad était manifestement ravi de me revoir, nous avions mille choses à nous raconter. Nous avons ri, bu du vin blanc frais et mangé des choses délicieuses, son genou doucement pressé contre le mien sous la table. Je le contemplais avec une fierté de propriétaire, j'étais toujours frappée par sa beauté quand je le revoyais après une absence. Mes appréhensions de la veille m'apparurent sans fondement et au moment où nous nous apprêtions à partir, je lui montrai la photo.

— J'ai failli oublier... Regarde un peu ce que Lucas Geary m'a fait...

Il observa le cliché en silence pendant un moment qui me parut interminable. Je m'attendais à ce qu'il fasse son sourire désabusé et lance une pique à l'égard de Lucas. Derrière lui, juste au-dessus de ses cheveux dorés, sur la fresque, dans la lumière tamisée du bar, l'autre moi-même me souriait.

Il releva enfin la tête, tandis que je contemplais béatement ma propre image. Il était blanc comme un linge, avec deux taches écarlates sur les pommettes, et le sang s'était retiré de ses lèvres. Même ses yeux semblaient plus pâles, comme délavés, comme la glace à la fin de l'hiver.

— Pas mal, hein? fis-je, confiante.

Il ne répondit pas.

— Il n'a pas voulu donner de moi la vision de quelqu'un de raciste.

Visiblement, Brad en voulait à Lucas mais je ne tenais pas à ce qu'ils se déclarent la guerre.

Brad ne disait toujours rien... Il prit une profonde inspiration, luttant manifestement pour garder son calme. Je ne l'avais jamais vu aussi furieux. A dire vrai, je ne l'avais jamais vu en colère. Pas franchement en colère, en tout cas.

— Il ne faut pas lui en vouloir, il est photographe, il fait son boulot, rien de plus. Ça ne compromet pas mon travail, ne t'en fais pas. Matt n'y attache aucune importance.

— Vraiment?

Il avait parlé d'une voix dure, que je ne lui connaissais pas.

Je me tus et l'observai avec circonspection.

— Tu m'as dit, et je te cite, fit-il d'un ton sec et précis, comme s'il récitait une leçon, qu'il n'y aurait pas d'article, qu'il n'y avait pas matière à... Apparemment, *Life* n'est pas du même avis.

— Je ne savais pas que Lucas prenait des photos, répondis-je, un peu décontenancée. Il ne m'avait rien dit. Il m'a juste apporté ce cliché hier après-midi. Mais il n'y aura rien dans *Downtown*.

— Alors tout va bien.

Sa voix était cinglante comme un coup de fouet et je levai les yeux vers lui.

— Tu es une jeune femme très en vue, n'est-ce pas, Smoky? D'abord ton portrait sur le mur du bar le plus fréquenté de la ville, et maintenant, mon Dieu, Smoky en chair et en os, crachant comme un chat sauvage à la figure d'une grosse Noire dans un motel minable connu pour trafic de drogue, et en gros plan pour que toute l'Amérique t'admire!

Sa voix avait exactement les mêmes intonations que celle de Marylou et je fus incapable d'articuler un mot. J'avais en face de moi quelqu'un qui m'était absolument inconnu.

— Qu'est-ce que tu as prévu, maintenant? Participer à une émeute le jour de la parade de Saint-Paddy? Ou mieux, une apparition de la Vierge dans le miroir des toilettes pour dames ou ta machine à écrire qui présente des stigmates...

— Tais-toi!

Je sentais le goût des larmes au fond de ma gorge. Pour la seconde fois en deux jours, j'eus la sensation qu'une explosion silencieuse venait de se produire.

Brad devint écarlate et baissa les yeux. Je ne pus m'empêcher d'admirer l'épaisse frange de cils blonds. Une partie de moi, en tout cas, l'autre partie était glacée, morte.

— Excuse-moi. Mais il y a quelque chose en toi que tu ne contrôles pas, Smoky. C'est que... tu ne sais pas t'arrêter, tu dépasses les bornes...

Je ne dis rien, et il leva les yeux. Il y avait dans son regard une lueur rebelle et je crus y apercevoir le reflet d'une larme.

— Tu vas trop loin, Smoky, reprit-il de sa voix froide, posée... ce n'est plus de l'enthousiasme, ni du courage, c'est terriblement... tu comprends...

— C'est terriblement irlandais, c'est ce que tu allais dire, n'est-ce pas, Brad?

Mon calme me surprit moi-même. A présent les larmes roulaient le long de mes joues en un torrent chaud et régulier. Je n'esquissai pas le moindre geste pour les essuyer.

— C'est toi qui l'as dit, ça n'est pas moi... Mais maintenant que tu le dis...

Il détourna la tête. De profil c'était le portrait de Marylou Hunt. Je me demandai comment cela ne m'avait jamais frappée auparavant. La seule chose qui les différenciait ici était qu'elle avait les cheveux longs et lui une barbe naissante couleur de chaume.

Je me levai de table, et roulant la photo en boule, je la lançai dans son assiette à dessert. Puis, j'ôtai le bracelet en or et le posai par-dessus.

— Donne ça à ta mère, elle sera ravie.

Je tournai les talons et quittai précipitamment la salle. Je crus entendre crier « Smoky » au moment où les portes de l'ascenseur se refermaient. De toute façon, mes oreilles bourdonnaient tellement que je n'entendais plus rien. Le visage me brûlait, la tête me tournait, aussi décidai-je de rentrer à pied au bureau. Mes larmes avaient séché mais je me sentais le teint brouillé et j'allai aux toilettes pour me rafraîchir. Les paroles venimeuses de Brad résonnaient encore à mes oreilles. Accordez-moi une dernière chance, demandai-je intérieurement à la Vierge Marie en inspectant mon reflet dans le miroir.

Mais cet après-midi-là, la Vierge Marie ne se manifesta pas; pas plus que Brad, d'ailleurs. J'avais beau me dire qu'il allait m'appeler pour s'excuser et que je refuserais de lui parler, j'étais persuadée qu'il ne le ferait pas. Ce n'était pas le style de Marylou, pas plus que celui de son fils.

Je scotchai un mot sur ma porte « Travail urgent, ne pas déranger avant cinq heures » puis j'appelai Sister pour qu'elle remette mes rendez-vous et filtre mes appels, à l'exception de ceux de Matt.

— Ça va? Tu es passée comme une vraie tornade tout à l'heure.

— Ça va, ça va. J'ai dépassé les délais pour le guide, c'est tout. Peux-tu retenir la foule en délire pour cet après-midi?

— Ouais, bien sûr, les chiens aboient, la caravane passe...

Sister avait beau ressembler à un mannequin de Mary Quant, son accent du sud de la Géorgie n'en ressortait pas moins en dépit de sa vigilance. Ça me fit sourire et je me sentis un tout petit peu mieux.

— Merci, Sister.

Je m'attaquai à la pile de légendes et sous-titres en retard que j'avais à rédiger pour le guide des spectacles. Pour la première fois de ma vie, j'éprouvais une sensation inconnue jusque-là : mon salut était dans le travail. Et j'étais bien déterminée à me sauver.

Je travaillai avec acharnement jusqu'à ce que ma porte s'ouvre brusquement, plusieurs heures plus tard. Je n'avais pas pensé une seule seconde à Brad.

Je levai le nez et vis Lucas dans l'encadrement de la porte : le souvenir de ce déjeuner catastrophique me submergea soudain, je sentis une fois de plus le goût salé des larmes dans ma gorge et avalai péniblement ma salive.

— Tu es occupée?

J'étais absolument furieuse d'avoir envie de pleurer. Si l'un de nous deux devait souffrir, c'était Brad, pas moi... c'était lui qui m'avait trahie, après tout. Je reportai ma colère sur Lucas, me disant que j'aurais dû me fâcher contre lui bien avant : je voulais que quelqu'un paie pour l'horrible scène qui s'était déroulée à midi, hormis la victime. Et je me vivais sincèrement comme telle.

— Qu'est-ce qui a bien pu te faire penser une chose pareille? Est-ce que par hasard tu aurais vu l'écriteau sur ma porte?

— Ah... dit-il comme s'il venait de comprendre subitement quelque chose.

Il s'appuya contre le chambranle, décontracté comme à son habitude.

— C'est à cause de l'histoire de *Life*. Tu m'en veux encore...

— Excuse-moi de te faire de la peine mais j'ai d'autres chats à fouetter que de penser à ta photo de *Life*.

— Tant mieux. Parce que j'avais l'intention de t'emmener chez Paschal. Ramsey Lewis est en ville. J'ai rendez-vous avec John et quelques amis. Je me suis dit que tu voudrais sans doute... faire acte de présence, disons.

— Bien sûr, tu veux que j'aille faire deux trois tours autour des stands pour pouvoir montrer à tout le monde des photos d'une sale petite traîtresse blanche, c'est bien ça ?

— Smoky, écoute... le monde entier ne lit pas *Life*. Surtout les amis de John. Et si tu imagines sérieusement que certains d'entre eux peuvent te soupçonner d'avoir rejoint le Ku Klux Klan, alors la meilleure façon de leur prouver le contraire, c'est de te faire connaître d'eux, tu ne crois pas ? Qui plus est, un jour ou l'autre, tu peux avoir besoin de contacts parmi eux, et une fois qu'ils te connaîtront, ça ne posera aucun problème. Je te dois bien ça.

— Merci infiniment, Lucas, mais je me vois dans l'obligation de décliner ton invitation. Trouve-toi une autre cavalière pour ton bal des débutantes...

— Écoute, je voulais juste te faire rencontrer les responsables du mouvement, boire un verre et écouter Ramsey Lewis. Tout au plus te faire un peu de rentre-dedans. Quand le chat n'est pas là... et puis mettre tes sens en émoi, qui sait...

— Qui sait... non merci.

Je sentis les coins de ma bouche frémir dans l'ébauche d'un sourire involontaire... Il avait du culot, quand même...

— Il y aura King aussi.

Et de l'intuition... Depuis que j'étais à Atlanta, je mourais d'envie de connaître Martin Luther King junior. C'était pour moi un véritable héros de légende mais je pensais qu'il y avait peu de chances que nos chemins se croisent un jour.

— Tu n'en sais rien.

— Si, j'en suis même sûr.

Je l'observai. Il souriait doucement, comme à lui-même.

— King et ses lieutenants, de retour parmi nous, reprit-il.

Le repos des guerriers... ça pourrait faire un formidable reportage, je vais prendre mes appareils. Évidemment, il faudrait que quelqu'un l'écrive...

– Tu n'as vraiment aucune vergogne... dis-je, un demi-sourire aux lèvres.

Finalement, je me levai et pris mon sac dans le but d'aller me refaire une beauté.

– Tu sais, si tu voulais jouer la bonne carte, je ne suis pas difficile à avoir.

La violence de la scène du déjeuner et le mal que nous nous étions fait mutuellement, Brad et moi, la brutale rupture du tout nouveau sentiment de sécurité que j'éprouvais, les larmes longtemps retenues, tout ça me remonta d'un seul coup à la gorge. Je décidai de refouler mon chagrin et de faire le vide dans mon esprit et dans mon cœur. Sans attendre. Je pris une profonde inspiration. Les larmes avaient battu en retraite, je retrouvai un peu mon calme. Bon. Je serais désormais l'artisan de ma propre sécurité.

– Lucas Geary, nous allons commencer par prendre quelques verres... dans un endroit de mon choix. Pas n'importe où, au Coach and Six, par exemple. J'ai envie de côtes d'agneau, de bon vin, ensuite je prendrai peut-être deux desserts, et un remontant, du genre menthe blanche. Après ça, peut-être irons-nous écouter Ramsey Lewis et dépenser jusqu'à ton dernier sou. Me suis-je bien fait comprendre ?

– On ne peut plus clairement. Va te remettre du rouge à lèvres, tu es toute barbouillée. Je t'attends à la voiture.

Aux toilettes, je redessinai mes lèvres, et m'aspergeai de Ma Griffe, chose que je négligeais habituellement. Je vaporisai un nuage de parfum juste entre mes seins. C'était froid, soyeux et sensuel.

– Encore une petite chance ? dis-je à la Vierge Marie, mais elle ne me répondit pas et je rejoignis Lucas Geary dans le jour finissant.

Nous commençâmes par prendre quelques verres à la Terrasse de Peachtree – moi surtout. Je voulais effacer le souvenir de cet affreux déjeuner et retrouver le crépuscule violet bruissant de rires et de joyeuses conversations qui me donnait toujours l'impression, après avoir bu un peu, que le monde m'appartenait. Quand on a le choix entre le rire et un chagrin dévastateur, c'est toujours le rire qui gagne, c'est une question de vie ou de mort. Ce soir-là, Lucas Geary me sauva de ma souffrance car, l'alcool aidant, il me fit rire sans arrêt.

Il était assis en face de moi, ses habits étaient aussi élimés et froissés que s'il les avait pris à l'Armée du Salut, à l'inverse de Matt qui était tout aussi chiffonné mais portait des vêtements coûteux, qui plus est, Lucas était mal rasé. Il n'avait jamais été beau mais ce soir-là, il me parut magnifique, réconfortant. Il avait le charme d'un jeune setter irlandais efflanqué, on avait envie de s'occuper de lui. Son apparence était cependant trompeuse car je connaissais ses zones d'ombre, sa personnalité complexe, son caractère souvent distant et cynique. Mais ce soir-là, j'appréciai sa compagnie, de même que les gin tonic que j'ingurgitai les uns après les autres. Je remarquai qu'il buvait de la bière, et moins que moi, mais peu m'importait. Ce soir-là, je n'avais pas envie d'impressionner Lucas Geary par ma modération ou ma discrétion.

Il me raconta des histoires drôles sur son enfance et sur les gens qu'il avait rencontrés et photographiés depuis qu'il avait quitté Sewanee. Il avait eu son diplôme de fin d'études la même année que moi, ce qui me surprit un peu. Il devait donc avoir exactement mon âge... Je l'aurais cru plus vieux.

— Tu as vécu plusieurs vies! dis-je après qu'il m'eut fait le récit des ses pérégrinations.

Il avait photographié le mouvement des Droits civiques au Mississippi, en Alabama et à présent en Géorgie. Il portait sur ses contemporains un regard incroyablement drôle et incisif, et personne, partisan des Droits civiques ou membre du Klan, n'échappait à son humour féroce.

— Comment un bon catholique irlandais a-t-il pu échouer dans un fief luthérien comme Sewanee au Tennessee? demandai-je, d'une voix un peu pâteuse, je crois.

— J'avais demandé des bourses dans toutes les universités possibles et lorsque j'en ai obtenu une – la plus importante qui existait – mon père s'est découvert des penchants anglicans. Il avait cédé pour le foot à Notre-Dame mais il voulait que je poursuive mes études à Georgetown ou quelque chose dans le genre. Mais la rémunération à Sewanee était convaincante et ça ne me déplaisait pas, à l'époque; Andrew Lytle enseignait là-bas et j'étais fan des Fugitives. Il y avait aussi le manifeste agraire... Finalement c'est là-bas que j'ai découvert la photographie.

— Ta famille était très pauvre?

Dans l'état où j'étais, je ne trouvai rien d'autre à dire à Lucas.

— Non, au contraire, très riche. Elle l'est toujours, d'ailleurs.

Je le regardai avec des yeux écarquillés. J'avais toujours imaginé qu'il était issu d'un milieu modeste et qu'il s'était élevé à la force du poignet, grâce à ses talents de photographe.

— C'est à cause de la façon dont je m'habille que tu crois que ma famille est misérable, dit-il en souriant. C'est vrai que j'ai le physique d'un pauv'petit Blanc, mon père me l'a dit une fois. Il a même ajouté que j'avais l'air d'avoir le ver solitaire en permanence. Et puis ça n'avait aucun sens de mettre des cravates et des cols cassés au moment du pouvoir des fleurs! Maintenant tout le monde s'habille pareil. L'habit ne fait pas le moine, Smoky.

— Riche... Je n'ai que des riches dans mon entourage. Brad... John Howard qui vient d'une famille plus qu'aisée... et maintenant toi. Il est grand temps que je rencontre des prolétaires!

Mon élocution était de plus en plus incertaine et il rit encore une fois.

— Ça explique tes affinités avec John Howard. Deux pauvres garçons riches au milieu d'un mouvement de vrais pauvres! Pas étonnant que vous vous entendiez si bien!

— C'est possible. Je me suis toujours dit que nous étions amis parce que nous sommes tous deux décalés. J'ai souvent pensé que j'étais un enfant des bas quartiers adopté par une famille riche, notre train de vie à Baltimore ne m'a jamais semblé juste. Jusqu'au moment où j'ai découvert le mouvement pour les Droits civiques. John était non seulement fortuné mais en plus il n'avait jamais réalisé qu'il était noir! Sa famille habitait un quartier blanc cossu, puis il a fréquenté une école où les Noirs étaient fortement minoritaires. Son père, un médecin, y tenait énormément. D'après John, il n'était pas très foncé et il aurait pu exercer chez les

Blancs mais il préférait soigner les Noirs, et de toute façon il aurait mal gagné sa vie. En revanche, il voulait que son fils unique soit intégré et il l'avait élevé comme un petit Blanc.

« En définitive, John ne se sentait à sa place nulle part. Il a d'abord suivi un séminaire de théologie réservé exclusivement aux Noirs quand il avait à peine dix-sept ans car tous ceux fréquentés par des Blancs l'avaient refusé. Ensuite son père l'a envoyé faire son droit à Howard Law School. Il m'a avoué que c'est seulement là qu'il a réalisé qu'il était noir, et que ça pouvait changer pas mal de choses. Je crois qu'il ne s'est pas encore fait à cette idée. C'est une des raisons pour lesquelles il s'est engagé à fond dans le mouvement du Dr King. Pour la première fois de sa vie, il sait où sont ses véritables attaches. Il est entièrement dévoué au Dr King et il ferait n'importe quoi pour lui et ses amis. C'est pour ça qu'il monte si souvent au créneau pour eux. Dès notre première rencontre, pendant la marche sur Washington, en 1963, nous avons eu l'impression de nous connaître depuis toujours. Au bout de deux heures, nous plaisantions sur notre éducation, nous, les deux marginaux en quête de leur identité...

« Tu es très à l'aise avec lui, n'est-ce pas ? Je crois que c'est parce qu'il se sent bien en ta présence, lui aussi. Sinon il ne te fréquenterait pas, c'est évident. Toi aussi tu es une marginale. Il n'y a pas un soupçon de racisme chez toi – je pense que c'est à cause de tes origines irlandaises. Votre éducation catholique vous interdit de singulariser les Noirs par rapport à vos autres prochains, c'est au moins un de ces côtés positifs de la religion dont on vous gave dès l'enfance. Si tu es une vraie Irlandaise pure et dure, tu ne peux pas être raciste...

Je n'avais jamais envisagé la question sous cet angle...

– Pourtant mon père déteste les Noirs. Il dit qu'ils mangent le pain de Corkie, il a même essayé d'organiser une émeute contre eux et tout ce qu'il a récolté, c'est de se faire virer. Depuis, il ne faut pas lui en parler...

– Oui mais c'est parce qu'il croit dur comme fer qu'ils lui ont volé quelque chose. Si ç'avait été des luthériens, ç'aurait été la même chose. Il ne faut pas voler un Irlandais, n'est-ce pas ? Leur haine des Noirs est une réaction à ce qu'ils croient sincèrement être une spoliation et une réelle menace pour leur petite suprématie sociale et économique, mais ça n'a rien à voir avec la haine viscérale des riches Blancs du Sud pour les « nègres », ma chérie.

Je me sentis soudain très lasse... Riche, pauvre, noir, blanc, ou irlandais...

— J'ai faim, allons manger des côtes d'agneau avant que tu sois ruiné !

— Ne t'en fais pas, je mets tout sur le compte de Matt. Il te doit bien ça !

— Tu exagères ! Comment peux-tu faire une chose pareille ?

— Je ne fréquente pas *Downtown* uniquement pour le plaisir de faire des photos pour Culver Carnes, figure-toi.

Il haussa les épaules d'un air désabusé.

— C'est-à-dire ?

— Disons que Matt trouve le moyen de faire passer mes petits plaisirs dans le nouveau budget de développement. Tu n'ignores tout de même pas que Matt est obligé de faire des tas de compromis, il ne peut pas faire tourner le magazine avec les seules subventions de la Chambre de commerce. Allons ! Ne fais pas cette tête, Smoky. Et prenons du bon temps !

Lucas régla l'addition et nous nous mîmes en route pour le Coach and Six.

Et nous nous régalâmes de homard. Lucas porta son choix sur un homard farci grillé et moi sur un Thermidor joliment présenté, arrosé d'un vin blanc aussi léger qu'un souffle d'air. Fidèle à ma résolution, je commandai deux desserts, un genre de mille-feuille et un gâteau au chocolat noir, garni de copeaux de chocolat amer, puis le digestif à la menthe blanche que je m'étais promis. Après le dîner, la soirée bascula dans une sorte de brouillard, comme bercée par une marée incertaine. La tristesse qui me déchirait le cœur comme autant de lames de rasoir semblait s'être un peu apaisée. De petits rires proches des larmes affleuraient à mes lèvres tels des poissons à la surface de l'eau. Lorsque nous sortîmes du restaurant pour prendre la Morgan, ma démarche était plutôt titubante et Lucas passa son bras autour de ma taille de façon tout à fait naturelle. Il ouvrit la capote de la voiture, prit la direction du sud-ouest et au bout d'un moment, l'air tiède du soir me dégrisa. Je n'avais pas le moins du monde envie de rentrer chez moi, pas avant longtemps en tout cas.

Lucas gara la voiture dans une rue proche du campus universitaire d'Atlanta et nous traversâmes en silence le no man's land envahi de mauvaises herbes qui nous séparait du motel restaurant Paschal. Il était presque dix heures et demie et il n'y avait pas âme qui vive devant le bâtiment peu engageant qui servait officieusement de siège au mouvement des Droits civiques. J'étais allée sans réelle appréhension dans des quartiers comme Pumphouse Hill et Summerhill mais cette rue désolée et lunaire me causa une impression de malaise. J'avais la conscience aiguë, à la clarté des rares réverbères encore intacts, que ma peau était très blanche.

— Eh, détends-toi, me dit Lucas, nous ne sommes pas dans un ghetto noir ici. C'est même le cœur du monde civilisé ! Il y a souvent Count Basie, Lionel Hampton, Don Shirley, Red Norvo, et même Dizzie Gillespie – tu l'as dit toi-même – qui jouent ici ! Nous ne serons sans doute pas les seuls Blancs, si c'est ça qui te tracasse. Je viens souvent ici avec Matt écouter du jazz et il y en a toujours parmi les spectateurs...

— Ça n'est pas ça qui m'inquiète.

— C'est quoi, alors ?

— Je ne sais pas, c'est peut-être la première fois que je sens la réalité du mouvement. Ça devient quelque chose de concret...

Je me rendais bien compte, en pénétrant dans cet établissement, que j'allais être confrontée à des gens dont les désirs et les passions, dans leur simple dimension humaine, surpassaient tout ce que j'avais pu éprouver dans ma courte vie. Peut-être même allais-je, l'espace d'un instant, rencontrer une des légendes vivantes de mon époque. Mon ivresse s'envola, et avec elle le chagrin lancinant et les petits rires nerveux.

La salle était bondée et nous dûmes nous frayer un passage parmi les petites tables accolées les unes aux autres, à travers les nappes de fumée presque palpable qui planaient dans l'air. John Howard avait promis de nous retenir une table et Lucas se déhanchait pour essayer de le repérer dans la foule. Je lui emboîtai le pas, la tête haute, un sourire figé aux lèvres. J'étais sur la défensive, à l'affût du moindre signe d'agressivité.

Tout au plus décelai-je une légère curiosité. La foule était calme, sous le charme des rythmes joyeux déversés par l'orchestre. Lucas s'attardait, saluait à droite et à gauche, bavardant avec des connaissances. Je le suivais maladroitement, raidie par les efforts que je faisais pour ne pas avoir l'air d'une petite-bourgeoise venue s'encanailler, souriant bêtement pour montrer à tout le monde à quel point j'étais ravie d'être là. Je me surpris même en train de rougir dans la pénombre.

— Arrête de sourire à tout bout de champ comme dans une mauvaise pièce de théâtre ! finit par me dire Lucas. On dirait lady Mountbatten passant les troupes en revue.

Nous trouvâmes John à l'autre bout de la salle, attablé devant un verre de bière à moitié vide, et nous prîmes place à ses côtés. Juanita était assise à sa gauche, sa tête de statuette noire enturbannée d'un foulard africain aux couleurs éclatantes, des anneaux d'or aux oreilles. Ce soir-là, elle avait troqué sa djellaba contre un simple chemisier blanc et un blue-jean mais même dans cette atmosphère enfumée, elle irradiait de beauté féline et exotique. Son ossature était extraordinairement élégante et je me dis qu'elle pouvait mettre n'importe quoi, elle serait toujours aussi belle et même encore plus belle avec rien du tout.

Tous deux m'adressèrent un petit signe de tête.

— Salut, Smoky, me dit John avec un sourire.

Juanita demeura silencieuse.

John donna une bourrade à Lucas, appela une serveuse et commanda de la bière pour tout le monde. Il ne me demanda pas si je préférais autre chose et pour rien au monde je n'aurais avoué que j'avais horreur de la bière. Je me fis toute petite, n'aspirant qu'à me fondre dans l'assistance. J'avais l'impression que ma blancheur ressortait de façon indécente parmi toutes ces peaux d'ambre et de cuivre. Même Lucas me parut moins blanc que moi : en fait il était tellement à l'aise qu'il avait l'air aussi noir que les Noirs. C'était un phénomène surprenant.

Un jeune homme que je n'avais pas encore remarqué émergea de l'ombre derrière Juanita.

— Présente-moi à tes amis, John, dit-il d'une voix traînante.

Je pensai qu'il devait être ivre mais il n'y avait aucune trace de verres vides près de lui et je compris qu'il se moquait légèrement de notre accent.

— Smoky O' Donnell, Lucas Geary. Voici Sonny Pickens, un vieil ami de Juanita, de Berkeley. C'est la première fois qu'il vient à Atlanta et on a essayé de l'amadouer avec un barbecue et maintenant avec Ramsey Lewis.

Lucas sourit et fit un signe de tête aimable. Je souris également. Sonny nous gratifia d'un immense et éclatant sourire. On aurait dit un requin. Sa voix indolente contrastait avec son attitude : il était fin et vif, avec des gestes saccadés. Son visage aux traits aigus, ses pommettes hautes et saillantes, sa coupe afro exubérante, tout en lui faisait penser à un animal prêt à mordre, peut-être un renard... ou une belette. Effectivement, je me dis que c'était quelqu'un qu'il fallait apprivoiser. Il paraissait beaucoup plus jeune que John et devait avoir à peu près le même âge que Juanita.

— Comment trouvez-vous Atlanta ? demandai-je poliment.

— Je crois que je vais adorer. (Malgré ses inflexions traînantes, il n'avait pas l'accent du Sud.) Jusqu'à présent Juanita ne m'a pas menti : de la bonne musique, de bons repas et... de bons amis. Rien qu'ici, une salle remplie de héros, et à cette table même, je suis assis à côté d'un héros en chair et en os.

John lui adressa un regard impénétrable.

— Ne dis pas de bêtises, Sonny, fit Juanita.

Elle avait une voix douce, sous laquelle on sentait néanmoins percer une volonté de fer.

Sonny sourit, s'adossa au mur, croisa les bras et ferma les yeux, se balançant légèrement au rythme de la musique. Il portait, comme Juanita, une chemise blanche et un blue-jean. Comme elle, il avait un charisme indéniable, on aurait dit un prince déguisé en homme du peuple. Une façon sans doute de ne pas se montrer tel qu'il était, pensai-je.

La musique emplit la salle comme un essaim bourdonnant, piano, basse et batterie dialoguant ensemble. Les murs se mirent à résonner de rythmes aussi ondoyants et vifs qu'un banc d'alevins dans l'eau claire. Instinctivement je marquai le rythme avec mon pied et laissai ma tête aller de droite et de gauche. Le pianiste, un jeune homme aux cheveux ras portant des lunettes d'écaille, évoquait plutôt un expert-comptable qu'un musicien de jazz. Il fit un petit signe à John et Lucas, qui lui rendirent son salut. Je commençais à me détendre un peu.

– Ça te plaît? me demanda Lucas.

Le trio jouait l'introduction de «Come Sunday», de Duke Ellington. J'étais aux anges.

– C'est formidable. J'aimerais bien avoir un de leurs disques.

– Je les ai tous, je t'en prêterai. Et je te présenterai les musiciens tout à l'heure. Le Dr King est là? ajouta-t-il à l'adresse de John.

– Je ne sais pas, nous venons juste d'arriver. Il vient souvent ici. Attends... J'aperçois des amis près de l'orchestre, je vais me renseigner.

Il fit un signe et deux hommes se levèrent et s'approchèrent vers nous. Le petit dodu était Tony Willingham et l'autre, plus grand et plus foncé de peau, Rosser Sellers. Leurs noms m'étaient familiers pour les avoir vus dans la presse depuis environ cinq ans et je connaissais vaguement leurs visages depuis la conférence de presse sur «Forum». Je savais que c'étaient des partisans de King, tout comme John, qu'ils avaient participé aux manifestations, fait de la prison, été roués de coups et humiliés. Rosser Sellers avait été assez gravement blessé, je ne me souvenais pas exactement où. Dans le doute, je jugeai plus sage de garder le silence et mis en veilleuse ma verve irlandaise, qui pourtant me brûlait la langue.

Lorsque John me présenta, ils sourirent tous les deux. C'étaient des sourires réservés mais sincères.

– Bravo pour votre «Forum», dit Tony Willingham, il paraît que grâce à votre article, des fonds ont été débloqués pour les garderies.

– Bravo pour vos exploits au billard également, dit Rosser Sellers.

Ils rirent de bon cœur et je rosis de plaisir.

Je ne décelai pas chez eux une once de condescendance et de complaisance. Un certain quant-à-soi tout au plus.

– Je ne sais pas ce qui m'a fait le plus plaisir, dis-je, faire quelque chose pour le petit André ou battre le vieux Slattery au billard.

Tout le monde rit, sauf Juanita et Sonny Pickens. Je me fis la réflexion que la partie n'était pas gagnée avec ces deux-là.

— Et qui sait ce qui sera le plus payant à long terme... fit Tony Willingham.

C'est seulement alors que les deux hommes remarquèrent la présence des amis de John.

— Bonsoir Sonny, bonsoir Juanita, dit Rosser Sellers d'une voix neutre. Ça fait rudement longtemps...

— Oui, approuva Juanita avec un léger sourire.

Mon Dieu qu'elle était belle ! Dans cette ambiance nébuleuse, on aurait dit une prêtresse, ou la statue de quelque déesse antique.

— J'ai l'impression que c'était hier, dit Sonny avec son sourire de prédateur.

— Prenez place, finit par dire Juanita après un moment de silence et les deux hommes s'assirent sur les chaises vacantes.

John allait appeler la serveuse mais ils firent un petit signe de dénégation.

— Alors vous êtes venus en éclaireurs ou en simples touristes ? demanda Rosser Sellers.

— Disons, un peu les deux, fit Sonny.

Son étrange caricature de sourire s'élargit encore mais je n'y lus aucune intention mauvaise et je me dis que c'était sans doute une expression inconsciente.

Juanita lui jeta un regard indéchiffrable, puis se tourna vers les nouveaux arrivants.

— Nous sommes dans un pays libre, ici, mes frères, dit-elle d'un air nonchalant. Mais je ne vous apprends rien.

— Pour ce que ça change... fit Tony Willingham en lançant à John un regard appuyé.

Son visage se durcit, bien qu'aucun muscle ne bougeât.

— Je m'efforce toujours d'être à l'écoute des autres, mon frère, dit-il en mettant l'accent sur « frère ». Et je n'ai pas oublié l'époque où nous essayions tous de l'être.

— Oh, répliqua Willingham avec un sourire qui ne me plut pas, ça dépend de ce qu'on te demande d'écouter. Tu n'es pas d'accord... frère ?

John ne répondit pas. Juanita posa doucement la main sur son bras et sourit à Tom Willingham.

— Je me demande ce que tu peux apprendre si tu ne fais qu'écouter... cher frère, dit-elle.

Derrière elle, Sonny Pickens, pris par la musique, pouffa sans ouvrir les yeux.

Je ne comprenais pas à quoi ils faisaient allusion. Manifestement, ils étaient tous amis ou du moins se connaissaient-ils depuis longtemps, et ils semblaient avoir traversé de nombreuses épreuves ensemble. Mais pourquoi se renvoyaient-ils du « frère » au visage à tout propos? Pourquoi ces sous-entendus et ces sourires distants?

Ils sont comme des chiens qui se reniflent avant de se mordre. Qui a trahi qui dans cette histoire? Si Sonny et Juanita appartiennent au mouvement des Black Panthers, que font-ils dans le fief de ceux-là même qu'ils méprisent? J'aurais voulu ne jamais avoir rencontré Juanita, j'avais envie qu'elle s'en aille, purement et simplement...

Je réalisai qu'en fait je voulais surtout qu'elle disparaisse de la vie de John et je rougis comme si c'était une pensée obscène.

— Comment ça va, Lucas? dit Tom. Je crois que je ne t'ai pas vu depuis la manifestation de Rich. Tu devais être encore à l'école à l'époque et tu essayais de te faire pousser la barbe et la moustache! Ça fait combien, six, sept ans?

— A peu près. Juste le temps qu'il m'a fallu pour avoir enfin une barbe. Je me souviens que tu étais sur une de mes premières photos publiées, avec une vieille dame qui te flanquait une raclée à coups de parapluie. Je n'ai jamais su si c'était une ségrégationniste ou si elle n'aimait pas ton style tout simplement...

Tom rit à gorge déployée.

— Quelle époque, hein! Il devait bien y avoir mille cinq cents personnes dans cette chaîne autour du centre-ville d'Atlanta, avec des bus qui faisaient la navette pour amener les manifestants, des postes radio émetteurs et récepteurs, des pancartes à l'encre indélébile contre la pluie et les crachats et pire encore... Les filles avaient même mis des impers pour se protéger des crachats, tu te rappelles? Bon sang, on en a vu des vertes et des pas mûres...

Tout le monde éclata de rire sauf Juanita. Même Sonny

s'esclaffait de bon cœur. Juanita était aussi impassible qu'une idole de pierre, la main toujours sur le bras de John.

— Le Seigneur est là? demanda Sonny, les yeux toujours fermés.

— Sonny! dit Juanita d'une voix lourde de menaces.

— Le « Seigneur »? demandai-je.

— King, répondit Sonny. Le bruit court qu'il est là.

— Il est dans la salle de restaurant, dit Rosser Sellers.

— Il a raison. Au moins ici on ne refusera pas de le servir, remarqua Sonny. Ça n'a pas toujours été le cas, même dans ces jours bénis, n'est-ce pas, John?... Tu te rappelles ce que racontait John Lewis... Je crois que ça se passait à Nashville, dans un restaurant, le serveur dit « Vous savez qu'on ne sert pas de Noirs ici » et le client lui répond « Ça tombe bien parce que nous n'en mangeons pas ». Il avait le sens de la repartie, celui-là! Mais tout ça c'est du passé, n'est-ce pas? Quoique... ça n'est peut-être pas si loin qu'on le croit.

Un silence suivit, puis Tom reprit très doucement :

— Qu'est-ce que tu veux dire par là, frère?

— Oh, rien, juste que le bon vieux temps ne me paraît plus si merveilleux...

Il ouvrit les yeux et nous gratifia de son sourire de félin.

— Et évidemment tu as trouvé une meilleure voie, dit Willingham.

— Oh oui! Je serais ravi de te l'expliquer en détail mais c'est Juanita notre porte-parole, alors je ferais mieux de la fermer... et de lui passer la parole.

Il éclaboussait littéralement la tablée de son sourire carnassier mais son regard était grave.

— Ce n'est pas le moment, dit Juanita d'un ton sans appel.

Son visage était dur.

— Ce n'est plus le moment.

Son sourire s'éteignit.

Rosser Sellers regardait alternativement Pickens et Juanita, puis John Howard. John n'avait pas cillé mais je savais qu'il était troublé. Sa cicatrice avait pâli et ses mains croisées étaient crispées : ses jointures étaient devenues plus claires que la peau autour.

— Qu'est-ce que tu penses de tout ceci, mon frère? demanda Sellers.

– Je crois qu'il faut repenser beaucoup de choses. Nous avons été inconscients de négliger certains aspects...

Le silence qui suivit était pesant et semblait frémir de bruissements d'ailes invisibles. Seul Sonny éclata d'un rire perçant. La musique nous enveloppait dans ses méandres et la tension était presque palpable, je la ressentais sur chaque centimètre carré de ma peau. J'eus envie de m'enfuir et me demandai si j'aurais le courage de traverser la salle pour aller aux toilettes. Je ne sentais pas la présence de Lucas à côté de moi, je ne reconnaissais plus John dans l'étranger au visage dur que j'avais en face de moi ct tous les autres me faisaient l'effet d'extraterrestres. Je me sentis soudain désespérément seule.

– Vous avez la permission de minuit, les enfants ? fit soudain une voix derrière moi, une voix porteuse de rêve, cette voix qui avait prêché l'amour et la tolérance à la nation tout entière, une voix qui avait ébranlé les foules et que rien n'avait pu faire taire, pas même la prison.

Je n'osais plus respirer. Je levai les yeux. Il était là, vêtu d'un simple cardigan pour se protéger du froid de la climatisation, d'une chemise blanche à col ouvert et d'un pantalon kaki. Il était solide et rassurant, il avait une présence d'une force incroyable.

Tout le monde se leva. Dans mon trouble, je faillis faire tomber ma chaise et Lucas la rattrapa. Je restai debout, le sourire aux lèvres, à contempler son visage de lune sombre, ses lèvres charnues, ses yeux un peu bridés, presque asiatiques, ses épaules solides et ses mains carrées. Il me rendit mon sourire.

Nous nous présentâmes les uns après les autres. Il ne s'attarda pas mais gratifia ses ex-jeunes lieutenants d'un regard complice, fit un signe de tête aimable à Lucas et donna une petite tape sur l'épaule de John.

– Vous avez fait du bon travail avec Lucas et John sur les garderies, Smoky. Mais vous avez frappé encore plus fort avec le vieux Slattery au billard, me dit-il en riant.

Puis il me toucha gentiment le bras et s'évanouit dans la foule.

Le trio entama gaiement « You Been Talkin' 'Bout me, Baby ».

– On y va, Smoky, j'ai des photos à développer, dit Lucas en repoussant sa chaise.

Je me levai, encore étourdie par le choc de cette rencontre. Martin Luther King m'avait parlé. A moi. Qui plus est, il connaissait mon nom et appréciait mon travail!

Je pensai soudain à mon père, j'aurais voulu tout lui raconter, j'aurais voulu qu'il comprenne. Mais je savais que c'était utopique. Je pris ma bière et la vidai d'un trait. Tony Willingham et Rosser Sellers suivirent le Dr King dans la sacro-sainte arrière-salle du club, et John Howard resta assis, les yeux dans le vague. De son ongle carmin, Juanita dessinait sur le dos de la main de John une traînée, blanche sur sa peau noire. Sonny avait de nouveau fermé les yeux et, adossé au mur, dodelinait de la tête en mesure.

Il y avait encore une bière sur la table et je la bus d'un seul coup avant de partir.

— Merci pour cette soirée, dis-je à John en partant, mais il ne sembla pas m'entendre.

Une fois sur le trottoir, dans la rue étouffante et déserte, je réalisai que j'étais complètement ivre. Pourtant je me sentais aussi légère qu'une bulle, j'avais la tête qui tournait et je me trouvais très en verve. L'air tiède s'attardait avec volupté sur mes bras nus, le grain du pavé crissait sous mes fines semelles et même l'odeur un peu écœurante de l'essence qui flottait encore malgré l'absence de véhicules me parut agréable. Le poids de mes cheveux dans mon cou était doux comme une caresse.

Je ne marchais pas droit et pourtant je me sentais capable de danser mieux que Cyd Charisse. Mes genoux fléchissaient à chaque pas et je n'arrêtais pas de bousculer Lucas qui finit par passer son bras autour de ma taille. Je me laissai aller contre lui. J'aimais la fermeté de ce bras, et ma tête trouva naturellement sa place au creux de son épaule. Sa barbe me chatouillait le front quand il se penchait pour me parler, et ce contact me plut. J'eus l'impression qu'il était un peu plus grand que Brad. Au bout d'un moment, j'ajustai mon pas exactement sur le sien.

— Nous sommes bien ensemble, tu ne trouves pas? dis-je en enfouissant davantage ma tête.

— Tu parles! Tu es saoule comme une grive et je suis obligé de te porter à moitié! Excuse-moi de ne pas m'en être aperçu plus tôt.

— Je ne suis pas saoule, je plane juste un peu, c'est tout, et je n'ai pas envie que ça s'arrête, Lucas. J'ai senti, là, dans cette salle, ce qui se passait vraiment avec le mouvement... le goût du pouvoir... tu l'as senti aussi?

— Oui, mais je ne suis pas sûr de savoir exactement de qui ça vient.

— De King, de John. De Tony et de Rosser aussi. Tu les connais mieux que quiconque.

— Je les ai connus...

— Qu'est-ce que tu veux dire?

— Je ne sais pas au juste. Cette petite scène ne m'a pas beaucoup plu. Les deux « frères » non plus, je ne sais pas pourquoi ils étaient là. Et le « frère » et la « sœur », qu'est-ce qu'ils faisaient là, eux aussi?... Je connais leurs opinions : ils tiennent à se démarquer des non-violents et ne veulent plus fraterniser avec les Blancs. D'ordinaire, ils ne se seraient montrés pour rien au monde en notre compagnie et là ils nous faisaient risette, ou tout comme. Il y a quelque chose qui m'échappe là-dedans. Et je n'ai pas du tout aimé la façon qu'ils avaient de regarder le Dr King, ils m'ont fait penser à des hyènes qui tournent autour d'un lion blessé... J'en ai la chair de poule...

En effet, je le sentis trembler et je me serrai un peu plus contre lui comme pour conjurer sa peur. J'eus soudain envie de lui remonter le moral. Je trouvai cette pensée ridicule et poussai un petit rire étouffé.

— Qu'y a-t-il de si drôle?

— J'ai eu un bref instant la tentation de te materner et je trouve que c'est une idée parfaitement idiote.

— Ça ne t'est jamais venu à l'idée que parfois j'ai envie d'être materné...

Je me tus... j'aurais préféré cent fois qu'il me rie au nez...

— Allez, je te ramène chez toi.

Je fus soudain envahie par une immense tristesse. Le chagrin, que j'avais réussi à tenir en respect durant l'après-midi et la soirée, me tomba dessus sans crier gare et je voulais retarder le moment de me glisser seule entre mes draps.

Je restai silencieuse jusqu'à la bretelle de la voie rapide pour Tenth Street.

— Ça t'embête si je te regarde développer tes photos pendant un moment? Teddy dort chez ses parents ce soir et je ne suis pas d'humeur à rester seule.

Il me jeta un regard de biais.

— Tu n'es pas malade? Tu as bu comme un trou ce soir...

— Je me sens seule, c'est tout...

— A cause de ton « jeune loup », n'est-ce pas? Il ferait bien de rentrer à Atlanta, celui-là!

Il tourna dans Tenth Street en direction d'Ansley Park, où se trouvait son appartement. Mon chagrin semblait céder du terrain peu à peu.

— Je l'ai vu à midi. Nous avons déjeuné ensemble. Il était obligé de repartir.

— Ah. Tu lui as montré la photo de *Life*?

— Ouais.

— Et il t'a prise pour une raciste hystérique?

— Non, je crois que ça ne lui a même pas effleuré l'esprit.

— Je l'ai sous-estimé... excuse-moi.

— Il n'y a pas de quoi. Tu as quelque chose à boire chez toi?

— Ça, tu peux toujours t'accrocher! Après ce que tu as ingurgité ce soir, je vais te faire du café ou du thé, c'est tout.

— Mais on est vendredi...

— Ça m'est égal. Je n'ai pas envie que tu vomisses sur mes épreuves. Tu es pleine comme une barrique, Smoky.

— Oh, mais je n'ai pas bu tant que ça... dis-je dans un hoquet aussi sonore qu'involontaire.

— Jamais je ne t'ai vue boire autant, je me demande ce que tu as ce soir...

Je ne répondis pas. Nous venions de pénétrer sous la voûte sombre des arbres, dans le calme d'Ansley Park, lorsqu'une sensation douloureuse me vrilla l'estomac. J'avalai ma salive mais le malaise persista.

Lucas arrêta la voiture le long du trottoir au pied de la vieille maison de brique dont il louait les dépendances et fit le tour pour m'ouvrir la portière. Ma tête tournait affreusement et j'avais des fourmis dans les mains.

— Je crois que je...

Et je vomis dans le caniveau, secouée de spasmes. Lucas me tenait par la taille pour me soutenir.

A la fin, j'avais les jambes en coton mais l'esprit beaucoup plus clair. Mortifiée, je me mis à pleurer. Je n'osais pas regarder Lucas.

— J'ai honte, balbutiai-je... Oh, Lucas, je suis désolée, je n'ai jamais été malade en public.

248

– Comme public, c'est plutôt restreint... Ne t'en fais pas. Je suis sûr que tu vas te sentir mieux maintenant. La première fois que j'ai pris une cuite comme ça, j'ai vomi pendant deux jours. Tu devrais essayer l'herbe. C'est moins mauvais pour l'organisme et ça ne rend pas malade. Viens, on va marcher un peu.

Il passa son bras autour de ma taille et je me coulai contre lui une fois encore avec reconnaissance. Je n'avais plus vraiment besoin de support mais son corps me semblait, d'une certaine façon, déjà familier. De sa main libre, il écarta mes cheveux ébouriffés de mon visage. C'était un geste tendre, comme ceux que l'on a pour un enfant malade.

En face des maisons endormies s'étendait un petit parc plongé dans une ombre épaisse. Le feuillage des vieux arbres bruissait au vent léger et l'on entendait au loin le murmure d'une petite chute d'eau. Nous traversâmes la rue et nous enfonçâmes dans le bois. Au bout d'un étroit sentier empierré se trouvait un petit lac artificiel avec une chute d'eau entourée de fougères luxuriantes. Une mousse épaisse tapissait le sol alentour. Nous nous assîmes sur le bord et enlevâmes nos chaussures pour tremper nos pieds dans l'eau. Elle était étonnamment froide. L'air tiède et humide semblait vibrer de lourds secrets, on se sentait merveilleusement isolé du monde, comme dans un vallon mystérieux et encaissé tel qu'on en trouve dans les contes de fées. A travers le dais de feuillage au-dessus de nos têtes, le ciel piqueté d'étoiles argentées scintillait faiblement.

Je pris un peu d'eau fraîche dans mes paumes et en aspergeai mes joues brûlantes. Une sensation délicieuse.

– L'eau est drôlement froide, d'où vient-elle?

– Je crois que c'est une source, ou un puits artésien, je ne sais plus très bien ce que m'a dit ma propriétaire. Dans la journée, c'est plein de chiens et d'enfants avec leurs nounous ou leurs grand-mères, et la nuit c'est envahi par les hippies qui font ce qu'ils ne peuvent pas faire en plein jour dans la rue. Tight Squeeze n'est pas loin... Ne regarde pas trop par terre.

Je me remémorai ma première sortie dans Atlanta avec Rachel Vaughn, et les préservatifs usagés sur les trottoirs... Mais je ne cherchais pas à regarder autour de moi, tout était trop beau, trop parfait ce soir-là.

Lucas sortit une cigarette grossièrement roulée de sa poche de chemise et l'alluma. L'air s'emplit d'une odeur âcre et douceâtre qui m'irrita les narines.

— C'est de l'herbe?

— Mouais... c'est mon péché mignon. Je ne fume pas beaucoup mais à certains moments, ça s'impose, comme un bon cigare ou un vieux cognac après un dîner fin.

Il me tendit le joint. J'hésitai, puis je le pris et inhalai une grosse bouffée comme on se jette dans le vide du haut d'une falaise.

La fumée me fit tousser mais je ne ressentis rien de particulier.

— Je ne vois ce que ça a de si extraordinaire...

Et je lui rendis la cigarette.

Il me la repassa encore plusieurs fois et je fus déçue que cela ne me fît pas plus d'effet. Si j'étais en train de commettre un péché, j'aurais aimé en connaître la saveur!

— Viens, je vais te faire du café, dit Lucas en écrasant son joint. J'ai aussi du gâteau au citron que ma propriétaire m'a apporté. Tu n'as pas faim?

— Non, répondis-je distraitement tout en réalisant que je mourais de faim. Restons encore un peu ici, c'est si joli... je n'avais jamais remarqué à quel point c'est beau, les étoiles sur la ville. Et les grenouilles qui coassent, et la mousse est si... douce. Tu n'aimes pas la mousse, Lucas?

Une sorte d'émerveillement d'enfant au matin de Noël prit possession de tout mon être et je me laissai aller à la volupté de l'air aussi tiède que du velours sur chaque parcelle de ma peau.

— Je sens des bulles qui pétillent dans mes veines, Lucas, dis-je avec un petit rire étouffé, et je sens toutes les bulles dans les tiennes, Lucas.

Je promenai ma main le long de sa joue, puis le long de son cou et sur son épaule sous sa chemise. Je caressai son bras, son poignet, ses doigts, un à un. J'avais l'impression de sentir chaque atome de son corps, chaque nerf, chaque muscle.

— Tu es une véritable leçon d'anatomie, Lucas, dis-je en portant sa main à mes lèvres.

Je léchai doucement sa paume. Sa peau avait un goût complexe et merveilleux, un mélange subtil de soleil et d'herbe sèche.

— Tu me fais penser à l'écorché qu'on avait au lycée, on voyait jusqu'à ses os. Tu veux essayer de voir jusqu'à mes os?

Il prit ma main à son tour et l'embrassa, d'abord le dos, puis la paume. Un frisson brûlant me parcourut le bras et je laissai échapper un petit soupir rauque.

— Refais ça, tu veux?

Et il recommença, avec mon autre main, cette fois. Le feu me gagna tout entière et je soupirai à nouveau. Puis je retirai mes mains et pris entre mes paumes son visage aux contours anguleux. Ses poils de barbe et sa moustache me parurent à la fois soyeux et piquants. J'attirai son visage près du mien et l'embrassai. Mes lèvres se fondirent aux siennes et le feu me submergea comme une coulée de lave surgie du plus profond de moi-même. Il sembla décontenancé pendant un petit moment puis m'attira violemment contre lui et m'embrassa longtemps, encore et encore... Je n'avais plus de souffle et je vibrais telle une corde de violoncelle, de la racine des cheveux jusqu'au bout de mes pieds nus... je voulais me fondre en lui et je ne pouvais empêcher mon corps d'aller et venir contre le sien.

— Non! murmurai-je sauvagement lorsqu'il se dégagea de mon étreinte.

Il me reposa doucement sur l'herbe, où je m'allongeai en l'entraînant avec moi. Il se redressa sur un coude et m'observa dans la pénombre; son visage au-dessus du mien obscurcissait les étoiles. Son expression était douce et grave et je le trouvai beau : il avait, avec sa barbe pointue, sa moustache et son visage allongé, des airs de chevalier du Moyen Age. Je dessinai l'arc de ses sourcils du bout de mon index, puis descendis jusqu'à ses lèvres. Il me mordilla le doigt et prit ma main, où il fit courir sa langue, aussi légère qu'un papillon. J'émis un petit râle de plaisir et voulus l'attirer vers moi mais il résista.

— L'herbe t'a fait de l'effet, on dirait.

Sa voix était voilée et il s'éclaircit la gorge.

— Pas du tout, dis-je en m'étirant voluptueusement. Ne me dis pas que c'est à cause de ça. Je sens exactement... tout ce que tu sens...

Il fit une grimace et changea légèrement de position pour ne pas m'écraser de son poids.

— Je n'ai pas de secrets pour toi, Smokes.

— Tu en as envie, n'est-ce pas? dis-je tout près de son oreille en soufflant un peu pour le chatouiller.

— Mon Dieu, oui... j'en ai eu envie la première fois que je t'ai vue, Smoky. Mais je ne veux pas abuser de la situation, c'est la première fois que tu fumes un joint... et puis je ne marche pas sur les plates-bandes des autres mecs.

— Moi qui croyais que tu étais fiancé à tout l'Ouest...

Je bougeai un peu pour me retrouver sous lui, chaque partie de mon corps qui ne touchait pas le sien me semblait misérable et abandonnée.

— Arrête, Smoky, bon sang! J'ai un principe, je ne touche pas à la femme d'un autre, je viens de te le dire.

— Je n'appartiens à personne, murmurai-je à son oreille.

Je sentis son corps se raidir un peu.

— Qu'est-ce que ça veut dire?

— Nous avons eu une scène à midi, avec Brad. Je l'ai quitté. Définitivement.

Il se tut un long moment.

— C'est à cause de la photo de *Life*?

— Oui.

Il y eut encore un long silence, puis il se dressa à nouveau sur son coude pour me regarder. Il était troublé.

— C'est donc ça qui t'a minée toute la soirée... je suppose que je devrais te dire que je suis désolé, Smoky, mais ce n'est pas vrai. Je suis désolé que tu sois malheureuse, ça oui, mais je me réjouis que tu l'aies quitté. Si son estime pour toi a baissé à cause de cette fichue photo, il ne mérite pas de respirer l'air que tu respires. Il a trouvé ça inconvenant, ou quelque chose dans le genre?

— C'est à peu près ça. Il m'a trouvée « exagérément irlandaise », il a dit que je ne savais pas où étaient mes limites, que j'allais trop loin... Il est devenu le portrait craché de sa mère, en moins d'une seconde...

Lucas rit doucement.

— Se faire traiter d'Irlandais dans certains milieux, c'est pire que de se faire traiter de nègre, je connais ça. Quel connard! Mais il a raison sur un point : c'est vrai que tu n'as pas de limites. Tu ne sais pas jusqu'où tu peux aller, tu es imprévisible. Et c'est ça qui fera de toi un grand écrivain, Smoky, je m'en suis rendu compte dès le début. Matt aussi, d'ailleurs. Bon sang, tous ces temps-ci je me mordais les lèvres en pensant à ce qu'ils allaient faire de toi !

— Quoi ?

— Un robot, Smoky. Ou plutôt une pauvre petite bête sauvage en cage. Bientôt ta fourrure aurait perdu son brillant et tes yeux leur éclat et tu aurais oublié le goût de la liberté – au cas où tu serais sortie. Tôt ou tard, je crois que je t'aurais tirée de leurs griffes et je me serais enfui avec toi...

— Comment peux-tu en être si sûr ?

— Parce que j'ai vu ce qui est arrivé à ma sœur. Un Brad Hunt version Baltimore et sa famille ont fait d'une jeune femme peintre créative et indomptée une névrosée qui dessine des couvertures de revues pour les associations de jeunes et boit trop dans les cocktails. Dans ces milieux-là, les hommes s'en tirent généralement mieux parce qu'ils ont leurs propres centres d'intérêt et se débrouillent pour préserver leur jardin secret mais les femmes se font toujours piéger par la famille. Le fait est que les fils de bonne famille sont toujours attirés par des femmes libres et fières... Résultat, il y a une concentration incroyable d'asiles psychiatriques pour gens huppés dans le Sud...

Je laissai aller ma tête sur son bras et scrutai le visage de Lucas. La grande maison rose à Sea Island, la villa bourgeoise et coquette à Collier Hills, les enfants blonds et le mariage en grande pompe à la cathédrale... toutes ces images virevoltèrent au-dessus de ma tête et finirent par s'évanouir au-delà de la cime des arbres, en une grande spirale qui se confondit avec les étoiles. Tout cela avait-il vraiment existé ? Rien n'était moins sûr...

Seuls le visage et le corps de Lucas étaient bien réels. Je me serrai contre lui.

— Je veux rester avec toi, murmurai-je, mes lèvres collées aux siennes.

— Tu en es sûre, Smoky ? Tu es bien sûre de vouloir rompre ?

— Certaine. Je lui ai rendu le bracelet qu'il m'avait offert.

Je me mis à rire et sentis les lèvres de Lucas s'incurver contre les miennes dans un rire complice.

— Qu'y a-t-il de si drôle ?

— Mais pas les pilules contraceptives.

Il éclata de rire.

– Allez, viens, rentrons.

Il me releva et me maintint fermement contre lui. Nous traversâmes la rue et gravîmes le sentier vers la petite maison qu'il occupait derrière la grande propriété. A un moment, je trébuchai dans la pente et il me souleva dans ses bras comme un fétu de paille. J'enroulai mes bras autour de son cou et embrassai son visage et ses cheveux tandis qu'il me portait jusqu'à la petite maison.

– Tu n'as pas peur que j'agisse par dépit? chuchotai-je dans son oreille. Que ce soit à cause de l'alcool et de la marijuana et tout ça, et pas à cause de toi?

Il posa un baiser sur le sommet de ma tête et dessina la courbe de mon sein avec son doigt. Je frissonnai et sentis à nouveau le feu couler dans mes veines...

– Probablement, mais ça changera...

Le lendemain, lorsque je rentrai à l'appartement, Teddy me dit que Brad avait téléphoné plusieurs fois de Huntsville pour s'excuser. Mais il était trop tard. Bien trop tard.

12

— Tu as complètement perdu la tête ? Non mais tu te rends compte, quitter Brad et te mettre avec Lucas le même jour ! Qu'est-ce que tu avais bu ? Ou fumé ?

Le lendemain soir, vers sept heures, j'étais rentrée à l'appartement. Assise sur le canapé dans un pyjama propre, une serviette en turban autour de mes cheveux humides, je dévorais une salade de pommes de terre confectionnée par la mère de Teddy.

Elle arpentait furieusement la pièce en agitant les bras comme un sémaphore. Les fenêtres à deux battants étaient ouvertes en grand par cette tiède soirée de septembre. Dehors, on entendait des claquements de portières et les airs joyeux que déversaient les électrophones, échos habituels du samedi soir à Colonial Homes.

Teddy s'égosillait pour se faire entendre : j'avais mis à fond sur la platine l'album de Ramsey Lewis que Lucas m'avait prêté. Elle portait une nuisette courte et ses cheveux noirs étaient emprisonnés dans d'énormes rouleaux. Avec sa fougue et ses gestes saccadés, on aurait dit un personnage d'une pièce de Ionesco — une de ces petites femmes pugnaces toujours en mouvement — et je ne pus m'empêcher de sourire. En fait, je n'avais pas cessé de sourire depuis que Lucas m'avait raccompagnée à la maison. J'étais sur un petit nuage.

— J'ai bu comme un trou et j'ai fumé de l'herbe. Ça, c'était pas terrible... mais tout le reste était... fabuleux !

— Ah, c'est ça, tu planais complètement ! Alors si tu as

fait l'amour dans cet état, tu ne peux pas savoir l'effet que ça fait quand on n'a rien pris...

– Détrompe-toi...

En me réveillant ce matin-là, sur le waterbed[1], dans la petite chambre de Lucas, je m'étais étirée lascivement, réalisant que j'étais nue et pensant aux événements de la nuit. Je m'étais recroquevillée dans une position fœtale, en attendant l'angoisse et la honte, la terrible sensation de vertige, le trou noir.

Mais rien ne se produisit. Pas de cataclysme derrière le rideau de mes paupières closes. Je me sentais merveilleusement bien. J'avais bien quelques tiraillements dans certaines parties de mon corps jusque-là inexplorées, et une sensation délicieuse, faite de douleur et de volupté, entre les cuisses. Je sentis mes joues s'empourprer et je bougeai légèrement. Une chaleur venue de mon bas-ventre irradia bientôt mon corps tout entier et je pressai mon visage contre l'oreiller en souriant.

Je tendis la main pour caresser Lucas mais ne rencontrai que le vide. Avant même que j'aie réalisé son absence, j'entendis ses pas et je le vis à travers mes doigts pressés sur mes yeux. Il était debout près du lit, une serviette nouée autour des reins, un plateau à la main. Il sortait de la douche et son épaisse chevelure d'un roux sombre portait les traces du peigne, sa barbe et sa moustache ainsi que les poils follets blond-roux de ses avant-bras et de ses mollets scintillaient de gouttelettes d'eau. Il sentait bon et je le trouvai superbe. Une bonne odeur de café chaud me chatouillait agréablement les narines.

Pourquoi m'étais-je dit un jour que Lucas Geary était trop maigre? Son corps était élancé et souple comme celui d'un nageur, vigoureux comme un jeune tronc d'arbre. Je le trouvais incroyablement attirant et j'avais envie de promener mes mains sur ses larges épaules, sur son torse, sur ses cuisses longilignes, jusqu'aux cicatrices qui zébraient sa cheville. Je me demandai s'il avait fait de la natation... Je réalisai que je ne savais pas grand-chose de lui. Au souvenir de ce que nous avions fait tous les deux, jusqu'à tomber de sommeil au petit

1. Lit dont le matelas est rempli d'eau. (N.d.T.)

matin, je me sentis rougir et fermai à nouveau les yeux. Je m'étais abandonnée au-delà de ce que j'aurais pu imaginer.

— Café, biscuits... dit-il en posant le plateau par terre et en se laissant tomber sur le lit.

Il me força à ôter mes mains de mon visage pour le regarder puis se mit à rire.

— Tu as un suçon gros comme un chrysanthème dans le cou. Allez, ne fais pas la timide et parle-moi ! Tu regrettes ce qui s'est passé hier soir ?

Je hochai la tête.

— Tu as eu peur de ce trou noir dont tu m'as parlé ? Tu as eu mal ?

Je fis signe que oui.

— Tu as perdu ta langue ? Tu penses que tout ça n'est arrivé que parce que tu as bu et fumé et à la lumière crue du matin tout paraît différent, c'est ça que tu ressens ?

J'acquiesçai.

— Alors, dit-il en dénouant sa serviette et en m'attirant tendrement à lui, nous ferions bien de recommencer tout de suite... pour que tu saches à quoi t'en tenir...

Et nous avons fait l'amour à plusieurs reprises, je voulais vraiment être sûre...

Nous étions épuisés et ruisselants de sueur, le café était froid et je vibrais de tout mon être, d'une joie triomphante et primitive venue du plus profond de moi. Un rire lumineux, sans retenue, monta dans ma gorge et je laissai rouler ma tête en arrière sur le bras de Lucas. Je crois que jamais dans ma vie je ne me suis sentie femme d'une façon aussi primaire et totale que ce matin-là sur le waterbed pneumatique de Lucas Geary.

— Qu'est-ce qui te ferait plaisir ? dit Lucas en posant un baiser entre mes seins humides. Un petit déjeuner, une douche, un voyage dans la lune sur les fils de la Vierge ?

— Dans l'ordre, un petit déjeuner, dis-je sans cesser de rire. Je meurs de faim ! Ensuite une douche. Et pour le voyage dans la lune... on pourrait recommencer... je voudrais vraiment être sûre...

— Mon Dieu, mais j'ai créé un monstre ! Je ne suis pas nul, d'accord, mais là tu me demandes une vraie performance ! Tu crois que ça pourra attendre cet après-midi ?

— Je vais essayer de tenir jusque-là, dis-je en embrassant son épaule, là où les taches de rousseur étaient si rapprochées que sa peau était du cuivre pur.

— Mais enfin... qu'est-ce que Lucas peut avoir de plus que Brad Hunt? fit Teddy, les sourcils arqués dans une sincère incompréhension. De plus, je croyais que tu ne l'aimais pas beaucoup. Il marche toujours sur tes plates-bandes.

— Brad est nocif...

Je n'avais pas envie de parler de Brad, ça me demandait de véritables efforts et de toute façon je n'arriverais pas à lui faire comprendre... mais Teddy était mon amie, et j'essayai tout de même.

— Brad m'a fait beaucoup de mal, hier midi. Intentionnellement. Je pense qu'il l'a regretté par la suite, ses paroles ont peut-être dépassé sa pensée mais il m'a profondément blessée. Je sais maintenant qu'il est capable de faire souffrir délibérément, je ne sais pas quand ni comment, mais je le sais. Je crois Lucas incapable de me faire de la peine, de façon préméditée comme Brad, en tout cas. Ni à moi ni à quelqu'un d'autre, d'ailleurs. Il est foncièrement bon, j'en ai la conviction.

— Personne n'est à ce point vertueux.

— Je n'ai pas dit ça. Je veux simplement dire que son esprit n'est pas fabriqué comme ça. Il est droit et entier, il ne joue pas.

— Brad ne jouait pas avec toi. Il allait t'épouser.

— Tu plaisantes? J'étais l'enjeu d'une partie qu'il dispute avec sa mère depuis toujours! Peut-être n'en était-il pas entièrement conscient mais c'est la vérité, Teddy! Tôt ou tard j'aurais eu à en souffrir. Je me demande comment je ne m'en étais pas aperçue plus tôt...

— Et Lucas Geary ne joue à rien?

— Non. J'en suis sûre.

Je songeai à la photo de *Life* et à la décharge que Lucas m'avait fait signer comme une simple formalité de routine. Avait-il joué avec moi à ce moment-là? Je ne le pensais pas... En toute honnêteté, Lucas ne pouvait pas imaginer que je refuserais de figurer sur un cliché aussi sensationnel. Il s'était dit que je réagirais en professionnelle à qui l'impact de la photo ne pouvait échapper. Malgré le choc ressenti, je réalisais l'importance de cette photo, je savais qu'il fallait qu'elle soit publiée et je comprenais parfaitement sa démarche en tant qu'artiste. Même si j'avais été furieuse sur le moment, j'étais en parfaite communion avec lui.

Je repensai à autre chose qu'il avait dit dans l'après-midi...

Nous avions pris un délicieux petit déjeuner, gâteau, fromage à la crème et café extra-fort à la cannelle, que Lucas trouvait dans ce qu'il appelait la seule épicerie digne de ce nom à Atlanta. Nous étions assis sur le minuscule balcon qui dominait les arbres et la verdure derrière la grande maison de brique de la propriétaire, des serviettes de bain drapées autour du corps pour tout vêtement. Des airs de jazz aériens sortaient de l'électrophone, Lucas avait d'abord mis un disque des Swingle Singers, « Going Baroque », puis le Modern Jazz Quartet avec l'obsédant « No Sun in Venice ».

– Je ne veux pas que tu te sentes prisonnier. Je ne veux pas que tu croies que je vais avoir des exigences à ton égard, Lucas.

– Pourtant, tu devrais. Moi, j'en aurai vis-à-vis de toi et je voudrai que tu me rendes la pareille. Tu as sûrement entendu des tas de racontars sur moi, entre autres que j'étais un coureur. C'est vrai, Smoky, j'aime les femmes. Mais je suis toujours fidèle et j'essaie de poser les règles du jeu dès le départ. Chaque relation est unique et, en général, je sais dès le premier jour si ça va durer ou non. Je suppose que pour la femme, c'est la même chose. Quand je sens qu'une histoire est finie, je le dis, et je demande à ma partenaire d'avoir la même franchise.

Mon sang se glaça dans mes veines. Je me sentais capable de garder longtemps ce bonheur fragile et volatil qui venait à peine d'éclore mais ce n'était pas une chose que j'envisageais à la légère. M'étais-je trompée en croyant que lui aussi ressentait la même chose... Après tout, je n'avais aucune expérience des relations amoureuses...

– Et nous, ça durera longtemps, d'après toi?

– Je ne vois pas de raison à ce que ça s'arrête. J'ai envie d'être avec toi, ici et maintenant. Quand je ne serai pas en reportage, la seule personne avec qui j'aurai envie de vivre, c'est toi. Je te demanderai de m'accompagner chaque fois que ce sera possible. Ce soir, je sors avec Matt et John, je ne t'emmène pas car c'était prévu comme ça depuis longtemps, mais c'est tout. Je ne dirai rien à Matt en ce qui nous concerne. Pas ce soir... J'ai très envie d'être avec toi. Et j'espère que c'est réciproque...

Je fis oui de la tête. C'était exactement ce que je souhaitais aussi. Depuis plus longtemps sans doute que je ne le croyais...

— Tu es sûre que tu ne regretteras pas Hunt, tu n'auras pas envie de m'envoyer promener pour aller à Sea Island ou dîner au Driving Club?

— Oh, non. C'est bien fini, je t'assure. Combien de temps tu veux qu'on reste ensemble?

— Je ne sais pas, Smoky. Toi non plus tu ne peux pas savoir. Pour ma part je ne vois pas pourquoi ça aurait une fin, mais si jamais ça se produisait, je te le dirais et je voudrais que tu fasses la même chose pour moi. Et si jamais tu avais envie... d'autre chose, j'aimerais que tu me le dises aussi.

Je savais bien ce qu'il voulait dire. Il pensait que peut-être un jour viendrait où je ressentirais le besoin d'un engagement plus profond, d'une permanence. N'était-ce pas au fond le désir de toutes les jeunes femmes de cette époque? Malgré nos discours sur la liberté et sur la révolution sexuelle, n'avions-nous finalement pas toutes été éduquées et programmées pour ça?

Assise à côté de Lucas au soleil de ce merveilleux après-midi, je réalisai avec étonnement que ça n'était pas du tout ce que je désirais. Sans doute ne l'avais-je jamais désiré et peut-être était-ce là l'origine de cette angoisse qui m'avait saisie au moment de me donner à Brad. Ce n'était pas l'éducation religieuse, ni la voix de Dieu, ni la culpabilité, mais tout simplement la perspective de m'engager pour la vie. Je ne voulais pas décider maintenant pour toujours. Je voulais vivre intensément l'instant présent, j'aurais voulu qu'il s'étire indéfiniment, sans le poids de ce mariage à la cathédrale, la maison bourgeoise à Brookwood Hills et la villégiature à Sea Island, dans l'ombre de la triste demeure rose. Je ne voulais que l'ici et le maintenant, de la musique, des rires, des conversations passionnées, Matt et son esprit brillant comme du vif-argent, son avertisseur de taxi, Tom avec son élégance de mannequin et son sourire doux-amer, Teddy avec son cœur fier et loyal, Hank et sa bonne humeur... les soirées passées à rédiger des légendes mais aussi les mondanités, les inaugurations et les premières, les heures bleues et magiques, les rires et les cocktails, le mordant et l'éclat de *Downtown*, les jours et les nuits de Lucas Geary, son regard et mes mots mêlés, capables de changer la vie, je désirais tout cela à la fois et c'était possible.

Tout était en harmonie. Rien chez Lucas Geary ne pouvait me faire du mal comme Brad m'en avait fait la veille, en moins d'une minute, avec quelques mots assassins.

– Alors, qu'est-ce que vous avez fait toute la journée, à part baiser comme des malades? demanda Teddy.

Sa question déclencha chez toutes deux une hilarité disproportionnée.

– Euh, tout et rien, dis-je au bout d'un moment. Enfin, j'ai passé une journée merveilleuse, je crois que c'est le plus beau jour de ma vie.

– Oh zut! tu vas être absolument impossible en amour. Il y a des gens qui sont comme ça.

Je lui avais dit la vérité. Lucas et moi n'avions pratiquement rien fait de la journée et pourtant ces instants sont restés gravés dans ma mémoire de façon indélébile. Tout coulait de source avec la clarté de l'évidence. Lucas était allé chercher une bouteille de chablis bien frais dans son petit réfrigérateur et là, sur le balcon, en regardant la course du soleil dans le ciel limpide, nous avons parlé, parlé comme si nous reprenions une conversation interrompue depuis peu. Nos pensées se prolongeaient, nos mots étaient immédiatement complices. A la fin de ce long après-midi hors du temps, je m'étais beaucoup racontée et il m'avait confié nombre de choses intimes mais j'avais l'impression de savoir déjà tout cela depuis longtemps et derrière nos paroles, comme une petite lueur secrète, vacillait l'étincelle de notre désir tout neuf.

– Qui est ce Sonny Pickens? demandai-je.

– Je ne sais pas exactement. C'est un nouveau, du groupe de Berkeley. Ils n'étaient pas à Selma ni à Lowndes County. J'ai entendu parler d'eux mais je ne les ai jamais vus. Ce sont des extrémistes, très motivés. Ils sont à fond pour le Black Power; ils ont des armes, des gilets de cuir et des bérets et font le salut militaire. Ces types sont en complète opposition avec le mouvement du Sud, il ne faut pas leur parler de non-violence. Ils veulent prendre la tête du parti de King et même des partis modérés comme les associations d'étudiants noirs antiracistes. Ils sont farouchement anti-Blancs et veulent tous les exclure, même les plus libéraux. Je sais qu'ils ont recruté au Nord, là où les émeutes ont été les plus dures. J'ignore le rôle qu'un gars comme Sonny joue là-dedans. S'il essaie de recruter des militants chez les partisans de King, il ferait mieux de laisser Juanita tenter sa chance. Au moins, elle a un passé avec eux. Elle a été des nôtres – et non des moindres –, c'était une fervente militante des Droits civiques, avant de rejoindre les Black Panthers. Et elle connaît du monde...

– Tu penses à John ?

– Ouais. Mais pas seulement. Tout le monde se souvient d'elle. Elle était parmi les plus combatifs à Selma et à Lowndes.

– Tu crois qu'elle veut convaincre John de rallier la cause des Panthers ? D'après ce que tu m'as raconté, c'est un fidèle parmi les fidèles du Dr King. C'est une bataille perdue d'avance.

– C'est vrai... mais il trouve que certaines choses n'arrivent pas assez vite... ou risquent de ne jamais arriver. Il est vulnérable en ce moment. Je voudrais qu'elle lui fiche la paix et retourne d'où elle vient. Qui plus est, c'est une grosse erreur d'avoir fait venir un type comme Sonny au cœur même du mouvement.

– Je crois qu'elle avait autre chose derrière la tête à propos de John.

– Quoi par exemple ?

– Par exemple le mettre dans son lit ! Tu n'as pas remarqué comme elle le dévorait des yeux toute la soirée !

– Ça serait un moindre mal.

– Oui et non...

– Tu veux un peu de champagne ? J'en ai au frigo. Buvons une coupe et ensuite j'irai développer mes photos avant que John arrive. Il doit passer me prendre. Tu trouveras bien quelque chose à lire ou à écouter en attendant...

– Tu n'as pas une autre idée, dis-je en promenant mon doigt sur son ventre...

Il se dégagea en riant.

– Je vais faire vite, je te le promets.

Il disparut dans sa minuscule cuisine et revint avec une bouteille de Taittinger toute fraîche et luisante de gouttelettes, cachetée de cire rouge. Je ne connaissais pas la marque mais je me dis que ce devait être luxueux.

— C'est ma propriétaire qui me l'a donnée pour me remercier d'avoir réparé sa télé, son « récepteur », comme elle dit.

Il prit son verre et s'éclipsa dans la pièce exiguë derrière la cuisine qui lui servait de laboratoire. Je m'habillai et me coiffai puis m'installai sur le canapé en velours du salon, mes pieds nus repliés sous moi. Je sirotai rêveusement mon champagne en laissant errer mon regard autour de la pièce.

L'endroit où vivait Lucas ne ressemblait pas aux autres appartements de célibataire que je connaissais à Atlanta. Dans la lumière déclinante de cette fin d'après-midi, la pièce avait une atmosphère étrange, d'une élégance désuète qui me parut exotique. Je savais que sa propriétaire, une veuve, avait meublé elle-même la petite maison qu'elle destinait à la location. Elle était née à Vienne et on disait qu'elle avait eu de la fortune. La petite maison avait en effet le charme suranné de l'Europe centrale, avec de hautes bibliothèques vitrées, d'énormes armoires sculptées en bois sombre, des fauteuils à oreillettes couverts de coussins à la soie fanée, des portraits de femmes à la poitrine imposante et d'hommes barbus dans de lourds cadres dorés. Il y avait des porcelaines de Chine disséminées un peu partout, et bien que ces objets ne fussent pas à Lucas, je trouvai que ce décor lui ressemblait assez. Curieusement, les piles de livres et de disques, le matériel sono et les quelques sculptures africaines qui lui appartenaient ne juraient pas avec l'ensemble. Cet endroit reflétait bien la personnalité de Lucas même s'il y avait mis peu d'objets personnels.

J'avais mis les *Carmina Burana* sur la platine et lisais Walker Percy lorsqu'un petit coup frappé à la porte me tira de ma béatitude. C'était John.

— Entre, criai-je.

Il se tenait debout, ses yeux jaunes plissés dans la semi-obscurité.

— Salut, Smoky, me dit-il comme s'il avait l'habitude de me voir dans le salon de Lucas Geary. Luke est dans les parages ?

— Il est en train de développer des photos. Il n'en a plus pour longtemps. Tu veux du champagne ? On vient d'ouvrir une bouteille et on n'a pas bu grand-chose, il va s'éventer. C'est du bon... je vais te chercher une coupe.

– Oh oui, merci. Le champagne me semble tout indiqué pour un beau samedi de septembre, dit-il en souriant.

J'allai à la cuisine d'un pas feutré et revins avec une flûte gravée de petites fleurs.

Lucas cria « bonjour » derrière la porte de la chambre noire et John leva aimablement son verre.

– A la tienne, Smoky. Et à André. Ne te fais pas de souci pour la photo de *Life*. Ça ne portera pas à conséquence. Tu sais, nos partisans ne lisent pas beaucoup...

– Qui sait... Merci tout de même, John. J'ai beaucoup apprécié la soirée d'hier. Je n'oublierai jamais ma rencontre avec le Dr King, c'était fabuleux. Il dégage... Je ne sais pas comment dire... Oui, c'est ça, une réelle bonté. Ça doit être extraordinaire de travailler avec lui. A propos, comment est-ce qu'il t'a recruté?

Il éclata de rire, d'un rire profond et décontracté. Assis dans le fauteuil de la veuve en face de moi, son verre de champagne à la main, il me parut élégant, un peu distant. Il portait un blue-jean et une chemise bleue impeccablement repassée, aux manches retroussées sur ses avant-bras qui semblaient de bronze.

– Disons que je suis parti de chez moi parce que je ne m'entendais pas avec mon père et que j'ai rejoint le mouvement comme on part avec un cirque.

– Raconte-moi ça.

Ne serait-ce que la veille, je n'aurais pas osé m'adresser à John avec une telle désinvolture. La jeune femme d'aujourd'hui n'avait rien à voir avec la jeune fille qui avait vu son avenir en miettes à ses pieds. Je ne savais pas très exactement ce qui avait changé en moi. Bien sûr, j'avais franchi le Rubicon qui sépare la jeune fille de la femme – en tout cas c'est comme ça qu'on voit les choses à Corkie : j'avais accompli ce que l'on considérait comme un acte répugnant, un péché grave. J'avais transgressé l'interdit, j'étais passée de l'autre côté du miroir. C'était sans doute ce qui, d'une certaine façon, m'autorisait à parler à John Howard d'égale à égal. Je me sentais à présent à l'aise avec lui. Peut-être était-ce aussi la grâce de ce jour lumineux...

– Eh bien, je venais de terminer mes études de droit et je

264

n'étais pas fixé sur ce que je voulais faire dans la vie. A vingt-six ans et avec presque dix ans d'études derrière moi, j'étais attiré par le sacerdoce mais la vocation à laquelle j'avais cru étant adolescent s'était quelque peu émoussée avec les années. Dans la tourmente du début des années soixante, prêcher me sembla soudain sinon dérisoire, du moins secondaire. Sans doute n'avais-je pas été vraiment touché par la grâce et appartenir à l'Église était le seul moyen que j'avais trouvé pour me rapprocher de mon père. Il voulait que je gagne de l'argent, que j'aie ce qu'il appelait une situation décente, en dehors du ghetto. Je ne sais pas pourquoi il redoutait que je finisse dans un ghetto. Dans ma famille, on n'en avait jamais vu un. J'ai donc fait mon droit pour faire la paix avec lui mais je ne brûlais pas d'un violent désir d'être juriste. J'ai prêché un peu, suffisamment pour me rendre compte que je n'étais pas un grand meneur d'hommes, et encore moins un disciple du Seigneur. Après avoir obtenu mon diplôme, je suis rentré à Saint-Louis pour humer un peu l'air du temps et trouver du travail. Le mouvement pour les Droits civiques m'interpellait de plus en plus et il m'apparut bientôt presque indécent, en vivant à Saint-Louis, de me tenir à l'écart. Je décidai donc de participer à la marche sur Washington pour me faire une idée plus précise du mouvement. Au moment où je pris le bus pour Washington, mon père ne mâcha pas ses mots : j'espère que tu te feras arrêter, me dit-il.

— Mon père m'a dit exactement la même chose quand j'ai pris le bus à Baltimore ! dit Lucas en sortant de son petit laboratoire.

Il donna une tape amicale sur l'épaule de John et déposa un baiser sur le sommet de mon crâne. Je me sentis rougir et lançai à John un regard en biais : il me fit un petit signe de tête accompagné d'un sourire, comme s'il me donnait sa bénédiction, mais sans dire un mot.

— C'est là que vous vous êtes tous connus, dis-je. Lucas m'en a beaucoup parlé.

— C'était très poétique ! dit Lucas. Nous nous sommes rencontrés en faisant la queue aux toilettes en plein air que le mouvement avait installées derrière son quartier général ! Nous faisions vraiment tache : deux gamins efflanqués aux cheveux ras, en costume d'été et cravate écossaise au beau milieu des militants en bleu de travail et sandales arborant le médaillon de la paix. Nous nous sommes mis à rire en nous voyant. J'ai ôté ma cravate et John a fait pareil, puis nous les avons roulées en boule et balancées derrière les toilettes. Ensuite nous avons passé notre veste autour de nos reins et relevé nos manches de chemise. Enfin nous avons pu serrer des mains et engager la conversation. Je crois que de balancer cette cravate a été l'acte libératoire le plus important de ma vie, après être monté dans ce bus à Baltimore. Et je pense que c'était la même chose pour John. Après quoi les choses se sont précipitées.

— Après le fameux discours de King « I have a dream [1] », j'étais déterminé à le suivre, reprit John. Je n'ai même pas téléphoné chez moi, j'ai pris un bus pour Atlanta et Lucas m'a suivi. Je me demandais ce que j'allais faire de ce jeune homme si maigre au visage blanc comme la lune – d'après l'expression d'un des voyageurs –, bardé d'appareils photos et traînant une petite Samsonite. Il ne pouvait pas m'être d'une grande utilité dans ce bus mais il était comme un chien perdu, impossible de le semer. Une fois à Atlanta, nous sommes allés au siège du mouvement et nous avons rencontré King en personne. Il était toujours très disponible quand il était en ville. Il m'a tout simplement reçu dans son bureau et je me suis présenté comme un jeune avocat désireux de travailler avec lui. Je ne lui réclamais pas de salaire, je voulais juste qu'il me prenne à l'essai. Lucas lui fit la même proposition. Un photographe s'avéra bien vite plus utile au mouvement qu'un avocat et Lucas partit au Mississippi pour couvrir les manifestations pour le droit de vote et je restai coincé à Atlanta à faire le sale boulot. Il s'est passé un an avant qu'ils me laissent plaider pour faire sortir quelqu'un de prison. J'ai obtenu un poste d'assistant à l'université et donné quelques leçons particulières, ce qui m'a permis de subsister et de louer une chambre d'étudiant, où je vis toujours, soit dit en passant. Lucas, comme tu sais, a conquis la gloire en se faisant écraser le pied par un cheval lors d'une charge de police à Selma. La suite appartient à l'histoire, comme on dit.

— En l'occurrence, ce n'est pas un vain mot, dis-je en sou-

1. Discours fait par Martin Luther King en 1963, lors de la marche sur Washington. *(N.d.T.)*

riant. Tu as été plus proche de King que n'importe qui. Pourquoi t'a-t-il si rapidement accordé sa confiance, John ?

Ma question aurait pu passer pour irrévérencieuse – bien que je n'y aie mis aucune intention désobligeante. John ne la prit pas pour telle, d'ailleurs.

Il se pencha en arrière et leva son verre pour voir danser les bulles d'or pâle dans la lumière.

– Parce qu'il s'est tout de suite reconnu en moi, étant lui-même un transfuge des classes aisées. Nos histoires se ressemblent un peu, nous avons reçu à peu près la même éducation. A l'origine, ce n'est pas un homme du peuple, il a dû apprendre à se comporter comme tel pour se mettre à la portée des gens et les émouvoir. Dans sa volonté de les aider, il a accompli un immense acte d'amour et de volonté. J'ai beaucoup changé à son contact, même si je n'atteins pas cette totale empathie avec la base du mouvement, mais j'ai appris à les connaître et à comprendre leurs aspirations. Ce sont eux qui comptent, les petites gens, les humbles et les sans-grade, ceux qui n'ont rien – et qui sont tout. Ce combat est le leur. Martin s'y est donné corps et âme et j'ai essayé de suivre son exemple. Je n'y suis pas totalement parvenu mais sa seule présence a donné à ma vie un sens incomparable.

Nous nous tûmes pendant un moment. John avait merveilleusement bien parlé. J'étais stupéfaite qu'il se soit exprimé si ouvertement devant moi. J'étais émue aux larmes et ne trouvais rien à dire. D'ailleurs, toute parole m'eût semblé à la fois arrogante et immature.

– Alors, comment la soirée s'est-elle terminée ? fit Lucas au bout d'un moment. Tony et Rosser n'ont pas eu l'air d'apprécier beaucoup ce vieux Sonny. D'où vient-il au juste ?

John écarta la question d'un geste impatient.

– Oh, c'est un des petits nouveaux qui ont rejoint Huey et Bobby à Merritt à Oakland. Je n'en sais guère plus. Je crois qu'il a été à Berkeley pendant un an puis il a participé à tout ce remue-ménage à la Chambre législative de Californie. Ils sont un certain nombre dans ce cas à n'avoir jamais participé à une marche ni à un sit-in, ils ignorent ce que c'est que la prison, n'ont jamais mis les pieds dans le Sud et ne savent pas même de quoi parle Martin, ils sont trop jeunes. Ils sont complètement cinglés : ils aiment les armes, les jurons et les uniformes, ils se croient à la guerre, ils n'ont aucune conscience de la réalité. J'ai bien peur qu'ils n'aient déjà fait pas mal de ravages parmi les jeunes. Les choses ont vraiment mal tourné hier soir après votre départ. J'ai dû traîner de force ce petit crétin vers la sortie avant qu'il ne se fasse étriper.

– Que s'est-il passé ?

– Il a dit des conneries sur Martin. Dieu sait que ça n'a pourtant rien d'exceptionnel, de nos jours. Seulement il a mal choisi son endroit.

– Il y avait vraiment de mauvaises vibrations hier soir, dit Lucas. J'ai même dit à Smokes que King me faisait penser à un vieux lion cerné par des chacals...

– Le moment venu, le roi doit mourir, dis-je en me remémorant un cours de mythologie que j'avais suivi au lycée. Vous vous souvenez, le mythe selon lequel le roi doit être sacrifié rituellement et remplacé pour que les récoltes soient fructueuses et que le cycle de la vie continue ? Ce mythe se retrouve dans presque toutes les cultures. J'y ai pensé quand Kennedy a été assassiné.

John Howard me regarda d'un air sombre.

– Ouais... c'est à peu près ce que cet avorton de Sonny a raconté, sauf qu'il ne connaît rien à la mythologie. Mais en substance, il a dit la même chose, « le roi est mort », juste au moment où Martin quittait la salle en compagnie de Tony et de Rosser. Je ne sais pas si Martin a entendu, toujours est-il que les deux lascars ont fait volte-face en moins d'une seconde et lui ont demandé ce qu'il voulait dire au juste.

« L'autre a répondu avec son sourire exaspérant : " Il est mort à Greenwood lorsque Stokely a levé le poing et que la foule a crié : ' Vive le Black Power. ' Il est mort depuis longtemps et il ne le sait pas. Vous non plus d'ailleurs. C'est la fin du mouvement, vieux frères. "

Lucas émit un petit sifflement, et je frissonnai.

– Que s'est-il passé à Greenwood ? demandai-je.

– Greenwood, Mississippi, précisa Lucas. Stokely Carmichael s'est fait arrêter pour avoir planté sa tente à Greenwood pendant la marche sur Meredith, un rassemblement qui a eu beaucoup de succès. Il venait de sortir de prison et c'était vraiment une arrestation injuste, tous les manifestants étaient furieux. C'est là qu'il a brandi le poing et tout le monde s'accorde à dire que c'est lui qui a inventé ce soir-là le salut du Black Power. Le cri « Black Power » a été repris par certaines personnes dans la foule, à la place de « Freedom » qui était notre cri de ralliement. Ça n'est pas vraiment important.

— De toute façon, ce qu'il a dit est inadmissible. Ça n'était pas le moment...

Je pensai à la joie et à l'exaltation que j'avais éprouvées hier soir... Dire ça chez lui, parmi les siens. Quel culot...

— J'ai bien cru que Rosser allait le tuer. Il l'avait pris par le col et s'apprêtait à le rouer de coups mais Juanita a fait des excuses et nous l'avons sorti sans ménagement. Elle savait qu'il n'était pas à sa place là-bas et ce n'est pas elle qui l'a amené, il est venu de sa propre initiative. J'ai l'impression qu'il marche sur ses plates-bandes : il sait qu'elle a beaucoup d'amis dans le mouvement et il rêve de les recruter.

— Apparemment elle a des amis, en effet, dit Lucas avec un sourire contraint.

— Comprends-moi, Lucas, je ne cherche pas à l'excuser. C'est une fille extraordinaire, c'était la plus fervente de nos militantes, tu ne peux pas le nier. Qui plus est, tous les jeunes ne sont pas comme ce Sonny Pickens. Beaucoup ont été des nôtres, j'essaie de ne pas l'oublier.

— Eux, ils ont plutôt la mémoire courte en revanche. Dis donc, toi, tu ne serais pas en train de virer de bord par hasard ?

— Tu sais bien que non. Je dis simplement qu'il faut comprendre ce qu'ils veulent dire vraiment, le sens caché derrière les slogans et les provocations. Ça n'est peut-être pas si éloigné de ce que nous avons toujours proclamé. Si les moyens sont différents, le but est identique. Et ils obtiennent des résultats concrets. Nous pourrions envisager de collaborer avec eux dans l'action, ça n'est pas irréaliste. Nous aurions des choses à apprendre les uns des autres. Écoute, Lucas, nos méthodes ne marchent pas. J'y crois de tout mon cœur mais il faut se rendre à l'évidence. Nous avons obtenu des lois : elles ne sont pas appliquées ; c'est comme si nous marchions dans du sable. Combien d'entre nous sont revenus complètement désabusés de la conférence à la Maison-Blanche, l'an dernier ? Il est évident que Johnson n'a fait qu'utiliser le mouvement. Le mécontentement était général dans le pays, au Nord parce que les promesses n'ont pas été tenues, au Sud parce qu'il n'y en a même pas eu. Maintenant nous sommes tous dans la même galère : le gouvernement nous a fait des promesses et se fiche pas mal de les honorer. Tu vois bien ce qui se passe : les manifestations sont de plus en plus violentes, il y a des arrestations, des morts inutiles. Alors oui, je crois que nous devrions réfléchir aux moyens à mettre en œuvre pour que le gouvernement tienne ses promesses.

— Tu crois vraiment que le mouvement de King peut trouver quelque chose de positif chez les Black Panthers ? Tu les vois avec des fusils, des bérets noirs et des gilets de cuir ?

— Bien sûr que non. Mais on ne peut pas nier qu'ils sont puissamment organisés : ils font des actions sociales, des programmes d'études pour l'emploi, ils ont créé des banques alimentaires, sans compter tout le travail accompli auprès des Noirs des ghettos des grandes villes pour leur apprendre à se défendre de la police...

— ... Et ils apprennent aux gamins à tirer avec un Magnum, ils leur enseignent qu'il faut éliminer tous les Blancs et ils appellent à l'insurrection armée.

— Je n'ai jamais dit qu'ils avaient raison sur tout. La plupart d'entre eux disent des conneries. Mais je crois qu'ils en sont conscients et que c'est de la provocation pour attirer l'attention de la presse sur leur organisation. Sans laquelle il est impossible d'agir. Et le fait est qu'ils y sont parvenus : les médias s'intéressent à eux, plus à nous. Nous devrions nous rapprocher d'eux pour profiter de leur popularité, au lieu de nous éparpiller en de multiples petites factions comme nous l'avons fait... Mon Dieu, notre mouvement n'a jamais eu plus de quelques milliers d'adhérents et pas beaucoup d'argent, et avec les dissidences nous sommes comme David contre le géant Goliath mais sans la fronde ! Je dis simplement que nous pouvons utiliser certaines de leurs armes et que nous avons des choses dont ils ont besoin. Nous pourrions au moins les écouter. Nous pouvons dire non aux armes. Qui plus est, je crois qu'ils ne s'en servent pas, c'est surtout un moyen d'intimidation. Je crois que... peut-être nous ne sommes pas si éloignés que ça...

— Eh bien... Elle est plus forte que je ne croyais, dit Lucas.

— Elle ne s'est jamais vraiment éloignée de nous, dit John d'un ton égal. Une des raisons pour lesquelles elle est venue ici était précisément d'essayer de trouver un terrain d'entente. Elle n'a pas oublié le Delta, ni Lowndes County. Ils ne sont pas tous comme Sonny Pickens, heureusement.

270

– Qu'est-ce que vous envisagez? De faire l'union?

– Juanita est repartie chez elle ce matin. Elle a une petite fille de trois ans, Kimba, dans une garderie du mouvement, là-bas à Philadelphie. Le père est parti depuis longtemps. Tu vois, elle a d'autres préoccupations que de nous infiltrer ici à Atlanta.

– Bon, bon. Mais qu'est-ce que tu vas faire?

– Rien, je ne sais pas. Je vais parler à Martin en tout cas. Une chose est certaine, c'est qu'il m'écoutera. Je ne peux pas en dire autant de Tony et de Rosser.

Lucas s'étira.

– Ça me paraît si loin tout ça... comme si c'était arrivé à quelqu'un d'autre... pas toi, John? Dieu sait que je n'ai pas envie de me faire charger par la police mais l'esprit de ces années-là, c'était quelque chose...

– C'est vrai... (Les yeux dorés de John se perdirent dans le lointain.) C'était vraiment très fort...

Il y eut un léger coup frappé à la porte et Lucas se leva pour aller ouvrir. Une jeune femme noire bien en chair se tenait sur le seuil, portant sur un plat de cristal un gâteau encore fumant qui répandit dans la pièce un parfum appétissant.

– De la part de Mme Strauss. Elle a dit : « Gardez-en pour vos invités, Lucas. »

Lucas prit le plat et le déposa à la cuisine. La jeune femme, une jeune fille plus exactement, nous regardait timidement. Ses cheveux étaient serrés dans un foulard africain aux couleurs éclatantes noué en turban, comme Juanita, qui contrastait avec sa peau très noire. Elle portait un collier de graines et de grands anneaux d'oreilles en bois, une chemise paysanne, un jean à pattes d'éléphant et ses pieds dodus étaient chaussés de sandales. Elle ne devait pas avoir plus de vingt ans.

– Je vous présente Luella Hatfield, dit Lucas. Elle travaille chez Mme Strauss et fait pour moi plus que je ne mérite... Elle touche une prime pour faire mon ménage! Je l'initie à la photo et elle m'apprend à chanter en échange.

– C'est une cause désespérée, dit John. Il chante comme une casserole. Ravi de vous rencontrer, Luella. Voici Smoky O'Donnell.

La jeune fille nous fit un sourire timide et doux.

– C'est vous qui avez fait l'article sur André, c'est bien ça? Lucas me l'a montré. Je vous ai déjà vu à Selma, monsieur Howard.

— Ça n'est pas possible ! Vous deviez être bien trop jeune !

— Mon père m'avait interdit de marcher avant seize ans, j'avais à peine quinze ans... je chantais.

— Luella faisait partie des chanteurs pour la liberté, tu te rappelles le groupe de Bernice Reagan ? Ils chantaient des spirituals et des chansons engagées et faisaient toutes les manifestations dans le Sud. Ils avaient des voix... Je n'ai jamais rien entendu d'aussi beau, et comme ils nous entraînaient, sur le pont à Selma... Luella chante à merveille, Aretha Franklin peut aller se rhabiller, c'est moi qui vous le dis ! Quand elle chante à pleine voix on dirait un tremblement de terre !

— Je m'en souviens, maintenant, dit John en souriant. Ce sont les plus beaux chants que j'aie entendus de ma vie. Vous êtes venue ici pour apprendre le chant ?

— Après Selma, j'ai suivi le Dr King et tous ceux du mouvement, dit-elle en baissant la tête. Mon père voulait que j'essaye d'avoir une bourse pour poursuivre mes études mais je préférais être là avec tout le monde, alors je suis venue avec ma cousine.

— Où est-ce que vous habitez ? Est-ce que vous faites des études ? Vous suivez peut-être des cours de chant quelque part ?

— Pour ce qui est du chant, il n'y a pas beaucoup de débouchés, on dirait, dit la jeune fille avec un sourire radieux où ne transparaissait pas l'ombre d'un regret. Ma cousine s'est mariée, elle est allée vivre à Columbus. Tout de suite après son départ, j'ai trouvé cet emploi chez Mme Strauss et je suis venue habiter chez elle. Je suis très contente de travailler pour elle, elle est très gentille avec moi. Elle me donne de l'argent et les vêtements de sa fille. J'ai tout le temps libre que je veux et elle essaie de trouver quelqu'un dans l'orchestre qui puisse me donner des cours de chant. Son mari était chef d'orchestre, vous savez.

J'eus un pincement au cœur. De l'époque lumineuse et pleine d'espoir d'Edmund Pettus Bridge, où elle figurait parmi les voix les plus ardentes et talentueuses du pays, à cette petite chambre dans la maison bourgeoise d'une veuve autrichienne, acceptant de porter les vêtements dont la jeune fille de la maison ne voulait plus. Tout ça me parut terriblement injuste.

Je sentis les larmes me monter aux yeux. Lucas dut s'en

apercevoir car il attira mon attention et me jeta un regard sévère accompagné d'un léger hochement de tête.

— Il y a pire que de travailler pour Mme Strauss. C'est une libérale convaincue et passionnée, ce qui ne l'empêche pas d'être romantique à ses heures. Luella et moi profitons de sa générosité.

— Pour sûr, dit Luella.

— Je demanderai à l'université. Je suis sûr qu'on pourra vous trouver des cours, dit John. (Il lui sourit avec une sincère bonté, sans la moindre trace de paternalisme.) Avez-vous une chanson favorite ?

— J'ai toujours aimé « Eyes on the Prize ». Vous vous en souvenez ?

— Voyons...

John se tut, toujours souriant, comme perdu dans ses souvenirs, puis soudain il ferma les yeux, rejeta la tête en arrière et se mit à chanter :

> *La main dans la main, c'est le seul lien*
> *Que l'homme puisse endurer*
> *Ne perds pas de vue l'horizon*
> *Tiens bon, tiens bon.*

Il avait un timbre grave et puissant où résonnaient tous les échos de l'Afrique ancestrale, vibrant de toute la chaleur des champs d'argile rouge du Sud, avec ces inflexions qui donnent aux spirituals et aux chants du mouvement leur puissance d'émotion. C'était une voix étonnamment riche et séduisante. J'écoutais, bouche bée.

Luella Hatfield applaudit et reprit :

> *A bord du vieux bus Greyhound*
> *Nous porterons l'amour de ville en ville*
> *Ne perds pas de vue l'horizon*
> *Tiens bon, tiens bon.*

Je n'avais jamais entendu une voix aussi extraordinaire de ma vie. Elle enfla comme un fleuve puissant qui emplit tout et déferla dans la lumière pâle de l'après-midi. Je sentis mes cheveux se hérisser sur ma nuque et un frisson me parcourut l'échine.

John se rapprocha de Luella et lui mit la main sur l'épaule. Ils enchaînèrent ensemble :

Notre seul tort fut de rester
Un jour de trop dans le désert
Ne perds pas de vue l'horizon
Tiens bon, tiens bon.
Mais comme on a eu raison
D'entrer en rébellion
Ne perds pas de vue l'horizon
Tiens bon, tiens bon.

Lorsqu'ils s'arrêtèrent, Lucas et moi restâmes muets. Leurs deux voix mêlées semblaient planer dans la pièce comme un souffle céleste. Puis le silence se brisa. Des applaudissements fusèrent dehors, en bas dans la rue.

Nous joignîmes nos applaudissements à ceux des badauds et John et Luella tombèrent dans les bras l'un de l'autre en riant.

— Ravie d'avoir fait votre connaissance, murmura-t-elle en baissant la tête, puis elle s'éclipsa.

— ... comme on a eu raison... d'entrer en rébellion, fredonna John en regardant Lucas.

— Ai-je le droit de me mesurer au destin? dit Lucas en levant les paumes dans un geste d'impuissance.

— 'scusez-moi, bredouillai-je en me précipitant vers la salle de bains.

Puis je fermai la porte et fis couler le robinet pour masquer le bruit de mes pleurs.

13

Les grands changements de notre vie, les failles irréversibles, se produisent si subrepticement qu'ils passent inaperçus. Pour ma part, en tout cas, je n'en ai jamais été consciente. Ce n'est que plus tard que je réalise la gravité de tel événement ou de telle période de ma vie. Très souvent aussi, ils surviennent à une époque de calme, où le temps semble suspendu. Mais si un sismographe intérieur nous permettait de les observer, on découvrirait l'importance des écarts entre les pics et les vallées de ces petits tremblements de terre intérieurs. S'ils étaient visibles, nous pourrions nous épargner beaucoup de peines et de chagrins, mais la vie ne fonctionne pas comme ça. Du moins, pas la mienne.

Cet automne-là fut une période de séismes intérieurs, de petits bouleversements surtout personnels, évidemment, mais bien réels. Ils ont changé nos vies sans coup férir. Je me demande si les autres en étaient conscients autant que moi lors de cet automne flamboyant. De toutes les façons, les mois d'octobre et novembre 1967 resteront dans ma mémoire comme à la fois le plus bel automne de ma vie et l'époque où tout a basculé.

Sans doute parce que c'était mon premier véritable automne à Atlanta. Les saisons existent aussi sur les côtes de Géorgie et dans les îles de Caroline du Nord et de Caroline du Sud, mais l'automne dans ces régions n'est pas comparable à celui d'ici. Il est plus lent, les transformations sont plus subtiles. D'abord, la température reste élevée, même si les grandes chaleurs étouffantes et moites de l'été ont disparu. Le bleu du ciel et de l'océan s'intensifie, les rayons du soleil sont de plus en plus dorés, l'horizon semble reculer tandis que la lumière donne un éclat étrange au marais où la verdure de l'été se teinte de couleurs fauves. C'est une période splendide et magique, mais pour moi ce n'est pas l'automne.

Du moins pas celui des collines des Blue Ridge Mountains. Cette année-là, la température chuta brusquement en une nuit. Dès la fin septembre, un courant d'air froid venu des lointaines montagnes du Canada nous apporta de gros orages et de fortes pluies. Le vent qui au début se contentait de faire frissonner la végétation s'acharna ensuite en violentes rafales sur les arbres aux feuilles ternies et poussiéreuses, leur arrachant un chœur de sifflements et de craquements dont ils avaient perdu – comme nous-mêmes – le souvenir. Elles furent suivies de pluies diluviennes qui inondèrent la pelouse desséchée du parc en face de la petite maison de Lucas et firent déborder le petit ruisseau où la cascade disparut sous un torrent couleur thé. Lucas et moi nous y enlisâmes à notre retour du camp des Faucons d'Atlanta à Black Mountain, en Caroline du Nord, où nous étions allés photographier l'équipe au travail. Après avoir eu toutes les peines du monde à sortir la Morgan du bourbier, nous nous retrouvâmes trempés et tremblants de froid mais tout réjouis de ces signes précurseurs de l'automne.

Le lendemain matin, il était là. En nous réveillant enlacés sur le waterbed, frissonnants de froid pour la première fois depuis que je dormais là, nous entendîmes la chaudière se mettre en marche dans le garage et sentîmes monter jusqu'à nous une odeur familière de poussière dérangée par la chaleur. D'une année à l'autre, on oublie cette odeur, qui pour moi évoque autant l'automne que celle des feuilles qu'on brûle dans les jardins ou le parfum des pommes à cidre qu'on achète au bord des routes de montagne.

Pendant quelques semaines, la vaste forêt qui entoure Atlanta flamboya de toutes les teintes de ses feuilles jaunies et roussies par les premières gelées, qui tourbillonnaient comme des flocons ardents sur toute la ville. L'air pur était d'un bleu doré et le ciel d'une couleur que je n'avais encore jamais vue. Nous ne nous lassions pas du grand air. Le week-end, nous mettions notre pique-nique dans la voiture et partions à l'assaut des collines flamboyantes ou, plus simplement, nous emportions des sandwiches et des thermos de café dans le petit parc en face de chez nous : nous nous allongions sur une vieille couverture de la veuve pour nous protéger de l'air froid et jouir du soleil doux comme du miel sur nos paupières fermées. Nous allions aussi assister à des matches de football, baguenauder dans des foires artisanales ou populaires et fouiner dans les marchés aux puces. Il y eut la Foire mondiale du Sud-Est, avec ses allées semées de sciure et bordées de stands de barbe à papa, ses spectacles de travestis, ses revues de nus. Nous goûtâmes de tout et Lucas gagna la plus ridicule des poupées Barbie, celle qui est habillée en Scarlett O'Hara : c'était le lot le plus affreux de toute la panoplie. Quand nous fîmes l'amour ce soir-là sous une épaisse couche de couvertures et de patchworks dans l'odeur âcre de fumée près de la cheminée qui tirait mal, la poupée Scarlett, posée sur le bureau de Lucas, nous observait, le visage grimaçant : Lucas dut aller la recouvrir de son pantalon.

– Voyons, miss Scarlett, vous connaissez rien à la baise, me murmura-t-il dans le cou, ce qui me fit rire d'un bonheur profond.

On dit que le printemps est la saison des amoureux, mais pour moi ce sera toujours l'automne.

La saison des amoureux ? Mon Dieu ! Amoureuse, on peut dire que je l'étais ! Teddy avait raison, j'étais impossible. Je croyais avoir déjà aimé alors que je ne savais pas encore ce que ce mot voulait dire. Je n'arrivais même plus à me rappeler mes sentiments pour Brad Hunt.

Il avait appelé plusieurs fois pendant son séjour à Huntsville, refusant de croire que je ne lui pardonnerais pas sa seule et unique erreur de conduite alors que, pour ma part, je ne savais comment l'éloigner sans le blesser. Je finis par lui annoncer crûment que j'étais amoureuse de Lucas Geary. Il m'avait rétorqué avant de raccrocher que même pour des Irlandais comme nous, nous n'avions vraiment pas perdu de temps. En dépit d'un vague regret, je me sentis soulagée. Rien désormais ne me séparait plus de Lucas.

A cette époque, Teddy m'expliqua plusieurs fois que beaucoup de gens vivaient sans connaître une passion semblable à la mienne pour Lucas, et qu'à long terme, ils ne s'en portaient pas plus mal. Son affection pour moi ne l'empêchait pas de me trouver ridicule malgré tous les efforts que je faisais, quand j'y pensais, pour ne pas laisser mes sentiments amoureux interférer avec mon travail. C'est pourtant ce qui se passa, comment le contraire eût-il été possible ? Je n'avais plus rien à voir avec celle que j'avais été au Carrousel. J'avais perdu ma virginité, j'étais engagée, dévorée. Cela se sentait.

Je ne voyais pas Lucas autant qu'auparavant, en tout cas pas tous les jours. Nous avions vite compris que nous devions, comme le dit Kahlil Gibran dans *Le Prophète*, ménager des espaces dans notre intimité. Sinon, l'intensité de notre passion aurait risqué de détruire quelque chose de vital en nous et de perturber notre entourage. Presque tout le monde à *Downtown* était au courant de notre idylle, et personne n'y voyait à redire ni ne nous souhaita du mal, du moins je ne crois pas, sauf peut-être Matt, qui ne cachait pas sa désapprobation. Mais dans notre petit groupe si étroitement soudé, nous dérangions : on nous rabrouait, on nous taquinait et on se moquait de nous. Je me rappelai les paroles de Teddy lors de l'une de nos premières conversations : il n'y avait pas de relations exclusives au sein de l'équipe, mais tout le monde était fidèle au groupe. Je n'avais alors pas prêté grande attention à cette remarque, ne souhaitant rien d'autre à ce moment-là que de me faire accepter. Maintenant, quand Teddy roulait des yeux exaspérés, que Hank me faisait une remarque ou que Matt était furieux de trouver Lucas, qu'il avait cherché partout, dans mon bureau, je me demandais amèrement pourquoi je ne pouvais à la fois appartenir à Lucas Geary et à Comfort. Mais ce n'était pas possible, la part de moi encore lucide le comprenait bien. Nous avions plusieurs fois manqué aux règles du groupe mais je n'arrivais pas à m'en inquiéter.

Lucas, contrairement à moi, ne changeait pas. Il était si inaltérablement lui-même que le Lucas amoureux ne différait en rien de celui qui ne l'était pas. Il continuait de flâner dans les bureaux et de prendre paresseusement des photos impudiques de petites culottes féminines, de tourmenter Sister, de taquiner Hank et d'aller déjeuner avec Matt en le laissant payer l'addition. Il faisait toujours des grimaces à Culver Carnes, dont il photographia le dos raidi de colère le jour où, dans sa tentative de trouver le coupable de la guerre des porte-tasses, il était sorti furibard du bureau. Et s'entêtait à faire payer par Culver ses déjeuners avec Francis Brewton et le jeune et maigre prédicateur au regard affolé qui se trouvait au coin des rues Spring et Peachtree ; il n'avait pas non plus perdu la manie de sans cesse demander sans jamais les rembourser des pièces de monnaie pour payer ses timbres ou son café.

Mais la nuit et le week-end, il était tout à moi.

Comment aurais-je pu savoir qu'un tel bonheur était possible ? Peu de gens connaissent ce que j'ai vécu avec Luke pendant ces premières semaines... Ou s'ils le vivent, ils maîtrisent mieux la situation. Mais je ne vois pas comment c'est faisable. Si j'y suis parvenue, c'est surtout grâce à Lucas qui insistait pour que nous menions une vie normale. J'étais quant à moi ivre de sensations.

Nous faisions l'amour partout et très souvent. Sur le waterbed dans la petite chambre sombre de Lucas, dans le salon devant la cheminée sur les couvertures qui sentaient la fumée, dans sa cuisine minuscule, et même une fois dans sa baignoire. Dehors, sur la pelouse argentée par la gelée, près de la mare sous la lumière froide de la lune. Nous le faisions silencieusement et rapidement, ou au contraire de façon tumultueuse en prenant notre temps. Nous expérimentions toutes les nuances possibles. Je découvrais à chaque fois des sensations nouvelles et bouleversantes qui nous faisaient rire. Faire l'amour avec Lucas Geary, c'était plonger, s'enfoncer, se noyer et remonter à la surface inondée de joie. Pendant ces quelques semaines, je n'étais plus que chair abandonnée. Dans le bureau, il suffisait qu'il me touche le bras ou me regarde pour que les genoux me lâchent et que je sois obligée de raidir tous mes muscles pour ne pas fermer la porte et faire l'amour avec lui. Dans l'appartement, si je l'appelais, il laissait immédiatement ce qu'il était en train de faire pour venir me rejoindre. A cette époque, je me sentais continuellement lourde et alanguie par le plaisir, mes paupières se fermaient et restaient mi-closes.

— Il va falloir que je disparaisse du bureau pendant un temps, me dit Lucas au début de notre relation, un jour où, en quittant le travail, nous avions failli faire l'amour dans l'ascenseur dont nous étions sortis blêmes et tremblants parmi la foule de gens qui rentraient chez eux. Sinon ils vont se déchaîner contre nous, et Culver nous surprendra enlacés sur la photocopieuse ou n'importe où ailleurs, et tu perdras ton travail et moi j'oublierai comment on fait des photos. Notre histoire embête déjà assez Matt. Je passerai une ou deux fois par semaine. Pourquoi risquer de nous attirer des ennuis? Il se conduit comme un âne, et c'est toi qui paierais... si Culver trouvait que nous manquons de... comment dirait-il... de discrétion... au bureau.

— Matt est vraiment furieux contre moi? demandai-je, sincèrement consternée.

Je n'avais rien remarqué, mais je ne remarquais rien à cette époque.

— Ouais, mais je crois qu'il va se calmer si je me fais rare au bureau et passe un moment avec lui un soir ou deux par semaine. Pour l'instant, si j'étais toi, je travaillerais deux fois plus pour lui montrer que tu penses un peu à autre chose qu'à ton cul ou au mien...

— Il est injuste.

— Qui a jamais dit qu'il était juste?

— Qu'est-ce qu'il imagine? Que je t'ai dévoyé? Que j'ai rompu un contrat? Il n'a pas de petit copain pour lui tenir compagnie après l'école?

— Il n'imagine rien du tout, Smokes. Il a toujours eu un ami avec qui partager ses problèmes. Tu sais qu'il n'échange pas grand-chose avec les femmes. Les nanas, c'est pour le lit. J'étais pour lui ce que Huckleberry Finn était à Tom Sawyer et j'ai déserté. Comme il ne tient pas les femmes en grande estime à part pour la baise, c'est sur toi qu'il fait peser la faute. Seulement au lieu d'avouer qu'il t'en veut de m'avoir pris à lui, il dira que tu menaces la cohésion de l'équipe, ou autre chose du genre. Laisse-lui un peu de temps, je vais lui rendre son Huck Finn et tout va s'arranger.

Lucas ne venait donc plus que rarement au bureau, son absence me pesait mais le travail me paraissait plus facile. De ce fait, remarques et taquineries cessèrent.

Regardant alors autour de moi, je découvris avec surprise des érosions survenues subrepticement dans l'infrastructure qui nous soutenait. Dans le monde extérieur qui m'avait toujours paru une immense prairie désertique autour de la biosphère fertile d'Atlanta et de *Downtown*, les petites secousses s'étaient produites à intervalles brusques et rapprochés. Elles me semblèrent de mauvais augure comme les chocs avant-coureurs d'un grand cataclysme. Je pensais à Tom Gordon et à ce qu'il nous avait raconté, à Hank et moi, le soir de son retour de mission avec Lucas. Pourtant, les fissures ne représentaient pas grand-chose en elles-mêmes. A San Francisco, les enfants de la Génération des Fleurs, qui, au mois de février précédent, avaient organisé le premier rallye « Soyez humains » du monde, orchestrèrent les obsèques de masse du « Hippie, enfant fidèle des Mass Media » et quittèrent la ville en grand nombre. Mais ces jeunes avaient toujours été insaisissables comme le mercure, ils allaient et venaient à leur gré, se réunissaient ou se dispersaient selon les événements.

Dans le Mississippi, un jury fédéral chargé d'enquêter sur le meurtre de trois représentants du mouvement des Droits civiques acquitta huit des accusés sans parvenir à décider du sort des trois autres. Mais ça se passait dans le Mississippi!

A Washington, la majorité des trois mille jeunes qui avaient marché sur Washington pour protester contre la guerre au Vietnam déposa des fleurs dans la gueule des fusils. Certains éléments extrémistes avaient alors essayé d'accéder au Pentagone et il y avait eu des actes de violence. Quelques milliers de manifestants avaient été arrêtés. Mais n'était-ce pas là, au cours de ce terrible été 1967, quelque chose de fréquent dans les grandes villes assiégées du Nord? A ceci près que Washington n'était pas une ville du Nord...

Alicia Crowley quitta *Downtown*. Après son départ, il n'était plus possible de prétendre que rien n'avait changé.

Elle paraissait très fatiguée au début de l'automne, comme Teddy me l'avait fait remarquer. Pâle et amaigrie, elle avait perdu son merveilleux teint hâlé, sa superbe chevelure blonde s'était ternie et ses longues jambes étaient devenues trop maigres. Matt, qui s'était mis à la traiter comme une intérimaire depuis qu'elle s'était mise avec Buzzy, la taquinait et lui demandait si elle voulait prendre la ligne haricot vert. Alicia riait de sa voix rauque, où ne perçaient plus ni secrets ni promesses. Pauvre Alicia! Celui pour qui elle les gardait l'avait froidement plaquée en lui fermant la porte et de son bureau et de son appartement.

A Teddy qui pensait Alicia malade, Lucas avait rétorqué qu'elle regrettait simplement sa place de reine consort. Allongé devant la cheminée, il nous regardait, Teddy et moi, servir la soupe qu'elle avait apportée. Je l'ai regardé pour voir s'il plaisantait. Mais il était sérieux.

— Elle a abdiqué quand elle est allée avec ce salaud de Buzzy, dit Teddy qui avait éprouvé encore plus d'antipathie que moi pour Alicia, non sans raison peut-être.

Je me rappelais toujours son chagrin et son embarras la première nuit que j'avais passée avec elle dans notre appartement, quand elle m'avait dit : « Matt ne reste pas toute la nuit. »

— Pas avant qu'il ne la laisse tomber pour se tirer avec Luke et John Howard, dis-je, étonnée de m'entendre la défendre. Si elle s'est rapprochée de ce sale type, c'est qu'elle cherchait à rendre Matt jaloux. Il venait de s'acoquiner avec cette reine de pacotille du Playboy Club, alors qu'Alicia est mille fois plus belle que toutes ces entraîneuses et qu'elle avait lié toute sa vie à la sienne, sans parler de l'appartement qu'elle partageait avec lui. Je m'étonne qu'il l'ait gardée.

— Il n'est pas complètement dépourvu de sens de l'honneur, ricana Lucas. Même sans se l'avouer, il sait bien qu'il s'est très mal conduit avec elle. Et si elle est encore là, c'est que c'est une excellente assistante et qu'elle réussit parfaitement à tenir Culver Carnes aussi loin que possible. Vous n'avez jamais remarqué qu'à chaque fois qu'arrive en ville un de ces horribles personnages, Culver réussit à le filer à Alicia... Je crois aussi qu'elle sort avec eux régulièrement.

— Comment peut-elle faire une chose pareille? s'indigna Teddy. Comme si elle se vendait pour un grand appartement...

— Qu'est-ce qu'il lui reste? dit Luke.

J'éprouvai alors une sensation de malaise, de tristesse presque. Et je ne sais pourquoi, la dernière image que je gardais de Rachel Vaughn me revint en mémoire.

Alicia ne donna pas l'habituel préavis de quinze jours et ne fit aucun adieu. On ne fêta pas son départ à la Terrasse de Peachtree, où son portrait était l'un des plus beaux de la fresque. Tout simplement, un beau matin d'octobre, on trouva son petit bureau attenant à celui de Matt complètement vide.

– Buzzy voulait qu'elle parte en croisière avec lui, nous expliqua Matt d'une voix crispée. Je crois que tout s'est décidé très vite. Il passe deux ou trois mois dans les Caraïbes avec quelques-uns de ses... associés... Il a le projet d'acheter un casino. Il a beaucoup insisté, à ce qu'on m'a dit. Je me réjouis qu'Alicia trouve le vieux Buzzy à son goût, car s'il ne lui plaît pas, elle n'aura plus qu'à coucher avec les poissons ! Ne fais pas cette tête, Smoky, je ne l'ai pas virée. Elle peut revenir quand elle veut. Non que cette perspective m'enchante...

Le lendemain, Sue Anne Hudspeth prit le bureau d'Alicia et une femme envoyée par Culver Carnes, rondelette et travailleuse, aux manières de merle affamé, s'installa dans le bureau de Sue Anne, où plus personne n'entra plus jamais. Cette femme, qui répondait au nom aussi approprié qu'improbable de Mary Kay Crimp [1], parlait peu et travaillait beaucoup. Mais l'avertisseur de Matt l'agaçait et l'appareil photo indiscret de Lucas lui fut si insupportable que Culver Carnes fit passer une note l'interdisant. Tout le monde comprit alors qu'il l'employait comme mouchard. Elle se débrouillait pour travailler sans cesser de nous épier. Teddy disait qu'elle pouvait faire faire à sa tête un tour de trois cent soixante degrés, comme les chouettes. Et Hank qu'elle devait cacher sur elle un périscope. Je l'évitais le plus possible car je savais que c'était surtout Lucas et moi qu'elle surveillait.

Un nuage noir semblait planer sur *Downtown* et un silence lourd avait envahi le bureau. Les visiteurs se faisaient rares. M. Tommy T. Bliss ne vint plus faire le poirier pour nous, et après une incursion désinvolte et malodorante de Francis Brewton dans le territoire de Mary Kay, une seconde note interdit sa venue.

La situation me pesait et je ne comprenais pas pourquoi nous ne nous liguions pas tous contre l'ennemi intérieur comme dans le passé. Matt, qui jusque-là avait toujours

---

1. *Crimp* signifie « raseuse ». (*N.d.T.*)

ignoré les ultimatums de Culver Carnes, restait enfermé dans son bureau sans réagir. D'un geste, d'une plaisanterie, de quelques boutades impitoyables, de quelques coups d'avertisseur impénitents, il aurait pu dérouter Mary Kay Crimp, ou encore, s'il en avait eu envie, la séduire de façon à en faire un membre de l'équipe. Mais il n'en fit rien, et aucun de nous n'osa se lancer sans lui dans une opération d'éviction. A cette époque, ce qu'entreprenait Matt se passait derrière la porte close de son bureau, ou au cours de conversations succinctes et tendues au téléphone. Et nous en fîmes autant, rencontrant à chaque fois que nous regardions ce qui se passait au-dehors le regard brillant de Mary Kay Crimp fixé sur nous.

Quelque temps après, je dis à Lucas :

— C'est le départ d'Alicia qui a marqué la première rupture, non?

— Non, répondit-il. C'est notre succès.

Je compris un peu plus tard qu'il avait raison.

L'histoire d'André nous attira les prix que nous espérions, et la presse nous fit l'honneur de publier une magnifique photo de la Soupe Populaire. Par ailleurs, la recommandation du comité sénatorial et le bruit orchestré par les médias autour des lettres personnelles de félicitations que Lucas et moi avions reçues de la Maison-Blanche firent mousser l'affaire. Au cours du banquet d'automne de l'association de la Chambre de commerce, *Downtown* fut décrété le meilleur magazine d'Atlanta. Culver Carnes faisait le paon, et Matt, inondé de lettres et de coups de téléphone du Club, nous invita, Lucas et moi, à dîner. Mais il le fit par pure formalité, et ce soir-là, il but beaucoup. Ce fut la première fois que je le vis vraiment ivre; il titubait, et en dépit de ses protestations pâteuses, nous dûmes l'installer dans un taxi pour le ramener chez lui. Nous nous sentions aussi embarrassés que des domestiques chargés de coucher leur maître après une nuit de débauche.

— Je me sens comme ce personnage de Mark Twain qu'on emmène loin de la ville enduit de goudron et couvert de plumes, me dit plus tard Lucas. Si seulement j'avais pu rentrer à pied ! Mais il fallait sauver l'honneur !..

Malgré les désagréments de la soirée, sa remarque me fit sourire.

— Que pourrait-il désirer de plus? dis-je. Nous sommes

les premiers de l'État. Tout le monde, du président au portier, chante ses louanges. Qu'importe cette stupide Mme Crimp? Il lui serait si facile de s'en débarrasser. Qu'est-ce qui lui arrive, Lucas?

— Il regrette l'ancienne équipe et le travail de groupe. Les choses ont changé à son corps défendant et il n'est pas capable de recréer la même ambiance ni de former une nouvelle équipe. Qui plus est, Alicia lui manque.

— Dommage! ironisai-je. C'est lui qui l'a mise dehors.

— C'est toujours ce qu'il fait, il s'en prend à ceux qui lui sont le plus proches. Il paraît qu'il a déjà eu ce comportement dans le passé. C'est plus fort que lui. Je me demande quelle enfance et quelle jeunesse il a eues. Et il boit trop. C'est surtout ça qui m'inquiète. Il sort seul la nuit, quand... je ne sais plus comment elle s'appelle... la fille du Playboy Club doit travailler. Il boit alors jusqu'au moment de rentrer se coucher. Hank a eu de nombreux échos de ses frasques et j'en entends parler moi aussi. Ça inquiète les gens de la Terrasse de Peachtree. Hank sort parfois avec lui, Tom, quant à lui, l'a laissé tomber. Selon Hank, lors de ces soirées, Matt est tellement ivre qu'il ne dit plus rien. Il retrouve parfois son entrain d'autrefois mais c'est rare. Hank m'a demandé de lui parler, seulement je ne sais pas comment m'y prendre. C'est trop tard. Quand il sort avec d'autres, c'est presque toujours avec ces imbéciles du Playboy Club... Mon Dieu, tu imagines? Matt Comfort, le grand client du Club?

— Tout ça est si triste, dis-je, presque en larmes.

— Il va probablement se remettre. Tom m'a dit qu'il est déjà passé par une phase de ce genre pendant les débuts du magazine. Il se tenait à l'écart de tout le monde, buvait comme un trou et s'enfermait dans son bureau. Ça n'a pas duré longtemps. Tom dit qu'il a toujours pensé que Matt devrait prendre du lithium [1] ou un médicament de ce genre. Pour l'instant, attendons... Mais tu dois apprendre à ne pas planter tes racines trop profondément, petite, de façon à pouvoir te libérer quand il le faudra. Tu t'es trop investie avec Matt. Viendra le moment où tu devras partir. Ce moment-là arrive toujours. Tu as trop d'envergure pour végéter à Atlanta dans un magazine local.

1. Antidépresseur. (N.d.T.)

Je le regardai, ébahie.

— Où pourrais-je bien aller?

Il sourit.

— Comment savoir où tu iras, Smokes? Personne ne le sait.

— Mais... avec toi, n'est-ce pas?

Il me passa la main dans les cheveux :

— On ne sépare pas une équipe qui gagne.

La semaine suivante, Lucas partit pour Chicago couvrir pour *Life* la manifestation pacifiste la plus importante organisée jusqu'alors dans le pays. J'étais inquiète : ces grandes démonstrations ne semblaient pas suivre les mêmes règles tacites de non-violence que les quelques rassemblements auxquels j'avais assisté à Atlanta. Luke avait raison : jusqu'ici, Atlanta n'était toujours pas touchée par les luttes qui se préparaient. Mais j'essayai d'être à la hauteur de son départ : j'avais promis que je n'exigerais rien de lui, et j'avais bien l'intention de tenir ma promesse. Cependant, cette mission l'énervait et le préoccupait tant que je finis par lui dire :

— Pour l'amour du ciel, pars et amuse-toi bien à la guerre. Je sais que tu dois toujours être là où il se passe des choses. Je ne m'inquiète pas pour toi. Ce n'est pas comme si tu partais à Saigon.

— Il se pourrait bien que je doive y aller avant la fin des événements là-bas.

— Eh bien, vas-y, lui dis-je en souriant, et il finit par me rendre mon sourire.

Je n'aurais pu prononcer un mot de plus tellement mon cœur battait la chamade.

— Merci de ta compréhension... Ces derniers temps, la guerre devient pour moi terriblement réelle, il faut que j'aille voir sur place.

— Ne me remercie pas. Je savais quel genre de personnage tu étais quand je me suis liée à toi. Tu crois que la guerre est plus importante que le mouvement pour l'instant?

— Ce n'est pas si simple. Il se passe toujours des choses dans le mouvement des Droits civiques, mais le feu de l'action est là-bas.

Je savais ce qu'il voulait dire et n'insistai pas. Mais pendant la durée de son séjour à Chicago, je me suis sentie toute petite, tel un oiseau paralysé par l'ombre du faucon qui plane sur lui.

Juste après son départ, un homme du nom de George Barber, de *Look Magazine*, m'appela pour me proposer d'écrire quelque chose sur André, un petit article personnel. Il avait été touché par celui que j'avais écrit dans le « Forum » et André le hantait.

— Vous voulez dire un article avec des photos ? Vous avez prévu Lucas Geary comme photographe ?

— Non, nous aimerions un petit éditorial. Geary est un photographe de grand talent, mais c'est un texte de vous que nous voudrions. Nous ne pourrons pas vous payer grand-chose mais votre nom sera mis en évidence.

Je me suis précipitée chez Matt, si vite que j'ai trébuché sur son tapis.

— Désolé, dit-il. C'est une proposition attirante mais je ne peux te laisser travailler à l'extérieur pour l'instant. Culver parle à tout le monde du magnifique petit reporter que tu es, et il serait absolument furieux contre moi si on voyait ton nom dans *Look*.

— Mais... ai-je murmuré incrédule. Tu as toujours dit que la signature de certains d'entre nous dans des revues nationales aurait de bonnes retombées pour *Downtown*...

— Quand nous en avions besoin, me répondit-il, les yeux fixés sur les affaires éparpillées sur son bureau et en évitant mon regard. Seulement, maintenant, c'est eux qui ont besoin de nous, sans ça ils ne t'auraient pas appelée.

Il avait les cheveux ébouriffés et ternes, les traits tirés, l'air pâle et fatigué. Ses mains tremblaient un peu en tripotant sa monnaie et sa montre sur son bureau. L'inquiétude faillit me faire oublier ma colère. Faillit seulement, et je laissai éclater ma déception.

— Tu me punis pour quelque chose et je ne sais pas de quoi il s'agit, lui dis-je en pleurant doucement.

— Je ne te punis pas du tout. Je ne peux simplement m'offrir le luxe de te perdre. On a bossé comme des dingues pour publier des choses qui accrochent, et maintenant ça paye. En fait, je vais te retirer du « Forum » pendant quelque temps pour que tu te concentres sur les futurs jeunes loups et sur un projet que lance Culver. Il t'a demandée expressément. Il s'agit d'un rapport mensuel des activités de la Chambre de commerce dans la région des cinq comtés autour d'Atlanta. Il faudra un bout de temps avant de trouver la bonne formule. Je vais demander à Claire Degan de te remplacer pendant quelques mois.

Je me sentis prise de vertige.

— Pourquoi fais-tu ça?

— Je te l'ai dit...

— Mais pourquoi?

— D'accord, bon Dieu! cria-t-il. Puisque tu veux savoir, je vais te répondre : tu as baisé *Downtown* autant que Lucas Geary, avec ta façon de te comporter. Culver m'a raconté des choses sur toi. D'après lui, vous n'êtes pas excessivement discrets dans certains lieux publics et c'est revenu aux oreilles de la Chambre de commerce. Je me fous de savoir avec qui tu couches, Smoky, mais tu ne peux le faire en public en espérant passer inaperçue...

Je le dévisageai, le souffle coupé.

— Nous n'avons jamais...

— Quelqu'un vous a vus l'autre soir dans le parking du Lion's Head, me lança-t-il en ramassant ses papiers, comme pour me congédier.

Effectivement, un soir, en rentrant du cinéma, nous nous étions arrêtés dans un de ces petits pubs anglais qui venaient de sortir de terre comme des champignons après la pluie, pour boire un verre devant la cheminée. L'ambiance et l'alcool ayant fait leur œuvre, nous n'avions pu nous empêcher de nous caresser un peu. La salle plutôt obscure et longue était presque vide, mais nous avions pour principe de ne pas nous tripoter en public. Révolution sexuelle ou pas, nous gardions une certaine pudeur. Quand nous comprîmes que nous ne pouvions plus résister au désir, Lucas a jeté quelques billets froissés sur la table et nous sommes sortis.

Le parking plein de nids-de-poule qui s'étendait derrière le bâtiment était long et planté d'arbres. La Morgan était la seule voiture stationnée tout au bout et il faisait presque complètement nuit. En ouvrant la porte du passager pour moi, Lucas s'est appuyé contre la carrosserie et m'a attirée à lui, et avant même d'en avoir pris conscience, je me suis retrouvée sur ses genoux sur le siège avant et nous avons accompli l'acte qui choquait tellement Sister.

— Mon Dieu, avais-je dit en secouant la tête pour retrouver mes esprits, c'était un peu gonflé. Tu crois que quelqu'un nous a vus?

— Non, avait-il répondu en démarrant la voiture. Il n'y a personne dans les parages. Mais j'aurais bien voulu qu'il y ait un témoin. Qui aurait cru ça possible sur le siège avant d'une Morgan?

Pourtant quelqu'un nous avait certainement aperçus. J'ai imaginé dans l'obscurité deux petits yeux d'oiseau, d'un noir anthracite, le crissement de hauts talons sur le gravier, un pull-over à falbalas sur un corps grassouillet. Sauf que je ne saurais jamais s'il s'agissait bien de notre mouchard maison.

Je dévisageai Matt sans rien dire.

— On m'a donné l'ordre de te faire cesser ce genre de pratique, ajouta-t-il froidement. Je sais que tu me comprends.

— Tu as dit la même chose à Lucas? demandai-je furieuse.

— Ce n'est pas Lucas qu'on accusera de se comporter comme une pute.

— Est-ce que vous ne faites pas tous la même chose à *Downtown*, au moins un soir sur deux? protestai-je en pleurs. Qu'est-ce qui te prend?

— Ça suffit maintenant. J'ai dit ce que j'avais à dire. Qu'on t'y reprenne une fois, et je ne pourrai empêcher qu'on te foute dehors... Je ne veux plus entendre un mot. Tout l'étage t'a sans doute entendue, même l'espionne là-bas... Ferme la porte derrière toi en partant.

Je la claquai si fort que tout le monde mit le nez dans le couloir. Mary Kay Crimp assise à l'entrée souleva le téléphone avec un sourire mielleux :

— *Downtown Magazine*, bon après-midi, gazouilla-t-elle. Que puis-je faire pour vous?

— Va te faire foutre, lui murmurai-je, haletante, en me dirigeant vers mon bureau.

Ce n'était vraiment pas gentil et cette expression me choquait toujours dans la bouche de Matt, mais j'en riais comme les autres. A ce moment-là, en revanche, je versai des larmes de colère impuissante.

Au retour de Lucas, je lui racontai l'incident.

— Tu devrais démissionner, dit-il.

J'attendis en vain qu'il ajoute autre chose. Il sortait son appareil photo de son sac dans la chambre noire en buvant une bière. Il était à la fois tendu et distrait. Je devinai que quelque chose l'avait affecté pendant la mission mais j'attendis que son humeur change pour l'interroger. De toute façon, j'espérais une réaction plus vive que ces simples mots.

– Je m'attendais à ce que tu sois furieux contre lui, finis-je par lui dire, quand, après avoir rangé ses appareils et s'être douché, il me rejoignit pour un dîner tardif.

– Je suis furieux contre lui. C'est un con. Il se fout pas mal qu'on baise à midi en plein milieu des Five Points. C'est bien ce que je te disais, il est furieux de ta relation avec moi. Quelqu'un a dû nous voir. D'habitude, ça l'aurait plutôt amusé. Il est trop malin pour m'en parler à moi.

– Tu ne vas rien lui dire ?

– Non, c'est ton problème. A toi de le résoudre.

– Mais il pourrait me virer...

– Je ne le crois pas assez stupide pour ça, mais oui, c'est possible. Et alors ? Va travailler pour *Look* !

– Tu crois vraiment que je pourrais travailler pour un magazine national ? Que j'ai assez d'étoffe pour ça !

– Ils t'ont déjà contactée, Smokes. J'aurais aimé que tu acceptes la proposition de ce Barber en disant à Matt de la boucler. A mon avis, il ne t'aurait pas virée.

Je secouai la tête :

– Je ne peux prendre de risque pour l'instant.

– Tu veux dire à cause de nous... de moi...

– Non. Enfin, peut-être... Je ne suis pas encore prête à changer... Je voudrais qu'on continue tous les deux...

– Nous allons continuer. Mais je ne peux pas t'empêcher d'accepter un poste à ta hauteur. Si c'était le cas, je partirais.

– Oh vraiment ? Tu me quitterais, maintenant ?

Il soupira :

– Mais non. Quoi qu'il en soit, tu as raison, c'est trop tôt. Mais il faut que tu saches qu'un jour tu devras quitter *Downtown*, parce que ce sera le moment de monter une marche, et je ne crois pas que ce soit avec Matt Comfort que tu pourras le faire. Ne t'inquiète pas pour moi. Il est difficile d'être plus mobile que moi... Je te suivrai n'importe où.

290

Nous n'en parlâmes plus. Mais je dormis mal cette nuit-là, j'eus un sommeil entrecoupé de rêves inquiétants et je n'arrivai pas à me réchauffer.

Vers la fin de la semaine suivante, Matt m'appela dans son bureau et me fit signe de fermer la porte.

— Je te remets sur « Forum », dit-il.

Je le regardai sans mot dire, attendant la suite.

Il eut un petit sourire en coin. C'était la première fois que je le voyais s'adoucir un peu. Je lui souris en retour, prudemment.

— John Howard refuse de travailler avec qui que ce soit d'autre. Il m'a envoyé ce matin une petite lettre insolente où il dit qu'il se retirera du projet si l'équipe est démantelée. J'ai dû donner à Claire Degan le choix sur les trois prochains sujets. Vous avez tous intérêt à réussir le numéro qui vient.

— Qu'est-ce que ça veut dire? rétorquai-je avec froideur, décidée à ne pas le remercier et à ne pas hurler de joie, comme j'en avais pourtant bien envie.

— Il connaît une petite Noire dotée d'une voix extraordinaire, et il veut raconter comment, domestique chez une femme blanche, elle essayait de devenir chanteuse. Elle se trouvait à Selma, elle chantait avec les Freedom Singers. John lui a trouvé un professeur et un logement à l'université d'Atlanta et, selon lui, un reportage dans le magazine pourrait l'aider à obtenir de l'argent pour payer ses cours. Il a sans doute raison. Il faut se concentrer sur des personnages et ce serait bien d'inclure les arts dans *Downtown*. Il dit que tu connais la fille.

— Oui, répondis-je aimablement. (Puis je m'exclamai :) Oh Matt, quelle bonne idée! C'est une histoire formidable!

Le bon vieux sourire chaleureux éclaira son visage, illuminant tout autour de lui. Il rejeta sa crinière en arrière en riant à gorge déployée. Je n'avais rien entendu de si agréable depuis longtemps : je retrouvais Matt.

Il saisit l'avertisseur de taxi et en donna trois coups. Dans le couloir, les portes s'ouvrirent et des visages souriants pointèrent leur nez. On entendit rire là où tout était silencieux depuis longtemps.

Matt m'attrapa, me fit sortir de son bureau et parcourir le hall en dansant la valse. J'étais exactement de la même taille que lui et nos regards étaient rivés l'un à l'autre. Je compris pourquoi les femmes tombaient toutes sous le charme de ce petit bout d'homme si vivant. Son sourire et ses yeux étaient irrésistibles.

— Hé, les enfants, allez mettre vos ballerines et venez danser avec moi, criait-il... Tous à la Terrasse de Peachtree dans cinq minutes exactement. Tous et toutes ! Hop ! hop ! Que personne ne parte sans mon autorisation. Mary Kay, chérie, pouvez-vous être un chou et rester ici pour répondre au téléphone...

— Monsieur Comfort, je ne peux... dit Mary Kay Crimp en faisant la grimace devant Matt et son avertisseur.

— Enfin, quand vous appellerez Culver, vous saurez quoi lui dire. Et il comprendra, dit Matt tout en continuant à me faire valser.

Une porte claquée derrière nous interrompit nos rires un instant. Mary Kay Crimp se dirigeait bel et bien vers le téléphone, le visage congestionné de rage. Personne n'y prêta attention.

Nous venions de retrouver notre vieux Matt.

Il fit un temps clair et froid pour le week-end de Thanksgiving. Ni Lucas ni moi ne retournâmes dans notre famille, envisageant de leur rendre visite plus tard, peut-être pour Noël. Ou peut-être pas. A part nous, tout le monde était parti : Hank dans la famille de son frère, Sue Anne et Sister dans la leur, Tom Gordon chez des amis à La Nouvelle-Orléans. Matt dînait avec sa « famille du Playboy » au club, au cours d'un repas organisé pour les bunnies qui ne pouvaient rentrer chez elles pour une raison ou une autre.

— Difficile de se promener avec des queues de lapin dans un avion de la Delta Airlines, dit Lucas, et nous fûmes tous les deux pris de fou rire à l'idée de Matt Comfort mangeant de la dinde à la sauce aux airelles avec sa « famille du Playboy ».

En fin d'après-midi, Lucas et moi allâmes dîner dans la famille de Teddy. A notre retour, vers neuf heures du soir, la lune était si ronde, blanche et magique que nous décidâmes de rentrer à pied, bien emmitouflés dans des vestes et des écharpes. Il y avait peu de circulation, le vent sifflait dans les rues du centre et la lumière était si froide et pure que j'avais l'impression de marcher dans du diamant liquide. Je ne me rappelais pas avoir eu aussi froid de tout l'hiver précédent, mais je n'y prêtai pas attention.

Nous nous promenâmes un peu dans Tight Squeeze quasiment désert. Les déchets laissés par les passants tourbillonnaient dans le vent : mégots de joint, vieilles bannières avec le portrait du yogi Maharishi, affiches du Sergeant Pepper's Lonely Hearts Club Band, celles encore de Peter Max invitant à une pléthore de concerts de rock, affiches proclamant : « Faites l'amour, pas la guerre » et autres slogans libérateurs. Mais à part quelques silhouettes engoncées dans leurs manteaux se hâtant sur les trottoirs, il n'y avait personne.

— Je me suis promenée ici le jour de mon arrivée à Atlanta, il y a juste un an, dis-je à Lucas. La rue était envahie de fêtards et on marchait sur des vieux préservatifs. Pas un seul en vue ce soir. « Les temps changent », n'est-ce pas ?

— Plutôt le temps que les temps, répondit Lucas, en photographiant une bannière déchirée battant au vent dans la rue lunaire. « Le Pouvoir au Peuple. »

Il rangea son appareil et nous continuâmes notre chemin.

— Rien de pire que les caprices de la météo, remarqua Lucas. Imaginais-tu, ce premier jour, où tu serais cette année ?

— Je n'en avais pas la moindre idée. Je m'imaginais sans doute encore au foyer de bonnes sœurs, où il me faudrait marcher sur la pointe des pieds en rentrant tard la nuit pour échapper à leur vigilance. Et je ne savais même pas comment on perd sa virginité.

— Tu as fait plus de chemin que tu ne penses, dit Lucas.

Rentrés à la maison, nous allumâmes le feu et fîmes du café. Lucas était affalé sur le canapé et j'étais à la cuisine en train de découper le gâteau aux noix de pécan confectionné par la mère de Teddy quand j'ai entendu sonner. J'ai suspendu mon geste et tendu l'oreille. Personne, à moins d'être attendu, ne se présentait jamais à une heure si tardive.

J'entendis la voix de Lucas, puis une autre, faible et enfantine. Lucas m'appela : « Viens, Smoky. » Le gâteau encore à la main, je le rejoignis. Alicia Crowley, assise sur le sofa, la tête baissée, nous regardait à travers des mèches de cheveux blonds, si emmêlés et effilochés que je faillis ne pas la reconnaître. Elle n'était plus la même, ne restait d'elle que ce superbe pardessus bleu qu'elle avait reçu en cadeau l'année dernière pour Noël. Je me rappelle que nous avions tous supposé que c'était Matt qui le lui avait offert, mais elle n'avait rien dit. Il était taché et il lui manquait un des boutons de style militaire en cuivre. Alicia tremblait comme une feuille. Je crus d'abord qu'elle grelottait, car elle ne portait pas de gants et ses pieds maigres et nus dans des sabots étaient bleus de froid. Mais le tremblement était plus profond et secouait tout son corps. Son visage livide était marqué de deux taches rouges et brûlantes de fièvre sur les joues. Elle n'était pas maquillée, ses lèvres étaient irritées et écorchées.

Lucas lui entoura les épaules d'un châle en me disant :

— Elle est venue en taxi. Je vais aller payer le chauffeur. Donne-lui un peu d'alcool et essaye de la réchauffer. Elle ne peut pas parler pour l'instant. Il lui est arrivé un sale coup...

Il sortit ; je m'assis à côté d'Alicia et lui passai le bras autour des épaules. Elle me regarda avec des yeux éperdus et brûlants, soudain envahis par les larmes. Puis elle baissa à nouveau la tête.

— Dis-moi ce qui s'est passé, dis-je. On va t'aider, mais tu dois nous raconter. Il y a eu quelque chose avec Buzzy ? Il t'a blessée ?

Elle secoua la tête sans réussir à parler. Je lui remplis un verre de bourbon que je portai à sa bouche, et elle en but un peu. Le reste se renversa sur le col de son manteau.

— Je suis malade, finit-elle par murmurer, la voix faible et haletante. Je suis vraiment très malade et je ne peux aller voir un docteur. Je suis morte de peur.

Lucas revint et s'agenouilla devant elle, en lui prenant les mains.

— Dis-nous... Rien de si grave qu'on ne puisse y remédier... Dis-nous, chérie...

Elle se renversa sur le sofa et ferma les yeux.

— Je suis tombée enceinte, finit-elle par murmurer. Je pensais que tout le monde s'en apercevrait. Quand je l'ai dit à Buzzy, il a piqué une colère. Il a dit que l'enfant n'était pas de lui, mais il était de lui et il le savait bien. Finalement, il m'a donné de l'argent, une grosse liasse de billets. Il y a quelques jours, il m'a dit de me trouver à cinq heures trente au carrefour de Tight Squeeze et qu'on s'occuperait de moi. Il m'a ordonné… de ne plus remettre les pieds chez lui, de ne plus essayer de le contacter. « Si tu dis à qui que ce soit où se trouve le docteur, ou si tu racontes ce qui s'est passé, m'a-t-il menacée, tu t'en repentiras. » C'est illégal, vous savez… L'avortement est illégal. Vous vous imaginez que ça l'inquiète?

Elle se mit à rire, puis à sangloter, et je la serrai plus fort dans mes bras en regardant Lucas dont les yeux n'étaient plus que deux fentes étroites dans son visage tendu et livide.

– J'ai attendu dans l'obscurité au coin de la rue, une énorme limousine noire s'est arrêtée à côté de moi, le chauffeur a prononcé mon nom, je suis montée et il m'a emmenée loin… vraiment très loin… Quelque part dans le Tennessee, je crois. Je n'ai pas fait attention aux panneaux de la route. Il y avait des stores aux vitres et une séparation entre le chauffeur et moi, si bien que je ne voyais rien. Il ne m'a pas adressé un seul mot jusqu'à mon retour à Atlanta.

« Il m'a déposée dans un endroit horrible, quelque part dans le quartier noir de la ville, mais le docteur et l'infirmière étaient blancs. C'est eux qui m'ont avortée. Ça m'a fait un mal de chien, je n'imaginais pas qu'on puisse avoir mal à ce point. Quand je suis partie, le docteur m'a donné des antibiotiques et des analgésiques en me disant que si j'avais des symptômes, je devais immédiatement aller voir un docteur, mais sans lui dire où j'avais été, sinon je le paierais cher. Et je savais qu'il ne plaisantait pas. Buzzy est capable du pire. La limousine m'a ramenée à Atlanta où elle m'a laissée à l'hôtel Travel Lodge de Spring Street. Buzzy avait réglé une chambre pour deux semaines pour moi. Je savais que je devrais retrouver du travail, ou reprendre ma place, et chercher un logement mais je n'y suis pas arrivée. Je n'ai pu retourner voir Matt, me demandant ce que Buzzy avait bien pu lui raconter. Puis je suis tombée vraiment malade, avec de la fièvre, des frissons, et beaucoup de saignements… Je savais que j'avais une infection, mais je ne suis pas allée chez un médecin tellement j'avais peur. Et je ne connais pas de médecin… Je n'ai jamais été malade.

Elle se tut, comme trop épuisée pour continuer. Elle était appuyée contre le dossier, les yeux fermés, et je crus un moment qu'elle s'était endormie. Mais elle a murmuré à grand-peine :

— Aidez-moi, j'ai peur de mourir.

Lucas s'est levé d'un bond et lui a passé le bras autour des épaules.

— Aide-moi à la transporter dans la chambre, dit-il.

Je la soulevai de mon côté et nous la mîmes debout. A l'endroit où elle s'était assise, il y avait une tache de sang noir. Je compris alors la gravité de son état, je me suis mise à trembler moi aussi et j'avais les bras et les jambes en coton. Je soutenais avec peine le long corps osseux d'Alicia pourtant très légère. J'avais l'impression de porter un paquet de brindilles sèches.

Nous l'allongeâmes sur le lit. Lucas cala des oreillers sous ses pieds et l'enroula dans des couvertures.

— Donne-lui un peu de whisky, me dit-il, et mets une serviette sous elle. Je reviens tout de suite.

— Où vas-tu ?

— Téléphoner.

— Lucas, non ! Tu as entendu ce qu'elle a dit, Buzzy exercera de terribles représailles si elle parle, et si elle voit un docteur, il faudra bien qu'elle parle. Et alors ils sauront ! Mon Dieu, tu ne vas pas appeler Matt ?

— Non, je sais quoi faire. Donne-lui du whisky, Smokes.

Je pris le verre et retournai auprès d'Alicia, tendant l'oreille pour entendre ce qu'il disait au téléphone mais je ne pus capter que le son de sa voix, basse et tendue. Le whisky coula sur les joues d'Alicia qui avait la tête enfouie dans l'oreiller et les yeux fermés. Je craignis qu'elle soit morte et je gardai la main devant sa bouche pour m'assurer que je sentais sa respiration. Elle était très faible et irrégulière. J'avais terriblement, terriblement peur. Et surtout, j'étais en colère, froidement, consciemment.

Lucas revint s'asseoir de l'autre côté du waterbed et lui prit le poignet. Il me jeta un coup d'œil ou deux, mais il regardait surtout droit devant lui, le regard fixé sur le mur. Je n'arrivais pas à déchiffrer son expression. Et quand je lui demandai qui il avait appelé, il secoua la tête sans répondre. Je n'insistai pas.

Après un temps qui me parut très long, il y eut un second coup de sonnette. Lucas se leva, passa dans le salon et revint suivi de John Howard. John avait l'air grave dans son élégant costume trois-pièces et sa chemise blanche, et je me demandai à quelle réunion de Thanksgiving nous l'avions arraché. Il me fit un signe de tête sans mot dire. A eux deux, ils soulevèrent Alicia et l'aidèrent à marcher, mais elle vacillait sur ses jambes. Quand Lucas voulut attraper son manteau, elle s'affala sur le sol. John Howard la prit alors dans ses bras, Lucas la recouvrit d'une couverture et ils se dirigèrent vers la porte.

— Nous l'emmenons chez un ami médecin de John, me dit Lucas par-dessus l'épaule. Il nous attend dans sa clinique. Tu te rappelles, celui qu'on a appelé une nuit pour ton amie du motel. Il peut l'aider, c'est un bon médecin. Et lui ne parlera pas. Je reviendrai dès que possible.

— Attends-moi, je viens avec vous.

Lucas secoua la tête :

— Le moins de visages blancs possible, le mieux ce sera, ma chérie, dit-il. Tu ne ferais que gêner ce soir. Attends ici et je te téléphonerai pour te dire ce qu'il faut faire. C'est ce qui sera le plus utile.

Et ils partirent.

J'avais l'intention de mettre un peu d'ordre dans l'appartement, de laver la vaisselle, de mettre au frais la nourriture que nous avions rapportée de chez Teddy, et aussi de faire une soupe qu'Alicia apprécierait sans doute à son retour, mais je ne fis rien du tout. Assise sur le canapé, les yeux rivés au feu, je bus le reste du whisky dans le verre que j'avais empli pour elle, sans penser à rien dont je me souvienne. Je savais que la colère sourde qui couvait en moi exploserait bientôt, et avec elle un sentiment d'indignation et de chagrin devant la lâcheté de cette conduite. Mais je restai immobile, figée. Je finis par m'y endormir, et ce n'est que très tard dans la nuit, au petit matin, que le téléphone sonna. C'était Lucas.

Alicia avait une grave septicémie. Le docteur avait dû faire un curetage et ne savait pas s'il faudrait en faire un second. Il lui avait injecté une très forte dose d'antibiotique et elle devrait rester à la clinique jusqu'au lendemain midi, où on verrait si les médicaments faisaient effet. Le docteur et l'infirmière allaient rester auprès d'elle, avec John Howard. Ils n'avaient plus besoin de Lucas.

A son retour, il était si pâle et épuisé que je l'ai entraîné au lit et l'ai tenu dans mes bras. Je lui ai simplement demandé :

— Tu es sûr que le docteur ne dira rien?

— Oui. Il fait ça souvent, soigner les conséquences des avortements mal faits. On pourrait s'attendre à ce qu'il en fasse beaucoup lui-même et il en fait quelques-uns, du bon travail de chirurgien pour les femmes qui en ont besoin. C'est illégal, évidemment, aussi il ne dira rien. Ses patientes ne sont pas toutes des Noires, loin de là.

— C'est un homme bon, murmurai-je dans le cou de Lucas.

— C'est vraiment un saint, me répondit-il d'une voix lasse et il s'endormit aussitôt.

Les antibiotiques réussirent à Alicia, à qui on permit de sortir le jour suivant à condition qu'elle ait un endroit où habiter et quelqu'un pour s'occuper d'elle pendant une semaine. Comme elle n'avait nulle part où aller, et qu'il ne lui restait aucune nuit payée à l'hôtel, nous l'avons ramenée chez nous, l'avons couchée dans le lit, Lucas et moi dormant à tour de rôle sur le canapé et dans le vieux sac de couchage étendu devant le feu. Elle but la soupe et le jus de fruits que nous lui apportâmes, prit ses médicaments, me laissa la laver et la coiffer, en parlant à peine. Elle n'arrêtait pas de dormir.

Je retournai travailler le lendemain matin, un lundi, en laissant Lucas s'occuper d'elle. Je ne savais pourquoi, mais j'étais si furieuse contre Matt que je ne pus lui adresser un seul mot. Je me cloîtrai dans mon bureau pendant deux jours, en feignant un retard dans mon travail. Hank, Sister et Teddy en furent étonnés mais je crois que Matt ne remarqua rien. Il était revenu de son week-end taciturne et renfermé, et sa porte restait aussi obstinément close que la mienne.

A la fin de la semaine, Alicia allait beaucoup mieux. Maigre comme un clou, blanche comme un linge, elle avait cependant retrouvé un peu de rose sur ses pommettes élégantes et de brillant dans ses cheveux. Elle lava les vêtements que Lucas était allé chercher en hâte à son motel, les repassa et me dit que le week-end suivant, elle allait reprendre une chambre d'hôtel jusqu'à ce qu'elle retrouve du travail.

– Je ne peux m'imposer ici plus longtemps, dit-elle. Je vous dois tout. Je ne l'oublierai jamais. Mais je ne peux pas rester ici.

A nous deux, une fois nos propres dépenses réglées, Lucas et moi avions assez d'argent pour lui payer quelques jours d'hôtel.

– Comment vas-tu subvenir à tes besoins en attendant de trouver du travail ? demanda Lucas. Tu as de la famille qui pourrait t'aider ?

Elle répondit avec un petit rire amer :

– Ce que je vais faire ? Je vais aller trouver Matt. Il m'a dit que je pouvais reprendre mon travail quand je le voudrais. S'il ne s'agit pas simplement de belles paroles, ça résoudrait beaucoup de problèmes.

– Tu veux vraiment faire ça ? s'étonna Lucas.

Elle haussa les épaules dans un mouvement d'impuissance éloquent. Je retrouvais l'énigmatique Alicia d'autrefois que cette affreuse semaine semblait avoir laissée indemne. Mais comment une telle épreuve ne l'aurait pas profondément marquée ?

– Je ferais n'importe quoi pour éviter ça, dit-elle, mais je n'ai pas d'autre issue.

Elle vint au bureau dans l'après-midi. Elle avait l'air de débarquer d'un autre monde et, malgré son extrême minceur, elle était éclatante de beauté et la maladie avait conféré à son teint une étrange luminosité. Elle portait une mini-jupe noire que je ne lui connaissais pas et des hauts talons noirs. Ses jambes moulées dans des bas résille étaient longues à n'en plus finir. Elle souriait en saluant tout le monde de la tête, on aurait dit une duchesse passant ses gens en revue. Elle entra dans le bureau de Matt et referma la porte derrière elle.

Une demi-heure plus tard, elle en ressortit la tête haute, deux taches écarlates sur les joues, sans adresser une seule parole à quiconque, l'air de marcher sur l'eau. Le soir même, elle quitta l'appartement de Lucas. Nous étions sortis au cinéma. A notre retour, elle était partie.

Elle ne nous laissa aucun mot d'explication. Nous ignorions où elle était allée. Pour rien au monde, nous n'aurions interrogé Matt, qui ne donna d'ailleurs aucune

information. Sa porte était désormais presque continuellement fermée.

Environ une semaine plus tard, nous apprîmes que Matt,
ayant appelé son amie du Playboy Club d'Atlanta, y avait
trouvé pour Alicia une place d'entraîneuse. Hank l'y avait
vue un soir où il y avait emmené son frère dîner et passer la
soirée. Alicia était la plus belle de l'équipe, avait-il dit, et
avait plus de clients sur liste d'attente que toutes les autres
filles réunies. D'après Hank, elle les écartait de son petit
sourire froid et restait avare de paroles. Il ne savait pas si
elle les avait vus, en tout cas elle ne leur avait pas fait signe.
Elle n'était pas chargée de leur table.

— Peut-être que ça règle son problème, dis-je à Lucas ce
soir-là. Mais ça me fait mal d'y penser... Ce n'est... vraiment pas bien. Il y a quelque chose qui ne va pas. Pourquoi
a-t-elle accepté si elle ne voulait pas ?

— Elle était forcée d'accepter, rétorqua Lucas d'un ton
sec disant assez qu'il ne souhaitait pas s'étendre sur le sujet.
Ne te leurre pas. Qu'est-ce que des filles comme Alicia
peuvent faire d'autre ?

— Il avait dit qu'elle pourrait revenir travailler pour le
magazine.

— C'est un sale baratineur. Il n'allait certainement pas la
reprendre après Buzzy. Je ne sais pas celui que je tuerais en
premier.

Je n'insistai pas, mais j'étais terriblement peinée à la pensée d'Alicia en fourreau de satin noir et bas résille, croisant
ses longues jambes ou esquivant les mains qui lui pinçaient
les fesses. Cette idée me hantait. Je revoyais ses beaux yeux
en amande et la robe de satin noir. Ils me semblaient
dénués de vie. Je me demandais si Matt allait encore au
Club, et si Alicia devait lui servir à boire.

Cette pensée m'était insupportable.

Matt ne nous dit jamais rien.

14

Chaque fois que je repense à cette époque, cette paren-
thèse de temps suspendu entre Thanksgiving et Noël 1967,
je revois Matt comme un jongleur s'amusant avec *Downtown*. Le magazine évoque pour moi une bulle dorée qui
aurait contenu à la fois notre équipe de travail et notre environnement : la ville, la morale du temps, les gens qui gravitaient autour de nous et formaient notre clan. Matt le jongleur avait, pour une raison ou une autre, fait un faux pas et
la sphère avait vacillé ; dangereusement inclinée sur l'un de
ses pôles, elle avait perdu quelques-uns des nôtres. Alicia
nous avait quittés et, au fond de son cœur, Matt nous considérait, Lucas et moi, comme perdus également.

Pourtant, je crois qu'il aurait pu redresser la sphère et,
après ces quelques contorsions d'un comique plutôt noir et
ces chutes manquées, continuer de la faire tourner. Mais un
matin du début de décembre, Tom Gordon nous annonça
sa démission pour le premier de l'an : il allait prendre le
poste de directeur artistique d'un nouveau magazine de La
Nouvelle-Orléans. La sphère s'écrasa alors au sol et, malgré
nos efforts fébriles pour ramasser les morceaux et les recol-
ler, elle perdit son brillant et son unité.

Une ou deux fois par mois, nous traversions la rue et
tournions le coin pour nous rendre dans un petit café sans
prétention qui servait le genre de breakfast dont Matt raffo-
lait.

— Ah, les petits déjeuners texans ! disait-il. Pas un petit
œuf poché à la sauce, mais un gros œuf frit avec du lard !

Sur le miroir mural terni au-dessus des tables du café, une affiche affirmait : « Vous êtes ce que vous mangez » et inévitablement Matt croassait : « J'suis un œuf », ce à quoi Tom Gordon répliquait : « Et moi, une saucisse au porc » et Hank : « Et moi, de la semoule aux haricots du Sud. » Moi, j'étais l'avoine, parce que Matt, malgré mes efforts pour lui faire comprendre mon dégoût du porridge, s'était mis dans la tête que les Irlandais en mangeaient beaucoup. Lucas était une galette, pour avoir dit une fois qu'une galette qui n'était pas cuite au lard n'était que de la crotte de bique. Les galettes de ce café anonyme étaient assurément cuites au lard, au grand dam de la population d'Atlanta dont le taux de cholestérol a dû augmenter sérieusement avant qu'il ne ferme dix ans plus tard.

Ces boutades n'amusaient que nous et laissaient indifférents le tenancier du café et la serveuse qui y travaillaient depuis si longtemps qu'aucune excentricité ne les étonnait plus. Comparés à Francis Brewton, aux prêcheurs de rue et à la vieille dame qui s'entourait d'un drap comme d'une toge en brandissant une torche électrique, des gens qui se considéraient comme des œufs ou de la saucisse de porc étaient plutôt ordinaires. Mais cette petite comédie rituelle ne manquait jamais de nous rendre hilares. Nous venions de finir notre tour de table quand Tom Gordon nous annonça son départ.

Tout le monde resta muet. J'entendis quelqu'un inspirer bruyamment et réalisai que c'était moi. Quant à Matt, il émit un petit grognement, comme si on venait de le frapper à l'estomac.

– J'ai l'impression d'être un bâtard qui débarque en pleine réunion de famille, dit Tom au bout d'un moment. J'aurais sans doute dû te prévenir plus tôt, Matt, et vous autres aussi. Mais je voulais le faire devant tout le monde. Je pensais que ça serait plus facile. Du moins, pour moi. Je ne crois pas que j'aurais pu m'imposer cette épreuve plusieurs fois de suite.

– Merde alors ! dit Matt doucement, et je fus éberluée d'apercevoir une larme dans ses yeux bleus, qu'il ferma aussitôt, l'air vaincu.

C'est ça, vaincu. Tom était la première personne qu'il avait engagée à *Downtown*. Sous la surprise et le chagrin, je vis la peur.

Quand il rouvrit les yeux, ils étaient calmes et inexpressifs. Je lui avais déjà vu ce regard, que ses lunettes accentuaient : il trahissait une colère froide et implacable, bien plus redoutable que ses accès de rage. Une de ces colères dont les gens pâtissaient toujours.

– Je pense que tu vas nous en dire la raison? demanda-t-il poliment. Culver sera ravi d'apprendre que son directeur artistique, grâce auquel il a remporté un prix, change de navire juste au moment où le magazine gagne toutes les médailles de la région. Vraiment ravi!

Tom baissa les yeux sur son assiette où son petit déjeuner se figeait dans la graisse. Sous l'impitoyable lumière fluorescente, son visage de faucon avait un reflet verdâtre : on l'aurait cru sculpté dans le marbre. Même à ce moment où le chagrin et le sentiment d'impuissance m'envahissaient, je le trouvais très beau et je me dis qu'il allait me manquer terriblement. Puis il nous regarda et je vis des larmes dans ses yeux noisette. J'en versai alors quelques-unes moi aussi. C'était surtout sa grande bonté qui allait me manquer.

– Ouais, je vais vous dire pourquoi. Non que vous ne le sachiez déjà. Mais je vais le dire, si ça va mieux ainsi. Je m'en vais pour deux raisons. D'abord, je ne pourrais supporter un changement de plus. Pas seulement dans le magazine, quoique ce soit inévitable. Mais... dans la ville. Dans le pays. Il vient, je le sens. Je ne me crois pas capable de m'y adapter. Je me sens décalé. J'ai toujours pensé que j'aurais dû vivre à une époque où les choses restaient immuables de génération en génération, où on pouvait compter sur la pérennité du monde, même s'il était cruel. La Nouvelle-Orléans est un de ces lieux que j'ai toujours considérés comme hors du temps... Le rythme y est encore celui d'il y a un siècle. Ce gentil petit monde créole décadent... rien ne peut l'altérer, pas dans les vieux quartiers, pas dans le quartier du Vieux Carré. C'est lui qui changera le monde, et non l'inverse. On peut risquer de s'y noyer, mais il n'est pas près d'éclater. C'est de cette stabilité que j'ai besoin, autant que de respirer.

Je le dévisageais intensément, essayant de comprendre ce qu'il ressentait. Je me rappelais ses paroles après son périple dans le pays avec Lucas, qui avait photographié les errances de la jeunesse contemporaine. Il avait haï ce voyage qui l'avait beaucoup perturbé. La Croisade des enfants devant paraître dans le numéro de février, Tom serait déjà parti. Je fronçai les sourcils et déglutis péniblement. Tout le monde gardait le silence.

Il baissa à nouveau les yeux, avala une gorgée de son café refroidi, puis nous regarda chacun tour à tour pour enfin avouer :

– L'autre raison, c'est que je suis homosexuel, et je ne veux plus essayer de combattre ma tendance. Je suis las de donner le change, j'ai passé le cap. J'ai un ami là-bas, un ami intime. Nous allons vivre ensemble dans le quartier du Vieux Carré. Il est peintre. C'est lui qui, sachant que ce magazine allait démarrer, m'a obtenu un rendez-vous à la Chambre de commerce là-bas. Ils connaissent *Downtown* évidemment, et ça m'a aidé. Et surtout, mon homosexualité n'a pas l'air de les déranger le moins du monde. Nous n'en avons pas parlé mais j'ai senti que cela n'avait aucune importance. Là-bas, ce n'est pas un problème. Inutile de vous dire que Culver me virerait à l'instant s'il découvrait la réalité, malgré tous les prix inscrits à notre palmarès, vous le savez bien.

Il détourna les yeux vers l'extérieur, fixant la rue hivernale par la fenêtre. Le froid s'était installé et les gens marchaient vite, la tête courbée contre le vent, le col relevé sur les oreilles. Je n'arrivais pas à m'imaginer combien cet aveu avait dû coûter à Tom Gordon, l'homme le plus émotif que j'aie jamais rencontré.

– On retourne travailler, décréta Matt après un petit moment.

Et nous nous levâmes tous, embrassant Tom chacun notre tour. En sortant, Matt marchait bras dessus, bras dessous avec lui. Nous évitâmes de nous regarder entre nous, de peur de pleurer.

Mais le soir, comme Lucas et moi étions allés voir *Bonnie and Clyde*, vers la fin du film, au moment où les deux amants hors-la-loi commencent leur danse de mort dans la voiture assaillie par les balles, je me laissai aller à mes larmes. Je me levai pour aller aux toilettes m'essuyer la figure, sans grand résultat : dès que mes pleurs s'arrêtaient, ils reprenaient. Ayant fini par retrouver mes lunettes noires au fond de mon sac, je les mis sur mon nez et rejoignis

Lucas dans le hall d'entrée. Appuyé au comptoir, il mangeait du pop-corn. Quand il me vit arriver, il me passa le bras autour des épaules et m'emmena dehors, dans la rue glacée.

— Que c'est triste, tout ça! dit-il, comme nous regagnions la Morgan garée un peu plus loin.

— Quoi? Le film? Oui, c'est vrai. Excuse-moi, je n'arrive pas à m'arrêter de pleurer. Je crois que c'est à cause de Tom, pas de *Bonnie and Clyde*.

— C'est bien à ça que je pensais.

Dans l'appartement, blottie au lit contre Lucas, je me remis à pleurer. Il écarta les cheveux de mon visage en me disant:

— Pour lui, chérie, c'est la meilleure solution.

— Je sais, sanglotai-je, je sais. Je l'aime et je lui souhaite ce qui lui convient le mieux... Mais on dirait qu'il ne fait pas que partir, qu'il va mourir.

— Alors qu'en fait, il va enfin commencer à vivre. Nous pourrons aller le voir. Je crois surtout que tu as l'impression que *Downtown*... ou ce que nous en connaissons... va changer. Et tu as raison. Ça ne sera plus jamais la même chose sans Tom, qui était le meilleur d'entre nous. Mais *Downtown* ne va pas mourir. Il y aura un nouveau directeur artistique que Matt intégrera en une semaine et tout va continuer. Un peu différemment, c'est tout.

— Tu crois?

— Je ne sais pas. Nous sommes tous des personnages un peu à part. Mais c'est Matt qui fait le lien entre nous... Tant qu'il sera là pour nous réunir, nous ne nous disperserons pas. Tu imagines Matt renonçant à *Downtown*?

Non, évidemment. Pourtant mon profond regret pour la brillante comète que *Downtown* avait été persista pendant toute la période qui nous mena jusqu'à Noël.

En apparence, rien ne changea beaucoup. Matt restait distrait et distant, mais pas plus qu'avant l'annonce du départ de Tom. Il était coupant et même parfois grossier — c'était souvent le cas à l'approche des vacances. Il détestait les vacances, pour des raisons ignorées de tous.

— C'est qu'il veut devenir ou Dieu ou président, dit tristement Teddy un jour où Matt venait de s'emporter contre Cecelia Henley, la jolie petite réceptionniste engagée pour remplacer Mary Kay Crimp, qui avait fini par s'avouer vaincue.

Le seul crime de Cecelia avait été d'avoir apporté à grand-peine un gigantesque arbre de Noël au bureau pendant l'heure du déjeuner.

— Ce ne sont que les vacances officielles qui l'exaspèrent, continua Teddy, celles qu'il organise lui-même, comme l'été dernier, il les adore. Ne le prends pas pour toi, Cecelia. Une fois où j'avais accroché une guirlande sur sa porte, il a failli me virer. Mais il n'a pas retiré la guirlande.

Et l'arbre de Noël resta au bureau. Après que nous l'eûmes garni de guirlandes et de boules il était si joli que Culver fit remplacer celui en plastique qui trônait dans un coin du hall de la Chambre de commerce par un vrai arbre, encore plus grand et plus décoré que le nôtre.

Et la grande guerre de Noël commença. Chaque fois que nous ajoutions une boule, la Chambre en ajoutait trois. Notre bouquet de gui ne fut plus qu'un amas de guirlandes. Celui de la Chambre de commerce ressemblait à la toile d'une grosse araignée en argent. A la mi-décembre, un lundi matin, le personnel de la Chambre de commerce trouva sur l'arbre, en guise de décorations supplémentaires, des porte-tasses en plastique rouge. Quand il découvrit la farce, Culver se précipita chez Matt en fermant la porte derrière lui, ce qui n'empêcha pas ses hurlements de nous parvenir par le tuyau de refroidissement d'eau à l'extérieur de nos bureaux. Puis on n'entendit plus parler de rien. Nous avions tous pu prouver que nous étions partis pour le week-end. Le travail ralentissait à l'approche de Noël, et personne ne s'attardait au bureau ni ne travaillait le samedi et le dimanche. Matt lui-même était parti skier avec la nana du Playboy Club. En sortant du bureau de Matt, Culver Carnes étouffait littéralement de rage : il était rouge de colère et respirait si difficilement que je l'entendis souffler jusqu'à ce qu'il atteigne l'ascenseur. Une fois qu'il eut disparu, nous partîmes tous d'un grand rire de soulagement.

Nous ne sûmes jamais qui décora ainsi l'arbre de Noël, même si je sais que Hank, Lucas et parfois Matt lui-même se rendaient parfois coupables de petites plaisanteries avec des fournitures pour tasses à café. En tout cas, Matt nia fermement toute responsabilité dans l'affaire.

– S'il doute que je sois allé skier à Gatlinburg, qu'il demande aux centaines de personnes qui m'ont vu descendre les pistes, et même percuter l'abri du télésiège, disait-il avec un grand sourire, un de ses célèbres sourires qu'il allait si souvent arborer jusqu'à la fin de l'année.

Une victoire sur Culver Carnes réussissait toujours à en faire apparaître un sur son visage.

– Tu as vraiment percuté le local du télésiège ? dit Hank. J'aurais aimé voir ça.

– Eh oui. Je savais qu'on devait crier quelque chose quand on n'arrivait pas à s'arrêter, sans pouvoir me rappeler quoi. Aussi j'ai hurlé : Gare ! Aucun résultat. J'ai renversé deux petits cons affublés de ces ridicules combinaisons de course françaises.

C'est une image que je chéris encore aujourd'hui, celle de ce petit bonhomme hirsute dans un vêtement de ski trop grand pour lui, descendant en zigzag une piste gelée en hurlant : Gare ! Elle m'a fait sourire de nombreuses fois dans ma vie.

Luke et moi envisagions d'aller dans sa famille à Baltimore pour Noël, mais nous finîmes par y renoncer. Sa sœur, son mari et leurs trois enfants auraient été là et, s'il aimait sa sœur, il ne supportait pas son beau-frère ni ce qu'il avait fait de sa nièce et de ses neveux.

– Ce sale petit facho en costume trois-pièces avec son insigne du Rotary Club ! Je ne supporte pas ce catholique étriqué et sûr de lui, ce républicain enragé ! Il est si assoiffé de sang que son petit garçon m'a dit la dernière fois que je l'ai vu que nous devrions bombarder le Vietnam pour le faire disparaître de la carte. Johnny doit leur apprendre la politique en même temps que la géographie. Il me prend pour un abruti de communiste, du moins, c'est ce qu'il raconte, sans oser me l'assener en face. Il a épousé ma sœur pour l'argent de mon père et il est déçu que le vieux ne soit pas encore mort. Il croit que je suis hors course et il a sans doute raison. Mais à tellement le pomper, il a fini par lasser papa. J'ai décidé de l'éviter, ça me fait trop mal de voir ce que Sarah est devenue à son contact. Elle qui avait toujours de la peinture sous les ongles a maintenant des ongles impeccables et un visage mort. J'ai dit que nous viendrions au printemps. Tu crois qu'on devrait aller voir ta famille ?

— Non, dis-je. J'ai appelé mon père pour son anniversaire en lui disant que j'aimerais venir lui présenter quelqu'un, à lui et à maman : il m'a répliqué qu'il ne souhaitait rencontrer aucun de mes amants d'Atlanta. Il a dit amant, tu m'entends, Lucas? Comment pourrais-je tolérer ça? J'allais lui demander de me passer maman, mais j'ai entendu qu'elle se mettait à pleurer et je me suis sentie si lasse, tout à coup, si triste et tellement furieuse. Il n'a pas le droit de me parler de cette façon, et elle pas de raison de pleurer tout le temps. Je ne veux pas rentrer chez moi. Peu importe si je n'y remets jamais les pieds.

Il me caressait le dos d'un air distrait.

— Les Irlandais et leur éternelle colère, leur sempiternelle tristesse, dit-il. Mais pourquoi ne pas dire que je suis ton amant? Ça fait un peu dix-septième siècle et c'est plutôt agréable. Que veux-tu faire pour Noël?

— On pourrait avoir notre arbre à nous... Peut-être même aller à la messe de minuit à l'église du Christ-Roi... Et inviter quelques personnes. Faire une petite soirée. Je sais que Matt part voir sa mère dans le Texas, mais Teddy sera ici, Hank aussi, et je ne crois pas que Tom parte à La Nouvelle-Orléans avant le premier janvier.

— J'ai pensé à quelque chose, dit Lucas, mais j'ai hésité à te le dire. Je ne devais en parler à personne, mais à toi, je crois que je peux.

— Qu'est-ce que c'est?

— On pourrait aller au concert Spelman-Morehouse. Il a lieu le week-end qui précède Noël. Tu en as entendu parler?

— Oui. Avec des chœurs de l'université? Teddy me dit que tout le monde y va, Noirs et Blancs. C'est une tradition vraiment très ancienne. D'après elle, il n'y a que là qu'on entend ce genre de chant. Ça fait des années que sa famille y va. Je n'y pensais plus mais j'aimerais y aller. Pourquoi ne devais-tu pas m'en parler?

— John fait venir les Black Panthers.

— Quoi?

— J'ai réagi exactement comme toi quand il me l'a dit. Il en a... un groupe, ils vont venir, pour montrer à la ville qu'on peut tous s'entendre, qu'ils peuvent s'intégrer sans jouer les trouble-fête, que personne ne devrait avoir peur d'eux... Enfin, je pense que c'est ce qu'ils veulent prouver : qu'ils ne tirent pas sur le premier Blanc venu. Ils seront revêtus de tout leur attirail... vestes en cuir, bérets et le reste... A condition qu'ils ne soient pas armés. Je pense que ça serait vraiment un peu trop, des armes de poche pour un concert de Noël dans une chapelle ! John a été intransigeant là-dessus.

— Et pas toi ?

— Je ne sais pas. A première vue, quel mal y a-t-il à ça ? Ils vont entrer, s'asseoir, chanter et tout le toutim, puis ressortir. Personne ne va faire un scandale dans la chapelle. Pour eux, il n'y a pas d'endroit plus sûr pour brandir leur étendard, si c'est ça qu'ils veulent faire : parler de la paix, de l'amour, du respect, et du reste. Mais ils ne sont pas perçus de façon favorable par le public. Ils vont en terrifier plus d'un.

— Qui a eu cette idée ?

— Je ne sais pas non plus. John ne m'a rien dit. A mon avis, ça vient de Juanita. Je ne comprends pas quelles sont ses motivations. Elle ne va sûrement pas séduire les Blancs libéraux par cet artifice. Je crois que c'est pour entériner certaines choses avec John, lui faire prendre le pli une fois pour toutes. Peut-être, après tout, qu'ils veulent réellement brandir une branche d'olivier devant le mouvement de Martin Luther King. Ça serait l'endroit idéal. Je ne pense pas que ça faisait partie de leur programme, mais on a vu se produire des choses plus étranges.

— Est-ce que le Dr King le sait ? Ou son entourage ?

— Je ne crois pas. En tout cas, ni John ni à plus forte raison les Panthers ne l'ont prévenu. Tout sera dans l'effet de surprise, tu comprends. Mais je serai le premier étonné que personne ne vende la mèche. Il y a toujours quelqu'un qui sait quand ces zigotos vont débarquer. J'ai pensé aller y faire des photos pour *Life*. Ça va être un vrai scoop. Tu imagines ? Les Panthers entonnant des chants de Noël ? Des petits garçons blancs lorgnant sur les blousons en cuir et les coiffures afro ? Des matrones couvertes de vison et pleines de fric, assises à côté de mecs en boubous ou je ne sais quoi ?

— Tu ne m'empêcherais pas d'y aller pour un empire. Matt acceptera peut-être qu'on écrive quelque chose pour *Downtown* ?

— Tu plaisantes? Culver ne laissera jamais un pareil numéro sortir dans les kiosques. La présence des Panthers à un événement social et culturel d'Atlanta relatée par le magazine de la Chambre de commerce? En revanche, je vais voir si *Life* accepterait un papier d'une journaliste ayant assisté à l'événement. Ils devraient bondir dessus.

— Alors Culver Carnes aura ma peau.

Il haussa les épaules.

— Il faudra bien finir un jour par savoir ce que tu veux, Smokes. C'est peut-être le moment. Ça serait un sacré atout pour toi.

Oh pas encore, pas encore, me dis-je intérieurement.

— Pourquoi ne pas y aller simplement, dis-je, et décider ensuite. J'aimerais assister au concert, quoi que nous en fassions plus tard.

— Bon. Mais tiens ta langue. John y tient absolument. Qu'un journaliste ait vent de l'affaire et Boy Slattery les fera expulser de la ville avant même qu'ils aient mis le pied dans la chapelle des Sœurs. En tout cas, il fera tout pour.

— Pourquoi Boy Slattery? Tu sais bien que le gouverneur Wylie ne le ferait pas, et Boy Slattery doit passer par lui.

— Tu ne sais pas? C'est vrai que tu assistais à ce meeting avec des comédiens quand Matt nous l'a appris. C'est Ben Cameron qui le lui a dit quand ils déjeunaient ensemble au Commerce Club. Lint Wylie est à l'hôpital Johns Hopkins où on le traite pour une sorte de lymphome. Ç'a été très soudain : il s'est effondré dans son bureau hier en fin d'après-midi. Les médias n'en sauront rien avant demain matin probablement, cela dépend des consignes de Baltimore. Enfin, pour l'instant, Boy agit en qualité de gouverneur, il en a tous les pouvoirs : il peut convoquer la police d'État ou la garde nationale, et faire ce que bon lui semble. Je crois qu'il meurt d'envie de se frotter aux Panthers.

— Mon Dieu, Lucas! Tu ne crois pas que John devrait annuler?

— Non. On pourrait croire qu'il a peur de Boy, ce qui n'est pas le cas. Mais il doit garder le secret le plus longtemps possible. Je ne crois pas que ce soit faisable, mais qu'au moins les connards qui entourent Boy n'en sachent rien! Par ailleurs, comme c'est la période de Noël, ça va arrondir les angles. C'est Ben Cameron qui en serait averti le premier et lui ne dira rien à Boy.

– Mon Dieu ! C'est terrible ! Boy Slattery prenant la place du gouverneur ! Est-ce que c'est grave pour le gouverneur Wylie ? Qu'est-ce qui va se passer s'il meurt ?

– Je ne sais pas. Les lymphomes sont parfois plus bénins que certains cancers, mais ce n'est jamais bon. S'il meurt, on aura Boy au moins jusqu'à l'organisation d'élections spéciales. Jusqu'à fin janvier. Je ne sais pas comment ça se passe ici, en Géorgie. La seule chose qu'il nous reste à faire, c'est de prier pour que cet hiver soit le plus rigoureux possible.

C'est bien ce qui avait l'air de se passer. Le grand froid persistait. Pire, les pluies hivernales qui d'habitude ne commencent pas avant janvier ou février arrivèrent de bonne heure, et les orages glacés se succédaient en provenance de Birmingham, d'après les journalistes.

Il tombe habituellement de la neige deux fois par an à Atlanta, et toute la ville s'en réjouit. Mais elle redoute les orages glacés qui provoquent des pannes d'électricité, plongent des quartiers entiers dans le froid et l'obscurité, rendent les routes impraticables, d'autant plus que les automobilistes d'Atlanta s'obstinent à conduire malgré le mauvais temps. Ces orages sont aussi à l'origine de nombreux incendies causés par des appareils défectueux, surtout dans les ghettos pauvres et les quartiers modestes. Cette année-là, Ben Cameron avait tenu la caserne des pompiers en alerte, et demandé à ses homologues des villes voisines des sacs de sable et des groupes électrogènes. Les compagnies de téléphone avaient renoncé à assurer les communications.

Sous les vieux arbres d'Ansley Park, dans la maison de Lucas, alimentée par des lignes électriques vétustes, les pannes de courant étaient fréquentes. Au début, je les acceptais avec philosophie, car dans le Sud profond, on s'amusait toujours des caprices du temps, et je n'avais encore jamais vu d'orage glacé. Dans la grande cheminée du salon, le feu crépitait jour et nuit, et la pile de bois derrière le garage de la veuve s'amenuisait de jour en jour. La propriétaire, elle, s'était réfugiée dans la nouvelle maison de sa fille à Dunwoody, où les lignes électriques étaient prudemment enterrées. Lucas avait un camping-gaz, des lampes à pétrole et du fuel. Nous avions trouvé un vieux radiateur à kérosène dans le garage, que Lucas avait nettoyé et monté chez nous, si bien qu'entre la cheminée, le radiateur et le camping-gaz, nous n'avions pas froid et pouvions nous préparer des repas chauds.

Nous étions mieux lotis que la majorité des gens et je le savais, mais après une longue succession de jours froids, je commençai à avoir envie de lumière, de musique et d'un bain délicieusement chaud. Comme j'aurais souhaité descendre en Morgan au bureau plutôt que de parcourir deux cents mètres dans un froid glacial pour prendre le vieux bus boueux n° 23. Je redoutais tout particulièrement de sentir dans le ciel noir cette âpre odeur humide annonciatrice de glace et je craignais de voir apparaître l'annonce « Nous interrompons cette émission pour vous donner un bulletin météorologique d'urgence » sur l'écran de notre antique télévision. Pendant plusieurs jours, le bureau resta fermé car personne ne pouvait s'y rendre. Lucas se retira dans sa chambre noire pour développer ses photos en attente tandis que je lisais à la lumière de la bougie ou d'une lampe électrique et dormais beaucoup dans le vieux sac de couchage étalé devant le feu. Comment aurais-je deviné qu'un jour je me lasserais du crépitement des flammes et du sifflement du vent dans la cheminée ! Et pourtant, c'est bien ce qui arriva.

La semaine précédant Noël, le temps s'adoucit légèrement. Un timide soleil fit une pâle apparition et à travers les nuages gris-blanc percèrent des lambeaux de ciel bleu et laiteux. Tels les survivants d'une tempête arctique, l'équipe se retrouva au bureau de *Downtown*. Les récits des épreuves endurées enflèrent jusqu'à ce que tout le monde, excité par l'approche des vacances, commence à en rire. La bonne humeur régnait. Nous délaissions beaucoup le bureau pour aller faire nos achats de Noël, n'y retournant brièvement que pour prendre notre courrier et répondre aux messages téléphoniques. Nous déjeunions longuement, contactions de vieux amis. La petite Cecelia Henley savait merveilleusement faire les paquets et nous abusâmes de son talent. Le bureau fut bientôt parsemé de montagnes de cadeaux brillants tandis que Sister et Sue Anne apportaient tous les matins des plateaux de gâteaux de Noël confectionnés selon la tradition.

312

— Sister, est-ce qu'il y a de la liqueur dans ces biscuits? demanda Hank en se servant sur un nouveau plateau.

— C'est une vieille recette de famille, dit Sister. Je savais qu'il fallait y mettre du bourbon, mais pas en quelle quantité, si bien que j'ai mis tout ce qui restait dans la bouteille. Ça te plaît?

— Oh que oui, fit Hank en roulant les yeux.

Dès le milieu de matinée, tous les gâteaux avaient disparu.

Cette seconde semaine d'avant Noël à *Downtown* fut merveilleuse de gaieté et de légèreté. Nous travaillâmes très peu.

Matt ne se montra pas au bureau pendant quatre jours.

— Il travaille chez lui, dit Hank le deuxième jour, alors que nous commencions à nous interroger sur son absence. Il a demandé hier à Sue Anne de réceptionner son courrier et de prendre ses messages. Il pense que l'époque de Noël et le mauvais temps lui fournissent un bon prétexte pour enfin s'adonner à quelque travail de planification et rattraper son retard dans la rédaction de sa colonne. Il viendra avant les vacances.

Mais il n'avait pas l'air convaincu et je lui demandai:
— Hank?

— Je ne sais rien de plus, Smokes. Nous avons pourtant sacrément besoin de sa colonne. Je lui téléphonerai demain si je n'ai pas de nouvelles de lui.

Mais personne n'eut de ses nouvelles et Hank l'appela chez lui en fin d'après-midi.

— Il a un mauvais rhume, dit-il brièvement. Il a vraiment l'air malade. Mais il dit qu'il sera remis pour nous inviter vendredi à déjeuner à la Terrasse de Peachtree. Il nous laissera rentrer tôt.

— Tu crois qu'il va bien, qu'il est simplement enrhumé? demandai-je, sceptique: Matt n'était jamais malade et ne quittait pas le bureau sans raison grave, et toujours à contrecœur. Ces baratins stupides, disait-il des discours et réunions destinés à rassembler des fonds. Comment l'imaginer au lit avec des pastilles contre le rhume et un bol de bouillon de poule sur la table de nuit?

— C'est ce qu'il dit, répondit Hank qui regagna son bureau en fermant la porte derrière lui.

– Tu crois que c'est plus grave qu'un mauvais rhume ? demandai-je à Lucas le soir.

– Il s'agit plutôt d'un lendemain de cuite, me répondit-il.

– Oh, Lucas !

– Il boit beaucoup trop, chérie. Et je sais que, parfois, il boit seul chez lui. Il m'est arrivé, une fois ou deux, arrivant dans son appartement le matin, de voir des bouteilles vides. Mais c'est la première fois qu'il ne vient pas au bureau.

– A cause d'Alicia ? De Tom ? Qu'est-ce qu'il a ?

Il haussa les épaules.

– Je ne sais pas. Il est d'humeur sombre. Tom et Hank m'ont parlé d'autres épisodes de ce genre, pendant lesquels il s'absentait également beaucoup. Mais je ne crois pas qu'il ait jamais vraiment renoncé à venir au bureau. S'il ne revient pas demain, j'irai voir chez lui.

Mais le matin de la veille de Noël, nous le trouvâmes dans son bureau. Il buvait du café et crachait des ordres dans son dictaphone en jouant avec sa montre et des pièces de monnaie tout en accompagnant de paroles obscènes la musique des chants de Noël qui nous parvenait des haut-parleurs. Il me parut plus maigre que jamais, avec des cernes sous les yeux et les joues fiévreusement rouges, mais fraîchement rasé, parfumé d'un nouvel after-shave musqué, ses cheveux encore mouillés brossés en arrière. Il était vêtu d'une chemise Oxford toute neuve, aux plis encore marqués et avec l'étiquette. Le bureau se mit à revivre, comme la rose de Noël de la célèbre chanson, diffusée dans l'ascenseur. Matt finit par s'en prendre au haut-parleur situé à la porte de son bureau sur lequel il jeta un porte-tasse rouge comme ceux de l'étage du dessus. Sue Anne ne l'évita que de justesse et elle alla baisser le son avec un sourire amusé.

Et nous déjeunâmes bien à la Terrasse de Peachtree, toute notre équipe boycottant la fête de Noël qui avait lieu en haut. Quand Sue Anne lui demanda si c'était une bonne idée, il rétorqua :

– Qu'est-ce que tu préfères ? Te saouler au champagne à la Terrasse de Peachtree en compagnie des personnes les plus intéressantes de la ville ou rester plantée au milieu des ploucs là-haut qui boivent du Coca-Cola ou du punch au citron en grignotant les infects petits biscuits confectionnés par les secrétaires sous l'œil de Culver, déguisé en Père Noël et passant à la ronde un plateau de fruits déguisés ?

— Ma question était idiote, dit Sue Anne.

— Culver Carnes ne va-t-il pas nous en vouloir? demandai-je.

— Mais non, dit Matt. Il ne s'en prendra qu'à moi, et je m'en fous. De toute façon, je suis sûr qu'il aura oublié au retour des vacances.

— Comment le savez-vous?

— Je le sais.

Nous bûmes donc beaucoup de champagne en nous goinfrant et en riant, nous nous embrassâmes affectueusement en nous souhaitant un joyeux Noël. Puis nous repartîmes joyeux, chargés des cadeaux que nous nous étions offerts mutuellement.

Matt resta en arrière.

— Je dois voir quelqu'un qui n'a pu venir plus tôt. Allez-y! Joyeux Noël!

En sortant, je lui jetai un coup d'œil et le vis faire un signe au garçon.

Lucas suivit mon regard.

— Ne dis rien, m'ordonna-t-il.

J'obtempérai mais ma joie en fut ternie. Dehors, dans la rue, le ciel était couvert et l'odeur humide et âcre était là. Les nuages avaient fait vite.

— Oh non! La glace pour le concert ce soir!

Sur le campus de l'université d'Atlanta, la neige commençait à tomber mais elle fondait sur le trottoir et saupoudrait joliment l'herbe et les buissons gaiement éclairés par les lumières de la chapelle des Sœurs. Le mauvais temps n'avait pas découragé les auditeurs. Il y avait des voitures en grand nombre et quand nous arrivâmes en courant pour nous protéger de la neige froide, la chapelle était déjà pleine de gens en train de s'installer. L'intérieur de l'église était décoré de mille bougies et sentait bon les branches de pin et de cèdre qui décoraient l'autel, l'estrade du chœur et l'extrémité des rangées. L'odeur caractéristique des livres de cantiques poussiéreux, du velours râpé des vieilles chaises, à laquelle se mêlaient des émanations de parfums et de laine mouillée, me rappela les églises de mon enfance. Seul l'encens manquait à l'appel.

Les gens étaient calmes, silencieux et sereins, comme il convient dans une église à cette joyeuse époque de l'année.

Les Noirs étaient légèrement plus nombreux que les Blancs mais des parties entières de l'auditorium étaient réservées aux familles de ces derniers. Tout le monde s'était mis sur son trente et un pour l'occasion, costumes sombres, soies de couleurs vives ou tenues africaines : dashikis, djellabas, perles, batiks... Et un nombre inattendu d'accoutrements de jeunes hippies : mini-jupes, robes à smocks, col cheminée, et même quelques vestes à la Nehru. On voyait également des jeans trop larges et des vestes déchirées, et partout des fourrures, du vison, de l'astrakan, du rat, du lapin teint en orange. L'assistance était vraiment éclectique, comme je m'attendais à en trouver sur le campus universitaire d'une grande ville. Je me sentis œcuménique, contente de moi et de la soirée, tout en remarquant que visages blancs et visages noirs, malgré les sourires qu'ils échangeaient, ne se mêlaient pas.

Nous étions un peu en retard et l'église était presque pleine. Il restait quelques sièges vides tout devant, ceux réservés à la famille pour les mariages. La rangée de derrière n'était occupée que par quelques personnes, dont John Howard. Lucas le rejoignit et je le suivis. Je remarquai que les premières places étaient entourées par des cordons de velours rouge.

Je me glissai à côté de Lucas. De l'autre côté, John nous salua de façon distante, sans un mot. Il portait le costume bleu trois-pièces que je lui avais vu pour Thanksgiving et, à part le signe de tête qu'il nous adressa, il regardait droit devant lui vers l'emplacement du chœur. A voir son allure ce soir-là, je trouvai qu'il ferait un très bon mannequin « chic », malgré son visage fermé dont émanait quelque chose de troublant, presque dangereux. Et la cicatrice... Non, John Howard ne ferait pas vendre beaucoup de costumes.

— Comment as-tu réussi à obtenir ça ? lui demanda Lucas tout bas, en montrant les places réservées.

— J'ai dit qu'on attendait quelques personnalités importantes étrangères à Atlanta.

— Mon Dieu, à croire qu'ils veulent s'attirer une colonne dans le *New York Times*, lui répondit Lucas, toujours à voix basse et avec un grand sourire, que John lui rendit à contrecœur.

– Une sacrée surprise, dit-il.

– Tu réserves aussi cette rangée?

– Seulement pour quelques-unes des sœurs, si elles décident de venir. De toute façon, ils ne seront pas très nombreux. Ils n'entreront pas à la file indienne. Certains sont déjà là, mais ce n'est pas eux que je cherche. S'ils se pointent, ne vous étonnez pas qu'ils ne vous ouvrent pas tout grands les bras.

Je me demandais si Juanita se trouvait à Atlanta, comme si cela allait de soi.

– Je ne m'attends pas à grand-chose d'extraordinaire ce soir, dit Lucas. Ne t'inquiète pas. J'aurai simplement l'air de prendre une photo du petit en train de chanter, à l'image des autres parents.

– D'accord, dit John Howard avec un sourire et en regardant à nouveau vers l'emplacement du chœur.

Par la suite, il ne nous adressa plus un seul regard et resta aussi parfaitement immobile qu'une statue de bronze, sa peau luisant à la lumière vacillante des bougies.

Je me levai pour retirer mon manteau, que Lucas m'aida à ôter et qu'il posa sur le sien. Avant de me rasseoir, jetant un coup d'œil derrière moi, j'aperçus parmi la foule, assis à peu près au milieu de la nef, Brad Hunt et sa famille. A côté de lui, se trouvait une fille blonde aux longs cheveux lisses retenus par un nœud en satin bleu. Elle ressemblait comme deux gouttes d'eau aux nombreuses filles que j'avais rencontrées à Atlanta, les anciennes camarades d'école de Teddy à Westminster : sans la connaître, il me semblait tout savoir d'elle. Elle était certainement secrétaire dans une banque, vivait chez ses parents, travaillait bénévolement pour des associations de jeunes et jouait bien au tennis. Elle me regarda puis baissa les yeux. Brad aussi me regarda, longuement, de façon indéchiffrable, avant lui aussi de baisser les siens.

A sa droite, Marylou Hunt, raide et vêtue de satin noir, me dévisagea. Elle arborait une expression de triomphe et m'adressa un petit sourire en V qui me fit penser à celui des statues grecques ou romaines. Elle tenait sa revanche : elle me voyait, moi, son ennemie déclarée, assise en compagnie d'un homme noir à l'air menaçant et d'un hippie à la barbe hirsute. Je lui rendis son sourire et me rassis, le cœur battant : peu m'importait que Brad et sa famille assistent au concert Spelman-Morehouse, mais je ne m'étais pas attendue à les voir là. Pourtant, quoi d'étonnant à ce que je finisse par rencontrer Brad par hasard dans cette ville où tout le monde se connaît, me dis-je en repoussant en arrière quelques boucles de cheveux encore mouillés par la neige. J'espérais, sincèrement je crois, que la fille qui se trouvait à ses côtés était pour lui une véritable amie. Je ne m'étais pas tout à fait délivrée d'un sentiment de culpabilité injustifiée à son égard.

Le chœur tardait à arriver, et la foule s'agitait, parlait à voix basse, toussotait. Les lumières s'éteignirent brièvement une fois et tout le monde regagna sa place comme un vol d'oiseaux qui s'abat sur un champ. Anticipant la joie du concert, beaucoup souriaient déjà.

On entendit alors les portes de l'église s'ouvrir et un grand bruit nous parvint du porche : il y eut quelques murmures, des exclamations retenues. Les Panthers faisaient leur entrée.

Ils arrivèrent deux par deux, en formation militaire, rangés selon leur taille, dans un silence parfait, vêtus de blousons de cuir noir, de cols cheminée, de pantalons et de bottes noirs, leurs fameux et étranges bérets posés sur leur coiffure afro. La plupart portaient des lunettes noires à monture d'acier et tous avaient des cartouches en bandoulière. Mais, apparemment, aucune arme. Lucas m'avait assuré qu'ils n'en auraient pas. Ils dégageaient une froideur métallique conforme à ce qu'ils étaient dans la réalité. Ils regardaient droit devant eux, semblant aspirer le moindre son sur leur chemin et laissant derrière eux dans l'allée centrale un sillage de silence parfait. Je les trouvai à la fois beaux et terrifiants dans la lueur tremblante des bougies. Ils rompirent les rangs pour s'installer dans les places réservées à leur intention et restèrent debout jusqu'à ce que chacun ait trouvé son siège. Puis, sur un signe de tête du plus grand qui se trouvait devant, ils s'assirent. Sans un regard pour la foule ni pour John Howard, ils gardèrent les yeux fixés sur le chœur vide.

Aucune femme ne les accompagnait.

– Bon Dieu ! souffla Lucas en sortant son petit Leica pour les photographier.

318

Je ne répondis rien, ayant du mal à respirer. Derrière nous, le silence était complet : tout le monde semblait retenir son souffle.

Le chef d'orchestre entra. Après un long regard aux deux rangées devant lui, puis à John Howard, il fit un signe de tête au pianiste et à l'organiste, assis dans la fosse.

La célèbre mélodie de « Venez, adorez » s'éleva et les enfants montèrent en chantant des bas-côtés où des contre-marches avaient été dressées pour eux.

« Venez, adorez... »

Ce chant qui montait dans la voûte glacée me bouleversa et me fit venir les larmes aux yeux : les voix parfaitement à l'unisson de ces jeunes étudiants noirs dans leur robe marron étaient sublimes, dotées de cette richesse rauque et de ce déchirement profond qui manquent même aux plus belles voix blanches. Le public retint son souffle encore une fois, et je sus alors que tout se passerait bien. La nuit appartenait aux petits chanteurs, qui dominaient toute l'assistance et même les Panthers assis aux deux premiers rangs, immobiles. Je me demandai ce qu'ils éprouvaient : comment auraient-ils pu rester insensibles ?

Le concert, qui n'avait pas d'entracte, devait être court. Nous écoutâmes en silence les hymnes traditionnels, les negro spirituals, les folk songs et les chants africains, les soli. Transportée, je ne vis pas Lucas charger et recharger son appareil sans cesser de mitrailler. J'entendais le bruit léger des flashes derrière moi. Les jeunes chanteurs avaient beaucoup de famille et d'amis. Je reconnus un critique musical de l'*Atlanta Constitution* assis dans l'allée centrale qui griffonnait des notes et un photographe de presse qui travaillait discrètement. Je suis persuadée que c'était surtout les Panthers qui attiraient l'attention mais ils semblaient indifférents. Ils restaient parfaitement immobiles et attentifs. On en arrivait presque à les oublier. Presque.

L'avant-dernier chant inscrit au programme était seulement annoncé comme « Solo ». Dans le faisceau lumineux d'un projecteur apparut sur scène une petite silhouette noire et ronde vêtue d'une simple robe du soir. Je reconnus avec joie Luella Hatfield. Seule sous les feux de la rampe, les mains jointes, elle salua. Puis, levant la tête, elle entonna, sans accompagnement :

Il est né le Divin Enfant,
sonnez hautbois, résonnez trompettes,
Il est né le Divin Enfant,
chantons tous son avènement.

Un cri s'éleva de la foule qui applaudit spontanément à tout rompre. Luella avait cette voix dont je me souvenais, simple, pure, ample et forte. Elle resta immobile en souriant jusqu'à ce que cessent les applaudissements, puis reprit, accompagnée à l'orgue et au piano. Quand elle s'arrêta, le public était debout, il l'ovationnait, sifflait, criait. C'était une réaction inconvenante dans une église, mais la seule réponse appropriée à la voix de Luella Hatfield. Devant Lucas et moi, les Panthers se levèrent et applaudirent autant que les autres. Les flashes allaient bon train.

– Oh, John, dis-je, une larme accrochée aux cils.

Sans me regarder, il eut un petit sourire en coulisse.

Le chœur entama ensuite « Ô douce nuit, sainte nuit » et, dans la foulée, enchaîna sur « We shall overcome ». Je ne sais pourquoi j'en fus si surprise : à cette époque, tous les concerts donnés dans des églises noires se terminaient par ce chant. Je pris la main de Lucas, puis celle de John, et me balançai en rythme avec la foule, le cœur transporté, les joues inondées de larmes comme le chant continuait : « Du fond du cœur, je sais qu'un jour, nous vaincrons... »

Quand je pense que j'aurais pu manquer ce moment inoubliable si je n'étais pas venue vivre ici !

Devant moi, les Panthers se levèrent, attentifs et respectueux, mais sans se tenir par la main ni chanter avec la foule.

Par-dessus le chant, la voix de Luella Hatfield s'élevait comme le son d'une flûte en or.

Quand la dernière note se tut, vibrant un temps dans l'atmosphère, le public resta immobile et silencieux quelques minutes. Les Panthers, eux, se levèrent tous ensemble et sortirent des rangs les uns derrière les autres, puis ils descendirent l'allée centrale deux par deux, grands, noirs et majestueux dans leur silence. Pas un n'avait émis le moindre son de toute la soirée, pensai-je, si ce n'est pour applaudir.

Ce n'est qu'à ce moment-là que la foule s'est levée, a repris ses manteaux et s'est mise à rire et bavarder. Comme si un vol de grands oiseaux de proie avait plané sur une forêt et s'était éloigné sans faire le moindre mal. Quand je fus debout à mon tour, les Panthers avaient disparu par le grand porche de l'entrée.

— Tout s'est bien passé, non? dis-je à John. Où vont-ils aller maintenant?

— Retourner à leur bus et rouler toute la nuit pour être à Montgomery demain matin.

— Pourquoi?

— Ils vont assister à une bar mitzvah là-bas.

Je le dévisageai un temps avant de comprendre qu'il se moquait de moi. Il me fit un léger sourire sans quitter des yeux la porte et la foule qui sortait.

— Tu crois que tu as pris des photos intéressantes? demandai-je à Lucas qui m'aidait à remettre mon manteau.

— Pas beaucoup. Peut-être quelques visages.

C'est alors que nous avons entendu le premier bruit.

Puis quelques clameurs confuses. Comme dans une scène de rue dans un vieux film; cela faisait penser plus au brouhaha d'un attroupement qu'au bruit d'une foule sortant d'un concert. Puis il y eut des cris, des bruits de piétinement, de bousculade, un hurlement aigu de femme, suivi d'autres cris. Je restai figée, incapable de bouger.

Le porche s'ouvrit tout grand et les gens qui sortaient refluèrent à l'intérieur. Les hommes criaient d'une voix rauque, les femmes hurlaient. On entendait parfois la voix frêle et aiguë d'un enfant. La foule tournait sur elle-même et pénétrait à nouveau en masse dans l'église. Je vis quelques lumières aveuglantes fendre le brouillard et la pluie glacée, puis j'entendis un halètement profond et monotone comme le battement d'un grand cœur inhumain. Des cris métalliques résonnèrent par-dessus les bruits de la foule. Je mis quelque temps à comprendre que quelqu'un parlait dans un haut-parleur.

Lucas bondit sur le banc pour essayer de voir quelque chose.

— Ce connard de Boy a envoyé les troupes, dit-il d'une voix étrangement calme. Ils ont provoqué une fichue émeute. Sainte Mère de Dieu, quelqu'un devrait l'abattre...

Il sauta du banc et partit sans se retourner. Je le suivis en criant:

— Luke! Luke! N'y va pas! Ne sors pas!

Il ne pouvait m'entendre. Sans un regard en arrière, il s'évanouit dans la foule qui essayait de trouver refuge dans l'église. Je restai là, les mains devant la bouche, les yeux rivés sur l'endroit d'où il venait de disparaître. Comme dans un mouvement au ralenti, avec la précision d'un rêve, je me dis : « Ce n'est que la première fois. Toute ma vie, si je la partage avec lui, je le verrai disparaître dans la foule et se précipiter dans le danger, sans même me lancer un dernier regard. »

A côté de moi, John Howard était immobile et je me tournai vers lui.

— John, va le chercher, dis-je d'une petite voix ridicule. Tu peux te glisser dans la foule, j'ai peur qu'il lui arrive quelque chose.

Pétrifié, il avait les yeux fixés sur la porte, le visage gris, la bouche ouverte. Ses yeux étaient pareils à ceux d'un aveugle.

C'est alors que nous avons entendu les coups, d'abord un, puis toute une série, puis d'autres cris, et enfin, au loin, le hurlement strident d'une sirène. Le corps de John Howard bondit comme s'il avait été touché par une balle, il poussa un grand cri guttural et se mit en marche avec maladresse comme s'il n'arrivait plus à coordonner les mouvements de ses bras et de ses jambes.

Je l'attrapai par la taille, et le tirai en arrière, m'accrochant à lui de toutes mes forces, le visage enfoui dans son dos, en hurlant :

— N'y va surtout pas! Ne sors pas! Ne va pas te faire tuer! Je ne le supporte pas! Je ne te laisserai pas partir! Non, jamais!

Tout en le suppliant, rivée à lui, je sentais les muscles de son dos et de ses jambes alors qu'il essayait de se dégager. La laine rugueuse de son costume me râpait le visage, et je pensais : « Je ne peux plus retenir Lucas, mais je mourrai avant de laisser John partir. » Et je me cramponnai de plus belle en sanglotant.

D'un seul coup, il se laissa tomber sur un banc. Je basculai sur lui et essayai de reprendre mon souffle, les yeux hagards, tremblant de tout mon être. Il resta assis un moment, les mains jointes comme un homme en prière, puis se mit à pleurer, avec des sanglots terribles, grotesques, qui l'étouffaient. Des sanglots d'angoisse comme seul pouvait en émettre un homme qui n'avait pas pleuré depuis très longtemps et jamais en public. Il avait levé les mains dans un geste de prière, la bouche grande ouverte dans un rictus de douleur, les yeux aveuglés par les larmes qui sillonnaient ses joues de bronze. Il émit un son terrible, étouffé.

– Ce n'est pas ce que je voulais, mon Dieu, non...

Je l'entourai de mes bras et attirai sa tête sur mon épaule. Il se laissa aller contre moi et nous restâmes ainsi un long moment, pleurant tous les deux. Il était secoué de spasmes qui me faisaient tressauter. Je sentais sa respiration haletante, son visage brûlant et humide dans mon cou, ses muscles crispés sous mes paumes. Je ne sais combien de temps nous demeurâmes ainsi.

Sur un banc derrière nous, une femme blanche en manteau de fourrure, les cheveux en bataille et la robe remontée sur les cuisses, se massait le pied en répétant :

– Tout ça est ridicule. Nous ne sommes venus que pour écouter le fils du chauffeur qui chantait. Ça ne ressemble à rien.

Ce ne fut pas une grosse émeute. La pluie glacée la dispersa. Les Panthers disparurent dans le brouillard et étaient presque arrivés à Montgomery avant que les troupes convoquées en hâte par Boy Slattery n'aient retrouvé leurs esprits. La foule du concert n'avait pas été menacée. Les Panthers s'étaient conduits avec discrétion. Mais la présence des troupes et des caméras de télévision, le bruit des générateurs, les gyrophares, les hurlements des sirènes de police, les cris des spectateurs, tout cela donna l'impression qu'on assistait une fois de plus à l'une de ces émeutes qui avaient fait rage tout l'été dans certaines villes. C'étaient les étudiants, qui, interprétant mal la situation, avaient jeté les premières pierres aux troupes, et les jeunes policiers qui, paniqués, avaient tiré dans la foule.

Il n'y eut pas de mort, seulement une poignée de blessés. Un riche avocat reçut une balle dans l'épaule : soigné à l'hôpital de Piedmont, il en était sorti rapidement. Le frère d'un des petits chanteurs, blessé au pied, se reposait, après avoir été opéré, à l'hôpital de Grady Memorial. Il y eut des entorses et des fractures. Deux ou trois policiers avaient reçu des pierres ou des briques, et bon nombre de personnes souffraient d'égratignures. Une vieille dame eut une crise cardiaque, davantage due à son grand âge qu'à l'événement. Elle était venue écouter son arrière-petit-fils.

Mais pour Atlanta, la ville trop occupée pour avoir le temps de haïr, ce fut un incident honteux : une émeute ratée, une plaisanterie, une source de railleries. Ce gros raciste de gouverneur de Géorgie avait eu vent de la présence des Panthers au concert de chants de Noël et avait alerté la police et les médias. Après les événements, le gouverneur était rentré chez lui, protégé par ses gardes du corps. Le lendemain, à la télévision et dans les journaux, Ben Cameron ne mâcha pas ses mots pour dénoncer l'attitude de Boy Slattery et demander de garder la tête froide. N'allez pas chercher les troubles à l'université d'Atlanta, disait Ben. Tout est calme dans cette belle institution. C'est dans la maison barricadée de Boy Slattery en train de s'amuser avec ses copains racistes que commencent les ennuis. Ne nous attardons pas sur ces mauvaises actions et oublions cet incident regrettable.

Et on l'oublia. Les Panthers étaient partis à Montgomery ou je ne sais où. Ils ne firent aucun commentaire. Le campus de l'université retrouva son calme et les traces de ce qui s'était passé furent recouvertes par la pluie glacée qui ne cessa de tomber le lendemain. Cette stupide émeute des chants de Noël tomba dans les oubliettes de l'histoire. C'est à peine si Lucas eut assez de bons clichés pour une pleine page dans *Life*.

John Howard quitta Atlanta le lendemain.

Lucas était passé chez lui voir comment il allait, et l'avait trouvé en train de charger des bagages dans sa Mustang. Abattu et muet, il refusa d'abord de dire à Lucas où il partait. Puis il finit par le lui confier. Le soir, Lucas, que je voyais les larmes aux yeux pour la première fois depuis que je le connaissais, me dit que John allait essayer de se réconcilier avec sa femme à Detroit pour voir ses enfants. Ça faisait longtemps qu'il n'avait plus essayé car elle l'en avait toujours empêché, mais il voulait tenter sa chance une nouvelle fois.

— Est-ce le Dr King qui l'a renvoyé à cause de l'émeute? ai-je demandé.

– Il dit que non, que le Dr King aimerait qu'il revienne au sein du mouvement pour faire avancer les choses. Il ne le blâme absolument pas. Mais beaucoup lui jettent la pierre.

– Crois-tu qu'il reviendra jamais?

C'était moi qui me mettais à pleurer à la pensée de John Howard prenant la route seul et malheureux dans sa belle Mustang.

– Je ne sais quoi te répondre, chérie. Tu veux aller lui dire au revoir?

– Oh oui. Allons-y.

Le lendemain matin, donc, avant le lever du soleil, Lucas et moi, debout sur le trottoir verglacé du campus de l'université d'Atlanta, regardions John Howard fermer le coffre de sa Mustang sur ses derniers bagages : un vieux ventilateur gelé et des piles de livres retenus par des cordes. Il se tourna vers nous.

– Je te téléphonerai, dit-il à Lucas qu'après une hésitation il serra vigoureusement dans ses bras.

Lucas lui rendit son étreinte et lui donna un léger coup de poing sur le biceps.

– Smoky, me dit John Howard, en baissant les yeux sur moi.

Je ne répondis pas, luttant pour retenir mes larmes.

– Tu vas toujours jusqu'au bout, continua-t-il doucement en souriant et en me passant le doigt sur la joue.

Puis il s'installa au volant de sa Mustang et démarra, pour prendre la route comme il l'avait toujours fait, seul.

15

Le dernier dimanche de janvier, Lucas et moi allâmes regarder la finale de football chez Teddy. Théoriquement, je partageais toujours l'appartement avec elle, mon nom figurait encore sur le bail, et c'est là que m'était adressé le peu de courrier que je recevais. Mais depuis que je vivais chez Lucas, je ne payais plus ma part de loyer. Teddy l'avait refusé catégoriquement. Sa grand-mère approvisionnait assez généreusement son compte bancaire, disait-elle, pour que le loyer lui semble dérisoire et il valait mieux que j'aide Lucas à payer le sien. Ce qui nous arrangeait bien et nous permettait de nous offrir de temps en temps un dîner dans un restaurant italien ou même un ou deux week-ends pour petit budget en montagne.

L'ambiguïté de ma situation ne me vint jamais à l'esprit. Je savais que beaucoup de jeunes femmes d'Atlanta avaient un appartement à leur nom tout en vivant chez leur compagnon. Je me demande si leurs mères étaient vraiment dupes. La nouvelle permissivité avait beau ne pas encore être établie, l'ancienne rigueur donnait déjà de sérieux signes d'agonie. La pilule ouvrait vraiment de nombreuses portes.

Ce fut très agréable de quitter pour une soirée le sombre appartement d'Ansley Park pour aller nous affaler dans de bons vieux fauteuils et passer un moment agréable avec nos amis. Dans la minuscule cuisine, nous avons piqué un fou rire devant mon piteux essai de soufflé aussi plat qu'une chambre à air dégonflée. Cela faisait longtemps que, sauf pour aller travailler, Lucas et moi n'étions pas sortis. Notre

326

dernière véritable soirée avait été le concert Spelman-Morehouse. Même pour Noël, nous avions mangé chez nous la dinde fumée offerte par Matt à tous les membres du bureau, et avions arrosé notre repas avec le vin de la veuve. Et le trente et un décembre, nous avions dîné chez Johnny Escoe, un restaurant de Peachtree Road bondé d'étrangers bruyants à moitié ivres. Lucas avait pris cette décision à la dernière minute : vers quatre heures de l'après-midi, il décida de commencer l'année ailleurs que dans l'Antre du Désespoir, comme il appelait notre maison. Ce fut une erreur. Nous qui appréciions Escoe, ce soir-là, nous l'avions tous les deux détesté.

— Je ne recommencerai plus, dit Lucas quand, rentrés chez nous, nous nous sommes allongés par terre devant le feu. Je ne passerai plus jamais la Saint-Sylvestre ailleurs qu'à la maison... Quelle que soit l'occasion, mieux vaut rester dans l'Antre du Désespoir.

— Ça n'a pas été si terrible, lui dis-je en nichant ma tête sur ses genoux. Je me sens bien avec toi et on en a pour douze mois. Et tu ne sais pas à quel point ce premier de l'an est pour moi bien plus heureux que celui de l'an dernier.

Au seul souvenir des sinistres vacances passées l'année précédente chez mes parents à Corkie, la tristesse me reprit. Je m'étais alors juré de ne plus jamais remettre les pieds dans ma famille. Maintenant, je savais aussi où j'irais si je pouvais suivre mon étoile folle : j'habiterais là où Lucas habiterait. Et comme, au moment de passer de 1967 à 1968, nous levions nos verres à la nouvelle année, je compris que, malgré les nuages qui pesaient sur mon entourage actuel, c'était à Atlanta que je voulais vivre et à *Downtown* que je voulais travailler.

J'hésitai à demander à Lucas s'il était d'accord. Il avait beau ne m'avoir jamais laissée entendre le contraire, mon appréhension fut la plus forte et je ne dis rien. Je n'étais pas encore prête à le mettre à l'épreuve sur ce sujet. L'année commençait à peine.

Teddy m'avait annoncé que Hank se joindrait à nous, mais, à notre arrivée à Colonial Homes, je m'aperçus qu'il n'était pas là en tant que simple invité. En effet, quand il sortit de la cuisine où il préparait des Bloody Mary pour nous accueillir, il m'embrassa sur la joue, et Teddy, sur les lèvres.

Je suivis mon amie qui montait nos manteaux.

— Toi et Hank? dis-je en me laissant tomber sur celui des lits jumeaux qui avait été le mien.

Il était rapproché de l'autre de façon à former un seul lit, qui était défait. Je souris en regardant Teddy, qui rougit.

— Eh bien, je crois que oui.

— Quand est-ce que ça a commencé?

Elle se regarda dans le miroir accroché au-dessus de son bureau en s'arrangeant les cheveux, puis se tourna en souriant vers moi, le visage radieux. Je lui adressai un sourire encore plus grand. Personne n'aurait pu agir autrement devant Teddy Fairchild ce jour-là...

— Ça a commencé à l'automne, mais tu étais tellement prise par Lucas que tu étais aveugle comme une taupe et sourde comme un pot. En fait depuis que toi et Lucas êtes ensemble. Hank a fini par comprendre que tu ne lui appartiendrais jamais. Il a alors regardé autour de lui. Et j'étais là. Tu peux me croire, je n'ai pas traîné pour occuper le terrain. Ça faisait plus d'un an que j'attendais qu'il t'oublie.

— Mon Dieu, Teddy, qu'est-ce que tu racontes!

J'étais abasourdie. Hank Cantwell et moi?

— Il ne m'a jamais rien dit. Je ne m'en suis jamais doutée.

— C'est pourtant vrai. Il était amoureux de toi depuis l'université. Je ne suis pas sûre qu'il en ait été vraiment conscient, mais ça crevait les yeux pour qui savait regarder. Il n'a jamais cru que tu allais rester avec Brad, ce n'était pas une histoire qui pouvait durer, c'était évident. Mais Lucas, c'est autre chose. Alors il a renoncé. Et j'ai pris la place. La nature a horreur du vide, comme tu sais. Je lui ai préparé des petits plats, je l'ai emmené chez papa et maman, l'ai aidé à arranger cet horrible endroit qui lui servait d'appartement et, de fil en aiguille, nous voilà ensemble. C'est bien comme ça, Smoky... J'ai toujours su que ça finirait ainsi. C'est vraiment quelqu'un de bon, de très bon...

— Oui, dis-je. C'est un chic type. Et toi aussi, tu es une fille formidable. Je vous aime tous les deux. J'espère que vous allez vous aimer pendant au moins trois vies...

— Oh oui, dit-elle, le visage illuminé de bonheur.

Je l'embrassai, en pensant que de toute façon, ça faisait longtemps qu'elle souffrait de sa solitude.

– Ça n'ennuie pas tes parents qu'il ne soit pas... friqué?
Toutes ces conventions...

– Mon père, peut-être un peu, mais il aime vraiment
Hank et il se laisse séduire petit à petit. Ça serait ridicule,
franchement, de s'inquiéter de savoir si Hank peut m'offrir
une vie comparable à... enfin, tu vois-ce que je veux dire.
Alors que j'ai assez d'argent pour mener avec lui le train de
vie qui nous plaira. Hank a des idées arrêtées à ce sujet,
mais ce n'est pas un imbécile. Quant à maman, elle est ravie
que j'aie enfin trouvé quelqu'un. Elle plane. La cathédrale
et le Driving Club sont retenus depuis des mois...

– Teddy, vous en êtes déjà là?

– Non. Sauf pour maman. Mais ça pourrait bien finir
comme ça. Je ne veux rien prévoir.

– Je sais... moi non plus.

– Tu as envie de m'en parler?

– Non. Pas maintenant. Peut-être après avoir bu un
verre.

En bas, Lucas et Hank étaient vautrés devant la télévision
où un présentateur excité, les cheveux coupés en brosse
haute à la mode qui a précédé celle des hippies, entamait le
compte à rebours si c'est ainsi qu'on appelle ça. Quand je
suis entrée dans la pièce, Hank m'a regardée.

– Ça va comme ça? me demandaient avec un petit sourire interrogateur ses yeux aux sourcils en accent cir-
conflexe.

– C'est parfait pour toi, Hank Cantwell, lui ai-je dit en
l'embrassant sur son toupet.

J'ai remarqué que ses cheveux s'éclaircissaient un peu au
sommet du crâne... Je ne sais pourquoi, j'en ai eu le cœur
serré.

– Sois heureux, lui ai-je chuchoté à l'oreille.

Il m'a serré la main.

– Toi aussi, a-t-il murmuré à son tour.

A la mi-temps, nous avons mangé mon soufflé dégonflé
en l'accompagnant du vin que Lucas et moi avions apporté
et nous avons parlé de Matt. Le mois de janvier n'avait pas
été bon. Depuis le départ de Tom Gordon, notre patron
était de plus en plus absent du bureau, prolongeant davantage des déjeuners où nous n'étions plus invités et dont il
revenait l'haleine parfumée au whisky et en tanguant un peu

sur ses jambes. Il chantait à qui voulait l'entendre qu'il fallait courtiser ceux qui avaient acheté l'espace double-page, dire ce qu'il fallait pour séduire Culver Carnes et donner le ton à tous ces bavards de pigistes à qui, au fur et à mesure que le magazine se développait, on confiait de plus en plus d'articles de fond. Et, lorsqu'il était au bureau, il gardait sa porte fermée. Il avait toujours eu un flacon de Cutty Sark dans son placard, mais désormais, racontait Sister l'air soucieux, elle en trouvait une bouteille vide tous les deux ou trois jours dans sa corbeille à papier. Sinon, Matt s'occupait du magazine comme d'habitude mais chacun faisait son travail dans son coin, et l'atmosphère joyeuse et enjouée que nous avions connue n'existait plus. Nous nous retrouvions toujours pour déjeuner sous notre panneau mural à la Terrasse de Peachtree et Tony entonnait toujours le « Downtown ». Mais nous venions sans Matt, et cet air, que j'avais toujours trouvé poignant, me semblait maintenant déchirant : on aurait dit que Tony essayait de faire revivre le vieux Matt Comfort dont c'était la chanson fétiche. Mais le nouveau Matt n'avait plus aucune musique en lui. Les lumières de *Downtown* ne l'attiraient plus.

— Tu crois que c'est à cause de Tom ? demanda Teddy qui, renonçant au soufflé, buvait son vin. Il me manque terriblement, je ne supporte même pas de voir le nouveau directeur assis à sa place dans son bureau. C'est pourtant un type bien, et un bon directeur artistique qui fait tout ce qu'il peut pour se faire accepter. Mais il occupe la place de Tom.

— En partie à cause de Tom, et en partie à cause d'Alicia, dit Hank. Et aussi à cause de John Howard, je crois, même si Matt n'a jamais été très proche de lui. Et surtout parce que l'équipe s'est brisée. Pour une raison qui le scandalise et l'accable. S'il avait voulu, le nouveau venu aurait été l'un des nôtres dès le premier jour. Le pauvre bougre est arrivé ici les oreilles rebattues de la légende de Comfort et de *Downtown*, et qu'est-ce qu'il trouve ? Des portes fermées, des gens qui chuchotent et une ambiance d'étude de notaire. Il doit regretter d'avoir quitté la pub. J'essaie de l'introduire dans le gang, mais il n'en reste plus grand-chose. Vous devriez faire un effort pour l'accueillir.

Le nouveau venu, Whit Wilkerson, était un jeune directeur artistique de talent recruté dans une nouvelle agence de pub qui avait le vent en poupe. C'était un homme drôle et gentil, simple et astucieux. Tom Gordon l'avait choisi comme successeur, et il connaissait bien son métier. Mais on le sentait désemparé. *Downtown*, c'était, lui avait-on laissé entendre, Matt Comfort et son équipe, or le directeur était déprimé et renfermé et son équipe muette, les bureaux avaient souvent porte close, les gens avaient peur de parler, et quand ils s'y risquaient, c'était à voix basse. Je m'étais promis de lier plus ample connaissance avec lui, comme nous tous, je crois, mais je n'en avais pas eu le courage. Je me suis donc juré à ce moment-là de l'inviter dès le lendemain à déjeuner et de convier les autres à se joindre à nous : nous le ferions rire et lui assurerions que l'ambiance glacée qui émanait du bureau de Matt n'était que passagère. Elle ne durait jamais.

J'espérais pouvoir m'en convaincre moi-même.

— A propos de John Howard, as-tu des nouvelles de lui ? demanda Hank à Lucas qui, couché sur le dos, les pieds sur le canapé, une canette de bière en équilibre sur la poitrine, ne leva pas la tête. Je le contemplais, attendrie par ce crâne où la pointe frisée d'un épi disparaissait dans l'épaisseur des boucles rousses. Je l'enroulais en imagination autour de mes doigts, comme je l'avais fait des milliers de fois. J'eus brusquement envie de faire l'amour avec lui, dans une pièce obscure aux rideaux tirés, loin du monde, hors du temps. J'avalai une bonne rasade de vin en détournant les yeux.

— Il m'a appelé vendredi, dit Luke.

Je le regardai à nouveau, surprise : il ne m'en avait rien dit. J'allais ouvrir la bouche mais je préférai m'abstenir.

— Il a réglé son problème avec sa femme et ses enfants ? demanda Hank.

— Non. Il voit maintenant ses enfants deux fois par mois, pas plus. Le dimanche, de midi à six heures, tous les quinze jours. Elle refuse toujours de lui parler. Elle ne lui pardonnera jamais Juanita.

La colère me fit intervenir :

— Même pas après ce qui s'est passé à Noël ? Elle doit bien se rendre compte qu'il est déchiré !

— Je ne crois pas qu'il le lui ait dit, dit Luke. Ça m'étonnerait qu'il en ait eu l'occasion. Il quitte Detroit pour New

York dans une semaine ou deux. L'université de Columbia lance un projet sur les Droits civiques où il dirigerait une collection de livres; on lui propose également une série de conférences étalées sur six mois qui lui permettront de vivre pendant un semestre. Comme ça, il ne s'éloigne pas trop de ses enfants qu'il pourra continuer de voir deux fois par mois. Après, il verra.

— Pourquoi ne m'en as-tu rien dit? l'interrompis-je. Il me manquait... Je me demandais ce qu'il devenait.

— J'allais le faire, répondit Luke. Il a voulu avoir de tes nouvelles. Je réfléchissais à la proposition qu'il m'a faite et je ne voulais pas t'en parler avant d'avoir pris une décision.

Je sentis des picotements dans la nuque et m'efforçai de garder une voix posée en demandant:

— Quelle proposition?

— Ils veulent reprendre les photos du livre pour le composer dans un style différent. Il a pensé que le projet pourrait m'intéresser. Cela voudrait dire entre six semaines et deux mois de campagne photographique dans le pays, et puis environ un mois à New York pour le travail de mise en page. Je serais bien payé.

— Alors, qu'est-ce que tu as décidé? fis-je d'un ton détaché qui me parut niais.

Il renversa la tête de façon à pouvoir me regarder sans avoir à se lever et me fit un grand sourire.

— Je ne pars pas. D'abord, je ne serais pas si bien payé que ça et puis je n'aime pas New York. Ensuite, je craignais de trouver à mon retour quelqu'un du genre de Buzzy installé à ma place dans l'appartement. Et les Droits civiques ne me passionnent plus... Depuis cette histoire à Noël. C'était le dernier sursaut de quelque chose... d'un élan, d'une passion... Ou tout simplement, ça n'a plus vraiment de sens. Je ne sais pas quelle est la raison véritable. Le mouvement continue, je sais. Mais comme je te l'ai déjà dit, il a perdu de son urgence.

— Tu veux dire que c'est maintenant la guerre qui t'intéresse?

— Ouais, dit Luke. Je crois que c'est ça.

Il va partir, pensai-je. Tôt ou tard, sans doute plus tôt que tard. Il va aller couvrir cette putain de guerre.

Je sentis quelque chose se briser en moi.

332

— Emportons le soufflé, sa vue me déprime, dis-je à Teddy en me levant pour rassembler assiettes et verres.

Lucas m'attrapa la cheville au passage.

— Ça va, chérie ?

— Tu aurais pu m'en parler, répondis-je stupidement. Je craignais de me mettre à pleurer.

A la cuisine, pendant que je remplissais l'évier d'eau chaude, Teddy me demanda tout en vidant les assiettes et sans me regarder :

— Vous allez bientôt vous marier tous les deux ?

— Oh, Teddy, je n'en sais rien... Nous n'en avons pas encore parlé. Tout allait si bien... Je ne voulais pas penser à ce qui pourrait arriver.

Elle me regarda par-dessus son épaule sans rien dire. Les yeux baissés sur l'évier, je me rendis compte que j'avais parlé au passé. Teddy s'en était certainement aperçue.

Je savais, sans pouvoir encore l'admettre, que les choses avaient évolué. Nos sentiments l'un pour l'autre étaient toujours aussi forts. J'étais tellement en osmose avec Lucas que, si quelque chose s'était mis à clocher entre nous, je m'en serais aperçue avant lui. Mais je n'étais plus la même. Je m'étais jusqu'alors satisfaite, comme lui, du moment présent, des choses telles qu'elles étaient, en laissant les gens, les événements venir à moi, me combler. Mais maintenant je me surprenais à envisager l'avenir, à me demander ce qui allait arriver, et j'appréhendais le moment où il m'annoncerait qu'il voulait partir au Vietnam ou suivre les voix des sirènes.

Mais à son retour me parlerait-il de l'avenir ?

Nous nous étions promis que si l'un de nous éprouvait le besoin de changer quelque chose, nous nous le dirions, et jusqu'à présent il n'avait rien dit. Et je savais que le besoin de partir se faisait chaque jour plus pressant chez lui. Quant à moi, sans rien dire non plus, je ressentais un autre besoin, de permanence, de promesses, de sécurité. Depuis quelque temps, j'étais en manque, agitée, dépendante. Lui était préoccupé, agité. J'avais attribué cette attitude au vide laissé par Tom et surtout par John, et à l'inquiétude au sujet de Matt. Peut-être Lucas avait-il réagi de la même façon...

Mais je devais regarder les choses en face. Ces dernières semaines, j'avais l'impression de vivre dans un désert, de vivre perchée au-dessus du vide sur un pont fragile tendu entre deux grands plateaux tectoniques, de vivre dans un couloir aveugle. Toute l'équipe, du moins ce qu'elle avait été, me manquait. L'ancien *Downtown* me manquait : c'était un peu comme l'absence d'une mère... Et Matt me manquait plus que tout le monde.

Pour la première fois depuis que nous vivions ensemble, quand Lucas vint me rejoindre après avoir pris sa douche, je me couchai sur le côté et fis semblant de dormir. Mais je mis longtemps à trouver le sommeil.

Le 30 janvier, on apprit l'offensive du Têt. Le pays, endormi par les rapports émis par le Pentagone annonçant la victoire proche, fut atterré par les énormes pertes humaines, d'un côté comme de l'autre, et les difficultés insurmontables rencontrées par les forces alliées dans leur tentative de chasser les Nord-Vietnamiens de Saigon et du cœur du territoire. La réaction pacifiste fut partout très forte.

Lucas brûlait de partir.

— Pars, ne cessais-je de lui répéter. Tu dois partir. Pour ta carrière, tu ne peux faire autrement. Si tu ne pars pas, tu seras malheureux. Et dans vingt ans, tu le regretteras, et je ne veux pas qu'à ce moment-là tu te dises que c'est à cause de moi que tu es resté. Je ne le supporterais pas. Cherchons dès maintenant qui pourrait t'envoyer là-bas.

Mais il me savait bouleversée.

— Bon Dieu, ce serait dégueulasse de t'abandonner ici avec tout ce qui se passe actuellement... ou ne se passe pas... à *Downtown*.

— Je ne vais pas te raconter que tu ne vas pas me manquer et que je ne m'inquiéterai pas à ton sujet ! Mais sache qu'il est plus important pour moi que tu partes. Si tu pars, tu risques de perdre la vie bêtement, mais si tu restes, c'est le photographe en toi qui va mourir. Et c'est lui que j'aime le plus en toi. De toute façon, je savais que tu partirais un jour ou l'autre. Alors pars et reviens-moi vite.

— Je t'aime, Smoky, me dit-il doucement, et il commença à passer en revue les personnes susceptibles de l'envoyer couvrir la guerre avant qu'elle ne se termine.

Life et *Look*, qui avaient des hommes au Vietnam, lui

répondirent qu'ils seraient heureux de recevoir ce qu'il pourrait leur envoyer s'il partait à ses propres frais.

— Les salauds ! dit Lucas qui essaya l'*Atlanta Journal* et l'*Atlanta Constitution* : ils recevaient déjà des photos de là-bas mais garderaient sa proposition à l'esprit.

— Quels cons ! dit Lucas, qui tenta alors sa chance avec Matt.

Mais Matt, que Lucas avait emmené dîner un soir en ville pour l'amadouer, rejeta son projet d'un geste grandiloquent sans même l'écouter.

— *Downtown* a autant besoin de documents sur la guerre que moi de ma première chemise ! Commande un autre verre et écoute-moi, je vais te dire ce que j'ai en tête.

Il lui fallut deux autres doubles, me raconta ensuite Lucas, pour qu'il lui expose enfin son grand projet sur la guerre des porte-tasses. Après quoi, Lucas dut le porter chez lui et le coucher comme un enfant.

De février aux premiers jours du printemps, la guerre des porte-tasses fit rage. Le coup d'envoi de l'offensive fut relativement modeste : un beau matin la population découvrit la statue de Henry Grady, dressée sur le terre-plein au carrefour des rues Marietta et Broad où se trouvaient nos bureaux, couverte de guirlandes de porte-tasses rouges. A midi, Willie, le très convenable homme à tout faire de la Chambre, les avait retirées ; et à midi une, exactement, Culver Carnes, congestionné de rage, entra en trombe dans le bureau et demanda à voir Matt. Mais Matt n'était pas là : il avait téléphoné vers dix heures qu'il avait rendez-vous pour le petit déjeuner avec un ancien membre du cabinet de John Kennedy, qu'il attendait beaucoup de cet entretien et qu'il ne fallait absolument pas le déranger.

— Dites-lui de m'appeler dès que vous aurez réussi à le joindre, ordonna sèchement Culver Carnes à Cecelia Henley.

Matt ne rentra qu'en milieu d'après-midi, avec l'air de celui qui a dormi tout habillé et qui n'a pas mangé depuis plusieurs jours. Le visage empourpré, les yeux fiévreux derrière ses lunettes rondes, il ne cessait de sourire mais refusait de dire d'où il venait.

A cinq heures, un coup d'avertisseur nous somma dans

son bureau où, d'un geste, il nous imposa silence et nous servit à tous du Cutty Sark dans des tasses en carton. Il en prit lui-même une grande rasade et frissonna agréablement, rejeta en arrière sa mèche de cheveux châtains et appela Culver Carnes au téléphone.

— Vous me cherchiez, à ce que j'ai compris, patron, dit-il d'un ton aimable.

Le téléphone déversa un flot d'injures que Matt écouta en souriant à la ronde, le combiné éloigné de l'oreille. Pendant une longue minute, l'appareil débita les vociférations nasillardes de Culver. Le rire nous secouait tous. Matt nous fit taire d'un air hilare et finit par répondre :

— Ce n'était pas mon personnel. Vous n'insinuez tout de même pas que c'était moi, n'est-ce pas, patron ? Parce que je peux vous prouver où j'étais, si nécessaire. Mais vous aurez sacrément l'air parano si vous me le demandez. Néanmoins, je serais heureux de le faire... Non, bon. Mais je profite de ce que je vous ai au téléphone pour vous prévenir que je vais temporairement changer mon emploi du temps. Je tenais à vous en informer. Pendant quinze jours, trois semaines peut-être, je serai très souvent absent du bureau dans la journée. Ouais, je suis en train de mettre au point une nouvelle section artistique, une sorte de guide plus complet grâce auquel je compte tripler mon revenu. Mais il faudra que j'aille voir les principaux artistes des cinq comtés autour d'Atlanta et vous savez que je suis un vendeur hors pair. Hank va me remplacer et, si vous avez besoin de moi, vous pourrez toujours passer par son intermédiaire. Il saura où je suis. Je ferai des allers et retours et je travaillerai surtout la nuit pour rattraper le temps perdu au bureau. Vous me trouverez toujours ici le soir ou la nuit si vous désirez venir. Je pense en avoir terminé d'ici disons trois semaines, quatre au maximum. Ça en vaudra la peine, Culver. On pourra peut-être doubler notre diffusion. Smoky va s'en charger, avec Lucas Geary...

Culver répondit sur un ton plus calme. En reposant le combiné, Matt souriait comme un enfant qui a joué un bon tour à son professeur. Hilare, il frappa dans ses mains.

Nous nous tûmes un instant, déconcertés par son attitude. On ne l'avait encore jamais vu dans cet état.

Finalement, Hank prit la parole :

– Je suppose que c'est sérieux, cette histoire de nouveau projet artistique. Et que tu veux réellement que je te remplace pendant quelque temps. Ce sera long sans toi au bureau...

– Tu es le rédacteur en chef, dit Matt l'air heureux. Dirige. Teddy est la directrice de la production. Qu'elle produise. J'ai grande confiance en vous, les gars. Vous n'avez pas besoin que je vous tienne la main. Eh oui, il va bien y avoir une nouvelle section artistique. Et très bientôt, je crois, vous verrez... des œuvres d'art étonnantes.

– Matt, si je me charge de ça, il ne me restera plus de temps pour « Forum », dis-je. La revue de la Chambre m'accapare déjà la moitié du temps...

– Oh, on laisse tomber « Forum » pour le moment, répondit Matt d'un ton désinvolte. Culver veut donner moins de place à la « section noire », comme il l'appelle. L'histoire de Noël lui a foutu une trouille bleue. Ne t'inquiète pas, on le reprendra un jour, quand j'aurai trouvé quelqu'un d'aussi compétent que John Howard pour faire la liaison. Tu auras donc tout le temps qu'il te faut.

Je ne répondis rien. Vexée de perdre « Forum », je ne voyais pas l'utilité de discuter avec Matt tant qu'il était dans cet état d'euphorie. Quant à Lucas, il ne ferait pas de photos pour la section artistique qui ne l'intéressait guère.

Matt nous mit dehors.

– Sortez. Rentrez tous chez vous. Je ne veux voir personne ici ce soir. Il faudra que je travaille toute la nuit et je n'aurai pas de temps à perdre avec vous, les gars. Si vous n'avez pas fini ce que vous aviez à faire dans la journée, emportez votre travail chez vous. Si vous avez besoin de moi, dites-le à Hank. Maintenant, je vous congédie.

Il donna un dernier coup d'avertisseur et nous sortîmes les uns derrière les autres en jetant un regard en arrière, mal à l'aise. En fermant la porte, nous le vîmes lever la bouteille de Cutty Sark pour s'en resservir un verre : il semblait en proie à une grande hilarité intérieure.

– Il est saoul, dit Sister d'un air malheureux.

– Il est fou, dit Teddy.

– Pour moi, aucun doute, il est les deux, dit Hank. Je me demande ce qu'il mijote.

Pendant les semaines qui suivirent, nous le vîmes très

peu, hormis lors de séances semblables à celle de ce soir-là : la porte du bureau fermée à cinq heures, la bouteille de Cutty Sark à la main, le sourire radieux. Il était presque toujours absent dans la journée ; Hank savait très rarement où le joindre car, contrairement à ce qu'il avait promis, il ne téléphonait pas régulièrement pour nous informer de l'endroit où il se trouvait. Hank le croyait dans son appartement car il avait repéré sa voiture dans le garage au sous-sol. Mais, malgré les coups frappés à sa porte et les appels téléphoniques répétés, il n'obtenait aucune réponse. Juste au moment où il allait voir le gérant pour demander le passe, Matt passait un coup de fil ou faisait une apparition au bureau. Ne vivait-il pas avec la fille de Playboy ? demandai-je. Hank me répondit qu'ils avaient rompu pendant les vacances et qu'elle était retournée dans sa petite maison de Chicago. Matt habitait maintenant avec une hôtesse de la TWA, qui faisait trois fois par semaine le vol Atlanta-New York-Rome et était rarement à la maison. Quand elle y était, elle dormait et ne répondait pas au téléphone. Tout ce qu'on savait sur elle, c'était qu'elle s'appelait Maria et qu'elle avait, selon l'expression de Matt, un magnifique fuselage... Matt Comfort avait réussi à disparaître de la surface du globe sans qu'on soit obligé d'appeler la police. C'était un magnifique tour de passe-passe.

Au bout de quelques jours, nous n'eûmes plus aucun doute sur son entreprise.

Dans la semaine qui suivit l'incident de la statue de Henry Grady, les citoyens d'Atlanta et la Southern Bank organisèrent dans le hall principal situé en face de nos bureaux une exposition de portraits de personnalités civiles, œuvres du remarquable peintre local George Parrish. Et quelques jours plus tard les ouvriers découvraient le portrait de Culver Carnes lui aussi affublé de guirlandes de porte-tasses rouges.

Peu après, en lui amenant sa voiture, un employé perplexe s'excusait auprès du même Culver Carnes furibond de n'avoir pas réussi à décrocher du pare-chocs arrière le filin en métal qui soutenait la guirlande de porte-tasses rouges. Il lui aurait fallu un outil spécial, une scie à métaux ou même un chalumeau. Évidemment, il n'avait aucune idée de l'auteur de cette plaisanterie. Aucun des leurs en tout cas. Il l'avait trouvée comme ça. Fou de rage, Culver Carnes conduisit sa Buick dans un garage du centre-ville, accompagné, telle une voiture de mariés, du tintamarre des porte-tasses rouges.

Ce soir-là, il engagea Pinkerton comme gardien des bureaux de la Chambre de commerce.

Dès neuf heures le lendemain matin, il était dans le bureau de Matt, qui était introuvable.

– Il devrait se trouver à Gwinnett County, lui répondit Hank avec grand sérieux, embarrassé et furieux de devoir mentir à la place de Matt, mais retenant difficilement son hilarité devant Culver qui se tortillait littéralement comme pris d'un furieux besoin d'aller aux toilettes.

C'est à ce moment que fut lancée la campagne des polaroïds. Pendant environ une semaine, Culver Carnes trouva tous les matins dans son courrier un polaroïd d'une scène locale où figuraient en gros plan les porte-tasses rouges : ils fleurissaient partout, sur la tombe de Margaret Mitchell dans le cimetière d'Oakland, sur les grilles de Grant Field au collège technique de Georgia, sur les barreaux de la cage de Willie B, le célèbre gorille dyspeptique du zoo de Grant Park et en collier autour du cou décharné du prédicateur à l'angle des rues Broad et Marietta : celui-ci, qui ne s'expliquait pas sa mésaventure, maudit les enfants et les enfants des enfants de l'envoyé de Culver Carnes venu l'interroger.

Les journaux et stations de radio de la région reçurent eux aussi ces photos dans leur courrier matinal. Si bien que les médias s'emparèrent de la guerre des porte-tasses. Culver Carnes refusa tout d'abord de répondre aux journalistes, mais évidemment quelqu'un le trahit à la Chambre et l'affaire devint une histoire de vindicte publique. La plupart des bulletins d'informations télévisés se terminaient par une photo du polaroïd du jour et des concours furent organisés entre les invités des émissions : qui trouverait le coupable ? Ne sachant plus à quel saint se vouer, Culver Carnes donna une interview insensée où il se disait victime d'une provocation insidieuse et jura de renvoyer le coupable dès qu'il serait appréhendé. Quelqu'un lui suggéra de faire rouler dans ses mains de petites boules de métal pour se calmer, comme le capitaine Queeg pendant la mutinerie du *Caine* [1], et la Chambre le convoqua pour le sommer d'étouffer l'affaire : il se ridiculisait et ridiculisait la Chambre par la même occasion.

— Soyez raisonnable, Culver, lui aurait dit Ben Cameron, on ne renvoie pas quelqu'un sous prétexte qu'il attache et photographie des porte-tasses rouges dans toute la ville. Vous dites vous-même qu'il n'en manque aucune dans la cafétéria. En outre, pour autant que je connaisse la loi, ce n'est pas illégal... Mon Dieu, qu'est-ce que ça peut bien vous faire, cette histoire? Vous devriez en rire. Le responsable de la plaisanterie ne va pas tarder à se lasser... quel qu'il soit.

Ben aurait alors souri, un petit sourire désolé.

— C'est Comfort, évidemment, aurait répondu Culver Carnes. Il a perdu la tête, c'est révélateur...

— Que ce soit lui ou non, cette histoire est des plus comiques, dit Ben Cameron. Même si vous le prenez la main dans le sac, vous ne pourrez le renvoyer. Il a un contrat. Vous vous ridiculiseriez autant que Boy Slattery. En outre, si c'est Comfort, je peux vous assurer que vous ne l'attraperez jamais. Il vous a eu, rejoignez ses rangs.

Si bien que, lorsque les médias le contactèrent à nouveau, Culver Carnes les accueillit avec un sourire contraint : il ne s'agissait que d'une farce, infantile et ridicule mais, comme tout le monde, il savait apprécier la plaisanterie.

Le lendemain, une équipe lauréate d'un prix de l'Académie devait tourner en ville un documentaire sur « Atlanta, la ville qui n'a pas le temps de haïr ». Mais en arrivant dans le parc de Peachtree Battle Avenue où devait être filmée la première séquence, elle le trouva décoré d'une nuée de porte-tasses rouges : pas un arbre ou un buisson n'était épargné. Ayant passé toute la matinée à les décrocher, l'équipe dut remettre le tournage au lendemain, opération qui coûta des milliers de dollars. La Chambre n'avait plus qu'à payer l'ardoise, répondit Culver Carnes aux reporters qui ne manquèrent pas d'envahir son bureau. Et il leur adressa un sourire aimable en refermant la porte. Il avait ensuite passé l'après-midi au téléphone, nous dit-on

1. Allusion au film *Ouragan sur le Caine*, d'Edward Dmytryk, 1954. *(N.d.T.)*

ensuite, à exposer son projet aux membres de la Chambre : il devait savoir qu'il serait accepté car il apportait ainsi une somme en liquide non négligeable. N'était-ce pas en effet la seule chose que comprenaient les entreprises ? A Atlanta, comme toujours, les affaires sont les affaires.

Ainsi se termina la guerre des porte-tasses et ce dénouement nous inquiéta beaucoup. De l'avis de tous, l'incident du film avait dépassé les limites. Aucun de nous ne contestait l'opinion de Culver Carnes : c'était bien Matt le plaisantin, mais on ignorait comment il avait réussi son coup.

— N'importe qui peut acheter des porte-tasses en plastique rouge dans un magasin de fournitures pour restaurants, dit en souriant Lucas, le seul d'entre nous à ne pas paraître troublé outre mesure par ces événements.

— Et il ne lui aura pas fallu trois jours pour se mettre dans la poche ce monstre de Pinkerton engagé par Culver. On dit qu'il a tout un réseau de copains parmi les gardes de nuit de la ville. Peut-être même qu'il porte un camouflage de combat et rampe dans les conduites de ventilation, le visage enduit de cirage. Mais une chose est sûre, Carnes ne saura jamais rien, et nous non plus.

Les jours passèrent mais Matt ne réapparut pas au bureau. Hank, exténué d'assumer la charge du magazine tout en repoussant les visiteurs, essaya de savoir où il était.

— Je ne peux pas continuer à ce train d'enfer, dit-il un jour alors qu'il déjeunait dans son bureau. Je dors trois ou quatre heures par nuit maximum, et Teddy vit au même rythme. Comme vous tous d'ailleurs. Je dois m'occuper seul de la publicité, et le département des ventes se croit en vacances un jour sur deux. On va sortir le magazine une semaine en retard, pour la première fois depuis un an. Et ç'aura l'air d'être de ma faute, alors que j'ai pas arrêté de me défoncer, putain. S'il ne revient pas bientôt poser son cul sur cette chaise, je ne réponds plus de rien...

— Tu devrais abandonner ton poste et le laisser se débrouiller, dit Lucas en attrapant la moitié du sandwich laissé par Hank. Il ne te soutient absolument pas. Il te fait porter le chapeau pendant qu'il est en train de se saouler quelque part. Tu peux trouver du travail dans n'importe quel autre journal. Tu auras l'embarras du choix.

Hank le regarda d'un air las, en secouant la tête sans mot dire.

– Smoky aussi devrait partir, continua Lucas. Je ne cesse de lui répéter que les gens du *National Magazine* ne vont pas continuer indéfiniment à l'appeler. Si elle veut faire carrière, il faut qu'elle parte d'ici. Ce n'est pas Comfort qui l'aidera à monter, pas plus qu'aucun de nous.

A les observer chacun leur tour, Hank et lui, je compris le mouvement de tête silencieux de Hank : impossible de partir. *Downtown* était pour lui un magazine exceptionnel, son magazine, sa maison. C'était une chose vivante, une entité en soi, extérieure à Matt Comfort, à son équipe et à nous tous. Sans Matt et nous, *Downtown* n'existerait pas.

– Je ne peux pas quitter *Downtown* maintenant, Lucas, dis-je. Pas avant de savoir ce qu'il en est. Personne ne sait ce qu'il va devenir.

Lucas secoua la tête avec un sourire désapprobateur.

Hank, lui, me fit le plus grand sourire que je lui avais vu depuis longtemps :

– Tu es enfin devenue une journaliste, sainte Smoky.

Deux jours plus tard, le 9 mars, Lucas reçut son ordre de mission au Vietnam.

Ce soir-là, il rentra dans l'appartement sans bruit : je savais qu'il devait assister à une réunion tardive de l'*Atlanta Constitution* mais j'ignorais à quel sujet. Néanmoins, à son expression, j'ai tout de suite deviné de quoi il était question...

Je crus un instant que mon cœur allait s'arrêter.

– Tu l'as eue, ta mission, dis-je, surprise de m'entendre parler d'une voix normale.

– Ouais.

Il vint s'asseoir près de moi sur le canapé et me retira mon livre. Il me prit les mains dans les siennes, les porta à sa bouche l'une après l'autre, en me mordillant gentiment les articulations. Je me laissais faire à contrecœur tellement j'avais envie de pleurer et de me sauver, n'importe où... Très loin. Tout de suite. Oh non, ça n'est pas possible, pleurais-je intérieurement.

– Comment ? Quand ?

– Ils ont changé d'avis et veulent maintenant un reportage sur la première compagnie de blindés envoyée il y a une semaine. Devant la tournure que prend la guerre, leur argument, c'est qu'il s'agit peut-être d'une des dernières interventions, sinon la dernière, à partir de Benning. Ils veulent couvrir la première phase de l'opération. Ça ne devrait pas durer longtemps, ils font tourner les gars très vite. Ça sera fini en quelques semaines... pour moi.

— Tu vas donc les suivre partout où ils iront. Les blindés... c'est l'armée de terre, non?

— Oui... Ne t'inquiète pas, chérie. Si on reçoit tant de belles photos de la guerre, c'est que les photographes savent se planquer. Je baisserai la tête...

Je ne trouvais rien à répondre... Les flashes de couleurs violentes défilaient devant mes yeux... vert, blanc, rouge. Du rouge partout...

— Quand est-ce que tu pars?

— Pour l'instant, les hommes débarquent au Vietnam... Le journal veut que je les rejoigne avant qu'ils n'aient gagné l'intérieur des terres. J'ai un billet pour San Francisco sur Delta Airlines pour après-demain. De là, un avion de l'armée m'emmènera. J'ignore encore les détails. J'en saurai plus demain.

Effondrée, je m'éclipsai à la cuisine pour préparer le dîner. Il me semblait évoluer dans un grand calme blanc et immobile. Je voyais, sentais, entendais, avec l'impression que c'était à quelqu'un d'autre que ces choses arrivaient. Si je faisais tout bien, ai-je pensé très clairement, si je pelais les pommes de terre et les faisais cuire correctement, si je parlais normalement à table, et faisais ensuite la vaisselle en laissant la cuisine impeccable, j'arriverais à survivre jusqu'au moment d'aller nous coucher... ensuite je dormirais... et je ne sentirais plus rien. Je n'avais pas le choix, je devais être courageuse.

Il me suivit dans la cuisine et, se glissant derrière moi, il m'attira contre lui en posant son menton sur mon crâne. Je restai raide comme un balai, sans faire le moindre geste.

— Tu es triste... Je ne veux pas que tu le sois... Je croyais que tu voulais que je parte...

— Oui, c'est ce que je veux. Je ne suis pas triste. Mais

je ne peux pas en parler maintenant. S'il te plaît, ne me demande rien.

– Il faut en parler, chérie.

– Non. Ce n'est pas nécessaire.

– Tu veux qu'on aille au restaurant? On peut appeler Hank et Teddy, voir si nous pouvons organiser un dîner à l'improviste...

– Oh non, s'il te plaît.

Nous dînâmes et regardâmes la télévision, nous lûmes un peu et finîmes par aller nous coucher. Nous fîmes l'amour. Puis il prit une douche, j'en fis autant, et nous recommençâmes. Je m'appliquais à tout faire parfaitement. Le billet pour San Francisco reposait dans sa belle enveloppe bleue sur le bureau, semblable à un objet maléfique. Je me réveillai plusieurs fois dans la nuit avec l'impression de l'entendre respirer comme un être vivant.

Le lendemain, j'étais toujours aussi accablée. Lucas me conduisit au travail et, sous prétexte de dire à Hank qu'il partait en mission et de lui demander s'il voulait quelque chose de là-bas, il monta avec moi dans le bureau. Hank et Teddy étaient effondrés dans les fauteuils signés Charles-Eames de Matt, leur café refroidissant à côté d'eux, les yeux rivés au sol sur un bout de papier froissé. C'était une note inter-service. Hank nous regarda, muet et blême, ramassa le papier, le défroissa et nous le tendit.

C'était une note de Culver Carnes adressée à l'équipe de *Downtown*. Il disait en gros que lui, Culver Carnes, avec la pleine approbation de la Chambre, avait mis *Downtown* en vente. La vente était ouverte à tous, selon la pratique de la Chambre, et *Downtown* irait au plus offrant. Il avait déjà entamé les négociations avec deux acheteurs extrêmement qualifiés et espérait conclure l'opération le 15 avril. L'équipe serait maintenue en place pour aider le groupe du nouvel éditeur, qui amènerait sans doute plus tard ses propres journalistes. Matt Comfort serait averti personnellement. Culver ne doutait pas de notre coopération avec le nouveau propriétaire... Je n'ai pas lu la suite.

Je tendis la note à Lucas sans rien dire. Il me sembla qu'il mettait une éternité à la lire avant de la froisser lui aussi et de la jeter. Il resta muet, comme nous tous. En effet, qu'aurions-nous bien pu dire?

344

Une autre boule de papier chiffonné rejoignit la première. Au bout de quelques secondes, je réalisai que c'était l'enveloppe bleue du billet pour San Francisco.

Lucas me fit son grand sourire machiavélique en haussant les épaules.

— Cette guerre ne m'intéresse pas vraiment, de toute façon...

16

— Sache que c'est provisoire, m'a dit Lucas ce soir-là. Je vais rester ici avec toi jusqu'à ce qu'une décision soit prise, quelle qu'elle soit. Mais ensuite, Smokes, il faut que je parte couvrir cette guerre. Je trouverai bien un moyen...

— Je sais, dis-je, me pelotonnant plus étroitement encore contre lui. Je sais. Je ne te demanderai jamais de rester. Je ne l'ai pas fait cette fois-ci.

— Je veux simplement que tu le saches. Que tu saches aussi que je reviendrai.

Nous étions enlacés sur le waterbed. Il n'était pas tard, dix heures à peine. La nuit était douce et fraîche et, par les grandes portes-fenêtres ouvertes, une brise légère faisait entrer dans la chambre une odeur de terre humide et de feuilles nouvelles. Cette odeur me rappela le printemps de l'année précédente où je parcourais Atlanta comme un jeune terrier reniflant son nouveau territoire. Alors que ces derniers mois, j'avais passé de nombreuses nuits blottie contre Lucas sur le waterbed. A cette pensée, les larmes retenues toute la journée me montèrent aux yeux, mais je les ravalai; j'avais déjà trop pleuré.

— C'est incroyable comme tout a changé en un an, dis-je d'une petite voix.

— Ouais, approuva Lucas qui dessinait du doigt la courbe de ma hanche. Presque tout a été bouleversé. Mais certaines choses ont tout de même tenu bon...

Nous restâmes silencieux un moment. Je me sentais vidée, nerveusement épuisée. Je savais que nous devions

346

avoir faim, car nous n'avions pas dîné et je n'arrivais pas à me rappeler ce qu'avait été le déjeuner.

Puis Lucas me dit :

— Il faut maintenant que tu te remues, Smokes, Tu ne peux t'éterniser à travailler ici pour un autre Culver Carnes. Pourquoi te soucier de l'avenir du magazine si Matt n'est plus là ? Si tu veux rester à Atlanta, va voir Seth Emerson au bureau de *Newsweek*. Il t'engagera sur-le-champ. Il me l'a dit. C'est le bureau du Sud-Est. Ça te permettrait de participer d'ici à presque tout ce qui se passe dans le Sud. Il a déjà envoyé quelques-unes de ses femmes reporters...

Je refusai de la tête.

— Je vais rester, répondis-je d'une voix blanche. Au moins pendant un temps. Tu ne comprends pas ? J'aurais l'impression d'abandonner un blessé.

Il se redressa d'un bond, pris de colère, du moins pour autant qu'il pût l'être.

— Mais bon Dieu, Smoky, tu es idiote ou quoi ? C'est fini. Le blessé est déjà mort, et personne n'y peut rien. C'est Matt lui-même qui l'a tué. Pourquoi veux-tu essayer de sauver ce con ? Il t'a baisée royalement, comme tous ceux de l'équipe. Il savait bien que Culver trouverait un moyen de tout casser, même s'il ne pouvait le virer. Tu ne lui dois absolument rien.

— Ce n'est pas Matt, c'est *Downtown*, m'entêtai-je.

Mais je savais bien que c'était Matt aussi. Je l'aimais, je ne pouvais le laisser tomber. D'un autre côté, je comprenais aussi Luke : sa vie, c'étaient les images. Il lui fallait du mouvement, du paysage.

— Tu ne dois rien à personne, répéta Luke. Il n'y a qu'à toi que tu dois quelque chose. Personne ne doit rien à personne.

— Tu penses vraiment ce que tu dis ?

— Oui. Je l'ai toujours pensé.

— Alors pourquoi es-tu resté ici avec moi ?

— C'est quelque chose que je me dois à moi, d'être avec toi.

— Et sinon ?

— On ne va pas s'engueuler. Tu es sur les nerfs et il y a de quoi. Mais tu déconnes. Nous en reparlerons quand tu te sentiras mieux.

Il alla à la cuisine où je l'entendis fourrager dans le frigidaire.

— Quand est-ce qu'on pourra vraiment en parler ? demandai-je d'une voix misérable, la tête dans l'oreiller.

Malgré mes bonnes résolutions je versai encore quelques maigres larmes de fatigue qui ne soulagèrent pas le lourd chagrin qui m'oppressait. Je me suis donc arrêtée.

Nous mangeâmes l'omelette au fromage qu'il avait préparée et bûmes le vin du Rhin de la veuve, puis nous nous couchâmes de bonne heure, mais ce fut une nuit sans sommeil. Dans l'aube laiteuse, comme j'allais à la salle de bains, je surpris sur moi son regard lointain et triste. Il enfouit la tête dans l'oreiller. C'était la première fois que nous n'arrivions pas à nous consoler mutuellement.

Après le petit déjeuner, nous partîmes pour *Downtown*. Nous marchions comme si nous venions de perdre beaucoup de sang, sans échanger une parole, avec des gestes lourds et mesurés. Il gardait la main posée sur mon épaule, mon dos ou mon bras, mais il ne disait rien. Je me taisais moi aussi. Chaque fois que j'essayais de parler, les mots se bloquaient dans ma gorge. Il n'y avait plus rien à dire. Tout notre environnement était bouleversé et c'était pire que tout ce qui s'était passé auparavant.

La musique nous assaillit dès notre arrivée à l'étage : non pas l'air aigrelet de l'ascenseur, mais les battements qui rythmaient le disque que Matt n'avait cessé de jouer toute une année, jusqu'à ce que, excédés, Tom Gordon et Hank le jettent du onzième étage : « Ne dors pas dans le métro, chérie, ne reste pas sous la pluie. »

Elle résonnait dans tout le hall et faisait tressauter les ternes dalles du plafond du couloir. Lucas et moi, échangeant un regard, nous dirigeâmes vers sa source.

Si l'entrée était vide, toutes les portes des bureaux étaient ouvertes, et il flottait une bonne et forte odeur de café chaud, de fleurs et de cire. Les plateaux des tables avaient été briqués et les bureaux des femmes étaient décorés d'un bouquet de roses rouges. Malgré les rugissements de la musique, nous entendîmes les trois coups d'avertisseur de taxi des Bahamas. Sister apparut à la porte du bureau de Matt, le visage rayonnant d'un enfant le matin de Noël.

– Venez tous par ici ! a-t-elle crié.

Abandonnant mon sac sur mon bureau, je me précipitai, sans encore oser me réjouir. Lucas me suivait en courant avec la grâce d'un épouvantail.

Tout le monde était là, installé sur le canapé ou dans les

fauteuils. Sue Anne, assise sur le bureau, pleurait en essuyant ses lunettes à son jupon. Sister se déhanchait sur le tapis oriental au son de la musique de Petula Clark.

Quant à Matt, il était assis, les pieds sur le bureau, son avertisseur à la main. Il avait son bon vieux sourire, celui que je lui avais vu le jour où je m'étais présentée dans son bureau, étincelant, avide et chaleureux. Ses cheveux châtains avaient des reflets de feu et il portait un costume rayé flambant neuf, qui avait pourtant l'air d'avoir passé des années relégué dans une malle au grenier. Derrière ses petites lunettes à monture d'acier, ses yeux étaient réduits à deux fentes. Ses mocassins Gucci reluisaient et il portait une rose rouge à l'oreille.

– Asseyez-vous, mes chéris, je vais vous expliquer comment nous allons régler son sort à cet emmerdeur.

Je retrouvais la voix du Matt d'autrefois lorsqu'il était absorbé dans une discussion : une voix riche, chaude, partagée entre le sarcasme et l'hilarité. Non plus celle de ces derniers temps, brisée et vibrante de dérision. Les genoux me lâchèrent et je me laissai tomber sur ceux de Hank.

Il ne parla pas longtemps. Par la suite, je me suis parfois demandé comment nous avions tous ainsi adhéré à son discours, sans douter une seconde de la réussite de son projet : il allait acheter le magazine. C'était possible, affirmait-il, et il connaissait la façon de procéder. Il lui suffirait de trouver un financier, un personnage assez riche et astucieux pour comprendre l'intérêt de *Downtown* et nous laisser le diriger à notre guise. Lui-même en posséderait une part importante et serait le rédacteur en chef. C'était sa proposition, elle n'était pas négociable.

– L'affaire peut être réglée en une semaine s'il le faut, a-t-il dit. Vous savez de quoi je suis capable. Il me suffit d'un téléphone. Mais je ne vais pas me précipiter, je prendrai le temps nécessaire pour trouver la personne adéquate, de façon à ce que ce qui vient de se passer ne se reproduise plus. Ne me dévisage pas comme ça, Teddy, je sais qui est responsable de toute cette merde. Je ne présente jamais mes excuses, tu devras donc t'en accommoder. Sache seulement que Comfort est de retour et que, dans un mois, l'affaire sera conclue. Je vous le garantis. Que celui qui en doute prenne immédiatement la porte.

Il y eut quelques minutes de silence médusé, le temps que

se dissipe l'atmosphère rance des semaines passées. Nous l'observions, à l'affût des signes de la folie qui l'avait mené à la guerre des porte-tasses. Il n'y en avait plus un seul. Le Matt Comfort d'autrefois, arrogant et entreprenant, était revenu.

Nous l'avons alors acclamé et applaudi – longtemps. Quand ce fut fini, il nous a renvoyés :

– Allez maintenant, allez travailler. Mettez le paquet. Ne parlez de rien à personne, je veux être le premier à annoncer la nouvelle à Culver. Vous avez vos missions. Sister a la liste. Je l'ai faite hier soir. Le numéro de juin doit être le meilleur qui soit jamais sorti. Il faut qu'il s'en morde les doigts. Smoky, reste un moment, tu veux ?

Les autres partis, je me suis assise dans son fauteuil Charles-Eames et nous nous sommes observés mutuellement. Il avait le bord des paupières rougi et ses mains tremblaient très légèrement. A part cela, il avait l'air tout à fait lui-même et brillait comme un sou neuf.

– Deux choses, a-t-il dit. Cette fois-ci, le jeune loup, c'est le gendre de Culver. Il ne te plaira pas. C'est un con fini. Sois intelligente. Lèche-lui les bottes s'il le faut. Je veux que Culver s'imagine qu'il a emporté le morceau.

J'ai acquiescé de la tête, hypnotisée. Que n'aurais-je pas fait pour cet homme !

– Ensuite : à partir de juin, c'est toi l'éditeur en chef, avec une augmentation de salaire aussi importante que possible. Sans doute pas très grosse. Tu vas à nouveau travailler pour « Forum » à plein temps, et je veux que tu continues ton histoire avec la petite Noire à la belle voix. Luella, je crois. Ne parle pas de ça non plus. Une fois que ça sera fait, Culver ne pourra plus gueuler contre ceci ou cela, il sera trop tard. Je vais appeler le mouvement du Dr Luther King et lui demander de nous proposer un nouveau contact pour « Forum ». Tu as fait du bon travail, Smoky, je suis fier de toi. Ce n'est sans doute pas quelque chose que je te redirai souvent.

– Je t'aime, Matt, balbutiai-je, un goût de sel dans la bouche.

Il m'a regardée longuement en secouant légèrement la tête.

– Oh, Smoky, ne t'éprends pas de n'importe qui. Tes amours feront partie de toi toute ta vie. Elles continueront de vivre en toi même après que tu auras cessé de les aimer depuis longtemps.

350

— J'espère bien, dis-je en sortant rejoindre les autres, prête à me mettre en quatre pour lui.

Nous avons peu parlé de l'événement entre nous. Était-ce la crainte de faire éclater la bulle de joie dans laquelle nous baignions? Je ne crois pas. Le retour de Matt nous avait donné un sentiment de confiance paisible et profond qui recréait entre nous une atmosphère d'heureuse conspiration. En haut, à la Chambre, tout le monde s'affairait et la défaite de Matt était au centre de toutes les conversations, mais il était rare que quelqu'un de chez eux descende dans le camp des vaincus, si bien que nous n'avons pas souvent été contraints de prendre une mine triste et abattue. La guerre des porte-tasses terminée et sa note inter-service publiée, Culver Carnes était remonté s'enfermer au treizième étage pour ne plus réapparaître dans nos bureaux. Nous nous donnions à fond à notre travail en échangeant des sourires accompagnés d'un clin d'œil devant la porte fermée du bureau de Matt. La lumière rouge indiquant que sa ligne était occupée restait allumée sans cesse même après notre départ le soir. Hank, qui s'attardait souvent après les heures de bureau pour régler les affaires quotidiennes pendant que Matt essayait de séduire au téléphone des personnalités du Texas, de l'Oklahoma ou de New York, disait qu'elle brillait tard dans la nuit. Toujours selon lui, Matt prenait beaucoup de café et fumait cigarette sur cigarette, mais ne touchait plus à l'alcool.

— Je m'en serais aperçu, dit-il.

Nous n'avons parlé de ce renversement de situation qu'une seule fois, le jour même de l'événement, en prenant l'ascenseur avec Hank.

— Que s'est-il passé au juste? demanda Lucas.

— Je ne sais toujours pas, dit Hank. Après avoir essayé de l'avoir au bout du fil, j'ai apporté la note chez lui et l'ai glissée sous la porte. Il était minuit passé. Il était dans son appartement, j'ai entendu la stéréo. Puis je suis rentré me coucher. Et ce matin, il était revenu.

Ce fut un printemps heureux, la ville et le monde semblaient partager l'ivresse qui nous portait. Le 12 mars, Eugene McCarthy, qui se présentait comme candidat pacifiste, obtenait le score étonnant de 42 % des voix aux primaires du parti démocrate du New Hampshire. Le 16 mars,

Robert Kennedy se présentait comme candidat démocrate à la présidence. Deux jours après, il lançait sa campagne en annonçant que, s'il était élu, il s'emploierait à négocier un traité de paix. Dans notre excitation, nous les avons acclamés tous les deux. Ils me semblaient l'un et l'autre, je ne sais pourquoi, invincibles.

Le 17 mars, alors qu'à Corkie, pour fêter la Saint-Patrick selon la tradition, on mettait du colorant vert dans le fleuve et on se bourrait la gueule avec de la bière verte, Matt sortit de son bureau, un immense sourire aux lèvres, pour nous annoncer qu'il avait dégoté une grosse légume en Oklahoma et que nous allions bientôt en savoir plus. Puis il s'enferma dans son bureau.

Le 21 mars, Francis Brewton, précédé de son odeur habituelle, nous rendit une longue visite pour nous vendre tout son stock d'anciens périodiques ; le 22 mars, M. Tommy T. Bliss vint faire la roue dans le hall d'entrée pour célébrer le coup d'envoi de Henry Aaron au base-ball. Nous explosions de joie. Quels meilleurs augures pouvait-il y avoir ? exultait Matt.

Le 30 mars, Matt convoqua Lucas dans son bureau pour lui demander s'il pouvait prendre contact avec John Howard à New York.

— Probablement que oui, dit Luke. Peux-tu me dire pour quelle raison ?

— Je ne peux rien te dire pour l'instant, répondit Matt. Mais dis-lui que s'il descend ici pour deux jours, je lui paye son billet d'avion et l'hôtel de son choix. Son seul boulot consistera à manger un succulent repas arrosé de champagne, et à porter un costume et non pas un caftan ou je ne sais quelle guenille dont s'accoutrent aujourd'hui les jeunes Yankees de gauche.

— Les boubous, sourit Luke. Ça m'étonnerait que John en soit arrivé là. Mais je ferai la commission. Rien d'autre ?

— Non. Dis-lui que j'ai besoin de lui et que je lui revaudrai ça. Il ne regrettera pas son voyage. C'est pour une bonne cause. Dis-lui bien ça.

Le soir même, Lucas transmit le message à John Howard qui, après s'être montré réticent, finit par accepter.

— Comment es-tu arrivé à le persuader ? demandai-je à Lucas qui revenait dans le salon, l'air triomphant.

— Je lui ai dit que c'était très important pour toi et moi, et que ça mettrait Culver dans la merde. Tu sais qu'il le traitait toujours de con.

Je sautai au cou de Luke.

— Je suis contente qu'il vienne, dis-je en l'embrassant derrière l'oreille. Je ne me rendais pas compte à quel point il me manquait.

— Moi non plus, dit Luke.

Le 31 mars, Matt donna quelques coups d'avertisseur excités pour nous convier à la Terrasse de Peachtree : la victoire était proche, nous annonça-t-il en nous divulguant quelques renseignements. Nous l'écoutâmes dans le crépuscule mauve qui enveloppait les lumières de la ville et le bruissement des feuilles nouvellement écloses. Nous bûmes du champagne et mangeâmes un dîner froid. Dans sa joie, Tony n'arrêtait pas de jouer « Downtown ». Matt, qui se limita au café et aux cigarettes, donnait de la voix autant que nous.

— C'est un Texan, qui vit maintenant à Oklahoma, nous dit-il de notre sauveur. Nous nous sommes connus sur un puits de forage près de Galveston. Nous devions avoir à peu près dix-huit ans et ne pas faire soixante-quinze kilos à nous deux. Il se fait appeler Cody Remington, et parfois, croyez-moi si vous voulez, Bubba, mais il s'appelle Duane Heckler [1]. Il peut bien se faire appeler Alexandre le Grand si ça lui chante, je ne vois rien à y redire. J'ai toujours su que ce petit con irait loin. Il s'est assuré tout le marché du poulet du Sud-Ouest et il lorgne maintenant du côté des médias. Il est plus riche que Crésus. J'ai réussi à le persuader qu'il devrait commencer par un magazine orienté vers le social et déjà récompensé par plusieurs prix. Il cherche maintenant à faire dans le social. Rien d'étonnant quand on a bâti sa fortune avec le poulet. Il exige une forte participation des Noirs dans le projet. Je vais le faire venir pour le 3 de ce mois-ci ; j'ai l'intention d'organiser une petite cérémonie d'accueil ici, sous la fresque, avec des illustrations et des graphiques et tout ce qu'il faut. Je compte lui offrir un excellent repas arrosé de bon vin, lui servir l'histoire d'André et en prime John Howard. Je vais exposer sur un panneau tous les prix qui nous ont été décernés et enregistrer sur cassette Ben Cameron et peut-être aussi le Dr King décrétant que nous sommes

1. *Heckler* signifie perturbateur. (*N.d.T.*)

indispensables au monde. Je crois aussi que je ferai venir la petite Luella, qu'elle chante « Downtown » quand j'arriverai et que vous nous attendrez tous sous le panneau mural. Tony jouera les premières notes quand nous sortirons de l'ascenseur, puis ce sera au tour de Luella. Je vais louer le bar pour la nuit. Juste pour nous deux, Bubba et moi. Qu'est-ce que vous en pensez?

— A mon avis, Cody Bubba est dans le sac, constata Hank.

— C'est l'homme providentiel ! cria Teddy.

— C'est lui qui va nous supplier de nous acheter, dis-je ravie.

C'était un scénario parfait, qui ne pouvait manquer de réussir.

— Le roi du poulet ! s'exclama Lucas, plié en deux de rire. Bon Dieu !

— Comment allez-vous financer tout ça? demanda Hank, qui n'oubliait jamais longtemps son rôle de directeur financier.

— L'ardoise sera pour Culver, bien sûr, répondit Matt comme s'il s'agissait d'une évidence. Lorsqu'il recevra la facture, il n'aura plus à payer le magazine.

L'euphorie était à son comble quand nous entendîmes une explosion du côté de la télévision à l'autre bout de la pièce. A peine eûmes-nous le temps de voir disparaître de l'écran le visage ébahi de Lyndon Johnson. J'avais oublié sa conférence de presse annoncée pour ce soir-là.

— Qu'est-ce qui se passe? cria Matt à l'adresse de Doremus, le gardien de nuit.

— Il dit qu'il arrête les bombardements sur le Vietnam Nord, sauf dans la zone démilitarisée, hurla Doremus. Et qu'il ne va pas se représenter.

Nous restâmes abasourdis quelques instants, puis Teddy se mit à applaudir. Nous en fîmes tous autant, en sifflant, en poussant des hourras et en riant. Tous sauf Lucas.

— Merde, siffla-t-il. Cette putain de guerre va se terminer avant que j'aie pu y aller.

Un par un, toujours en riant, nous lui versâmes une coupe de champagne sur la tête.

L'après-midi du 3 avril, Lucas et moi allâmes chercher John Howard à l'aéroport. C'était un de ces jours de printemps qui fait éclore les photographes par milliers : la lumière était si transparente qu'on voyait la moindre petite nervure des nouvelles feuilles, l'air était doux comme du velours sur nos bras nus, et les teintes de vert si variées qu'on se sentait fondre dans cette harmonie. Le soleil était chaud en milieu d'après-midi et, pour la première fois depuis l'automne, Lucas baissa la capote de la Morgan. A rouler ainsi sur l'autoroute, nous avions l'impression de traverser des nappes de lumière.

J'étais ivre de soleil et de joie de revoir John. La soirée s'annonçait radieuse. En passant devant le stade, une odeur soudaine de glycine venue d'une tonnelle sur la pelouse d'une vieille maison frappa nos narines ; je fermai les yeux de plaisir en inspirant profondément. C'était le parfum du printemps dans la maison de mon enfance et, même si je l'avais bannie de ma mémoire, il m'enchanta comme seules peuvent le faire les bouffées soudaines de nostalgie.

— Cette minute est un instant de pur bonheur, dis-je à Lucas en étirant les bras au-dessus de ma tête et en cambrant les reins.

Le conducteur d'un poids-lourd hurla joyeusement quelque chose d'admiratif et d'obscène à mon intention. Je ris de contentement en pensant au pouvoir qu'exerçait la jeunesse de mon corps. Je me rappelai le moment où, l'été précédent, j'avais réalisé pour la première fois quelle arme formidable est la jeunesse.

— Je n'arrive pas à m'imaginer vieille, dis-je.

— Tu n'arriveras jamais jusqu'à la vieillesse si tu n'arrêtes pas d'exhiber tes seins devant les chauffeurs de camion, me répondit Lucas avec sérieux, mais je vis derrière mes lunettes de soleil qu'il souriait. Ses bras couverts de taches de rousseur étaient nus, le vent coiffait en arrière ses cheveux roux. Il avait piqué une marguerite en plastique dans une des branches de ses lunettes : on lui donnait à peine treize ans.

— Tom et Huckleberry s'enfuyant de chez tante Polly, dis-je, en lui pressant le bras. Lucas, je suis si impatiente de revoir John, si impatiente d'être à ce soir !

— Ma mère dirait que tu passes ta vie à désirer...

— Il ne s'agit que des quelques heures qui viennent.

Après avoir garé la voiture, nous nous rendîmes au terminal pour attendre le vol Delta 459 en provenance de La Guardia. C'était un vol aller et retour et le hall d'attente était plein de gens en tout point semblables à l'idée qu'on se fait des habitués de la ligne à destination de New York. Bien habillés et impassibles, ils parcouraient le journal d'un air sérieux ou faisaient la queue devant les cabines téléphoniques. La plupart étaient des hommes. Mais je remarquai une femme près de nous, une matrone trapue aux cheveux irisés de reflets bleus, vêtue d'une robe de soie imprimée, qui inspectait la foule comme si elle redoutait d'y trouver de la vermine.

– Grand-mère friquée est venue chercher ses petits-enfants arrivant de Manhattan, murmurai-je à Luke. Le chauffeur doit être dehors.

Le vol était en retard et John fut l'un des derniers à descendre de l'avion. Je le guettais anxieusement parmi les passagers qui avaient l'air aussi étourdis qu'à la sortie d'une salle de cinéma, mais je ne le voyais toujours pas apparaître. Et soudain, je le repérai, grand, vêtu d'un costume gris et d'une veste que je ne lui avais encore jamais vue, d'une chemise bleu Oxford et d'une cravate rayée. Il nous cherchait des yeux, tournant lentement sa tête fine de gauche à droite. Je ne pus m'empêcher de sourire. Sa présence irradiait tout autour de lui. Les passagers qui s'apprêtaient à embarquer le dévisageaient, on ne pouvait pas ne pas le remarquer : il avait l'air si parfaitement maître de lui dans sa peau de bronze, si parfaitement comme il faut que je me demandai un moment comment j'avais pu croire qu'il comptait parmi mes amis. C'est alors qu'il nous aperçut enfin, et son visage impassible s'éclaira d'un petit sourire, tandis que le mien s'élargissait encore.

– Quelle allure ! dis-je à Lucas en m'avançant à sa rencontre.

Derrière moi, la grand-mère friquée proféra à haute voix ce qui devait être une insulte dont le sens m'échappa. Je me retournai pour lui décocher un grand sourire et me précipitai vers John en poussant des cris de joie. Je lui jetai les bras autour du cou si impétueusement qu'il faillit tomber, puis il me fit tournoyer en riant. Je l'embrassai, je sentis la nouvelle chemise Oxford sur sa peau chaude avec une odeur d'after-shave un peu amère...

— Smoky, dit-il en riant. Je suis content de te revoir. Lucas, hé, Lucas !

Lucas l'embrassa lui aussi et nous retournâmes vers la voiture nous tenant tous les trois par le bras, en riant et en bavardant. La grand-mère friquée nous lança un regard venimeux en s'écartant légèrement comme pour éviter la contagion.

— C'est mon mari, lui criai-je. Ça fait des mois que je ne l'ai pas vu, je meurs d'impatience de le retrouver dans mon lit.

Et je lui fis une épouvantable grimace.

— Mon Dieu, elle va aller droit à la cabine téléphonique pour avertir le Conseil des citoyens blancs, dit John de sa belle voix profonde que j'avais déjà presque oubliée.

Il souriait de toutes ses dents.

— Que la vieille et le Conseil aillent se faire foutre, dis-je. Tu n'as rien d'autre comme bagage ?

— Tu devrais tourner ta langue sept fois dans ta bouche avant de parler, petite fille, je rentre à New York dès demain matin. Mon Dieu, prendre l'avion pour aller dîner à Atlanta et repartir le lendemain, c'est vraiment des manières de Blancs. D'habitude, nous les pov' Noirs, une fois arrivés queq'part, on y reste au moins trois semaines. Je savais presque pas comment me tenir dans ct' avion.

— Les sales Noirs ne se lavent pas, frère, lui décocha Luke. On dirait que tu sors de la Chambre des Lords. Tu es impeccable.

— Merci, répondit John, mais le sale Noir te dit presque la vérité. Tu te rends compte que c'est la première fois que je prends l'avion ?

— Pas une raison pour se sentir mal. Je parie que pas un gus à bord est jamais monté sur un âne, rétorqua Lucas tandis que nous nous dirigions vers le parking.

Je marchais fièrement entre eux deux et je m'accrochais à leurs deux bras en me balançant comme un enfant.

— Elle n'est pas sortable, dit Luke.

Dans la voiture, pendant le trajet, serrée entre eux deux, ballottant de l'un à l'autre, je penchai la tête en arrière pour laisser le vent me caresser les cheveux et le soleil s'attarder sur mes paupières fermées. Je les écoutais parler en poussant parfois un soupir d'aise à une petite rafale de vent tiède.

— Comment ça se passe là-bas? demanda Luke.

— Bizarre... Très bizarre. En tout cas, il ne se présente rien de particulièrement difficile ou nouveau. Je connais assez bien mon affaire. Je m'intègre bien, mon boulot n'est pas très différent de celui que j'avais à l'université. Ça me plaît assez. J'aime bien les gens avec qui je travaille. J'ai fait des rencontres sympathiques. Seulement, rien de tout ça ne me semble réel, je n'arrive pas à me brancher sur ce qui les préoccupe, et ce que je considérais comme important ici il y a trois mois à peine semble appartenir à une vie antérieure... Le... je ne sais pas... l'enthousiasme, la passion, tout ça paraît maintenant très artificiel.

— Mais tu ne t'es pas trouvé d'autres passions?

— Non. Je ne vois rien qui en vaille la peine. Il n'y en a que pour la guerre pour l'instant, ou pour la contestation sociale, ou les cinquante sortes de drogues, ou la politique. Loin du Sud et d'Atlanta, le mouvement semble déplacé. Je me fais l'effet d'un dinosaure. Ou d'un mercenaire fouettant une monture qu'on m'a ordonné de fouetter. Comme si mon cheval avait été tué sous moi.

Je ressentis un petit frisson étranger aux derniers rayons du soleil déclinant : la plupart des mercenaires n'étaient-ils pas des gens qui, ayant perdu leur cheval, n'avaient pu en trouver un autre? Cette pensée malvenue dans l'ivresse du printemps me mit mal à l'aise.

— On dirait que les choses sont un peu plus réelles ici, dit John d'une voix hésitante. Comme si elles se remettaient un peu en orbite. Je n'y croyais pas trop. Des choses pas vraiment réelles, mais qui autrefois avaient eu de l'importance...

— Reviens, dis-je, et il me regarda en souriant.

Je ne voyais pas ses yeux derrière ses lunettes noires, par contre je distinguais très bien sa cicatrice.

— Je ne sais pas si c'est possible. Thomas Wolf n'a-t-il pas dit quelque part qu'on ne revient jamais en arrière?

— A cause de tes enfants? demanda Luke.

— Non, pas vraiment. Je pourrais les voir aussi facilement ici qu'à New York, et plus longuement chaque fois. Non, c'est plutôt une question d'argent. Et encore...

— Juanita? s'enquit Lucas d'une voix neutre, et John lui jeta un regard aigu.

Je croyais qu'il ne répondrait pas. Mais il finit par le faire. Il secoua la tête et haussa les épaules en m'effleurant.

— Je n'ai pas trouvé de solution là-bas, conclut-il. Je cherchais à faire revivre le passé... Mais ça non plus, ça ne marche pas...

Après un long silence, il demanda finalement :

— Allez-vous enfin me dire pourquoi Matt Comfort m'offre l'avion, le champagne et le Regency? Non pas que ça m'ennuie, du moment qu'il paye...

Mais il sourit et je compris que ça l'ennuyait.

— Allons d'abord à l'appartement, ordonna Lucas en criant pour se faire entendre malgré le vent. Je ne dirai rien avant.

Une fois chez nous, nous lui racontâmes tout, nous interrompant sans arrêt tant nous tenions à savourer l'instant présent et à regarder John s'en délecter. Notre récit l'amusa, il rit de la guerre des porte-tasses et se réjouit à la perspective de la soirée qui nous attendait. Nous étions assis sur le petit balcon de Lucas, comme sur le pont d'un bateau dont la proue fendait la verdure tendre et la pluie de pétales de fleurs. De l'autre côté de la rue, le petit parc scintillait de toutes les nuances de ses azalées rouges, roses et blanches. Les tulipes, plus rigides, s'inclinaient le long de l'allée en pente raide qui menait à la maison et au garage de Luke. John avait retiré sa veste et desserré sa cravate. Nous buvions du vin.

— Quelle différence avec Pumphouse Hill! sourit-il une fois assis.

Maintenant il s'étirait en secouant la tête :

— Sûr que ça vaut le voyage, de rencontrer le roi du poulet du Sud-Ouest et de récupérer la part de Culver. Vous êtes sûrs que Matt va réussir?

— L'affaire est dans le sac, l'assurai-je. Ce soir, on célèbre l'opération, c'est tout. C'est le dernier hourra. Ce sera toi le détonateur. Le vieux Cody Bubba tient à une forte personnalité noire. Fais attention à te montrer et fort et noir.

— Merde! Vous n'allez quand même pas m'interdire de lui parler squash et actions en bourse?

— Non, mais tu peux lui raconter que tu as coupé le coton chez ton père.

— Je lui parlerai squash et obligations bancaires. Du

coton, Papa connaît surtout les serpillières... Dis donc, Smoky, si je dois être un enjeu, qu'au moins je m'amuse un peu...

— Tu pourras lui chanter « Old Man River »... dit Lucas. Nous éclatâmes de rire à cette idée.

— Il faut que je m'habille maintenant... Tu veux appeler quelqu'un pendant ce temps-là, John ?

Son regard se perdit dans les teintes douces des arbres et des fleurs et il fit non de la tête.

— Je ne crois pas, Smoky, du moins pas cette fois-ci... Peut-être la prochaine fois. Merci en tout cas.

Je le regardai, saisie d'une tristesse passagère. Puis j'allai dans ma chambre. Comme je m'apprêtais à me doucher, je l'entendis appeler :

— Hé, Smoky ?

— Ouais ?

— Mets ta robe rouge. Celle que tu portais la nuit de la présentation à la Terrasse de Peachtree... La robe André.

— Vous êtes vraiment tous des fanas du rouge, répondis-je, ce qui les fit rire. Je sortis le fourreau que j'avais porté un soir de triomphe un an auparavant et le suspendis dans la minuscule salle de bains pour le défroisser avec la vapeur de la douche.

Élégants, insolents et joyeux, nous descendîmes une fois de plus Peachtree Road dans le crépuscule transparent et l'air si doux que je l'aspirais à pleins poumons.

Ils étaient déjà tous arrivés. Doug Maloof avait installé entre le restaurant et le bar une cloison mobile en simili cuir contre laquelle trônait, disparaissant sous les fleurs, le piano de Tony. Le visage illuminé d'un grand sourire, il y jouait quelques airs de rock. Tous les autres membres de *Downtown* étaient assis à une longue table placée devant les fenêtres qui donnaient au nord, sur la ville. Chacun avait revêtu pour la circonstance une robe de soie brillante ou un costume d'été impeccable, les femmes arborant un bouquet de petites marguerites bleues et les hommes une fleur à la boutonnière.

— C'est Doug qui nous les a donnés, me dit Teddy en souriant... C'est une idée géniale !

— Magnifique, répondis-je en prenant mon bouquet.

D'un geste, je remerciai Doug qui me décocha un grand

sourire de derrière le bar où, aidé de Doremus, il mettait des magnums de champagne dans des seaux d'eau glacée. Dans le panneau mural au-dessus d'eux, nos visages semblaient se détacher comme de petites lunes. Il devait les avoir nettoyés pour les faire ressortir et donner l'impression qu'ils étaient éclairés par des spots. Brave Doug, si généreux à notre égard, presque un père! Je savais que la nouvelle de la vente du magazine l'avait vivement affecté et cette splendide réception organisée dans son bar devait le réjouir. Il en parlerait sans doute pendant des années! C'était un des premiers fidèles de Matt Comfort et il le resterait certainement jusqu'à sa mort. Il avait balayé, ciré et décoré le bar maintenant prêt à recevoir n'importe quel hôte royal, y compris le roi du poulet du Texas. Il avait disposé des fleurs partout, même sur les chevalets de présentation du magazine et des prix. Il avait aussi planté une rose rouge sur le magnétophone où étaient enregistrées les voix de quelques personnages importants. A côté du piano de Tony, une petite table recouverte d'une nappe blanche proposait des plats tenus au chaud sous des cloches en argent. Tout le monde tenait déjà un verre de vin ou d'apéritif à la main. Doug, je le savais, réservait le champagne – le meilleur qu'il avait pu trouver – pour les toasts qui accueilleraient Matt et Cody Bubba Remington.

Souriant, John serra la main de chacun autour de la table. Je me glissai sur un siège à l'une des extrémités, à côté de Luke. Je plissai les yeux pour essayer de m'imaginer les visages familiers comme si je les revoyais après une longue absence. Je me sentais très émue, une émotion due non à la joie, mais à autre chose qui était peut-être tout simplement de l'amour. L'équipe de Comfort... mon équipe depuis déjà plus d'un an. Je levai les yeux vers le visage d'aigle à côté de celui de Matt sur le panneau mural et absent à cette table : celui de Tom Gordon. Ne t'éprends pas de n'importe qui, m'avait dit Matt, il fera pour toujours partie de ta vie.

Lucas avait suivi mon regard. Il me serra la main en disant :

– Je sais à qui tu penses.

– Il serait tellement heureux d'être parmi nous.

– Eh oui. Nous l'appellerons demain matin pour tout lui raconter.

— Oui, bonne idée!

De l'autre côté de la pièce, Luella Hatfield était assise au piano à côté de Tony, et leurs têtes penchées sur la partition se touchaient presque. Hank et Teddy étaient allés la chercher à Spelman. Elle portait un joli chemisier de soie jaune et avait planté un bouquet de fleurs bleues dans son chignon bien lissé : elle avait l'air plus animée, plus mûre et beaucoup plus assurée que la dernière fois que je l'avais vue, au concert de la chapelle des Sœurs. Je me suis demandé ce qui lui était arrivé cette nuit-là, si elle avait été piégée dans ce brusque sursaut de violence absurde ou si, comme je l'espérais, elle avait été épargnée. L'idée de cette merveilleuse jeune femme en proie à la haine ordinaire de Boy Slattery m'était insupportable. Elle me surprit en train de la regarder et me sourit timidement. Je me levai pour aller la serrer dans mes bras, suivie de John Howard qui l'embrassa sur la joue. Elle leva vers nous un visage radieux.

— J'ai appris tes succès, dit John à Luella dont le sourire s'élargit en creusant deux fossettes dans ses joues.

J'interrogeai John du regard.

— Elle a été sélectionnée par le chœur de l'orchestre d'Atlanta, et elle y chante en solo pour le premier concert de la saison d'été. Et plusieurs maisons de disques s'intéressent à elle. Sa réputation s'étend jusqu'à New York.

— Qui vous a dit ça? demanda-t-elle en baissant la tête.

— J'ai mes espions... Tu ne vas pas rester avec nous longtemps...

— Au moins jusqu'à ce que j'aie fini Spelman, monsieur. Et j'oublie pas qui m'a permis d'obtenir une bourse. Ça, je l'oublie pas, monsieur Howard. Quand M. Comfort m'a demandé de venir chanter pour vous tous ce soir et qu'il m'a dit que vous seriez là, je lui ai répondu que je pourrais chanter toute la nuit si ça vous faisait plaisir.

— Merci, Luella, répondit John en s'inclinant gravement. J'espère qu'un jour tu chanteras pour moi toute la nuit.

— Vous n'avez qu'un mot à dire... On chantera de vieilles chansons...

— D'accord.

Un léger remue-ménage dans le coin du bar attira mon attention : tout le monde s'était tu et regardait vers la porte. Mon cœur se mit à battre plus vite et j'eus la gorge serrée.

— Ils arrivent, dit doucement Doug Maloof, comme on entendait la petite cloche de l'ascenseur.

Je retournai aussitôt m'asseoir entre Lucas et John, avec qui j'échangeai un grand sourire. La salle me semblait tanguer dans une heureuse attente.

Au piano, Tony entama « Downtown ».

Si tu te sens seul dans la vie,
Tu peux toujours aller au cœur de la ville.
Le bruit et la fureur
Te guériront de tes peines de cœur
Tranquille au cœur de la ville

Deux silhouettes apparurent à la porte et tout le monde se leva d'un seul mouvement tandis que Luella Hatfield, penchant la tête en arrière, entonnait le chant à son tour, et sa voix aux intonations profondes s'éleva jusqu'au plafond.

Écoutez la rumeur de la circulation en ville,
Le long des trottoirs, les enseignes au néon brillent,
Aucun danger de vous perdre sous ces lumières,
Oubliez vos ennuis, oubliez vos galères.

Les deux silhouettes se tenaient par le bras, immobiles : Matt dans son nouveau costume bleu, un grand sourire aux lèvres, les joues rouges et les yeux brillants sous sa tignasse châtaine et l'autre homme, plus grand, pesant au moins cinquante kilos de plus. Il était vêtu de blanc et portait un grand Stetson blanc sur son visage basané. Lui aussi souriait. Ils restèrent ainsi quelques instants en se tenant par le bras et en regardant la salle et la ville qui s'étendait à nos pieds. La fille chantait :

Allez à Downtown, tout est tranquille à Downtown...

Matt s'inclina légèrement d'un geste royal, puis nous salua en se courbant.

La vie est belle à Downtown, chantait Luella, et dans l'excitation d'accueillir Matt et Cody Bubba Remington, tout le monde reprit en chœur :

Elle vous y attend!

Tony plaqua avec brio un dernier accord et nous applaudîmes les deux arrivants. Matt se pencha en avant encore davantage et, dans le silence qui suivit le chant de Luella, il piqua du nez sur la moquette, entraînant Cody Bubba

Remington avec lui. Le Stetson blanc en souffrit beaucoup et notre rêve s'effondra en un instant.

Plus tard dans la nuit, ou plus exactement tôt le lendemain matin, nous étions assis au bord de la petite mare dans le parc en face de la maison de Lucas. Nous étions tous les trois venus là, Lucas, John et moi, d'un accord tacite, comme si cela était prévu depuis longtemps. Teddy et Hank nous y avaient rejoints, en apportant des sandwiches de chez Harry et un pack de canettes de bière. Ils avaient reconduit Luella Hatfield dans son dortoir de l'université d'Atlanta, étaient passés chez Harry puis chez Lucas. Ils avaient remarqué la Morgan garée juste devant la maison et entendu nos voix près de la mare où ils nous avaient retrouvés à l'aveuglette dans l'obscurité. Nous bûmes quelques bières sans toucher aux sandwiches. Je ne sais combien de temps nous restâmes là, en tout cas tard dans la nuit. Le temps s'était arrêté depuis la chute de Matt. Depuis, tout semblait étrangement télescopé. L'accident aurait aussi bien pu s'être produit des mois auparavant.

Le roi du poulet du Sud-Ouest était reparti aussi sûrement qu'il était venu. Après s'être excusé, il était allé aux toilettes remettre de l'ordre dans sa tenue et redonner une forme décente à son Stetson blanc. Il n'avait pas réapparu. Doug Maloof, les traits tirés, nous avait dit qu'il avait fait appeler son chauffeur qui l'attendait près des ascenseurs. Il avait probablement décollé du petit aéroport de Peachtree-Dekalb avant même que nous soyons arrivés dans le parc.

– Allez-y, les enfants, nous avait dit Doug en voyant nos visages atterrés devant Matt étendu au sol, Doremus et moi allons l'emmener chez lui. Nous l'avons déjà fait, nous savons où il habite.

Nous partîmes en le laissant s'occuper de Matt. Tony, nous voyant passer, nous dit : « Je suis vraiment désolé. » Il abaissait le couvercle de son piano quand les portes de l'ascenseur s'ouvrirent pour nous.

Je savais qu'il faudrait parler de tout ça, mais il était encore trop tôt. De toute façon, qu'y avait-il à dire ? Je me sentais découragée, à la dérive dans un monde irréel. J'avais envie de remonter l'allée jusqu'à la maison et de me coucher dans le waterbed, mais je n'arrivais pas à bouger. La nuit était fraîche, presque froide et, parmi les fougères non écloses autour de la mare, les grenouilles lançaient leur coassement argenté. C'était la première fois que je les entendais cette année. Le ciel était piqueté d'étoiles. Dans un mois, les étoiles auraient disparu et on ne les reverrait pas avant le retour de l'automne. Je me demandais où je serais alors. Je sentis une larme salée glisser sur ma joue, je l'avalai. Je n'éprouvais aucun chagrin, je n'avais qu'une envie : aller dormir.

En face de moi, Teddy étouffa un sanglot déguisé en hoquet et s'essuya les yeux. Depuis qu'elle était venue nous rejoindre avec Hank, elle pleurait silencieusement, sans parvenir à s'arrêter. Hank, qui avait passé le bras autour d'elle, ne cherchait pas à la consoler. Elle tenait dans son poing serré un mouchoir devenu inutile tellement il était trempé.

— Je croyais vraiment qu'il allait réussir, finit-elle par dire, d'une petite voix rauque de vieille femme. Tout avait l'air... possible. Vraiment possible. Il a toujours su nous faire croire à ses rêves.

— Un roi du poulet de perdu, dix de retrouvés, dit Lucas d'un ton peu convaincu, comme s'il avait l'esprit ailleurs.

Où, je l'ignorais.

Quand il pensait à autre chose, je le sentais aussitôt. Reviens, lui chuchotai-je à voix basse en pensée. Reste avec moi.

— Non, dit Teddy. Il n'y en aura pas d'autre.

Personne ne la contredit. Nous savions très bien qu'elle avait raison.

Après un long silence, Hank demanda à John :

— Qu'est-ce que tu vas faire maintenant? Ou plutôt ce matin?

John haussa les épaules. Depuis que Hank et Teddy nous avaient rejoints, il était resté silencieux près de moi, une main posée sur mon dos.

— Je crois que je vais aller à Memphis un peu plus tard dans la journée, dit-il. Martin y est, avec des militants. Je crois qu'il y a aussi Rosser et Tony. Je vais voir si je peux réparer quelques barrières.

— Et toi, Smokes? m'a demandé Hank.

Je dus m'éclaircir la gorge avant de pouvoir parler.

— Je ne sais pas encore, dis-je prudemment, comme si je réfléchissais.

– Teddy?

Mon amie secoua simplement la tête en la nichant dans le cou de Hank qui l'étreignit plus étroitement.

– Luke?

Je levai les yeux sur lui. Je redoutais ce moment de façon imprécise depuis notre départ de la Terrasse de Peachtree. Mais je ne l'attendais pas si tôt, certainement pas avant la fin de la nuit. Je n'y étais pas préparée. Ne me quitte pas, le suppliai-je du regard. Ne me quitte pas.

– Je crois, dit-il, en s'adressant à Hank au-dessus de ma tête, que je vais aller à Memphis avec John. Juste pour un jour ou deux. Ça a l'air intéressant. *Life* serait peut-être content de recevoir un reportage là-dessus.

Le bras toujours autour de mes épaules, il me regarda puis détourna les yeux. Je ne soufflai mot. Je compris que j'avais aussi perdu la voix.

– Tu devrais rester dans le coin, dit Hank un peu plus tard. On peut gérer l'affaire, tu sais. A y réfléchir, pourquoi pas? Le nouveau directeur ne saura pas tout. Le changement n'est pas si dramatique. Et il y aura toujours la réunion du lundi matin.

Je me mis à rire doucement, étonnée par ma propre réaction.

– Et la guerre des porte-tasses, ajoutai-je.

Les autres en firent autant et, quelques instants après, nous étions tous pris de fou rire.

– Et il y a toujours... s'exclama Hank, qui dut s'arrêter pour reprendre son souffle.

Devinant sa pensée, nous criâmes tous dans l'aube froide du printemps : IL Y AURA TOUJOURS DES JEUNES LOUPS!

Nous riions encore quand nous nous sommes quittés. Et nous ne cessâmes de rire tout le long du trajet en reconduisant John au Regency.

Épilogue

– Viens avec moi, me dit mon mari de la salle de bains où il se rase.

– Tu n'as pas besoin de moi pour ça.

Je suis en train de faire mes abdominaux sur le tapis devant la cheminée. En cette fin du mois de mai, le printemps à New York est froid et j'ai dû allumer le faux feu de cheminée au gaz. Même s'il ne suffit pas à chauffer la grande salle, il procure une sensation agréable.

– Si, dit-il. Cette fois-ci, j'ai vraiment besoin de toi.

J'abandonne donc ma gymnastique pour le rejoindre dans la salle de bains et le regarder en face, car nous n'utilisons pas souvent ce mot entre nous. Ça fait partie de nos règles.

Que j'aime cet endroit ! Ça fait presque quinze ans que nous habitons ces deux derniers étages d'un petit immeuble du 39 West Street, presque à l'angle de la Cinquième Avenue. Nous avons en bas un salon, une cuisine, une petite salle de bains, la chambre qui était celle de Toby et nos deux espaces de travail. Ici, en haut, une grande pièce occupe tout l'étage, et c'est là que nous dormons, lisons, vivons.

En été et en automne, nous profitons du jardin sur le toit ; c'est à cause de cette terrasse que nous avons acheté cet appartement. Mais l'âme de notre maison, c'est cette pièce. Quand mon mari a publié son premier livre il y a dix ans, nous avons construit une verrière. L'été suivant, quand j'ai publié le mien, nous avons refait la salle de bains et installé

367

un jacuzzi. Si bien qu'il nous arrive souvent de nous allonger la nuit dans notre lit ou dans la baignoire et de contempler dans l'obscurité le reflet de la lune sur les buildings d'en face ou, en hiver, les flocons de neige tourbillonnant contre l'élégante silhouette du Chrysler Building. C'est magique. C'est dans cette pièce que nous revenons après chaque voyage d'affaires comme des enfants rentrent chez eux de l'école.

— Dis-moi pourquoi tu as besoin que je t'accompagne, lui dis-je, en le regardant.

Il a les joues couvertes de crème à raser, et je m'amuse à y percer quelques petites bulles.

— Je ne sais pas. Il me semble simplement que tu dois venir cette fois-ci. C'est la quatrième ou cinquième fois que tu ne m'accompagnes pas en voyage. D'une certaine manière, je suis fier de moi. Mais plus que tout, j'ai besoin de toi.

Nous nous sommes fait une règle de répondre mutuellement à nos besoins car nous savons l'un comme l'autre ce que ce mot contient de faim sauvage. Nous l'avons instituée en toute lucidité comme toutes celles qui constituent la fragile trame de notre couple : elle nous lie solidement, car nous l'avons tissée ensemble. Certains de nos amis continuent de penser que notre mariage ne tiendra pas, mais nous le savons l'un et l'autre solide, car c'est un mariage d'amour. Il a résisté à tout et continuera de le faire.

— Alors, je vais venir.

Le dernier week-end de mai, j'accompagne donc mon mari à Atlanta où il doit recevoir le titre honorifique de docteur de l'Université Emory.

Le temps est orageux et, en ville, il fait très chaud. J'avais oublié les canicules de ce pays. La cérémonie doit avoir lieu dehors mais, la pluie menaçant, on a installé des chaises dans le gymnase. Le matin de la remise du titre, les averses semblent s'espacer et c'est au milieu des fleurs de la pelouse que je le regarde pencher la tête pour recevoir la belle toque rouge et or de docteur ès lettres honoris causa. Je me sens très fière et, une fois de plus, je regrette l'absence de notre fils Toby. Il est sur la côte Ouest, dans l'Oregon, ce grand garçon « aux yeux de pluie », comme un jeune homme de cette ville avait décrit les miens il y a très longtemps. C'est un architecte amoureux des arbres et il travaille actuellement sur un projet qui utilisera et épargnera à la fois les grands pins d'Oregon.

– Prends beaucoup de photos, m'a-t-il dit au téléphone avant que nous ne partions. Il ne remettra jamais cette toque.

Toby, comment deux citadins comme nous ont-ils pu engendrer un enfant à ce point épris de nature? Combien de longs étés n'avons-nous pas passés à grelotter dans des maisons louées sur les côtes du Nord pour lui offrir les vacances qui lui convenaient.

Je suis surprise de prendre plaisir à ce week-end. Je ne connaissais pas bien l'ancien quartier des Druid Hills d'Atlanta, si bien que nul mauvais souvenir ne surgit des vénérables maisons de ces collines boisées et de la ville que nous traversons en taxi pour arriver jusqu'ici. Aucun building du profil citadin que nous approchons ne m'est familier, il ressemble comme deux gouttes d'eau à celui de n'importe quelle ville où mon travail m'a menée, et Dieu sait le nombre de villes où je suis allée.

La réception et le dîner du vendredi soir ont été agréables : le monde universitaire est le même partout et nous nous y sentons à l'aise tous les deux, d'autant plus que notre travail et notre nom y sont connus. J'avais pourtant appréhendé ces moments, craignant de revivre de douloureux souvenirs. Nous attendons le taxi qui nous emmènera à l'aéroport prendre l'avion pour New York.

– Je n'ai toujours pas l'impression de me trouver à Atlanta, me dit mon mari.

J'acquiesce de la tête : moi non plus. Je ne reconnais pas la ville que j'ai tant aimée il y a un peu plus d'un quart de siècle, et que j'ai quittée si facilement quatre ans plus tard. J'y suis venue, je l'ai traversée, et je ne la reconnais toujours pas. J'en suis troublée.

J'ai le sentiment de quelque chose d'inachevé.

Naturellement, Lucas est parti au Vietnam.

Il est rentré de Memphis le lendemain de notre soirée dans le parc, avec le corps de Martin Luther King junior et les gens endeuillés qui se trouvaient avec lui à l'hôtel Lorraine. Je n'oublierai jamais le visage atterré et exsangue de John Howard.

Les photos prises par Lucas sont les plus remarquables de cette terrible période à Atlanta. On les voyait et on les voit encore partout aujourd'hui, ces clichés d'hommes noirs ou blancs, jeunes ou vieux, de héros des Droits civiques et de petites gens du Dr King, de personnages célèbres, d'hommes politiques et de stars de cinéma, photographiés par Lucas de près et en gros plan. Tous les journaux et magazines du pays avaient publié ses photos qui figurent aussi, accompagnées de son nom, dans de nombreux livres encore en vente aujourd'hui.

— Photographie leur visage, avais-je dit à Lucas à Pump-house Hill, et c'est ce qu'il avait fait.

C'est toujours ce qu'il photographie, les visages. Lucas ne s'intéresse qu'aux visages.

Deux jours après l'enterrement, il partit, via San Francisco, rejoindre la Première Cavalerie dans le Delta du Mékong.

— Je reviendrai, avait-il dit toute la nuit précédant son départ, en me tenant dans ses bras.

J'avais pleuré toutes les larmes de mon corps, et je pensais les avoir épuisées.

— Je reviendrai, je reviendrai... Attends-moi, je reviendrai.

Mais je savais en le laissant à l'aéroport de Hartsfield et en repartant dans la Morgan que je ne le reverrais jamais. Lucas aurait pu m'aimer jusqu'à la fin de mes jours, même s'il devait se mettre parfois en colère contre moi, mais il ne supportait pas mes larmes. Je suis retournée dans la petite maison derrière la maison de la veuve, j'y ai garé la Morgan, j'ai pris une douche et je me suis réfugiée dans le waterbed où j'ai dormi pendant presque trois jours d'affilée. J'ai fini par me réveiller, prendre une douche et m'habiller. Je suis allée voir Seth Emerson de *Newsweek*, qui m'a engagée le jour même. Et je n'ai plus jamais pleuré à cause de Lucas Geary.

J'ai emménagé dans un petit appartement en ville d'où je me rendais au travail à pied. Les bureaux de *Newsweek* se trouvaient dans l'autre partie d'Atlanta, si bien que je n'avais guère l'occasion d'aller à Five Points, et je ne m'y rendais pas à moins d'y être contrainte. Je ne sais ce que Lucas a fait de ses vêtements, de ses livres et de ses disques, ni même de la Morgan. Ils sont peut-être encore au milieu du parc dans le joli petit garage de la veuve, tout couverts de poussière. Je n'ai jamais vu personne conduire la Morgan et je ne m'y attendais pas plus qu'à voir quelqu'un porter les vêtements de Lucas.

Mais j'ai vu ses œuvres, les photos de visages prises pendant cette guerre interminable. Je crois qu'il a dû regretter d'être absent au moment des révoltes suscitées par la mort de Luther King, l'assassinat de Robert Kennedy, l'incroyable convention de Chicago, l'élection grotesque de Richard Nixon à la présidence des États-Unis, la mort lente du mouvement des Droits civiques. Je n'ai jamais vu sa signature sur les photos prises pendant ces événements, elle n'apparaissait que sur les photos de guerre.

Il se peut évidemment qu'elle m'ait échappé. Seth Emerson fut un patron merveilleux ; mon nom en tête des articles revenait de plus en plus souvent, à propos de toutes les villes du Sud. Il figurait avec celui de nombreuses personnes.

— Et tu écriras leur nom, m'avait dit Lucas le jour où je lui avais dit : tu photographieras leur visage.

Nous avions tous les deux accompli notre tâche, mais séparément. Au bout d'un certain temps, je n'en éprouvai plus ni regret ni chagrin. A défaut d'être aussi heureuse que pendant ma première année à *Downtown*, j'étais très contente de mon travail qui me plaisait beaucoup. Et je ne pensais à rien d'autre.

Je me trouvais à La Nouvelle-Orléans quand j'ai reçu un coup de téléphone de Teddy et Hank : Matt Comfort agonisait. Je venais de dîner avec Tom Gordon et son ami, et prévoyais de rentrer le lendemain après-midi. Mais je dus prendre à l'aube le premier avion pour Atlanta, étonnée cependant de ne plus vraiment éprouver de sentiments pour Matt Comfort.

Il faut dire qu'à une époque, il avait été tout pour moi. Je souris au souvenir de ce qu'il m'avait dit : « Ne t'éprends pas de n'importe qui. Tes amours continueront de vivre en toi, même après que tu auras fini de les aimer depuis longtemps. »

– Il fallait toujours que tu aies le dernier mot, lui ai-je murmuré en survolant l'Alabama.

De l'aéroport, Teddy et Hank m'ont emmenée directement à l'hôpital de l'Université Emory. Teddy, qui attendait son second enfant, avait les yeux rouges. Elle m'a paru fatiguée et, pour la première fois depuis que je la connaissais, presque vieille. C'est que nous avions toutes les deux plus de trente ans et faisions désormais partie des gens d'une époque révolue. Son désarroi n'était donc pas étonnant. Hank et elle étaient les seuls à être restés en contact avec Matt Comfort, qui s'autodétruisait dans le Sud.

Ils m'avaient appris qu'il avait quitté Atlanta presque en même temps que Lucas et John Howard, juste après l'enterrement du Dr King. Il s'était alors installé à Charlotte où il avait fondé un magazine qui avait coulé. Il avait fait la même chose à Baton Rouge. A Winston-Salem, il avait fondé et édité un magazine de vente directe de maisons, et l'entreprise s'était également soldée par un échec. Il s'était ensuite installé à Saint-Petersburg en Floride, où il avait travaillé un moment pour les Alcooliques Anonymes, organisant des voyages dans le Nord pour les retraités. Licencié, il s'était installé à Greensboto en Caroline du Nord où il était devenu complètement alcoolique. Il avait été renvoyé du McDonald's qu'il dirigeait, avait suivi les Alcooliques Anonymes et renoncé à la boisson. Il avait rencontré une femme avec qui il était resté sobre pendant les cinq mois précédant le terrible diagnostic : ses maux de tête et ses malaises venaient d'une tumeur maligne au cerveau et non pas de l'alcool.

– Cela paraît terriblement injuste, pleurait Teddy. Vivre toutes ces épreuves, renoncer à l'alcool, rencontrer une femme qu'il aime, et mourir d'une tumeur au cerveau. Ils devaient se marier cet automne.

– C'est peut-être encore possible, ai-je remarqué.

Elle a secoué la tête :

– Le docteur dit qu'il n'en a plus que pour deux jours maximum. Que c'est un miracle qu'il ait survécu jusqu'à maintenant. De toute façon, il a renoncé à l'épouser dès qu'il a su qu'il avait une tumeur : il ne voulait pas ajouter une veuve à la liste de ses victimes. Elle vit avec lui. Tu la trouveras sympathique : c'est une femme solide qui l'aime beaucoup. Même dans l'état où il est.

– Il a toujours eu du succès auprès des femmes, ai-je dit pour alléger l'atmosphère.

– Tu ne vas pas le reconnaître, je te préviens. Il ne reste presque plus rien du Matt que nous avons connu.

– Pourquoi est-il revenu se faire soigner ici? ai-je demandé. Emory doit coûter les yeux de la tête. Il ne doit plus avoir un sou.

Hank a eu un petit rire :

– Le docteur qui le soigne ici est le meilleur oncologue de tout le Sud, et il le soigne gratuitement. C'était le premier jeune loup qu'ait jamais interviewé Matt.

– Mon Dieu, c'est vrai! ai-je dit, en partant d'un fou rire.

Tout le monde m'a imitée, même Teddy. Ce fut le dernier avant longtemps.

Dans sa chambre d'hôpital inondée de soleil, il gisait sur un étroit lit blanc, dans un état comateux, sous perfusion. Il bougeait peu et respirait péniblement par la bouche. A part son menton pointu de renard et sa bouche aux lèvres minces, je ne l'aurais pas reconnu. Son visage enflé était d'un blanc de circ, ses yeux étaient fermés sous ses paupières noires et tuméfiées et, à la place de sa belle tignasse aux reflets roux, il avait un bandage de gaze blanche qui faisait paraître sa peau jaunâtre. Il était si maigre qu'on distinguait à peine la forme de son corps sous les draps. Un jeune docteur assis à côté de lui sur une chaise lui tenait la main gauche. De l'autre côté, une femme encore jeune aux cheveux noirs tirés en arrière et aux traits épais lui tenait la main droite. Elle leva les yeux vers nous et sourit légèrement à Hank et Teddy. C'était Claire Fiedler, la femme que Matt devait épouser. Je lui fis un signe et rejoignis Hank et Teddy le long du mur un peu plus loin. La pièce était pleine de monde.

Un peu plus tard, en prenant un café, Hank m'a raconté que le lendemain de l'opération, quand les docteurs avaient vu que Matt ne quitterait plus l'hôpital, il s'était produit un phénomène étrange et magnifique. Il ne savait comment la nouvelle s'était répandue, mais tout le monde l'avait apprise : Comfort est en train de mourir. Venez.

Et pendant deux jours, une cinquantaine ou une soixantaine de personnes étaient arrivées de tout le pays : ces gens, vieux ou jeunes, venus passer un moment près de lui, assis par terre ou sur des chaises, assistant à sa pénible respiration, unis par un lien commun avec Matt, qui, même sur son lit de mort, restait le personnage le plus fort de leur vie. Il y avait des photographes et des journalistes, des romanciers et des secrétaires et des jeunes loups vieillissants, des gens simples ou des personnalités, si défaits qu'appuyés rêveusement contre le mur, ils se croyaient encore à l'époque de *Downtown*.

Francis Brewton était venu le premier jour, avait dit Hank, et Tommy T. Bliss le second, mais il n'avait pas fait le poirier.

Lorsque je suis remontée de la cafétéria l'après-midi du troisième jour, l'homme que j'allais épouser se tenait en silence près du mur à l'endroit que nous venions de quitter. Les bras croisés sur la poitrine, il écoutait et regardait Matt respirer. Quand nous sommes entrés dans la pièce, il a levé la tête et m'a regardée. Je suis restée plantée sur le seuil, la main devant la bouche. Il m'a tendu les bras et je m'y suis réfugiée. J'y suis restée au moins une demi-heure avant de pouvoir parler.

A six heures du soir, la respiration haletante s'est arrêtée. Le jeune docteur a pris son stéthoscope puis, ayant posé sa tête sur la poitrine immobile de Matt, s'est mis à pleurer. J'ai fait la même chose, en m'appuyant sur la personne qui se trouvait derrière moi. Tout le monde a versé quelques larmes silencieuses et serré dans ses bras la femme qui se tenait près du lit. Je suis retournée avec lui à son hôtel qui se trouvait à la limite du campus d'Emory. L'air était frais et les cornouillers impressionnants dans le crépuscule. Cela faisait exactement quatre ans que je ne l'avais pas vu.

Quand il est parti le lendemain matin, je l'ai suivi. Nous savions tous les deux que je ne pouvais pas rester là.

C'est la première fois que je reviens ici depuis ce matin-là.

Nous montons dans le taxi que l'université a appelé pour nous. C'est un vieux tacot, qui fait partie du parc automobile de l'université. Le chauffeur est un Blanc assez âgé, ce qui nous paraît, à nous autres New-Yorkais, une anomalie. Tout lui déplaît, la chaleur, le trajet jusqu'à l'aéroport, les passagers que nous sommes. Il fait hurler les vitesses, prend des virages brusques en ne cessant de marmonner. Je le vois nous surveiller dans le rétroviseur. Il sait que nous sommes des personnalités dans un domaine quelconque, sinon il nous éjecterait au prochain tournant. Je suis outrée et ai bien envie de lui dire son fait, mais mon mari me fait taire d'un signe de tête. Il est tout à fait capable de se battre avec des chauffeurs de taxi et le fait souvent, mais il sait aussi, comme maintenant, faire semblant de ne rien remarquer.

Quelques minutes plus tard, il se penche vers le chauffeur pour lui ordonner :

— Prenez la sortie Courtland Street en direction de Five Points. Ensuite je vous dirai où aller.

Le chauffeur et moi le regardons.

— Vous aviez dit Hartsfield, marmonne le conducteur.

— J'ai changé d'avis, répond calmement mon mari, et la voiture coupe trois files de voitures pour prendre la rampe de sortie de Courtland Street.

Mon mari nous dirige par un labyrinthe de rues que je ne reconnais pas et finalement donne l'ordre de s'arrêter. En descendant du taxi, je réalise où nous sommes.

— Oh non, dis-je. Ça non. Je ne monte pas. Je n'ai pas envie de faire un voyage sentimental.

— Moi si, déclare mon mari qui dit au chauffeur : Nous ne serons pas absents plus d'une demi-heure. Si vous voulez nous attendre, je vous paierai.

Le taxi démarre aussitôt.

— Que ton travail te rende heureux, dis-je. Nous ne reverrons jamais plus ce con-là.

— Qu'importe, Smoky. On en trouvera un autre n'importe où par ici. Viens.

— Je n'ai vraiment pas envie d'y aller.

— Tu seras contente de l'avoir fait. Ils vont vider tout l'immeuble la semaine prochaine pour y installer des bureaux de l'administration, m'a dit le propriétaire qui fait partie du comité d'Emory. Il m'a donné un laissez-passer pour le gardien. Viens, je ne pars pas d'ici sans avoir vu ça.

Nous nous dirigeons donc vers les portes tournantes du bâtiment où se trouve la Terrasse de Peachtree, aujourd'hui déserte et fermée. Nous tapons sur la vitre pour avertir un jeune gardien qui nous fait entrer. Le building qui me paraissait haut est aujourd'hui dominé par d'autres immeubles plus élevés.

— Le vieux panneau mural, n'est-ce pas? dit le gardien. Il m'a toujours intrigué. Vous êtes des artistes ou des collectionneurs?

— La dame y a son portrait, dit mon mari en souriant.

— Sans blague! lâche le jeune garde en m'examinant comme s'il évaluait si j'étais digne d'y figurer. Vous êtes des personnes connues, non? Vous vivez ici?

— Non, à New York.

— Ah bon. Si le patron vous y autorise, vous pouvez monter. Je vais ouvrir l'ascenseur direct. Faites attention à la marche, il y a du matériel empilé partout et les lumières ne marchent plus. Mais vous devriez avoir la lumière du jour. J'ai bien peur que votre visage soit masqué par la crasse.

— Ça ne m'étonnerait pas.

Il introduit la clé dans une serrure du panneau de l'ascenseur dont je garde un souvenir très vague. L'appareil ne tarde pas à descendre.

Nous montons sans rien dire. Je me rappelle les glaces qui ne me renvoient pas l'image des gens d'alors et c'est troublant, tout comme de pénétrer dans le vieux restaurant. Je me rappelle les murs bronze et la moquette grise, et même la sensation moelleuse sous nos pieds. Nous traversons la grande salle où se trouvaient des tables à nappe blanche qui donnaient sur la ville, aujourd'hui remplacées par des piles de matériaux tandis que les baies vitrées donnent désormais sur le mur du building voisin. Tout est recouvert d'une poussière d'un gris perle dans l'air tranquille et chaud. Il ne reste plus aucun meuble à part deux ou trois tables empilées les unes sur les autres dans un coin, et le piano à queue recouvert d'une bâche.

Sans doute le piano de Tony, mais je ne vais pas vérifier.

Nous entrons dans le coin du bar et je nous retrouve tous. Le panneau mural est toujours là, au-dessus du comptoir recouvert de cuir qui servait de bar, et il paraît deux fois plus petit dans cet espace vide, si terni qu'il est impossible d'y distinguer des visages. Mais je sais l'emplacement de chacun et, une fois mes yeux accoutumés au peu de lumière filtrant par les vitres sales, je nous vois tous. Je vais m'asseoir sur le rebord de la fenêtre pour mieux voir et mon mari vient me rejoindre.

Je commence par la gauche. D'abord Hank, qui n'a pas beaucoup changé, et Teddy, qui elle aussi est toujours la même. Je ne crois pas qu'ils changeront beaucoup avant d'être devenus très vieux. Puis Sue Anne, l'air important et maternel dans sa robe-chemisier, et Sister, l'éternel boute-en-train de l'Université de Géorgie, avec son bandeau de fête et ses cheveux lissés. Elle est devenue l'un des grands avocats de la ville. Ensuite, c'est moi, petite et ronde, l'air juvénile et béat. Je redoutais d'affronter ce visage, mais je n'y vois rien de particulier, si ce n'est une grande jeunesse. Je passe donc aux autres. Alicia Crowley, l'air démodé avec ses bottes, ses bas à résille, ses longs cheveux blonds et sa beauté. Et enfin Matt, au visage de renard et au grand sourire sous sa tignasse châtaine. On dirait presque une caricature. Les dessinateurs ont toujours adoré le croquer. A côté de lui, Tom Gordon.

Tom, mort du sida il y a maintenant huit ans.

La pièce est silencieuse. Aucun des fantômes du passé ne l'habite. Puis, pendant un très bref instant, la porte semble s'ouvrir sur cette salle insonorisée et la vie s'y ruer. Je sens les odeurs de fleurs coupées, de jus de fruits sur le bar, de hors-d'œuvre chauds servis sur des plateaux d'argent, la fraîcheur de l'air conditionné et la foule autour de moi. J'entends des rires, le cliquetis de la glace et l'air que Tony joue au piano : *Quand tu es seul et que tu te sens abandonné, il y a toujours Downtown...*

La porte se referme brusquement sur la poussière et le silence. Le panneau mural n'est plus qu'un vieux mur peint, passé, sale, voué à la destruction.

Je baisse la tête pour que mon mari ne me voie pas pleurer. J'ai la larme facile et, d'habitude, il n'aime pas ça, mais aujourd'hui il m'essuie le visage de son pouce.

— Ce n'était donc pas une bonne idée ?

Je secoue la tête en ravalant mes larmes.

— Pas vraiment. Mais d'une certaine façon, si. A partir de maintenant, quand je penserai à lui, je le verrai comme il est sur ce panneau et non pas avec le visage qu'il avait dans la chambre d'hôpital. C'est le souvenir que je gardais de lui ces dernières années. Je suis contente d'y substituer ce portrait. Si je pleure, c'est aussi que nous étions peu nombreux et que les meilleurs sont morts maintenant. Ça semble injuste, non ?

– Je ne crois pas que ce sont les meilleurs d'entre vous qui sont morts... mais c'est vrai que c'est injuste. Pour changer de sujet, est-ce que tu as remarqué que le visage de Matt brille comme un sou neuf... alors que tous les autres sont à moitié effacés ? On dirait que quelqu'un l'a nettoyé. Qu'est-ce que tu en penses ?

Je remarque qu'effectivement le visage de renard de Matt Comfort brille comme un soleil sur le panneau mural. Les nôtres, autour du sien, ont l'air de petites lunes barbouillées de nuages. Il doit s'agir d'un effet de la lumière et de la qualité de la peinture à cet endroit-là.

– Il a une petite aura miraculeuse, dis-je en souriant.

– Je crois plutôt que ce salaud a fait promettre à un connard de venir le nettoyer tous les jours en lui faisant miroiter en contrepartie de devenir un jeune loup, dit mon mari, et nous rions tous les deux devant le portrait de Matt.

– C'était déjà la fin, non ? Du moins, le début de la fin. C'était le jour où il est tombé sur la moquette. Après, tout a changé...

– Tout avait déjà commencé à changer, dit-il. Je refuse de voir en Matt Comfort le symbole de l'éclatement des années soixante.

Je lui souris en regardant le panneau :

– Il en a au moins été une pièce majeure. Reconnais-le. Il suffit de regarder ce panneau. Ça a toujours été comme ça, lui au milieu, qui manœuvrait les ficelles des pantins que nous étions pour lui. C'était le chef de ballet.

– S'il était le chef, me dit John en m'attirant à lui, vous étiez les étoiles. C'est pour ça que je t'ai amenée ici, pour que tu t'en rendes compte.

Nous restons ainsi quelques instants dans la semi-obscurité, puis mon mari me dit :

– Rentrons.

– Oui, rentrons, acquiescé-je comme nous nous dirigeons vers l'ascenseur.

– Vous vous êtes dit adieu à vous-mêmes ? demande avec un sourire le jeune gardien qui nous fait sortir.

– Je crois que c'est ça, dit John Howard.

Je suis désagréablement surprise de voir que le taxi de l'université nous attend. L'humeur du chauffeur ne s'est pas beaucoup améliorée.

378

— Maintenant, droit à Hartsfield, dit John au chauffeur qui fait crisser les vitesses et se lance sur la voie express.

Il fait très chaud, et l'air humide nous oppresse par les vitres baissées. Après la coupole bleue du stade du Old Braves, nous tombons dans la circulation chargée de l'après-midi et roulons à cinq kilomètres à l'heure. Le moteur peine et la voiture tressaute. La chaleur est terrible.

— Pouvons-nous avoir un peu d'air? demande John en se penchant vers le siège avant.

Le chauffeur lui envoie dans le rétroviseur un regard de travers que John lui renvoie d'un air impassible. La cicatrice lui donne un air menaçant et tranquille. Cette expression de John, nous l'appelons le Regard. Elle nous a valu de très bonnes places dans les restaurants de toutes les grandes villes du monde. Le chauffeur baisse les yeux, appuie sur le bouton de commande des vitres et de l'air conditionné. Pour nous punir, il met la radio le plus fort possible, et nous subissons un air de rock jusqu'à l'aéroport.

Je me mets à rire discrètement.

— Moi non plus, je n'aimerais pas qu'on me regarde comme ça depuis le siège arrière de ma voiture, dis-je.

— Je suis un vrai cauchemar, dit John. Un nègre avec un titre de docteur.

Je pars d'un grand rire en renversant ma tête en arrière sur le siège. Quand je rouvre les yeux, John me secoue le genou pour me prévenir que nous roulons beaucoup trop vite sur la courbe qui mène au terminal de Delta Airlines.

De l'avion qui survole les zones orageuses au-dessus des Blue Ridge Mountains, je réalise que je n'ai pas jeté un seul regard en arrière sur Atlanta.